大学文科基本用书·文学
DAXUE WENKE JIBEN YONGSHU · WENXUE

20世纪外国小说专题

吴晓东 编著

北京大学出版社
PEKING UNIVERSITY PRESS

图书在版编目(CIP)数据

20世纪外国小说专题/吴晓东编著.—北京:北京大学出版社,2013.1
ISBN 978-7-301-21473-2

Ⅰ.①2… Ⅱ.①吴… Ⅲ.①小说史-国外-20世纪-高等学校-教材
Ⅳ.①I106.4

中国版本图书馆 CIP 数据核字(2012)第 254870 号

书　　　名:	20世纪外国小说专题
著作责任者:	吴晓东　编著
责 任 编 辑:	艾　英　梁　雪
标 准 书 号:	ISBN 978-7-301-21473-2/I·2534
出 版 发 行:	北京大学出版社
地　　　址:	北京市海淀区成府路 205 号　100871
网　　　址:	http://www.pup.cn　新浪微博:@北京大学出版社
电 子 邮 箱:	编辑部 wsz@pup.cn　总编室 zupu@pup.cn
电　　　话:	邮购部 62752015　发行部 62750672　出版部 62754962
	编辑部 62756467
印 刷 者:	北京虎彩文化传播有限公司
经 销 者:	新华书店
	650mm×980mm　16 开本　15.5 印张　260 千字
	2013 年 1 月第 1 版　2023 年 7 月第 5 次印刷
定　　价:	49.00 元

未经许可,不得以任何方式复制或抄袭本书之部分或全部内容。
版权所有,侵权必究
举报电话:010-62752024　电子邮箱:fd@pup.pku.edu.cn

目 录

新版前言 ……………………………………………………… (1)

第一章 现代主义的奠基:卡夫卡 ……………………… (1)
第一节 时代的先知 ………………………………………… (1)
第二节 表现主义的艺术特征 ……………………………… (5)
第三节 《城堡》 …………………………………………… (9)
变形记(节选) ……………………………………… (13)

第二章 意识流小说 ……………………………………… (25)
第一节 意识流的哲学心理学背景及表现技巧 ………… (25)
第二节 代表作家 ………………………………………… (30)
第三节 乔伊斯 …………………………………………… (35)
喧哗与骚动(节选) ………………………………… (40)

第三章 存在主义文学 …………………………………… (83)
第一节 存在主义的哲学思想和文学主题 ……………… (83)
第二节 萨特 ……………………………………………… (86)
第三节 加缪 ……………………………………………… (90)
局外人(节选) ……………………………………… (95)

第四章 新小说派 ………………………………………… (145)
第一节 概述 ……………………………………………… (145)
第二节 新小说派代表作家作品 ………………………… (149)

第三节　罗伯-格里耶的《嫉妒》……………………（153）
　　嫉妒（存目）…………………………………………（158）

第五章　拉美魔幻现实主义……………………………（160）
　　第一节　概述…………………………………………（160）
　　第二节　魔幻现实主义的艺术手法…………………（163）
　　第三节　《百年孤独》…………………………………（168）
　　百年孤独（存目）……………………………………（173）

第六章　黑色幽默………………………………………（175）
　　第一节　概述…………………………………………（175）
　　第二节　代表作家……………………………………（179）
　　第三节　海勒及其《第二十二条军规》………………（184）
　　顶呱呱的早餐（存目）………………………………（189）

第七章　后现代主义写作………………………………（190）
　　第一节　概述…………………………………………（190）
　　第二节　博尔赫斯……………………………………（194）
　　第三节　卡尔维诺……………………………………（198）
　　交叉小径的花园（存目）……………………………（204）
　　分成两半的子爵（存目）……………………………（206）

第八章　现实主义小说…………………………………（207）
　　第一节　概述…………………………………………（207）
　　第二节　帕斯捷尔纳克………………………………（211）
　　第三节　索尔·贝娄…………………………………（215）
　　日瓦戈医生（节选）…………………………………（220）

新版前言

这本《20世纪外国小说专题》曾经在2002年以《20世纪外国文学专题》的名称由北京大学出版社出版。这次承蒙北京大学出版社以及艾英女士、梁雪女士的眷顾，列为"大学文科基本用书"重新出版。因本书的八个专题基本上以20世纪外国小说为主，名字也改为现在的《20世纪外国小说专题》，以更切合全书的内容。

《20世纪外国文学专题》在最初发行的时候，同时配套编辑了一本《20世纪外国文学作品选》。这次新版，为了方便读者对本书各个专题中所涉及的相关文学作品的阅读，把两本书合二为一。

本书在新版问世的过程中得到了北京大学出版社艾英女士、梁雪女士的热心支持，谨表衷心谢忱。

吴晓东
2012年9月20日于京北上地以东

第一章 现代主义的奠基:卡夫卡

第一节 时代的先知

已经过去的 20 世纪堪称是人类有史以来最复杂的一个世纪。与此相适应的,是 20 世纪的小说也走上了一条艰涩而复杂的道路。如果说,文学是对外部世界的直接或间接的反映,那么,小说的复杂性反过来也印证了 20 世纪人类生存状况的复杂性,小说的复杂与世界的复杂是同构的。这也正是 20 世纪从形式到内容都趋于复杂的现代主义文学占据了主潮地位的重要原因。而勾勒 20 世纪现代主义文学主潮中各种流派的简要图景,是本书写作的主导目的所在。

在 20 世纪现代主义小说史上,弗兰茨·卡夫卡堪称是一个奠基者。

卡夫卡于 1883 年 7 月 3 日生于奥匈帝国统治下的布拉格,父亲是个在子女的教育问题上极端专制的犹太商人,这种专制的作风对于卡夫卡一生中敏感和内敛的性格产生了决定性的影响。1901 年,卡夫卡入布拉格大学学日耳曼语言文学,后来迫于父亲的意志改学法律,获得法学博士学位。1906 年毕业后先后在一家私人保险公司和一家半官方的工伤保险机构担任职员,1922 年因患肺结核病退职。1924 年 6 月 3 日在维也纳附近的一家疗养院去世。

卡夫卡的文学生涯默默无闻,大部分作品都是在他死后发表的。卡夫卡自小酷爱文学,中学时代就广泛涉猎哲学和文学著作,尤其喜欢斯宾诺沙、尼采和易卜生。1904 年卡夫卡结识了自己一生中最重要的一个朋友——马克斯·布洛德(正是布洛德在卡夫卡生前帮助他出版了一部分作品,并在卡夫卡死后违背了卡夫卡意图烧毁自己全部手稿的遗愿,为卡夫卡整理出版了遗作),也是在这一年,卡夫卡开始了真正的文学创作。在此后的二十年中,他创作了如下重要作品:长篇小说《审判》(1925)、《城堡》(1926)、《美国》(1927);中、短篇小说集《观察》(1913)、《变形记》(1915)、《在流放地》(1919)、《乡村医生》(1920)、《饥饿艺术家》(1924)等,此外还有大量的散文、寓言、格言和书信、日记。这些遗作从1930年代开始就引起了西方文坛的关注,逐渐在世界范围内获得了巨大的声誉,成为20世纪的作家所能创作出的最振聋发聩的作品,从而形成了持续的"卡夫卡热"。美国女作家欧茨称"卡夫卡是本世纪最佳作家之一,时至今日,且已成为传奇英雄和圣徒式人物"。卡夫卡也被视为20世纪现代主义的第一人,1980年代,欧美几家权威书评杂志在评选20世纪现代主义大师时,卡夫卡都排在第一位。

英国大诗人奥登曾说:"就作家与其所处的时代关系而论,当代能与但丁、莎士比亚和歌德相提并论的第一人是卡夫卡。卡夫卡对我们至关重要,因为他的困境就是现代人的困境。"[①]卡夫卡可以说是最早感受到时代的复杂和痛苦,并揭示了人类异化的处境和现实的作家,也是最早传达出20世纪人类精神的作家。在这个意义上说,他是20世纪文学的先知、时代的先知与人类的先知。

卡夫卡的创作个性和文学世界可以在他的成长过程中找到背景。从小到大的压抑环境造就了他内敛、封闭、羞怯甚至懦弱的性格,内心敏感,容易受到伤害,对外部世界总是持有一种戒心。他在去世前的一两年曾经写过一篇小说《地洞》,小说的奇特的叙事者"我"是个为自己精心营造了一个地洞的小动物,但这个小动物却对自己的生存处境充满了隐忧、警惕和恐惧,"即使从墙上掉下的一粒砂子,不弄清它的去向我也不能放心",然而,"那种突如其来的意外遭遇从来就没有少过"。这个地洞的处境在某种意义上说也是现代人的处境的象征性写照,意味着生存在世界中,每个人都可能在劫难逃。它的寓意是深刻的。而从卡夫卡的生平的

[①] 转引自袁可嘉《欧美现代派文学概论》,第259页,上海文艺出版社1993年6月版。

角度看,这个小动物的地洞中的生活也可以看成是作者的一种自我确认的形式,借此,卡夫卡也揭示了一种作家生存的特有的方式,那就是回到自己的内心的生活,回到一种经验的生活和想象的生活。卡夫卡为自己的生活找到了一个最好的方式,即在地窖一样的处境中沉思冥想的内心写作方式。

> 我最理想的生活方式是带着纸笔和一盏灯待在一个宽敞的、闭门杜户的地窖最里面的一间里。饭由人送来,放在离我这间最远的、地窖的第一道门后。穿着睡衣,穿过地窖所有的房间去取饭将是我惟一的散步。然后我又回到我的桌旁,深思着细嚼慢咽,紧接着马上又开始写作。那样我将写出什么样的作品啊!我将会从怎样的深处把它挖掘出来啊!①

这是一种与喧嚣动荡的外部世界的生活构成了巨大反差的内在生活,衡量它的尺度不是生活经历的广度,而是内在体验和思索的深度。

卡夫卡正是以自己的深刻体验和思索,洞察着20世纪人类所正在塑造的文明,对20世纪的制度与人性的双重异化有着先知般的预见力。写于1914年的小说《在流放地》描述了一名军官以一种非理性的迷狂参与制造了一部构造复杂精妙的处决人的机器,并得意洋洋地向一位旅游探险家展示他的行刑工具。一个勤务兵仅仅因为冒犯了上司,就要被他投入这部机器受死,死前要经受整整十二小时的酷刑。但是在勤务兵身上的表演并不成功,于是读者读到了20世纪现代小说中最具有反讽意味的一幕:那个制造了这部机器的行刑军官,最后竟自己躺在处决机器上,轧死了自己。机器的发明者最终与杀人机器浑然一体,成为机器的殉葬品,从而揭示了现代机器文明和现代统治制度给人带来的异化。它是关于使人异化与机械化的现代统治的一个寓言。

卡夫卡的另一篇代表作《变形记》写的是职业为一名旅行推销员的主人公格里高尔·萨姆沙一天早晨醒来后发现自己躺在床上变成了一只大甲虫:

---

① 卡夫卡《致菲莉斯》,《论卡夫卡》,第713页,中国社会科学出版社1988年9月版。

他仰卧着,那坚硬得像铁甲一般的背贴着床,他稍稍抬了抬头,便看见自己那穹顶似的棕色肚子分成了好多块弧形的硬片,被子几乎盖不住肚子尖,都快滑下来了。比起偌大的身躯来,他那许多只腿真是细得可怜,都在他眼前无可奈何地舞动着。

"我出了什么事啦?"他想。这可不是梦。

格里高尔·萨姆沙最初的反应尚不是对自己变成甲虫这一残酷现实感到惊恐——仿佛变成大甲虫是个自然不过的事——而是担心老板会炒他的鱿鱼。当然他还是不可避免地失掉了工作,并成为一家人的累赘,父亲甚至把一个苹果砸进他背部的壳中,并一直深陷在里面。最终,连起初同情他的妹妹也不堪忍受他作为甲虫的存在。小说的结局是格里高尔在家人如释重负的解脱感中死去。

《变形记》写的是人在现代社会中的异化。社会现实是一个使人异化的存在,格里高尔为了生存而整日奔波,却无法在生活中找到归宿感。社会甚至家庭、人伦都使他感到陌生,最终使他成为异己的存在物,被社会与家庭抛弃。这就是现代人在现代社会中所可能面临的生存处境的变形化的写照。卡夫卡以一个小说家卓越而超凡的想象力为人类的境况作出了一种寓言式的呈示。现代人面临的正是自我的丧失和变异,即使在自己最亲近的亲人中间也找不到同情、理解和关爱,人与他的处境已经格格不入,人成为他所不是的东西,同时却对自己这种异化无能为力。而这一切,都反映了现代社会的某种本质特征。《变形记》因此也状写了人的某种可能性。格里高尔变成大甲虫就是卡夫卡对人的可能的一种悬想。在现实中人当然是不会变成甲虫的,但是,变成大甲虫却是人的存在的某种终极可能性的象征。它是我们人人都有可能面对的最终的可能性。在这个意义上说,卡夫卡写的是人的生存现状。因而,当格里高尔本人和他的家人发现格里高尔变成大甲虫的时候,都丝毫没有怀疑这一变形在逻辑上的荒诞,而是把它当成一种自然而然的事实接受下来。卡夫卡的写法也完全遵循了写实的原则,仿佛他写的就是他在生活中所亲眼目睹的一个真实发生过的事情。而读者也完全把格里高尔变成甲虫作为我们自己的生存处境的一个写真而接受下来。在这个意义上说,卡夫卡写的就是我们自己的宿命。

卡夫卡的小说都有一种预言性。譬如黑塞就说："我相信卡夫卡永远属于这样的灵魂：它们创造性地表达了对巨大变革的预感，即使充满了痛苦。"①而英国小说家、评论家安东尼·伯吉斯则认为卡夫卡的作品表达了对世界的梦魇体验，对这些作品，"人们无法作直截了当地阐释。尽管风格体裁通常是平淡的、累赘的，但气氛总是那么像梦魇似的，主题总是那么无法解除的苦痛"。"卡夫卡影响了我们每个人，不仅仅是作家而已"，"而随着我们父老一辈所熟悉的社会的解体，那些使人人感到孤独的庞大的综合城市代之而起以后，卡夫卡描写人的本质的那种孤立的主题深深地打动了我们。他是一个给当代人指引痛苦的人"。② 正是在这个意义上，卡夫卡可以称得上是现代的先知。

第二节　表现主义的艺术特征

文学史家们一般认为卡夫卡的作品中充分体现出一种表现主义的艺术精神和创作技巧，他是表现主义在小说领域的重要代表人物。

"表现主义"的概念最初运用在绘画评论中。1901年，法国画家朱利安·奥古斯特·埃尔维在巴黎"独立沙龙"展出了八幅作品，被称为"表现主义"绘画。1911年4月在德国柏林第二十二届画展的前言中，"表现主义"一词又再度出现，用来描述一群法国青年画家（其中包括毕加索）的绘画特色。而在文学批评界，"表现主义"一词则在1911年7月正式出现在德国，并在此后的几年中获得了更广泛的认可。③

表现主义是一种反传统的现代主义流派，它在绘画、文学、音乐、电影等艺术形式中均有不同的表现，"但他们也有一些共同的思想倾向和艺术特点，即不满社会现状，要求改革，要求'革命'。在创作上他们不满足于对客观事物的摹写，要求进而表现事物的内在实质；要求突破对人的行为和人所处的环境的描绘而揭示人的灵魂；要求不再停留在对暂时现象

---

① 参见克劳斯·瓦根巴赫《卡夫卡》，第182页，中国社会科学出版社1992年8月版。
② 转引自汤永宽《城堡·前言》，《城堡》，第3页，上海译文出版社1980年1月版。
③ 参见理查德·谢帕德《德国表现主义》，《现代主义》，第249页，上海外语教育出版社1992年6月版。

和偶然现象的记叙而展示其永恒的品质"①。因而,表现主义的出现,为作家们提供了一条通向内心的文学道路。作家们越来越关注对人性和心理世界的发掘,关注对人的存在本质的揭示。而在具体的表现手法上,则强调主观想象,强调对世界的虚拟和变形的夸张与抽象,强调幻象在文学想象力中的作用。正如表现主义文学运动的代表人物埃德·施米特所指出的:"存在是一种巨大的幻象……需要对艺术世界进行确确实实的再塑造。这就要创造一个崭新的世界图象。""表现主义艺术家的整个用武之地就在幻象之中。他并不看,他观察;他不描写,他经历;他不再现,他塑造;他不拾取,他去探寻。于是不再有工厂、房舍、疾病、妓女、呻吟和饥饿这一连串的事实,有的只是它们的幻象。"②

卡夫卡的文学创作也濡染了表现主义的艺术特征。这突出地表现在卡夫卡同样是个营造幻象的艺术大师。卡夫卡的文学世界中就充满了这种再造现实的幻象。《变形记》中人变成大甲虫的虚拟现实,《地洞》所描绘的洞穴的生存世界,《骑桶者》结尾所写的一个人骑着空空的煤桶"浮升到冰山区域,永远消失"的情景……描绘的都是这种幻象世界。正如德国大作家托马斯·曼所说:"他是一个梦幻者,他起草完成的作品都带着梦的性质,它们模仿梦——生活奇妙的影子戏——的不合逻辑、惴惴不安的愚蠢,叫人好笑。"③但是笑过之余,你会惊叹卡夫卡的幻象的世界看似不合逻辑,却并非虚妄,它恰恰揭示了人类生存的更本真的图景,是人的境遇的更深刻的反映。

在卡夫卡的短篇小说《猎人格拉胡斯》中,写了死后再生的猎人格拉胡斯与一位市长的这样一段对话:

"难道天国没有您的份儿么?"市长皱着眉头问道。

"我,"猎人回答,"我总是处于通向天国的阶梯上。我在那无限漫长的露天台阶上徘徊,时而在上,时而在下,时而在右,时而在左,

---

① 《中国大百科全书·外国文学》第I卷,第144页,中国大百科全书出版社1982年5月版。
② 埃德·施米特《创作中的表现主义》,《现代西方文论选》,第151—152页,上海译文出版社1983年1月版。
③ 转引自克劳斯·瓦根巴赫《卡夫卡》,第182页,中国社会科学出版社1992年8月版。

一直处于运动之中。我由一个猎人变成了一只蝴蝶。您别笑!"

"我没有笑,"市长辩解说。

"这就好,"猎人说,"我一直在运动着。每当我使出最大的劲来眼看快爬到顶点,天国的大门已向我闪闪发光时,我又在我那破旧的船上苏醒过来,发现自己仍旧在世上某一条荒凉的河流上,发现自己那一次死去压根儿是一个可笑的错误。"

徘徊在通向天国的阶梯上的格拉胡斯可以看成是卡夫卡本人的化身,卡夫卡也正是一个出入于现实世界和幻象世界之间的小说家,他的小说中真实与幻象纠缠交错在一起,是无法分割的统一世界。单纯从现实的角度或单纯从幻象的角度来评价卡夫卡,都没有捕捉住卡夫卡的精髓。他所擅长的是以严格的现实主义手法写神秘的幻象。法国作家纪德就认为卡夫卡的作品有相反相成的两个世界:一是对"梦幻世界'自然主义式'的再现(通过精致入微的画面使之可信),二是大胆地向神秘主义的转换"①。卡夫卡的本领在于他的小说图象在总体上呈现的是一个超现实的世界,一个想象的梦幻的世界,一个在现实中并不存在的荒诞的世界,一个具有神秘主义色彩的世界;然而,他的细节描写又是极其现实主义甚至是自然主义的,有着非常精细入微的描写,小说场景的处理也极其生活化。比如他的《在流放地》,关于杀人的行刑机器以及行刑的军官最后对自己执行死刑的构思都具有荒诞色彩,但是在具体的叙述过程中,卡夫卡又充分表现出细节描写的逼真性,尤其对行刑机器以及行刑过程的描摹更是淋漓尽致、栩栩如生。而另一方面,这种细节描写与传统现实主义的描写又具有本质上的区别。在以巴尔扎克为代表的传统现实主义小说中,细节的存在是为了更形象逼真地再现社会生活,烘托人物形象,凸现典型环境;而在卡夫卡的表现主义小说中,真实细腻的细节最终是为了反衬整体生存处境的荒诞和神秘。最终卡夫卡展示给我们的是一个陌生的世界,这个陌生的世界最终隐喻了现代人对自己生存的世界的陌生感,隐喻了现代人流放在自己的家园中的宿命。

与营造幻象相呼应的,是卡夫卡小说中虚拟现实的本领。卡夫卡擅

---

① 克劳斯·瓦根巴赫《卡夫卡》,第181页,中国社会科学出版社1992年8月版。

长营造一种在生活中完全不可能存在,但是又有逻辑上的存在可能性的现实情境,譬如他的小说《饥饿艺术家》,写了一个有着惊人的忍受饥饿能力的艺人,把对饥饿的忍受当成一门艺术来表演。他被关在一个笼子里进行展览。然而观众却对他表示怀疑,窥视他是不是暗中在偷吃东西。这种怀疑显然对艺术家的人格构成了侮辱:

> 内行的人大概都知道,饥饿艺术家在饥饿表演期间,不论在什么情况下都是点食不进的,你就是强迫他吃他都是不吃的。他的艺术家的荣誉感禁止他吃东西。当然,并非每个看守的人都能明白这一点的,有时就有这样的夜班看守,他们看得很松,故意远远地聚在一个角落里,专心致志地打起牌了。很明显,他们是有意要留给他一个空隙,让他得以稍稍吃点儿东西,他们以为他会从某个秘密的地方拿出储藏的食物来。这样的看守是最使饥饿艺术家痛苦的了。他们使他变得忧郁消沉;使他的饥饿表演异常困难;有时他强打精神,尽其体力之所能,就在他们值班期间,不断地唱着歌,以便向这些人表明,他们怀疑他偷吃东西是多么冤枉。

可见,饥饿构成的是饥饿艺术家的荣誉,他正是为饥饿而生存的人,饥饿甚至是他的生存目的和信仰,所以在小说的结尾,当表演结束,没有人再关心饥饿艺术家的时候,艺术家却仍在独立坚持,直到最后饿死。

《饥饿艺术家》表现出卡夫卡描绘一个可能性的世界的本领。饥饿表演就是一种悬想性的情境,是未必发生却可能发生的情境。这个情境与变成甲虫的艺术想象一样,都是通过对一种可能发生的现象的拟想来传达的。卡夫卡小说的表现主义的想象力也正表现在处理拟想性的可能世界的能力,并往往借助于荒诞、变形、陌生化、抽象化等艺术手段来实现。譬如其中变形的手段就是通过打破生活的固有形态,对现实生活中的事物加以夸张与扭曲的方式来凸现生活以及人的存在本质的一种艺术手法。它既是表现主义艺术家常用的一种技巧,同时在卡夫卡那里,又是"变形"化地对现代人的意识和存在的深层本质的超前反映。就像卡夫卡曾经表述过的那样:一次,卡夫卡和雅赫诺参观一个法国画家的画展,当雅赫诺说到毕加索是一个故意的扭曲者的时候,卡夫卡说:"我不这么认为。他只不过是将尚未进入我们意识中的畸形记录下来。艺术是一面镜子,它有时像一个走得快的钟,走在前面。"①对于卡夫卡和他的时代的关系而言,他正是这样一个走在前面的,既反映时代、又超越时代的艺术的先知。

第三节 《城堡》

发表于1926年的《城堡》写成于1922年,是卡夫卡最后也是最重要的长篇小说。主人公的名字只是一个符号——K,小说开头写K在一个遍地积雪的深夜来到一个城堡外的村庄,准备进入这座城堡。K自称是一个土地测量员,受城堡的聘请来丈量土地。但是城堡开始并不承认聘请过土地测量员,因此K无权在村庄居住,更不能进入城堡。于是K为进入城堡而开始了一场毫无希望的斗争。K首先去找村长,村长告诉他聘请K是城堡的一次失误的结果。多年前城堡的A部门有过一个议案,要为它所管辖的这座村庄请一个土地测量员,议案发给了村长,村长写了封答复信,称并不需要土地测量员,但是这封信并没有送回A部门,而是阴错阳差地送到了B部门,同时也不排除这封信在中途哪个环节上丢失或者压在一大堆文件底下的可能性。结果就是K被招聘来到了城堡,而城堡则已经把这件事忘了。于是K成为了城堡官僚主义的牺牲品。城堡当局一直拒绝他的任何要求,连城堡管辖的村庄、村民以及村庄中的小学校、客栈都与K为敌,结果是K最终也没能进入城堡。小说没有写完,据卡夫卡的生前好友、《城堡》一书的编者马克斯·布洛德在《城堡》第一版附注中说:"卡夫卡从未写出结尾的章节,但有一次我问起他这部小说如何结尾时,他曾告诉过我。那个名义上的土地测量员将得到部分的满足。他将不懈地进行斗争,斗争至筋疲力竭而死。村民们将围集在死者的床边,这时城堡当局传谕:虽然K提出在村中居住的要求缺乏合法的

---

① 转引自谢莹莹《Kafkaesque——卡夫卡的作品与现实》,《国外文学》1996年第1期,第47页。

根据,但是考虑到其他某些情况,准许他在村中居住和工作。"①

这是一部与传统的现实主义小说大相径庭的作品,以往用来分析传统小说的角度——譬如故事性、戏剧冲突、人物性格、典型环境、情节的发生、发展、高潮、结局等等——在这里都显得失去了效用。这是一部从整体上看像一个迷宫的小说,卡夫卡营造的是一个具有荒诞色彩的情境。理解这部小说的焦点在于,为什么K千方百计地试图进入城堡?城堡究竟是个什么样的存在?它有着什么样的象征性内涵?小说的主题又是什么?在卡夫卡的研究史上,这些问题都是没有最终的明确答案的,《城堡》的魅力也恰恰在此。而这一切都因为小说最终指向的是一种荒诞的处境。正像一位苏联学者扎东斯基所说:"正是渗透在卡夫卡的每一行作品里的这种荒诞色彩——这种预先就排除了弄懂书中事件的任何潜在可能的荒诞色彩,才是卡夫卡把生活非现实化的基本手段。一切的一切——物件啦,谈话啦,房屋啦,人啦,思想啦,——全都像沙子一样,会从手指缝里漏掉,而最后剩下来的就只是对于不可索解的、荒诞无稽的生活的恐惧情绪。"②

"城堡"是小说的核心意象,小说一开头就引入了对"城堡"的描写:

> K到村子的时候,已经是后半夜了。村子深深地陷在雪地里。城堡所在的那个山冈笼罩在雾霭和夜色里看不见了,连一星儿显示出有一座城堡屹立在那儿的光亮也看不见。K站在一座从大路通向村子的木桥上,对着他头上那一片空洞虚无的幻景,凝视了好一会儿。

卡夫卡对城堡的描写策略是想把它塑造成既真实存在又虚无缥缈的意象,一个迷宫般的存在。因此,小说一开始就营造了一种近乎梦幻般的氛围。这种氛围提示了小说的总体基调,此后,梦魇般的经历就一直伴随着K。尤其当K第二天想进入城堡的时候,卡夫卡更是呈现了一个鬼打墙般的存在:城堡看上去近在眼前,但是却没有路通向它,"他走的这条村

---

① 转引自汤永宽《城堡·前言》,《城堡》,第6页,上海译文出版社1980年1月版。
② 德·扎东斯基《卡夫卡真貌》,《论卡夫卡》,第447—448页,中国社会科学出版社1988年9月版。

子的大街根本通不到城堡的山冈,它只是向着城堡的山冈,接着仿佛经过匠心设计似的,便巧妙地转到另一个方向去了,虽然并没有离开城堡,可是也一步没有靠近它"。这是一段具有隐喻和象征色彩的文字,提示着城堡的无法企及,从而也无法被人们认知。卡夫卡正是想把城堡塑造成一个难以名状的存在物,它的内涵因而是不明确的,甚至是抽象的,就像一位卡夫卡研究者所说的那样:"卡夫卡的世界却是由象征符号组成的,那是一些启发性的象征,然而它们无法带我们找到结论,就像一把十分精致的钥匙,却没有一把锁可供他们来开启。卡夫卡作品的最基本的性质也就在于此,任何想得到结论或解开谜底的企图必将归于徒然。"①"城堡"是一个有多重象征意义的主题级的意象,同时也使小说成为一个解释的迷宫。

《城堡》问世以来,关于它的多种多样的解释可以写成几本厚厚的书。不同的研究者从不同的文化背景和理论视野出发,得出的是不同的结论:从神学立场出发,有研究者认为"城堡"是神和神的恩典的象征,K所追求的是最高的和绝对的拯救,也有研究者认为卡夫卡用城堡来比喻"神",而K的种种行径都是对既成秩序的反抗,想证明神是不存在的;持心理学观点的研究者认为,城堡客观上并不存在,它是K的自我意识的外在折射,是K内在真实的外在反映;存在主义的角度认为,城堡是荒诞世界的一种形式,是现代人的危机,K被任意摆布而不能自主,他的一切努力都是徒劳,从而代表了人类的生存状态;社会学的观点认为城堡中官僚主义严重,效率极低,城堡里的官员既无能又腐败,彼此之间充满矛盾,代表着崩溃前夕的奥匈帝国的官僚主义作风,同时又是作者对法西斯统治的预感,表现了现代集权统治的症状;马克思主义文艺观认为,K的恐惧来自于个人与物化了的外在世界之间的矛盾,小说将个人的恐惧感普遍化,将个人的困境作为历史和人类的普遍的困境;而从形而上学的观点看,K努力追求和探索的,是深层的不可知的秘密,他在寻找生命的终极意义;实证主义研究者则详细考证作者生平,以此说明作品产生的背景,指出《城堡》中的人物、事件同卡夫卡身处的时代社会、家庭、交往、工作、

---

① 海因茨·波里策《〈弗兰茨·卡夫卡〉一书的导言》,《论卡夫卡》,第619页,中国社会科学出版社1988年9月版。

旅游、疾病、婚事、个性等等有密切的关系。①

这证明《城堡》是一部可以有多重解释的作品,这种多重的解释,是由于"城堡"意象的朦胧和神秘所带来的。有论者指出:"卡夫卡的作品的本质在于问题的提出而不在于答案的获得,因此,对于卡夫卡的作品就得提出最后一个问题:这些作品能解释吗?"有相当一部分研究者认为《城堡》是没有最终的主题和答案的,或者也可以说,对于它的解释是无止境的,这使小说有着复义性的特征,有一种未完成性。未完成性也是卡夫卡小说的特征。他的三部长篇小说和一些短篇小说都没有结尾,在表面上看,似乎是因为卡夫卡缺乏完整的构思,但是有如此之多的小说没有写完,就可以看成是卡夫卡的一种自觉的追求。从而未完成性在卡夫卡那里成为一种文学模式,昭示了小说的开放性。有研究者说,未完成性是"卡夫卡能够以佯谬的方式借以完善地表达他对现代人之迷惘和危机的认识的惟一形式"②。

这种复义性以及未完成性的特征,也是现代主义文学的一个具有普遍性的特征。《城堡》的复杂解释史启示着我们,对于阅读一篇有着丰富而不确定含义的现代主义小说,读者也应该调整自己的阅读心理和态度,从而把对确定性结论的热衷调整为对小说复杂而不确定的寓意的无穷追索。

【思考题】

1. 为什么说卡夫卡是时代的先知?
2. 卡夫卡小说的艺术特色是什么?
3. 为什么说《城堡》是一部有多重解释的作品?

---

① 参见谢莹莹《Kafkaesque——卡夫卡的作品与现实》,《国外文学》1996 年第 1 期,第 44 页。
② 海因茨·波里策《卡夫卡研究的问题和疑难》,《论卡夫卡》,第 214 页,中国社会科学出版社 1988 年 9 月版。

变形记(节选)

〔奥地利〕卡夫卡

一

一天早晨,格里高尔·萨姆沙从不安的睡梦中醒来,发现自己躺在床上变成了一只巨大的甲虫。他仰卧着,那坚硬得像铁甲一般的背贴着床,他稍稍抬了抬头,便看见自己那穹顶似的棕色肚子分成了好多块弧形的硬片,被子几乎盖不住肚子尖,都快滑下来了。比起偌大的身躯来,他那许多只腿真是细得可怜,都在他眼前无可奈何地舞动着。

"我出了什么事啦?"他想。这可不是梦。他的房间,虽是嫌小了些,的确是普普通通人住的房间,仍然安静地躺在四堵熟悉的墙壁当中。在摊放着打开的衣料样品——萨姆沙是个旅行推销员——的桌子上面,还是挂着那幅画,这是他最近从一本画报上剪下来装在漂亮的金色镜框里的。画的是一位戴皮帽子围皮围巾的贵妇人,她挺直身子坐着,把一只套没了整个前臂的厚重的皮手筒递给看画的人。

格里高尔的眼睛接着又朝窗口望去,天空很阴暗——可以听到雨点敲打在窗槛上的声音——他的心情也变得忧郁了。"要是再睡一会儿,把这一切晦气事统统忘掉那该多好。"他想。但是完全办不到,平时他习惯于侧向右边睡,可是在目前的情况下,再也不能采取那样的姿态了。无论怎样用力向右转,他仍旧滚了回来,肚子朝天。他试了至少一百次,还闭上眼睛免得看到那些拼命挣扎的腿,到后来他的腰部感到一种从未体味过的隐痛,才不得不罢休。

"啊,天哪,"他想,"我怎么单单挑上这么一个累人的差使呢!长年累月到处奔波,比坐办公室辛苦多了。再加上还有经常出门的烦恼,担心各次火车的倒换,不定时而且低劣的饮食,而萍水相逢的人也总是些泛泛之交,不可能有深厚的交情,永远不会变成知己朋友。让这一切都见鬼去吧!"他觉得肚子上有点痒,就慢慢地挪动身子,靠近床头,好让自己头抬起来更容易些;他看清了发痒的地方,那儿布满着白色的小斑点,他不明白这是怎么回事,想用一条腿去搔一搔,可是马上又缩了回来,因为这一碰使他浑身起了一阵寒颤。

他又滑下来恢复到原来的姿势。"起床这么早,"他想,"会使人变傻的。人是需要睡觉的。别的推销员生活得像贵妇人。比如,我有一天上午赶回旅馆登记取回定货单时,别的人才坐下来吃早餐。我若是跟我的老板也来这一手,准定当场就给开除。也许开除了倒更好一些,谁说得准呢。如果不是为了父母亲而总是谨小慎微,我早就辞职不干了,我早就会跑到老板面前,把肚子里的气出个痛快。那个家伙准会从写字桌后面直蹦起来!他的工作方式也真奇怪,总是那样居高临下坐在桌子上面对职员发号施令,再加上他的耳朵又偏偏重听,大家不得不走到他跟前去。但是事情也未必毫无转机;只要等我攒够了钱还清父母欠他的债——也许还得五六年——可是我一定能做到。到那时我就会时来运转了。不过眼下我还是起床为妙,因为火车五点钟就要开了。"

他看了看柜子上滴滴嗒嗒响着的闹钟。天哪!他想道。已经六点半了,而时针还在悠悠然向前移动,连六点半也过了,马上就要七点差一刻了。闹钟难道没有响过吗?从床上可以看到闹钟明明是拨到四点钟的;显然它已经响过了。是的,不过在那震耳欲聋的响声里,难道真的能安宁地睡着吗?嗯,他睡得并不安宁,可是却正说明他还是睡得不坏。那么他现在该干什么呢?下一班车七点钟开;要搭这一班车他得发疯似的赶才行,可是他的样品都还没有包好,他也觉得自己的精神不甚佳。而且即使他赶上这班车,还是逃不过上司的一顿申斥,因为公司的听差一定是在等候五点钟那班火车,这时早已回去报告他没有赶上了。那听差是老板的心腹,既无骨气又愚蠢不堪。那么,说自己病了行不行呢?不过这将是最最不愉快的事,而且也显得很可疑,因为他服务五年以来没有害过一次病。老板一定会亲自带了医药顾问一起来,一定会责怪他的父母怎么养出这样懒惰的儿子,他还会引证医药顾问的话,粗暴地把所有的理由都驳掉,在那个大夫看来,世界上除了健康之至的假病号,再也没有第二种人了。再说今天这种情况,大夫的话是不是真的不对呢?格里高尔觉得身体挺不错,只除了有些困乏,这在如此长久的一次睡眠以后实在有些多余,另外,他甚至觉得特别饿。

这一切都飞快地在他脑子里闪过,他还是没有下决心起床——闹钟敲六点三刻了——这时,他床头后面的门上传来了轻轻的一下叩门声。"格里高尔,"一个声音说,——这是他母亲的声音——"已经七点差一刻了。你不是还要赶火车吗?"好温和的声音!格里高尔听到自己的回答声时不免大吃一惊。没错,这分明是他自己的声音,可是却有另一种可怕的叽叽喳喳的尖叫声同时发了出来,仿佛是伴音似的,使他的话只有最初几个字才是清清楚楚的,接着马上就受到了干扰,弄得意义含混,使人家说不上到底听清楚没有。格里高尔本想回答得详细些,好把一切解释清楚,可是在这样的情形下他只得简单地说:"是的,是的,谢谢你,妈妈,我这会儿正在起床呢。"隔着木门,外面一定听不到格里高尔声音的变化,因为他母亲听到这些话也满意了,就拖着步子走了开去。然而这场简短的对话使家里人都知道格里高尔还在屋子里,这是出乎他们意料之外的,于是在侧边的一扇门上立刻就响起了他父亲的叩门声,很轻,不过用的却是拳头。"格里高尔,格里高尔,"他喊道,"你怎么啦?"过了一小会儿他又用更低沉的声音催促道:"格里高尔!格里高尔!"在另一侧的门上他的妹妹也用轻轻的悲哀的声音问:"格里高尔,你不舒服吗?要不要什么东西?"他同时回答了他们两个人:"我马上就好了。"他把声音发得更清晰,说完一个字过一会儿才说另一个字,竭力使他的声音显得正常。于是他父亲走回去吃他的早饭了,他妹妹却低声地说:"格里高尔,开开门吧,求求你。"可是他并不想开门,所以暗自庆幸自己由于时常旅行,他养成了晚上锁住所有门的习惯,即使回到家里也是这样。

首先他要静悄悄地不受打扰地起床,穿好衣服,最要紧的是吃饱早饭,再考虑下一步该怎么办,因为他非常明白,躺在床上瞎想一气是想不出什么名堂来的。他还记得过去也许是因为睡觉姿势不好,躺在床上时往往会觉得这儿那儿隐隐作痛,及至起来,就知道纯属心理作用,所以他殷切地盼望今天早晨的幻觉会逐渐消逝。他也深信,他之所以变声音不是因为别的而仅仅是重感冒的征兆,这是旅行推销员的职业病。

要掀掉被子很容易,他只需把身子稍稍一抬被子就自己滑下来了。可是下一个动作就非常的困难,特别是因为他的身子宽得出奇。他得要有手和胳臂才能让自己坐起来;可是他有的只是无数细小的腿,它们一刻不停地向四面八方挥动,而他自己却完全无法控制。他想屈起其中的一条腿,可是它偏偏伸得笔直;等他终于让它听从自己的指挥时,所有别的腿却莫名其妙地乱动不已。"总是呆在床上有什么意思呢。"格里高尔自言自语地说。

他想,下身先下去一定可以使自己离床,可是他还没有见过自己的下身,脑子里根本没有概念,不知道要移动下身真是难上加难,挪动起来是那样的迟缓;所以到最后,他烦死了,就用尽全力鲁莽地把身子一甩,不料方向算错,重重地撞在床脚上，一阵彻骨的痛楚使他明白，如今他身上最敏感的地方也许正是他的下身。

于是他就打算先让上身离床，他小心翼翼地把头部一点点挪向床沿。这却毫不困难，他的身躯虽然又宽又大，也终于跟着头部移动了。可是，等到头部终于悬在床边上，他又害怕起来，不敢再前进了，因为，老实说，如果他就这样让自己掉下去，不摔坏脑袋才怪呢。他现在最要紧的是保持清醒，特别是现在；他宁愿继续呆在床上。

可是重复了几遍同样的努力以后，他深深地叹了一口气，还是恢复了原来的姿势躺着，一面瞧他那些细腿在难以置信地更疯狂地挣扎；格里高尔不知道如何才能摆脱这种荒唐的混乱处境，他就再一次告诉自己，呆在床上是不行的，最最合理的做法还是冒一切危险来实现离床这个极渺茫的希望。可是同时他也没有忘记提醒自己，冷静地、极其冷静地考虑到最最微小的可能性还是比不顾一切地蛮干强得多。这时际，他竭力集中眼光望向窗外，可是不幸得很，早晨的浓雾把狭街对面的房子也都裹上了，看来天气一时不会好转，这就使他更加得不到鼓励和安慰。"已经七点钟了，"闹钟再度敲响时，他对自己说，"已经七点钟了，可是雾还这么重。"有片刻工夫，他静静地躺着，轻轻地呼吸着，仿佛这样一养神什么都会恢复正常似的。

可是接着他又对自己说："七点一刻前我无论如何非得离开床不可。到那时一定会有人从公司里来找我，因为不到七点公司就开门了。"于是他开始有节奏地来回晃动自己的整个身子，想把自己甩出床去。倘若他这样翻下床去，可以昂起脑袋，头部不至于受伤。他的背似乎很硬，看来跌在地毯上并不打紧。他最担心的还是自己控制不了的巨大响声，这声音一定会在所有的房间里引起焦虑，即使不是恐惧。可是，他还是得冒这个险。

当他已经半个身子探到床外的时候——这个新方法与其说是苦事，不如说是游戏，因为他只需来回晃动，逐渐挪过去就行了——他忽然想起如果有人帮忙，这件事该是多么简单。两个身强力壮的人——他想到了他的父亲和那个使女——就足够了；他们只需把胳臂伸到他那圆鼓鼓的背后，抬他下床，放下他们的负担，然后耐心地等他在地板上翻过身来就行了，一碰到地板他的腿自然会发挥作用的。那么，姑且不管所有的门都是锁着的，他是否真的应该叫人帮忙呢？尽管处境非常困难，想到这一层，他却禁不住透出一丝微笑。

他使劲地摇动着，身子已经探出不少，快要失去平衡了，他非得鼓足勇气采取决定性的步骤了，因为再过五分钟就是七点一刻——正在这时，前门的门铃响了起来。"是公司里派什么人来了。"他这么想，身子就随之而发僵，可是那些细小的腿却动弹得更快了。一时之间周围一片静默。"他们不愿开门。"格里高尔怀着不合常情的希望自言自语道。可是使女当然还是跟往常一样踏着沉重的步子去开门了。格里高尔听到客人的第一声招呼就马上知道这是谁——是秘书主任亲自出马了。真不知自己生就什么命,竟落到给这样一家公司当差,只要有一点小小的差池,马上就会招来最大的怀疑!在这一个所有的职员全是无赖的公司里,岂不是只有他一个人忠心耿耿吗?他早晨只占用公司两三个小时,不是就给良心折磨得几乎要发疯,真的下不了床吗?如果确有必要来打听他出了什么事,派个学徒来不也够了吗——难道秘书主任非得亲自出马,以便向全家人,完全无辜的一家人表示,这个可疑的情况只有他自己那样的内行来调查才行吗?与其说格里高尔下了决心,倒不如说他因为想到这些事非常激动,因而用尽全力把自己甩出了床外。砰的一声很响,但总算没有响得吓人。地毯把他坠落的声音减弱了几分,他的背也不如他所想象的那么毫无弹性,所以声音很闷,不惊动人。只是他不够小心,头翘得不够高,还是在地板上撞了一下;他扭了扭脑袋,痛苦而忿懑地把头挨在地板上磨蹭着。

"那里有什么东西掉下来了。"秘书主任在左面房间里说。格里高尔试图设想,今天他身上发生的事有一天也让秘书主任碰上了;谁也不敢担保不会出这样的事。可是仿佛给他的设想一个粗暴的回答似的,秘书主任在隔壁房间里坚定地走了几步,他那漆皮鞋子发出了吱嘎吱嘎的声音。从右面的房间里,他妹妹用耳语向他通报消息:"格里高尔,秘书主任来了。""我知道了。"格里高尔低声嘟哝道;但是没有勇气提高嗓门让妹妹听到他的声音。

"格里高尔,"这时候,父亲在左边房间里说话了,"秘书主任来了,他要知道为什么你没能赶上早晨的火车。我们也不知道怎么跟他说。另外,他还要亲自和你谈话。所以,请你开门吧。他度量大,对你房间里的凌乱不会见怪的。""早上好,萨姆沙先生,"与此同时,秘书主任和蔼地招呼道。"他不舒服呢,"母亲对客人说,这时他父亲继续隔着门在说话,"他不舒服,先生,相信我吧。他还能为了什么原因误车呢!这孩子只知道操心公事。他晚上从来不出去,连我瞧着都要生气了;这几天来他没有出差,可他天天晚上都守在家里。他只是安安静静地坐在桌子旁边,看看报,或是把火车时刻表翻来覆去地看。他惟一的消遣就是做木工活儿。比如说,他花了两三个晚上刻了一个小镜框;您看到它那么漂亮一定会感到惊奇;这镜框挂在他房间里;再过一分钟等格里高尔打开门你就会看到了。您的光临真叫我高兴,先生;我们怎么也没法使他开门;他真是固执;我敢说他一定是病了,虽然他早晨硬说没病。"——"我马上来了,"格里高尔慢吞吞地小心翼翼地说,可是却寸步也没有移动,生怕漏过他们谈话中的每一个字。"我也想不出有什么别的原因,太太,"秘书主任说,"我希望不是什么大病。虽然另一方面我不得不说,不知该算福气呢还是晦气,我们这些做买卖的往往就得不把这些小毛小病当作一回事,因为买卖嘛总是要做的。"——"喂,秘书主任现在能进来了吗?"格里高尔的父亲不耐烦地问,又敲起门来了。"不行。"格里高尔回答。这声拒绝以后,在左面房间里是一阵令人痛苦的寂静;右面房间里他妹妹啜泣起来了。

他妹妹为什么不和别的人在一起呢?她也许是刚刚起床,还没有穿衣服吧。那么,她为什么哭呢?是因为他不起床让秘书主任进来吗,是因为他有丢掉差使的危险吗,是因为老板又要开口向他的父母讨还旧债吗?这些显然都是眼前不用担心的事情。格里高尔仍旧在家里,丝毫没有弃家出走的念头。的确,他现在暂时还躺在地毯上,知道他的处境的人当然不会盼望他让秘书主任走进来。可是这点小小的失礼以后尽可以用几句漂亮的辞令解释过去,格里高尔不见得会马上就给辞退。格里高尔觉得,就目前来说,他们与其对他抹鼻子流泪苦苦哀求,还不如别打扰他的好。可是,当然啦,他们的不明情况使他们大惑不解,也说明了他们为什么有这样的举动。

"萨姆沙先生,"秘书主任现在提高了嗓门说,"您这是怎么回事?您这样把自己关在房间里,光是回答'是'和'不是',毫无必要地引起您父母极大的忧虑,又极严重地疏忽了——这我只不过顺便提一句——疏忽了公事方面的职责。我现在以您父母和您经理的名义和您说话,我正式要求您立刻给我一个明确的解释。我真没想到,我真没想到。我原来还认为您是个安分守己、稳妥可靠的人,可您现在却突然决心想让自己丢丑。经理今天早晨还对我暗示您不露面的原因可能是什么——他提到了最近交给您管的现款——我还几乎要以自己的名誉向他担保这根本不可能呢。可是现在我才知道您真是执拗得可以,从现在起,我丝毫也不想袒护您了。您在公司里的地位并不是那么稳固的。这些话我本来想私下里对您说的,可是既然您这样白白糟蹋我的时间,我就不懂为什么您的父母不应该听到这些话了。近来您的工作叫人很不满意;当然,目前买卖并不是旺季,这我们也承认,可是一年里整整一个季度一点买卖也不做,这是不行的,萨姆沙先生,这是完全不应该的。"

"可是,先生,"格里高尔喊道,他控制不住了,激动得忘记了一切,"我这会儿正要来开门。一点小小的不舒服,一阵头晕使我起不了床。我现在还躺在床上呢。不过我已经好了。我现在正要下床。再等我一两分钟吧!我不像自己所想的那样健康。不过我已经好了,真的。这种小毛病难道就能打垮我不成!我昨天晚上还好好儿的,这我父亲母亲也可以告诉您,不,应该说我昨天晚上就感觉到了一些预兆。我的样子想必已经不对劲了。您要问为什么我不向办公室报告!可是人总以为一点点不舒服一定能顶过去,用不着请假在家休息。哦,先生,别伤我父母的心吧!您刚才怪罪于我的事都是没有根据的;从来没有谁这样说过我。也许您还没有看到我最近兜来的定单吧。至少,我还能赶上八点钟的火车呢,休息了这几个钟点我已经好多了。千万不要因为我而把您耽搁在这儿,先生;我马上就会开始工作的,这有劳您转告经理,在他面前还得请您多替我美言几句呢!"

格里高尔一口气说着,自己也搞不清楚自己说了些什么,也许是因为有了床上的那些锻炼,格里高尔没费多大气力就来到柜子旁边,打算依靠柜子使自己直立起来。他的确是想开门的,的确是想出去和秘书主任谈话的;他很想知道,大家这么坚持以后,看到了他又会说些什么。要是他们都大吃一惊,那么责任就再也不在他身上,他可以得到安静。如果他们完全不在意,那么他也根本不必不安,只要真的赶紧上车站去搭八点钟的车就行了。起先,他好几次从光滑的柜面上滑下来,可是最后,在一使劲之后,他终于站直了;现在他也不管下身疼得像火烧一般了。接着他让自己靠向附近一张椅子的背部,用他那些细小的腿抓住了椅背的边。这使他得以控制自己的身体,他不再说话,因为这时候他听见秘书主任又开口了。

"您们听得懂哪个字吗?"秘书主任问,"他不见得在开我们的玩笑吧?""哦,天哪,"他母亲声泪俱下地喊道,"也许他病害得不轻,倒是我们在折磨他呢。葛蕾特!葛雷特!"接着她嚷道。"什么事,妈妈?"他妹妹打那一边的房间里喊道。她们就这样隔着格里高尔的房间对嚷起来。"你得马上去请医生。格里高尔病了。去请医生,快点儿。你没听见他说话的声音吗?""这不是人的声音。"秘书主任说,跟母亲的尖叫声一比他的嗓音显得格外低沉。"安娜!安娜!"他父亲从客厅向厨房里喊道,一面还拍着手,"马上去找个锁匠来!"于是两个姑娘奔跑得裙子飕飕响地穿过了客厅——他妹妹怎能这么快就穿好衣服的呢?——接着又猛然打开了前门。没有听见门重新关上的声音;她们显然听任它洞开着,什么人家出了不幸的事情就总是这样。

格里高尔现在倒镇静多了。显然,他发出来的声音人家再也听不懂了,虽然他自己听来很清楚,甚至比以前更清楚,这也许是因为他的耳朵变得能适应这种声音了。不过至少现在大家相信他有什么地方不太妙,都准备来帮助他了。这些初步措施将带来的积极效果使他感到安慰。他觉得自己又重新进入人类的圈子,对大夫和锁匠都寄予了莫大的希望,却没有怎样分清两者之间的区别。为了使自己在即将到来的重要谈话中声音尽可能清晰些,他稍微嗽了嗽嗓子,他当然尽量压低声音,因为就连他自己听起来,这声音也不像人的咳嗽。这时候,隔壁房间里一片寂静。也许他的父母正陪了秘书主任坐在桌旁,在低声商谈,也许他们都靠在门上细细谛听呢。

格里高尔慢慢地把椅子推向门边,接着便放开椅子,抓住了门来支撑自己——他那些细腿的脚底上倒是颇有粘性的——他在门上靠了一会儿,喘过一口气来。接着他开始用嘴巴来转动插在锁孔里的钥匙。不幸的是,他并没有什么牙齿——他得用什么来咬住钥匙呢?——不过他的下颚倒好像非常结实;靠着这下颚他总算转动了钥匙,他准是不小心弄伤了什么地方,因为有一股棕色的液体从他嘴里流出来,淌过钥匙,滴到地上。"您们听,"门后的秘书主任说,"他在转动钥匙了。"这对格里高尔是个很大的鼓励;不过他们应该都来给他打气,他的父亲母亲都应该喊:"加油,格里高尔。"他们应该大声喊道:"坚持下去,咬紧钥匙!"他相信他们都在全神贯注地关心自己的努力,就集中全力死命咬住钥匙。钥匙需要转动时,他便用嘴巴衔着它,自己也绕着锁孔转了一圈,好把钥匙扭过去,或者不如说,用全身的重量使它转动。终于屈服的锁发出响亮的咔嗒一声,使格里高尔大为高兴。他深深地舒了一口气,对自己说:"这样一来我就不用锁匠了。"接着就把头搁在门柄上,想把门整个打开。

门是向他自己这边拉的,所以虽然已经打开,人家还是瞧不见他。他得慢慢地从对开的那半扇门后面把身子挪出来,而且得非常小心,以免背脊直挺挺地跌倒在房间里。他正在困难地挪动自己,顾不上作任何观察,却听到秘书主任"哦!"的一声大叫——发出来的声音像一股猛风——现在他可以看见那个人了,他站得最靠近门口,一只手遮在张大的嘴上,慢慢地往后退去,仿佛有什么无形的强大压力在驱逐他似的。格里高尔的母亲——虽然秘书主任在场,她的头发仍然没有梳好,还是乱七八糟地竖着——她先是双手合掌瞧瞧他父亲,接着向格里高尔走了两步,随即倒在地上,裙子摊了开来,脸垂到胸前,完全看不见了。他父亲握紧拳头,一副恶狠狠的样子,仿佛要把格里高尔打回到房间里去,接着他又犹豫不定地向起坐室扫了一眼,然后把双手遮住眼睛,哭泣起来,连他那宽阔的胸膛都在起伏不定。

格里高尔没有接着往起坐室走去,却靠在那半扇关紧的门的后面,所以他只有半个身子露在外面,还侧着探在外面的头去瞧别人。这时候天更亮了,可以清清楚楚地看到街对面一幢长得没有尽头的深灰色的建筑——这是一所医院——上面惹眼地开着一排排呆板的窗子;雨还在下,不过已成为一滴滴看得清的大颗粒了。大大小小的早餐盆碟摆了一桌子,对于格里高尔的父亲,早餐是一天里最重要的一顿饭,他一边看各式各样的报纸,一边吃,要吃上好几个钟头。在格里高尔正对面的墙上挂着一幅他服兵役时的照片,当时他是少尉,他的手按在剑上,脸上挂着无忧无虑的笑容,分明要人家尊敬他的军人风度和制服。前厅的门开着,大门也开着,可以一直看到住宅前的院子和最下面的几级楼梯。

"好吧,"格里高尔说,他完全明白自己是惟一多少保持着镇静的人,"我立刻穿上衣服,等包好样品就动身。您是否还容许我去呢?您瞧,先生,我并不是冥顽不化的人,我很愿意工作;出差是很辛苦的,但我不出差就活不下去。您上哪儿去,先生?去办公室?是吗?我这些情形您能如实地反映上去吗?人总有暂时不能胜任工作的时候,不过这时正需要想起他过去的成绩,而且还要想到以后他又恢复了工作能力的时候,他一定会干得更勤恳更用心。我一心想忠诚地为老板做事,这您也很清楚。何况,我还要供养我的父母和妹妹。我现在景况十分困难,不过我会重新挣脱出来的。请您千万不要火上加油。在公司里请一定帮我说几句好话。旅行推销员在公司里不讨人喜欢,这我知道。大家以为他们赚的是大钱,过的是逍遥自在的日子。这种成见也犯不着特地去纠正。可是您呢,先生,比公司里所有的人看得都全面,是的,让我私下里告诉您,您比老板本人还全面,他是东家,当然可以凭自己的好恶随便不喜欢哪个职员。您知道得最清楚,旅行推销员几乎长年不在办公室,他们自然很容易成为闲话、怪罪和飞短流长的目标,可他自己却几乎完全不知道,所以防不胜防。直待他精疲力竭地转完一个圈子回到家里,这才亲身体验到连原因都无法寻找的恶果落到了自己的身上。先生,先生,您不能不说我一句好话就走啊,请表明您觉得我至少还有几分是对的呀!"

可是格里高尔才说头几个字,秘书主任就已经在踉跄倒退,只是张着嘴唇,侧过颤抖的肩膀直勾勾地瞪着他。格里高尔说话时,他片刻也没有站定,却偷偷地向门口蹭去,眼睛始终盯紧了格里高尔,只是每次只移动一寸,仿佛存在某项不准离开房间的禁令一般。好不容易退入了前厅,他最后一步跨出起坐室时动作好猛,真像是他的脚跟刚给火烧着了。他一到前厅就伸出右手向楼梯跑去,好似那边有什么神秘的救星在等待他。

格里高尔明白,如果要保住他在公司里的职位,不想砸掉饭碗,那就决不能让秘书主任抱着这样的心情回去。他的父母对这一点还不太了然;多年以来,他们已经深信格里高尔在这家公司里要呆上一辈子的,再说,他们的心思已经完全放在当前的不幸事件上,根本无法考虑将来的事。可是格里高尔却考虑到了。一定得留住秘书主任,安慰他,劝告他,最后还要说服他;格里高尔和他一家人的前途全系在这上面呢！只要妹妹在场就好了！她很聪明；当格里高尔还安静地仰在床上的时候她就已经哭了。总是那么偏袒女性的秘书主任一定会乖乖地听她的话；她会关上大门，在前厅里把他说得不再惧怕。可是她偏偏不在，格里高尔只得自己来应付当前的局面。他没有想到自己的身体究竟有什么活动能力，也没有想一想他的话人家仍旧很可能听不懂，而且简直根本听不懂，就放开了那扇门，挤过门口，迈步向秘书主任走去，而后者正可笑地用两只手抱住楼梯的栏杆；格里高尔刚要摸索可以支撑的东西，忽然轻轻喊了一声，身子趴了下来，他那许多只腿着了地。还没等全部落地，他的身子已经获得了安稳的感觉，从早晨以来，这还是第一次；他脚底下现在是结结实实的地板了；他高兴地注意到，他的腿完全听从指挥；它们甚至努力地把他朝他心里所想的任何方向带去；他简直要相信，他所有的痛苦总解脱的时候终于快来了。可是就在这一刹那间，当他摇摇摆摆一心想动弹的时候，当他离他母亲不远，躺在她对面地板上的时候，本来似乎已经完全瘫痪的母亲，这时却霍地跳了起来，伸直双臂，张开了所有的手指，喊道："救命啊，老天爷，救命啊！"一面又低下头来，仿佛想把格里高尔看得更清楚些，同时又偏偏身不由己地一直往后退，根本没顾到她后面有张摆满了食物的桌子；她撞上桌子，又糊里糊涂傈地坐了上去，似乎全然没有注意她旁边那把大咖啡壶已经打翻，咖啡也汩汩地流到了地毯上。

"妈妈，妈妈。"格里高尔低声地说道，抬起头来看着她。这时他已经完全把秘书主任撇在脑后；他的嘴却忍不住咂巴起来，因为他看到了淌出来的咖啡。这使他母亲再一次尖叫起来。她从桌子旁边逃开，倒在急忙来扶她的父亲的怀抱里。可是格里高尔现在顾不得他的父母；秘书主任已经在走下楼梯了，他的下巴探在栏杆上扭过头来最后回顾了一眼。格里高尔急走几步，想尽可能追上他；可是秘书主任一定是看出了他的意图，因为他往下蹦了几级，随即消失了；可是还在不断地叫喊"噢！"回声传遍了整个楼梯。不幸得很，秘书主任的逃走仿佛使一直比较镇定的父亲也慌乱万分，因为他非但自己不去追赶那人，或者至少别去阻拦格里高尔去追逐，反而右手操起秘书主任连同帽子和大衣一起留在一张椅子上的手杖，左手从桌子上抓起一张大报纸，一面顿脚，一面挥动手杖和报纸，要把格里高尔赶回到房间里去。格里高尔的恳求全然无效，事实上别人根本不理解；不管他怎样谦恭地低下头去，他父亲反而把脚顿得更响。另一边，他母亲不顾天气寒冷，打开了一扇窗子，双手掩住脸，尽量把身子往外探。一阵劲风从街上刮到楼梯，窗帘掀了起来，桌上的报纸吹得啪嗒啪嗒乱响，有几张吹落在地板上。格里高尔的父亲无情地把他往后赶，一面嘘嘘叫着，简直像个野人。可是格里高尔还不熟悉怎么往后退，所以走得很慢。如果有机会掉过头,他能很快回进房间的,但是他怕转身的迟缓会使他父亲更加生气,他父亲手中的手杖随时会照准他的背上或头上给以狠狠的一击的。到后来,他竟不知怎么办才好,因为他绝望地注意到,倒退着走连方向都掌握不了;因此,他一面始终不安地侧过头瞅着父亲,一面开始掉转身子,他想尽量快些,事实上却非常迂缓。也许父亲发觉了他的良好意图,因此并不干涉他,只是在他挪动时远远地用手杖尖拨拨他。只要父亲不再发出那种无法忍受的嘘嘘声就好了。这简直要使格里高尔发狂。他已经完全转过去了,只是因为给嘘声弄得心烦意乱,甚至转得过了头。最后他总算对准了门口,可是他的身体又偏巧宽得过不去。但是在目前精神状态下的父亲,当然不会想到去打开另外半扇门好让格里高尔得以通过。他父亲脑子里只有一件事,尽快把格里高尔赶回房间。让格里高尔直立起来,侧身进入房间,就要作许多麻烦的准备,父亲是绝不会答应的。他现在发出的声音更加响亮,他拼命催促格里高尔往前走,好像他前面没有什么障碍似的;格里高尔听来他后面响着的声音不再像是父亲一个人的了;现在更不是闹着玩的了,所以格里高尔不顾一切狠命向门口挤去。他身子的一边拱了起来,倾斜地卡在门口,腰部挤伤了,在洁白的门上留下了可憎的斑点,不一会儿他就给夹住了,不管怎么挣扎,还是丝毫动弹不得,他一边的腿在空中颤抖地舞动,另一边的腿却在地上给压得十分疼痛——这时,他父亲从后面使劲地推了他一把,实际上这倒是支援,使他一直跌进了房间中央,汩汩地流着血。在他后面,门砰的一声用手杖关上了,屋子里终于回复了寂静。

(李文俊译)
(选自《卡夫卡短篇小说选》,外国文学出版社 1985 年版)

【导读】

1. 卡夫卡的《变形记》是一部中篇小说,共有三节,本书节选的是第一节。

2. 《变形记》写格里高尔·萨姆沙一天早晨醒来后发现自己躺在床上变成了一只大甲虫。小说是通过哪些细节表现他的甲虫特征的?

3. 变成甲虫无疑是具有荒诞色彩的构思,但是卡夫卡通过精细的描写却使这一荒诞的情节显得真实可信。这取决于卡夫卡的细部的写实原则和艺术手法。这篇小说表现了卡夫卡小说的一种具有代表性的特征,即总体的荒诞性和细节的真实性。请仔细体味这一点。

4. 《变形记》通过对格里高尔变成大甲虫的寓言化的描写,深刻地揭示出人在现代社会中的异化。社会现实是一个使人异化的存在,格里高尔为了生存而整日奔波,却无法在生活中找到归宿感。社会甚至家庭、人伦都使他感到陌生,最终使他成为异己的存在物,被社会与家庭抛弃。这就是现代人在现代社会中所可能面临的生存处境的变形化写照。

第二章 意识流小说

第一节 意识流的哲学心理学背景及表现技巧

意识流小说是20世纪初期在欧美文坛上出现的一个文学流派,对20世纪世界文学的发展与格局产生了巨大影响,产生了一批闻名世界的文学大师,其中尤以詹姆斯·乔伊斯(1882—1941),威廉·福克纳(1897—1962)和弗吉尼亚·伍尔夫(1882—1941)为代表,出现了乔伊斯的《青年艺术家的画像》(1916)、《尤利西斯》(1922)、《芬尼根们的苏醒》(1939),福克纳的《喧哗与骚动》(1929)、《我弥留之际》(1930),伍尔夫的《达罗卫夫人》(1925)、《到灯塔去》(1927)、《浪》(1931)等代表作。

20世纪的各种各样的现代主义文学流派有着一个共同的特征,即在文学观念的背后大都有着哲学和心理学的支撑。意识流小说也不例外,作为一个文学流派,其总体特征首先表现在它的产生具有深厚的哲学与心理学基础。其中法国现代哲学家亨利·柏格森(1859—1941)的直觉主义和心理时间观直接构成意识流小说的哲学背景。柏格森主张人的主观精神是一种内在的"绵延"的状态,是一种处于不断变化之中的意识流程,"连绵不断"是人的意识与精神活动的主导特征。同时,柏格森又提出了"心理时间"的理论,他的哲学中的"时间"不是我们通常理解的体现在钟表刻度上的物理时间,而是一种心理意义上的时间。作为心理时间,它与人的流动的、绵延的意识融为一体,不可分割。这一切都为意识流小说中的时间形态的主观性、意识的绵延性和心理的流动性等等小说图景,提供了基本的哲学依据。

奥地利心理学家弗洛伊德的精神分析学说则构成了意识流文学的心理学基础。弗洛伊德把人的精神领域划分为意识、前意识与无意识三种结构形态,认为其中的"无意识"是处于意识最底层的广大的区域,它是一片充满着盲目冲动的黑暗域,深埋着人的本能、欲望与冲突。人的无意识是非理性的,受到理性的压抑而很难实现,同时无意识也是人清醒而自觉的理性意识所无法认识也无法控制的。但是,人有做梦的行为,而梦的活动却是无意识的间接的反映,人在梦中的时候,饱受压制的欲望和本能便通过变形的象征方式浮现,从而人的梦便成为被压抑的欲望的一个宣泄的渠道,使人在日常生活中难以满足的欲望得到补偿性与替代性的满足。这就是弗洛伊德著名的释梦学说。它与无意识学说一起,深刻地影响了意识流小说家的创作理念,构成了意识流文学的心理学基础。了解意识流文学的哲学和心理学背景是非常重要的,这种现象说明了现代主义文学流派的形成往往与哲学和心理学以及社会学思潮有着不可分割的内在联系和渗透,表现出20世纪人文科学的整一性图景。

"意识流"(stream of consciousness)这一概念最初是心理学术语,是由美国心理学家威廉·詹姆斯(1842—1910)在《心理学原理》一书中提出来的:"意识就其本身而言并非是许多截成一段一段的碎片。'链条'或'系列'之类的字眼都不能恰当地描述意识最初呈现出来的样子。它不是片断的连接,而是流动的。用'河'或'流'这样的比喻才能最自然地把它描述出来……我们就称它为思想流、意识流或主观生活之流吧。"这种把意识比作连绵流动的河水的譬喻直接触发了作家们的联想。1918年,梅·辛克莱在评论多萝西·理查逊的小说《旅程》时最早把"意识流"这一术语引入了文学评论,此后,作为一个文学术语的"意识流"被文学评论家们广泛运用,并通常包含三层意思:一、指一个现代主义小说流派;二、指一种小说文体,三、指表现人物心理和意识活动的一种技巧。

第一个层面无须赘述。从第二个层面看,什么样的小说文体属于意识流文体呢?这一点在国外文学理论界尚有分歧。按弗洛伊德的分类,意识活动可分为意识、前意识和无意识,理论界分歧的焦点就在于意识流小说描绘的所谓流动的意识到底指意识的哪个层面。有的理论家认为应该指意识的全部层面。这样法国作家普鲁斯特就被包括在意识流小说家中,他的长篇巨著《追忆似水年华》就被看成意识流小说。而另外一些理论家则认为意识流小说应侧重于描绘前意识和无意识,这样一来,普鲁斯特又被驱逐出了意识流小说流派。两种观点中更占有主导地位的是后一种主张。我们这里采纳的就是后一种观点。这种观点的代表人物之一是美国文学理论家汉弗莱,他指出:"让我们把意识比作为大海中的冰山——是整座冰山而不是仅仅露出海面的相对来讲比较小的那一部分。按照这个比喻,海平面以下的庞大部分才是意识流小说的主旨所在。""从这样一种意识概念出发,我们可以给意识流小说下这样的定义:意识流小说是侧重于探索意识的未形成语言层次的一类小说,其目的是为了揭示人物的精神存在。"①所谓"意识的未形成语言层次",指的即是前意识与无意识层次。在这个意义上,乔伊斯、伍尔夫、福克纳都表现出对前意识与无意识领域的兴趣,也构成了我们集中讨论的意识流小说家。

从第三个层面看,意识流同时也是一种表现人物心理和意识活动的技巧,这些技巧主要包括内心独白、自由联想、蒙太奇、时空跳跃、旁白等等。这里侧重介绍一下内心独白、自由联想与蒙太奇。

表现人物心理和意识活动的最常用也最重要的技巧是内心独白。"顾名思义,内心独白是默然无声,一人独操的心理语言,或者说是无声无息的语言意识。"②它可以进一步被划分为间接内心独白和直接内心独白。所谓的间接内心独白指的是在叙事者的叙述过程中突然插入小说人物的内心活动,有时这种内心独白活动有着"他想"、"他意识到"一类的提示性引导词,但是意识流小说家更集中运用的则是人物的内心声音直接呈现,不用"他想"、"他感到"一类的提示词,直接从叙事者的声音转到人物内心的声音。读者仿佛一下子置身于人物的内心世界中,倾听他的心理活动。这就是意识流小说中最大量地运用的内心独白的技巧。

另一种则是直接内心独白,"直接内心独白是这样一种独白,在描写

---

① 汉弗莱《现代小说中的意识流》,第5页,湖南人民出版社1987年9月版。
② 李维屏《英美意识流小说》,第95页,上海外语教育出版社1996年5月版。

这样的独白时既无作者介入其中,也无假设的听众"[1],而是让小说人物作为第一人称直接传达内心的活动,从而将人物的意识直接展示给读者,而无须作者站出来向读者作指示性的说明。直接内心独白造成的文学效果是,小说所透露出的人物的心理和意识完全不受作者的干预和控制,是一种极其自然的袒露,充分反映了人的内心活动的原貌。同时应该强调的是,"这种独白没有假设的听众,也就是说,在某一场景中小说的人物并不同任何人说话,而且,他也不是向读者说话。总而言之,这种独白的表现形式是将人物的内心彻底敞开,就好像不存在任何读者一样"[2]。试以《尤利西斯》中最后一章为例。这一章通篇是小说人物摩莉的直接内心独白,也是迄今为止意识流小说中最著名的长篇内心独白,在中译本中长达57页,却没有一个标点,描写的是摩莉夜半躺在床上试图让自己入睡之时天马行空般的意识的流动。其中有这样一段:

几点过一刻啦　可真不是个时候　我猜想在中国　人们这会儿准正在起来梳辫子哪　好开始当天的生活　喏　修女们快要敲晨祷钟啦　没有人会进去吵醒她们　除非有个把修士去做夜课啦　要么就是隔壁人家的闹钟　就像鸡叫似的咔哒咔哒地响　都快把自个儿的脑子震出来啦　看看能不能打个盹儿　一二三四五　他们设计的这些算是啥花儿啊　就像星星一样　隆巴德街的墙纸可好看多啦　他给我的那条围裙上的花样儿就有点儿像　不过我只用过两回

这一段是直接内心独白的最典型的例子,它同时鲜明地体现着意识流小说的另一重要技巧——自由联想。什么是"自由联想"呢?有研究者认为:"在小说中,人物的意识流程往往不具有任何规律或秩序。他们的意识一般只能在一个问题或一种事物上作短暂的停留,即使他们头脑最清醒的时候也不例外。他们往往睹物生情,有感即发,头脑中的事物常常因外部客观事物的突然出现而被取代。眼前任何一种能刺激五官的事物都有可能打断人物的思路,激发新的思绪与浮想,释放出一连串新的印象与

---

[1]　汉弗莱《现代小说中的意识流》,第31页,湖南人民出版社1987年9月版。
[2]　同上书,第32页。

感触。"①

摩莉的直接内心独白印证的就是这种自由联想的原则,乍看上去这种内心独白仿佛天书一般不可理喻,但是如果掌握了自由联想的一般原则,还是可以捕捉到摩莉联想的内在轨迹,汉弗莱认为对联想进行控制的因素有三个:"第一是记忆,这是联想的基础;第二是感觉,它们操纵着联想的进行;第三是想象,它确定着联想的伸缩性。"②根据这三个原则,我们可以尝试分析一下摩莉的内心独白:

> 几点过一刻啦 可真不是个时候(这两句写的是什么地方的钟声提醒摩莉时间已经很晚了) 我猜想在中国 人们这会儿准正在起来梳辫子哪 好开始当天的生活(她的思绪跳到了中国,但是仍然与时间的意识相关) 喏 修女们快要敲晨祷钟啦 没有人会进去吵醒她们 除非有个把修士去做夜课啦(从中国人的起床联想到修女们不会有人打扰她们的睡眠,而摩莉自己却被深更半夜才刚刚回家的丈夫布卢姆吵醒) 要么就是隔壁人家的闹钟 就像鸡叫似的咔哒咔哒地响 都快把自个儿的脑子震出来啦(即使没有布卢姆吵醒她,也同样有邻居的闹钟会打扰) 看看能不能打个盹儿 一二三四五(她仍旧试图用数数的方式使自己快点入睡) 他们设计的这些算是啥花儿啊 就像星星一样(她却又注意到了糊墙纸上的花) 隆巴德街的墙纸可好看多啦(从糊墙纸上的花联想到自己在隆巴德街上的旧居的糊墙纸) 他给我的那条围裙上的花样儿就有点儿像 不过我只用过两回(既而又联想到丈夫布卢姆送给她的围裙上的花与糊墙纸上的花样有些相似)

可以看出,这一段意识流既是一种直接内心独白的范例,又反映了意识流的"自由联想"的技巧。

意识流中表现人物心理和意识活动的重要技巧还有"蒙太奇"。蒙太奇是电影的基本手法,通常指电影镜头的组合、叠加。而意识流小说中蒙太奇的运用指的则是作者把不同时间和空间中的事件和场景组合拼凑

---

① 李维屏《英美意识流小说》,第103页,上海外语教育出版社1996年5月版。
② 汉弗莱《现代小说中的意识流》,第54页,湖南人民出版社1987年9月版。

在一起,从而超越了时间和空间的限制,表现了人的意识跨越时空的跳跃性与无序性。意识流小说中的蒙太奇进一步分为时间蒙太奇与空间蒙太奇两种。以伍尔夫的《达罗卫夫人》为例。小说开头写达罗卫夫人为了准备晚宴在清晨出去买花,沁人心脾的空气使她浮想联翩,从十八岁时的恋人,想到现在自己的丈夫,从大战中献身的兵士,想到自己的女儿以及家庭教师,既而又设想即将到来的晚宴的情景……达罗卫夫人的意识自由流动在过去、现在、未来的不同时间段中,这就构成了时间蒙太奇;接下来,伦敦议会大厦的大本钟轰然敲响,小说开始呈现达罗卫夫人此刻看到的共时存在的空间场景:

> 人们的目光,轻快的步履,沉重的脚步,跋涉的步态,轰鸣与喧嚣;川流不息的马车、汽车、公共汽车和运货车;胸前背上挂着广告牌的人们(时而蹒跚,时而大摇大摆);铜管乐队、手摇风琴的乐声;一片喜洋洋的气氛,叮当的铃声,头顶上飞机发出奇异的尖啸声——这一切便是她热爱的:生活、伦敦、此时此刻的六月。

这就是空间蒙太奇,作者展现的是在钟声响起的特定时刻不同空间中同时出现的场景,使小说容纳了丰富的生活内容。尤其值得注意的是,伍尔夫擅长于把时间蒙太奇与空间蒙太奇结合在一起,既有人物意识穿行在历史中的纵深感,又有空间场面的包容性,是一种堪称卓越的意识流小说综合技巧。

第二节 代表作家

在欧美文学史上,较早尝试意识流小说创作的作家,一般认为是法国小说家艾杜阿·杜夏丹(1861—1949),他写了一部名为《月桂树被砍掉了》(1887)的小说,运用了意识流小说最常见的"内心独白"的技巧,从而开辟了意识流小说的道路。而在具有实验精神的法国文坛,最伟大的意识流小说的先驱是创作了鸿篇巨制《追忆似水年华》的马塞尔·普鲁斯特(1871—1922)。尽管有一类观点认为普鲁斯特尚不是真正的意识流小说家,但是不容否认的是,普鲁斯特比有史以来的任何一位作家都更广泛也更深入地探索了人类的心理和意识领域。在这个意义上,普鲁斯特堪称是意识流小说的伟大先驱。

普鲁斯特出身于法国资产阶级的富裕家庭,少年时代的普鲁斯特就频频出入于上流社会的沙龙、舞厅,成为社交场上的一员。然而他身患严重的哮喘病,深居简出、读书写作就成为他后半生的常态生活。1909年,他开始《追忆似水年华》(直译为《寻找失去的时间》)的写作,并在他去世后的第五年出齐这部多达七卷的巨著。康诺利在《现代主义代表作100种提要》中评价说,《追忆似水年华》"像《恶之花》或《战争与和平》一样,是一百年间只出现一次的作品"[①]。在这部伟大的作品中,普鲁斯特探讨了人类所固有的"回忆"这一心理和意识机制,并力图通过回忆去"追寻失去的时间",这就构成了该小说的宏大题旨。

从意识流小说的角度上说,《追忆似水年华》的回忆的格局使主人公(也是小说的叙事者"我")的联想和意识的流动成为小说的重要线索。它充分展示了人类回忆的基本形态。"我"的回忆有一种无序性、非逻辑性和偶发性的特征,小说的叙事结构也因此在总体上表现为故事时间顺序的打乱。构成小说细部的是无意识的联想,支撑小说时间观念的也是一种柏格森意义上的心理时间,这对后来的小说家探索人物的心理和意识的特征,产生了不容忽视的影响。

意识流小说的高峰期出现在20世纪二三十年代,其中詹姆斯·乔伊斯、威廉·福克纳、弗吉尼亚·伍尔夫是公认的最重要的作家。本章先侧重介绍一下伍尔夫和威廉·福克纳,詹姆斯·乔伊斯将留在第三章中较详细地介绍。

英国女小说家伍尔夫是意识流作家中举足轻重的人物之一,她最有影响的作品有《达罗卫夫人》(1925)、《到灯塔去》(1927)、《海浪》(1931)等。《达罗卫夫人》在结构的营造上有着意识流小说的共性特征,即把故事的主线集中在一天的十几个小时中。小说外在的线索写的是达罗卫夫人从清晨上街买花到晚宴招待客人的一系列活动,内在线索则是她的意

---

① 康诺利、伯吉斯《现代主义代表作100种提要·现代小说佳作99种提要》,第31页,漓江出版社1988年4月版。

识的流程,在达罗卫夫人的思绪中涵容了几十年的心理时空。《到灯塔去》有浓厚的象征意味,这种象征既表现在"灯塔"的意象本身,也表现在小说中的人物"到灯塔去"的执著的意向之中。《到灯塔去》的中文译者瞿世镜指出:小说的"总标题《到灯塔去》象征人们战胜时间与死亡去获得这种精神光芒的内心航程。归根结蒂,是爱战胜了死,人类的奋斗战胜了岁月的流逝。这就是本书的主题"①。整部小说的情节也正是围绕着"到灯塔去"的核心事件发生的,写的是拉姆齐一家前后十年间两度在苏格兰一个海岛上度假,终于在第二次度假期间完成了到灯塔去这一夙愿的故事。小说在技巧上频繁地转换视角,借助于这种转换,伍尔夫使不同人物的意识流得以交互穿插,形成多视角的叙述格局。这种多视角的叙述格局在她的另一部小说《海浪》中则表现为六个人物各自的内心独白。小说写的也是一天的时间段,伍尔夫把一天从日出到日落切割成九个时间段,每个段落都以太阳在天空的变化以及海浪的起伏等自然景观作为内心独白的先导,使海浪的起伏的韵律与人物的意识的流程甚至生命流程之间构成一种潜在的类比关系,并最终烘托出小说人物所反复追问的关于"自我"、"生命"、"死亡"等存在主义式的命题。

　　威廉·福克纳出身于美国南方一个没落的庄园主家庭。他一生中创作了大量的小说,从而成为20世纪美国最伟大的小说家,并于1950年获得了1949年度的诺贝尔文学奖。瑞典皇家科学院的授奖辞一方面称赞他是南方伟大的史诗作家,另一方面则把他看成20世纪小说家中伟大的实验主义者。"伟大的实验主义者"表现为福克纳的小说中很少有两部在技巧上是雷同的,同时也表现为他的意识流小说文体实验;而作为南方伟大的史诗作家,则表现为他创造了一个想象的王国——约克纳帕塔法。在福克纳创作的全部十九部长篇小说和七十五部短篇小说中,有十五部长篇和绝大多数短篇的故事都发生在约克纳帕塔法。

　　其中《喧哗与骚动》是福克纳的代表作,它既是关于约克纳帕塔法的故事,同时又是意识流小说的经典。小说写的是美国南方的一个庄园主康普生家族的没落史。康普生家族曾经是密西西比州声名显赫的望族,

---

① 《达罗卫夫人·到灯塔去》,第425页,上海译文出版社1997年8月版。

但如今已经衰落了。小说以家族第四代的四个子女作为核心,集中地反映了这种没落的历史。

《喧哗与骚动》在结构上最引人注目的特征表现在它的叙事结构上,小说由四个部分组成,每个部分都由不同的叙事者讲述。尤其给人别开生面之感的是第一部分的叙事者,第一人称的叙事者班吉是一个白痴,他已经三十多岁了,可智力却只有三岁孩童的水平。《喧哗与骚动》的开头,最能反映白痴班吉的叙事风格:

> 透过栅栏,穿过攀绕的花枝的空当,我看见他们在打球。他们朝插着小旗的地方走过来,我顺着栅栏朝前走。勒斯特在那棵开花的树旁草地里找东西。他们把小旗拔出来,打球了。接着他们又把小旗插回去,来到高地上,这人打了一下,另外那人也打了一下。他们接着朝前走,我也顺着栅栏朝前走。勒斯特离开了那棵开花的树,我们沿着栅栏一起走,这时候他们站住了,我们也站住了。我透过栅栏张望,勒斯特在草丛里找东西。
>
> "球在这儿,开弟。"那人打了一下。他们穿过草地往远处走去。我贴紧栅栏,瞧着他们走开。
>
> "听听,你哼哼得多难听。"勒斯特说。

班吉("我")试图描述的是一些人打高尔夫球的场景,但是班吉只能判断"球"以及"这人打了一下,另外那人也打了一下"。同时,他也不知道勒斯特(看护班吉的一个黑人小厮)旁边的那棵树是什么树,只知道是开花的树。他只能分辨开花的树和不开花的树。而开弟(caddie,球童)的发音他更分辨不出,他只以为那是叫他的姐姐凯蒂。而一涉及凯蒂,他就伤心,于是就哼叫起来。所以勒斯特说:"听听,你哼哼得多难听。"从《喧哗与骚动》的开头可以看出,福克纳力图完全遵循白痴的感知方式,呈现白痴特有的思维"逻辑"、叙事逻辑和心灵"秩序"。班吉的叙事突出地反映了福克纳对意识流小说技巧的精心营造。白痴的形象也寄托了福克纳的刻意追求。

首先,班吉的讲述呈现了文学感性的具体性和原初性。整个世界在班吉的眼里,是由一个个具体事物构成的,都与日常生活中的事物以及他的感官世界密切相联。正像一位美国学者所说:"班吉所有的思绪都和感觉、嗅觉、饮食、睡眠和声音的调子有关。过去和现在交融在他心中,他从不沉思,从不计划——他只会感受。"而这种不加任何修饰的感官世界的具体性和生活场景的原初性都反映了福克纳文学想象力的原创性,而班吉这个文学形象也是其他小说家所没有塑造的,是福克纳对世界文学形象长廊的独特贡献。

其次,白痴叙事更有助于表现意识流的创作技巧。可以说,福克纳为了营造意识流的小说形式更需要白痴这个特殊人物。在意识流的技巧层面,白痴是服从于小说艺术构思的需要的。"混乱"是班吉的叙述的最突出特征,在他的叙述中,不同时间和空间的场景混沌一片,难以分清,过去与当下的事件无从区别。因此,班吉的叙事突出表现了意识流的特征,一是时空和记忆的场景切换,二是所有的流程都由当下的某种感觉和事物触动。而在白痴的叙事流程中,福克纳最想强调的似乎是"共时性"和"现时性"的理念。班吉的叙事中穿插了大量过去的回忆和细节。但读者只读班吉的讲述根本搞不清哪些是过去的回忆,更搞不清这些回忆是过去的哪个时间段的,从而更逼真地反映了人的无意识的混乱与混沌。

最后,白痴叙事有助于福克纳传达小说的深层主题。《喧哗与骚动》的小说名字来自莎士比亚的悲剧《麦克白》第五幕第五场麦克白的台词:"人生就是一篇荒唐的故事,由白痴讲述,充满着喧哗与骚动,却没有任何意义。"从小说名字的出处可以看出,福克纳选择白痴班吉作为第一个叙事者,深刻地揭示了小说的题旨:人生就是由白痴讲述的荒唐的故事。白痴叙事因而表达的是世界的混乱无序的现实图景。他的讲述在某种意义上与世界的混乱本质是一致的,同时,也典型地表现了人类意识流程的真实图景。人类的意识的流动其实正像班吉,只不过在班吉那里发展到一个极端罢了。

《我弥留之际》(1930)是福克纳的第二部意识流小说,从情节的角度说,它写的是本德仑一家为刚去世的女主人艾迪送葬的历程。艾迪是一个普通农妇,按照她的遗愿,她的遗体要运回老家去安葬。小说的核心内容就是发生在十天之内的送葬的过程以及家庭中每一个成员的内心活动。它的实验性主要表现在结构的设置上。小说是由十五个人物的内心独白构成,共五十九个独白的段落,作者试图通过每个人物的独白表现各个人物不同的思维方式与迥异的性格,并进而在总体上彰显他们对相同的事件所作出不同的反应。每一段独白之间并没有线性时间上的逻辑联系,而是把各个人物的意识、思绪、感觉和记忆绵延成一个复杂的整体,交织组合在一起就有一种万花筒般的光怪陆离的效果。这就是被认为是意识流小说杰作的《我弥留之际》最重要的贡献。

从主导创作动机的角度看,福克纳自己曾说:"《我弥留之际》一书中的本德仑一家,也是和自己的命运极力搏斗的。"①有研究者把本德仑一家送葬的艰苦历程看成是"一群人的一次'奥德赛',一群有着各种精神创伤的普通人的一次充满痛苦与磨难的'奥德赛'。从人类总的状况来看,人类仍然是在盲目、无知的状态之中摸索着走向进步与光明。每走一步,他们都要犯下一些错误,付出沉重的代价。就这个意义说,本德仑一家不失为人类社会的一个缩影"②。

第三节 乔伊斯

詹姆斯·乔伊斯(1882—1941)是 20 世纪上半叶英语国家最重要的小说家之一,也是现代主义的一大鼻祖。

乔伊斯生于爱尔兰的都柏林,于都柏林大学毕业后,1902 年赴欧洲大陆,开始侨居生涯。早期最重要的两部作品《都柏林人》和《青年艺术家的画像》均在 1904 年开始创作,但是分别到 1914 年和 1916 年才真正出版。前者描写了都柏林精神状态的瘫痪与"麻痹",后者则是写主人公斯蒂芬成长历程的兼有自传性色彩和启悟性母题的长篇小说。在技巧上,《青年艺术家的画像》运用了内心独白、自由联想等带有意识流特征的创作手法,因此,有的评论家把它也看成是一部意识流小说。从这部小说中,至少可以看到后来在《尤利西斯》和《芬尼根们的苏醒》中所达到的登峰造极的意识流技巧并不是横空出世的艺术实验,而是在早期创作中

---

① 《福克纳评论集》,第 272 页,中国社会科学出版社 1980 年 5 月版。
② 李文俊《我弥留之际·译本前言》,《我弥留之际》,第 21 页,漓江出版社 1990 年 11 月版。

就已经开始酝酿了。

《尤利西斯》既是意识流小说的开山之作,也是意识流小说的集大成之作。1922年2月2日,《尤利西斯》首先在法国巴黎出版,既而引起了轰动,尽管在英美一再被禁,但最终它仍然被看成20世纪英语文学中最重要的一部小说,被誉为"20世纪最伟大的英语文学著作"。

小说写的是1904年6月16日一天里发生在三个主人公(布卢姆、斯蒂芬、摩莉)身上的事情。斯蒂芬是个年青的历史教师、诗人,布卢姆是个中年的广告推销员,摩莉是布卢姆的妻子,一个歌唱家。小说写的就是这三个人物一天中的经历和心理活动。在结构上分为三个部分,第一部分(前三章)写斯蒂芬的行动和意识,第二部分(第四到第十五章)集中写的是布卢姆一天中的经历。随着布卢姆一天中的行程,小说每一章写一个主要的场景,通过这些场景的展现,涉及了都柏林社会生活的方方面面。第三部分(第十六到第十八章)写布卢姆和斯蒂芬的相遇和交流以及摩莉的意识流联想。

首先值得注意的是小说的标题"尤利西斯"。尤利西斯指希腊的荷马史诗《奥德赛》(也翻译成《奥德修斯》)中的大英雄奥德修斯,"尤利西斯"是"奥德修斯"在拉丁文中的译名。乔伊斯以尤利西斯为小说的书名,就是为了在小说的主人公布卢姆和希腊史诗英雄之间建立某种联系。《尤利西斯》每一章原来的题目也都运用了荷马史诗《奥德赛》中的人名、地名和情节,尽管在小说正式出版时这些题目都已经删除,但是与《奥德赛》的对应仍然是小说中一种内在的组成要素。

为什么乔伊斯精心设置了一个与荷马史诗《奥德赛》相对应的结构呢?一种观点认为,这反映了乔伊斯宏大的创作意图。乔伊斯曾经称《尤利西斯》是"一部两个民族(以色列和爱尔兰)的史诗"[①],他是以创作一部规模宏伟的史诗的心态来设计小说的题旨和规模的。对荷马史诗的借用反映了乔伊斯借助一种神话结构从总体上把握当代社会生活的意向,正如大诗人T. S. 艾略特在《〈尤利西斯〉:秩序与神话》一文中所说的

[①] 转引自金隄《一部二十世纪的史诗——译者前言》,《尤利西斯》,第1页,人民文学出版社1994年9月版。

那样:"在使用神话,构造当代与古代之间的一种连续性并行结构的过程中,乔伊斯先生是在尝试一种新的方法……它是一种控制的方式,一种构造秩序的方式,一种赋予庞大、无效、混乱的景象,即当代历史,以形状和意义的方式。"①

另一种观点则认为《尤利西斯》所代表的20世纪现代主义小说在史诗和神话模式中所建构的秩序和统一性不过是一种虚构的产物。他们认为,小说中的主人公布卢姆作为一个有些下流的广告推销员怎么能与荷马史诗中的大英雄相提并论?平庸琐碎的都柏林的现实生活又怎么能成为一个神话?T.S.艾略特只看到了事物的表面,《尤利西斯》的现代神话所建构的秩序并不是生活中的固有本质,只是小说家的想象而已。在这个意义上,有研究者指出:20世纪的文化"已经丧失了一致性和生命力,所以作家才不得不企图以惟一可能的方式——虚构来对文化进行'再统一'"。因此《尤利西斯》不是一部神话著作,而是一部小说,不是要用现代的语言来再现奥德塞的神话,而是从根本上怀疑现代人是否可能具有神话般的幻想"。"这不涉及对神话世界的认可,而只是'对它提出疑问'"②。

这两种观点看似不同,但在对丧失了生命力的无序的现代文明的基本判断上可以说是一致的。

作为一部意识流的集大成著作,《尤利西斯》在意识流方面的成就突出反映在它几乎穷尽了所有的意识流技巧:自由联想、内心独白、时空跳跃、蒙太奇、旁白、幻觉、梦境、印象直呈,等等。而更引人注目的是,乔伊斯并不是单纯炫耀他的诸种技巧,技巧的运用是与他对人物的塑造密切联系在一起的。评论家们注意到小说中三个人物的意识流有着彼此截然不同的风格和特质。斯蒂芬是个历史教师和诗人,他的内心独白多深奥的隐喻,充斥着各种历史和文学典故,而且经常会出现各种各样的警句,他的联想流是一种具有深层语义的联想;而布卢姆是个广告推销员,他的意识流则有一种平面展开的特征,关注的也大都是空间化的色

---

① 《艾略特诗学文集》,第284页,王恩衷编译,国际文化出版公司1989年12月版。
② 彼得·福克纳《现代主义》,第105页,北方文艺出版社1988年8月版。

彩感更鲜明的事物,是一种浮面化的联想;至于摩莉,则是一个没有什么思想,语言也有些粗鄙,耽于欲望的形象,乔伊斯为她设计的意识流有一种突发性和随意性,语言也经常有语法错误,还把大诗人济慈的名句说成是拜伦的作品,表现了她的不学无术。这些精心的细部设计,无不反映出《尤利西斯》作为一部世纪经典的博大与丰富。

如果说《尤利西斯》在问世伊始即被视为天书的话,那么,更像天书的是乔伊斯的《芬尼根们的苏醒》(1939)。乔伊斯完成这部小说花了十七年的时间,并称这部小说将使评论家们至少忙上三百年。

为什么这部小说分外晦涩难懂呢?首先因为它表现的是小说人物纯粹的梦幻意识。小说的书名是源自爱尔兰的一首民歌《芬尼根的苏醒》(Finnegan's Wake),民歌唱的是芬尼根喝醉了酒,从梯子上掉下来,人们以为他死了,就为他守灵,没想到他在闻到酒的芳香之后又突然苏醒了。乔伊斯把原来的歌名改为 Finnegans Wake,省去了一个所有格的标点符号,并把芬尼根改为复数,从而表示所有芬尼根们的苏醒。复数的芬尼根可以说既指代小说中的所有人物,又隐喻了整个人类。

小说基本上围绕着核心人物酒店老板伊尔威克一夜之间的梦幻意识展开。在人物的梦中展现出的既有伊尔威克一家人的个体命运的图景,又有爱尔兰乃至全世界的历史,堪称是人类混乱的精神史的缩影。研究者一般认为乔伊斯写作《芬尼根们的苏醒》的历史观受到 18 世纪意大利哲学家维科(1688—1744)的历史循环论的影响。维科认为人类历史是不断循环往复的。经过"神灵时代"、"英雄时代"、"凡人时代"和"混乱时代"四个阶段之后再重新回到"神灵时代"的起点,周而复始。乔伊斯则把自己所处的历史时代看成是"混乱时代",只有用暗夜、梦魇才能真正描述这个时代的历史特征。而"芬尼根们的苏醒"则暗含着对新时代来临的一种期盼。与这种历史循环论的构想相一致的,是小说结构的循环往复。在全书的结尾,乔伊斯没有使用标志着完结的句号,而是用了一个定冠词"the":"A way a lone a last a loved a long the"(这遥远的、孤独的、最后的、可爱的、漫长的)。有趣的是,这个未完成的结尾恰好与小说以小写字母打头的开头"river run, past Eve and Adam's"(河水奔流,经过夏娃与亚当的乐园)连成了一句,构成了小说结构体式的循环。小说结构与小说背后隐含的历史观在此构成了一种内在的同构关系。

更令人望而却步的是《芬尼根们的苏醒》的语言实验。乔伊斯可以说创造了一种用来描绘梦呓的专用语言。他不仅发明了无数的匪夷所思的英语新词汇,同时对既有的词汇也采取重新编排的策略,还把六十多种语言(古文字、外语、方言等)囊括进他的小说,使小说的语义空前复杂,也使语言产生了前所未有的张力,因而,有人甚至说它是用"精神分裂症的语言"写出来的①。这种前无古人的大胆尝试不能说完全是故弄玄虚,最主要的动机还是出于描写人类黑夜与梦魇的主题目的。乔伊斯说:"对夜的描写,我感到我不能像平时一样使用语言。那样用词就不能表达夜间事物的真相,它们在不同阶段——有意识、半意识,然后是无意识——时的真相。"②混乱的语言正适于表达暗夜、梦幻和无意识。由此,乔伊斯也把意识流实验推向了极端。但是《芬尼根们的苏醒》的过于晦涩阻碍了它对更广大读者群的拥有,研究者一般认为比起《尤利西斯》,它对现代小说发展的贡献要小得多。

【思考题】

1. 什么是"意识流"?
2. 什么是意识流小说中的"内心独白"?
3. 福克纳《喧哗与骚动》中首先设计了一个白痴的形象来叙述,这反映了作者什么样的追求?
4. 学术界对乔伊斯在《尤利西斯》中设置的与荷马史诗《奥德赛》相对应的神话结构有什么样的评价?

---

① 彼特·科斯特洛《乔伊斯》,第160页,中国社会科学出版社1990年6月版。
② 转引自袁可嘉《欧美现代派文学概论》,第167页,上海文艺出版社1993年6月版。

喧哗与骚动(节选)

〔美〕福克纳

一九一〇年
2
六月

窗框的影子显现在窗帘上,时间是七点到八点之间,我又回到时间里来了,听见表在嘀嗒嘀嗒地响。这表是爷爷留下来的,父亲给我的时候,他说,昆丁,这只表是一切希望与欲望的陵墓,我现在把它交给你;你靠了它,很容易掌握证明所有人类经验都是谬误的 reducto absurdum①,这些人类的所有经验对你祖父或曾祖父不见得有用,对你个人也未必有用。我把表给你,不是要让你记住时间,而是让你可以偶尔忘掉时间,不把心力全部用在征服时间上面。因为时间反正是征服不了的,他说。甚至根本没有人跟时间较量过。这个战场不过向人显示了他自己的愚蠢与失望,而胜利,也仅仅是哲人与傻子的一种幻想而已。

表是支靠在放硬领的纸盒上的,我躺在床上倾听它的嘀嗒声。实际上应该说是表的声音传进我的耳朵里来。我想不见得有谁有意去听钟表的嘀嗒声的。没有这样做的必要。你可以很久很久都不察觉嘀嗒声,随着在下一秒钟里你又听到了那声音,使你感到虽然你方才没有听见,时间却在不间断地、永恒地、越来越有气无力地行进。就像父亲所说的那样:在长长的、孤独的光线里,你可以看见耶稣

---

① 拉丁语,正确的拼法应为 reductio ad absurdum,意为:归谬法。这是逻辑学中的一种驳斥形式,用以证明矛盾的或荒谬的结论是按照前提推出的逻辑上必然的结果。

在彳亍地前进,很像。还有那位好圣徒弗兰西斯①,他称死亡为他的"小妹妹",其实他并没有妹妹。

透过墙壁,我听到施里夫②那张床的弹簧的格吱格吱声,接着听到他趿着拖鞋走路的沙沙声。我起床,走到梳妆台前,伸手在台面上摸索,摸到了表,把它翻过来面朝下,然后回到床上。可是窗框的影子依然映在窗帘上,我差不多能根据影子移动的情形,说出现在是几点几分,因此我只得转过身让背对着影子,可是我感到自己像最早的动物似的,脑袋后面是长着眼睛的,当影子在我头顶上蠕动使我痒痒的时候,我总有这样的感觉。自己养成的这样一些懒惰的习惯,以后总会使你感到后悔。这是父亲说的。他还说过:基督不是在十字架上被钉死的,他是被那些小齿轮轻轻的喀嚓喀嚓声折磨死的。耶稣也没有妹妹。

一等我知道我看不见影子了,我又开始琢磨现在是什么时候了。父亲说过,经常猜测一片人为的刻度盘上几根机械指针的位置,这是心智有毛病的症像。父亲说,这就像出汗一样,也是一种排泄。我当时说也许是吧。心里却是怀疑的。心里一直是怀疑的。

如果今天是阴天,我倒可以瞧着窗子,回想回想对于懒惰的习性,父亲又是怎么说的。我想,如果天气一直好下去,对他们在新伦敦③的人来说倒是不错的。天气有什么理由要变呢? 这是女人做新娘的好月份,那声音响彻在④她径直从镜子里跑了出来,从被围堵在一个角落里的香气中跑了出来。玫瑰。玫瑰。杰生·李奇蒙·康普生先生暨夫人为小女举行婚礼。⑤ 玫瑰。不是像山茱萸和马利筋那种贞洁的花木。我说,我犯了乱伦罪了⑥,父亲,我说。玫瑰。狡猾而又安详。如果你在哈佛念了一年,却没有见到过划船比赛,那就应该要求退还学费。让杰生去念大学。让杰生上哈佛去念一年书吧。

施里夫站在门口,在穿硬领,他的眼镜上泛出了玫瑰色的光泽,好像是在洗脸

---

① 指弗兰西斯·德·阿昔斯(Francis di Assisi, 1182? —1226),意大利僧侣,据说他临死时说:"欢迎你,我的小妹妹死亡。"
② 昆丁在哈佛大学的同学,与昆丁合住一套宿舍,是加拿大人。
③ 美国康涅狄格州滨海一小城,哈佛大学与别的大学的学生的划船比赛在该处举行。
④ 昆丁在这里联想起妹妹凯蒂结婚那天(1910年4月25日)的情景。"那声音响彻在"是英国诗人约翰·开波尔(John Keble, 1792—1866)的诗歌《神圣的婚礼》中的半行,全句为:"那声音响彻在伊甸园的上空,/人世间最早的一次婚礼。"
⑤ 昆丁想起了他父亲寄来的宣布即将为凯蒂举行婚礼的请柬。
⑥ 昆丁想起在妹妹与推销员达尔顿·艾密司有了苟且关系后,他自己去向父亲"承认"犯了乱伦罪(其实没有)的情形。

时把他那红红的脸色染到眼镜上去了。"你今天早上打算旷课吗?"

"这么晚了吗?"

他瞧瞧自己的表:"还有两分钟就要打铃了。"

"我不知道已经这么晚了。"他还在瞧他的表,他的嘴在嗫动。"我得快些了。再旷一次课我可不行了。上星期系主任对我说——"他把表放回到口袋里。我也就不再开口了。

"你最好还是赶快穿上裤子,跑着去,"他说完,便走出去了。

我从床上爬起来,在房间里走动着,透过墙壁听他的声音。他走进起坐室,朝门口走去。

"你还没有穿好?"

"还没有。你先走吧。我会赶来的。"

他走出去了。门关上了。走廊里传来他那越来越微弱的脚步声。这时我又能听到表的嘀嗒声了。我不再走来走去,而是来到窗前,拉开窗帘,看人们急匆匆地朝小教堂①奔去,总是那些人,挣扎着把手穿进逐渐胀大的外套袖管,总是那些同样的书和飘飞的翻领向前涌去,仿佛是洪水泛滥中漂浮的破瓦碎砖,这里面还有斯波特②。他把施里夫叫做我的丈夫。啊,别理他,施里夫说,要是他光会追逐那些骚娘们,那跟我们又有什么相干。在南方,人们认为自己是童男子是桩丢脸的事。小青年也好,大男人也好。他们都瞎吹,童贞不童贞,这对女人来说关系倒不大,这是父亲说的。③ 他说,童贞这个观念是男人而不是女人设想出来的。父亲说,这就跟死亡一样,仅仅是一种别人都有份的事儿,我就说了,光是相信它也是没什么意思的,他就说,世界上一切事情之所以可悲正在于此,还不仅是童贞的问题,于是我就说,失去贞操的为什么不能是我,而只能是她呢,于是他说,事情之所以可悲也正在于此;所有的事情,连改变它们一下都是不值得的,而施里夫说④,他不就是光会追逐那些小骚娘们吗,我就说,你自己有妹妹没有?你有没有?你有没有?

斯波特在人群中间,就像是满街飞舞的枯叶中的一只乌龟。他的领子竖起在耳朵旁。他和往常一样迈着不慌不忙的步子。他是南卡罗来纳州人,是个四年级

---

① 哈佛大学原来是为培养牧师而设立的学府,直至20世纪初,宗教气氛仍然十分浓厚,学生每天上课前均需去小教堂做一简短的礼拜仪式。

② 昆丁的同学。昆丁看见了他,想起了有一次与他吵架的事。

③ 昆丁想起他向父亲"承认"自己有罪那次,父亲跟他说的话。

④ 又回想到与斯波特吵架那一幕,现在是施里夫在劝昆丁不要为斯波特的自我夸耀生气。

生。他爱在俱乐部里吹牛,说他第一从不跑着去小教堂,第二上教堂没有一次是准时的,第三四年来他没少去一次教堂,第四是不论上教堂还是上第一节课,他身上都是不穿衬衫,脚上不穿袜子的。到十点钟光景,他一定会上汤普生咖啡馆去要两杯咖啡,坐下来,从口袋里掏出袜子,脱掉皮鞋,一面等咖啡凉一面穿袜子。到中午,你就可以看到他和大伙儿一样,是穿着衬衫和硬领的了。别人都小跑着经过他的身边,他却一点也不加快步子。过了片刻,四方院子里一个人影也没有了。

一只麻雀斜掠过阳光,停在窗台上,歪着脑袋看我。它的眼睛圆圆的,很亮。它起先用一只眼睛瞧我,接着头一扭,又用另一只眼睛来看。它的脖子一抽一抽,比人的脉搏跳动得还快。大钟开始打点了。麻雀不再转动脑袋换眼睛来看,而是一直用同一只眼睛盯着我,直到钟声不再鸣响,仿佛它也在听似的。接着它倏地离开窗台,飞走了。

过了一会儿,那最后一声的颤音才停息下来。袅袅余音在空中回荡了很久,与其说是你听到的还不如说是感觉出来的。就像在落日斜斜的光线中耶稣和圣法兰西斯谈论他的妹妹时曾经响过而现在还在响的所有钟声一样。因为如果仅仅是下地狱;如果事情仅仅如此。事情就到此为止。如果事情到这里就自行结束。地狱里,除了她和我,再也没有别人。如果我们真的干出件非常可怕的事就能让人们逃之夭夭,光剩下我们俩在地狱里。我犯了乱伦罪我说父亲啊是我干的不是达尔顿·艾密司 当他把枪放达尔顿·艾密司。达尔顿·艾密司。达尔顿·艾密司。当他把枪放在我手里时我并没有。我之所以没有是因为。他会下地狱的她也会去我也会去的。达尔顿·艾密司。达尔顿·艾密司。达尔顿·艾密司。如果我们能干出件非常可怕的事于是父亲说那也是很可悲的,人们是做不出这样可怕的事来的他们根本做不出什么极端可怕的事来的今天认为是可怕的事到明天他们甚至都记不起来了于是我说,你可以逃避一切于是他说,啊你能吗。于是我就会低下头去看到我那副凉凉作响的骨骸,深深的河水像风儿一样吹拂着,像是一层用风构成的屋顶,很久以后人们甚至都无法在荒凉、圣洁的沙地上把骨头分辨出来了。一直到**那一天他说起来吧**①但是只有铁熨斗才会浮起来。问

---

① 据《新约·约翰福音》第11章第43节,耶稣曾使死人复活。《启示录》第20章第13节里亦说"于是海交出其中的死人"。昆丁在这里先想到妹妹凯蒂与达尔顿·艾密司发生不正常的关系,又想到他去与艾密司打架,艾密司把枪交给他让他开枪,他不敢开。接着又想起自己去向父亲"承认"犯了乱伦罪。最后又想到自杀,并想到自杀后自己的骨头沉在河底的情形。

题还不在你明白了没有什么能够帮助你——宗教啦、自尊心啦,别的等等——问题是你明白你并不需要任何帮助。达尔顿·艾密司。达尔顿·艾密司。达尔顿·艾密司。但愿我曾是他的母亲摊手摊脚地躺着一面笑着一面抬起身子,用我的手挡住他的父亲,观察着,看着他还未变成生命便已死去。她一下子就站在了门口①。

我来到梳妆台前拿起那只表面朝下的表。我把玻璃蒙子往台角上一磕,用手把碎玻璃渣接住,把它们放在烟灰缸里,把表针拧下来也扔进了烟灰缸②。表还在嘀嗒嘀嗒地走。我把表翻过来,空白表面后面那些小齿轮还在咔哒咔哒地转,不知道发生了什么变化。耶稣在加利利海海面上行走③,华盛顿从来不说谎④。父亲从圣路易博览会⑤给杰生买回来过一只表链上挂的小玩意儿;那是一副小观剧镜,你眯起一只眼睛往里瞧,可以看见一座摩天楼,一架细如蛛丝的游戏转轮,还有针尖大的尼亚加拉瀑布。表面上有一摊红迹。我一看到它,我的大拇指才开始觉得刺痛。我放下表,走进施里夫的房间,在伤口上抹了点碘酒。我用毛巾把表壳内缘的玻璃碎屑清了出来。

我取出两套换洗的内衣裤,又拿了袜子、衬衫、硬领和领带,放进皮箱。除了一套新西服、一套旧西服、两双皮鞋、两顶帽子还有我那些书以外,我把我所有的东西都装进了箱子。我把书搬到起坐室,把它们摞在桌子上,这里面有我从家里带来的书也有 父亲说从前人们根据一个人的藏书来判断他是不是上等人;今天,人们根据他借了哪些书不还来判断 接着我锁上箱子,在上面写上地址⑥。这时响起了报刻的钟声。我停下手里的活儿侧耳倾听,直到钟声消失。

我洗了个澡,刮了胡子。水使我的手指又有些刺痛,因此我重新涂了些碘酒。我穿上那套新西服,把表放进衣袋,把另外那套西服、袖钮等杂物以及剃刀、牙刷等等放进我的手提包。我用一张纸把皮箱钥匙包上,放进一只信封,外面写上父亲的地址。我写了两张简短的字条,把它们分别封进信封。

阴影还没有完全从门前的台阶上消失。我在门里边停住脚步,观察着阴影的

---

① 昆丁脑子里浮现出凯蒂失身那天站在厨房门口的形象。
② 昆丁对时间特别敏感,但不想感觉到时间的存在,所以把表砸了。
③ 见《新约·马太福音》第14章第25节。
④ 美国民间流传关于乔治·华盛顿小时候的故事,说他从不说谎,宁愿受父亲责罚也要向父亲承认是自己砍了家里的樱桃树。
⑤ 全名是"路易斯安那购进博览会",举行于1904年。
⑥ 昆丁准备自杀。他把东西装进箱子,以便让别人以后带给他的家人。

移动。它以几乎察觉不出的速度移动着,一点点爬进门口,把阴影逼回到门里边来。只不过等我听到时她已经在奔跑了①。在镜子里只见她一溜烟地跑了过去,我简直莫名其妙。跑得真快,她的裙裾卷住在手臂上,她像一朵云似地飞出镜子,她那长长的面纱打着旋曳在后面泛出了白光她的鞋跟嗒嗒嗒地发出清脆的响声一只手紧紧地把新娘礼服攥在胸前,一溜烟地跑出了镜子玫瑰玫瑰的香味那声音响彻在伊甸园的上空。接着她跑下门廊我就再也听不见她的鞋跟响然后在月光底下她像是一朵云彩,那团面纱泛出的白光在草地上飘过,一直朝吼叫声跑去。她狂奔,衣服都拖在后面,她攥紧她的新婚礼服,一直朝吼叫声跑去,在那儿,T. P. 在露水里大声说沙示水真好喝班吉却在木箱下大声吼叫。父亲在他起伏不定的胸前穿了一副V字形的银护胸②

施里夫说③,"怎么,你还没有……你这是去参加婚礼呢还是去守灵?"

"我刚才起不来,"我说。

"你穿得这么整齐当然来不及了。这是怎么回事?你以为今天是星期天吗?"

"我想,不见得因为我穿了一次新衣服,警察就会把我逮起来吧,"我说。

"你说到哪儿去了,我指的是老在学校广场上溜达的那些学生。他们会以为你来哈佛是。你是不是也变得目空一切,都不愿去上课了?"

"我先得去吃点东西。"门口台阶上的阴影已经不见了。我走到阳光下,又找到自己的影子了。我赶在我影子的紧前头,走下一级级台阶。报半小时的钟声打响了。接着钟声不再响了,在空中消失了。

"执事"④也不在邮局。我在两个信封上都贴了邮票,把给我父亲的那封扔进邮箱,给施里夫的那封揣进衣服里面的口袋,这时候我想起我上一次是在哪儿见到执事的了。那是在阵亡将士纪念日⑤,他穿了一套G. A. R.⑥的制服,走在游行队伍里。如果你有耐心在任何一个街角多等些时候,你总会见到他出现在这个或那个游行队伍里。再前一次是在哥伦布或是加里波蒂或是某某人诞辰的那一天。

---

① 昆丁脑子里浮现出凯蒂结婚那天的情景。班吉本能地感觉到凯蒂即将离开他,便在门外木箱下大声吼叫起来。挚爱班吉的凯蒂听到后不顾一切地朝班吉奔去安慰他。
② 意思是:穿着大礼服与白硬衬衣的父亲也气喘吁吁地跟着跑到了班吉跟前。
③ 回到"现在",施里夫从小教堂回来了。
④ 一个老黑人,他经常替哈佛学生办些杂事。昆丁在宿舍里留下的衣物是打算送给他的。
⑤ 每年的5月30日,为美国的纪念内战阵亡将士法定节日。
⑥ G. A. R. ——"共和国大军",内战后形成的退伍军人组织。

他走在"清道夫"的行列里,戴着一顶烟囱似的大礼帽,拿着一面两英寸长的意大利国旗,抽着一支雪茄。在他周围都是一把把竖起的扫帚和铲子。不过,最后的一次游行肯定是穿着 G. A. R. 制服的那次,因为施里夫当时说:

"嘿,瞧那老黑鬼。瞧你爷爷当初是怎样虐待黑奴的。"

"是啊,"我说,"因此他现在才可以一天接连一天地游行啦。要不是我爷爷,他还得像白人那样苦苦干活呢。"

我在哪儿都没有见到他。不过,即使是一个正正经经干活的黑人,也从来不会在你想找他的时候找到他的,更不要说是一个揩国家油吃闲饭的黑人了。一辆电车开了过来。我乘车进城①,来到"派克饭店",吃了一顿丰盛的早饭。就在我吃饭时我听到钟敲响了。不过我想一个人至少得过一个钟点才会搞不清楚现在是几点钟,人类进入机械计时的进程比历史本身还要长呢。

吃完早饭,我买了一支雪茄。柜台上的姑娘说五角钱一支的那种最好,我就买了支五角的,我点着了烟来到街上。我停住脚步,一连吸了几口烟,接着我把烟拿在手里,继续向街角走去。我经过一家珠宝钟表店,可是我及时地把脸转了开去。到了街角,两个擦皮鞋的跟我纠缠不清,一边一个,叽叽喳喳,像乌鸦一样。我把雪茄给了其中的一个,给了另一个一枚镍币。他们就放过了我。拿到雪茄的那个要把它卖给另外的那个,想要那个镍币。

天上有一只时钟,高高地在太阳那儿。我想到了不知怎么的当你不愿意做某件事时,你的身体却会乘你不备,哄骗你去做。我能觉出我后脖颈上肌肉在牵动,接着我又听到那只表在我口袋里发出的嘀嗒声了,片刻之后,我把所有的声音都排除掉,只剩下我口袋里那只表的嘀嗒声。我转过身来往回走,来到那个橱窗前。钟表店老板伏在橱窗里一张桌子上修表。他的头有些秃了。他一只眼睛上戴着一个放大镜——那是嵌在他眼眶里的一只金属筒。我走进店堂。

店里充满了各种各样的嘀嗒声,就像九月草地里的一片蛐蛐儿的鸣叫声,我能分辨出他脑袋后面墙上挂着的一只大钟的声音。他抬起头来,他那只眼睛显得又大又模糊,简直要从镜片里冲出来。我把我的表拿出来递给他。

"我把我的表弄坏了。"

他把表在手里翻了个个儿。"敢情。你准是把它踩了一脚。"

"是的,老板。我把它从梳妆台上碰落在地上,在黑暗里又一脚踩了上去。不过它倒还在走。"

---

① 指波士顿,哈佛大学在离波士顿三英里的坎布里奇。

他撬开表背后的盖子,眯起眼睛朝里面看。"像是没什么大毛病。不过不彻底检查不敢说到底怎么样。我下午好好给你看看。"

"我待会儿再拿来修吧,"我说。"能不能请你告诉我橱窗里那些表中有没有走得准的?"

他把我的表放在手掌上,抬起头来用他那只模糊的、简直要冲出来的眼睛瞅着我。

"我和一位老兄打了个赌,"我说,"可是我今天早上忘了带眼镜。"

"那好吧,"他说。他放下表,从凳子上欠起半个身子越过栏杆朝橱窗里看去。接着又抬起头来看看墙上。"现在是二十分——"

"别告诉我,"我说,"对不起,老板。只要告诉我有没有准的就行了。"

他又抬起头来瞅瞅我。他坐回到凳子上,把放大镜推到脑门上。放大镜在他眼睛四周印上了一个红圈,推上去后,他的脸显得光秃秃的。"你们今天搞什么庆祝活动?"他说。"划船比赛不是要到下星期才举行吗?"

"不是为划船的事。只不过是一个私人的庆祝活动。生日。有准的没有?"

"没有。它们都还没有校正过,没有对过时间呢。如果你想买一块的话——"

"不,老板。我不需要表。我们起坐室里有一只钟。等我需要时我再把这只表修一修吧。"我把手伸了出去。

"现在放在这儿得了。"

"我以后再来吧。"他把表递给了我。我把它放进口袋。现在,我没法透过一片纷乱的嘀嗒声听见它的声音了。"太麻烦你了。我希望没有糟蹋你太多的时间。"

"没有关系。你什么时候想拿来就什么时候拿来好了。我说,等咱们哈佛赢了划船比赛以后再庆祝不是更好吗?"

"是的,老板。恐怕还是等一等的好。"

我走出去,带上门,把嘀嗒声关在屋里。我回过头朝橱窗里看看。他正越过栏杆在观察我。橱窗里有十几只表,没有一只时间是相同的,每一只都和我那只没有指针的表一样,以为只有自己准,别的都靠不住。每一只表都和别的不一样。我可以听到我那只表在口袋里发出嘀嗒声,虽然谁也看不到它,虽然它已经不能再说明时间了,不过谁又能说明时间呢?

因此我对自己说就按那一只钟的时间吧。因为父亲说过,钟表杀死时间。他说,只要那些小齿轮在咔哒咔哒地转,时间便是死的;只有钟表停下来时,时间才会活过来。两只指针水平向地张开着,微微形成一个角度,就像一只迎风侧飞的海鸥。我一肚子都是几年来郁积的苦水,就像黑鬼们所说的月牙儿里盛满了水一样。钟表店老板又在干活了。他俯身在工作台上,放大镜的圆筒深深地嵌在他的脸上。他的头发打中间分开梳。中间那条纹路直通光秃的头顶,那地方像一片十二月排干了水的沼泽地。

我看见马路对面有一家五金店。我以前还不知道熨斗是论磅买的呢。

"也许你要一只裁缝用的能盛热水的'鹅'吧,"那伙计说:"这些是十磅重的。"不过它们比我想要的显得大了些。因此我买了两只六磅的小熨斗,因为用纸一包可以冒充是一双皮鞋。把它们一起拿是够沉的,不过我又想起了父亲所说的人类经验的 reducto absurdum 了,想起了我当初差一点进不了哈佛。也许要到明年才行,我想也许要在学校里呆上两年才能学会恰当地干成这种事①。

不过,把它们托在空中反正是够重的。一辆有轨电车开过来,我跳了上去。我没看见车头上的牌子。电车里人坐满了,大抵是些看上去有点钱的人,他们在看报。只有一个空座位,那是在一个黑鬼的旁边。他戴了顶圆顶礼帽,皮鞋锃亮,手里夹着半截灭了火的雪茄。我过去总认为一个南方人是应该时时刻刻意识到黑鬼的存在的。我以为北方人是希望他能这样的。我刚到东部那会儿总不断提醒自己:你可别忘了他们是"有色人种"而不是黑鬼,要不是我碰巧和那么多黑孩子打过交道,我就得花好多时间与精力才能体会到,对所有的人,不管他们是黑人还是白人,最好的办法就是按他们对自己的看法来看待他们,完了就别管他们。我早就知道,黑鬼与其说是人,还不如说是一种行为方式,是他周围的白人的一种对应面。可是最初我以为没有了这么多黑人围在我身边我是会感到若有所失的,因为我揣摩北方人该认为我会这样的,可是直到那天早上在弗吉尼亚州,我才明白我的确是想念罗斯库司、迪尔西和别的人的。那天我醒来时火车是停着的,我撩起窗帘朝外张望。我在的那节车厢恰好挡在一个道口上。两行白木栅栏从小山上伸展下来,抵达道口,然后像牛角一样叉开,向山下伸去。在硬硬的车辙印当中,有个黑人骑在骡子背上,等火车开走。我不知道他在那儿等了有多久,但他劈开腿儿骑在骡背上,头上裹着一片毯子,仿佛他和骡子,跟栅栏和公路一样,都是生就在这儿的,也和小山一样,仿佛就是从这小山上给雕刻出来的,像是人家在山腰上设置的一块欢迎牌:"你又回到老家了。"老黑人没有鞍,两只脚几乎垂到了地上。那只骡子简直像只兔子。我把窗子推了上去。

---

① 指自杀。

"喂,大叔,"我说,"懂不懂规矩?"

"啥呀,先生?"他瞅了瞅我,接着把毯子松开,从耳边拉开去。

"圣诞礼物呀!"我说。

"噢,真格的,老板。您算是抢在我头里了①,是不?"

"我饶了你这一回。"我把狭窄的吊床上的裤子拖过来,摸出一只两角五分的硬币。"下回给我当心点。新年后两天我回来时要经过这里,你可要注意了。"我把硬币扔出窗子。"给你自己买点圣诞老公公的礼物吧。"

"是的,先生,"他说。他爬下骡子,拣起硬币,在自己裤腿上蹭了蹭。"谢谢啦,少爷,谢谢您啦。"这时火车开始移动了。我把身子探出窗子,伸到寒冷的空气中,扭过头去看看。他站在那头瘦小得像兔子一样的骡子旁,人和畜生都那么可怜巴巴、一动不动、很有耐心。列车拐弯了,机车喷发出几下短促的、重重的爆裂声,他和骡子就那样平稳地离开了视域,还是那么可怜巴巴,那么有永恒的耐心,那么死一般的肃穆:他们身上既有幼稚而随时可见的笨拙的成分也有与之矛盾的稳妥可靠的成分这两种成分照顾着他们保护着他们不可理喻地爱着他们却又不断地掠夺他们并规避了责任与义务用的手法太露骨简直不能称之为狡诡他们被掠夺被欺骗却对胜利者怀着坦率而自发的钦佩一个绅士对于任何一个在一场公正的竞赛中赢了他的人都会有这种感情,此外他们对白人的怪僻行为又以一种溺爱而耐心到极点的态度加以容忍祖父母对于不定什么时候发作的淘气的小孙孙都是这样慈爱的,这种感情我已经淡忘了。整整一天,火车弯弯曲曲地穿过迎面而来的山口,沿着巉岩行驶,这时候,你已经不觉得车子在前进,只听得排气管和车轮在发出吃力的呻吟声,永无穷尽的耸立着的山峦逐渐与阴霾的天空融为一体,此时此刻,我不由得想起家里,想起那荒凉的小车站和泥泞的路还有那些在广场上不慌不忙地挤过来挤过去的黑人和乡下人,他们背着一袋袋玩具猴子、玩具车子和糖果,还有一支支从口袋里杵出来的焰火筒,这时候,我肚子里就会有一种异样的蠕动,就像在学校里听到打钟时那样。

我要等钟敲了三下之后再开始数数。② 到了那时候,我才开始数数,数到六十便弯起一只手指,一面数一面想还有十四只手指要弯,然后是十三只、十二只、

---

① 美国南方有这样的习俗:圣诞节期间,谁先向对方喊"圣诞礼物",对方就算输了,应该给他礼物——当然不一定真给。昆丁回家过圣诞节,经过弗吉尼亚州,觉得回到了南方,心里一高兴,便和老黑人开这样的玩笑。这也是前面所说的他"想念"黑人的一种表现。

② 昆丁想起自己小时候等下课时用弯手指来计算时间的事。

再就是八只、七只,直到突然之间我领悟到周围是一片寂静,所有人的思想全不敢走神,我在说:"什么,老师?""你的名字是昆丁,是不是?"洛拉小姐①说。接下去是更厉害的屏气止息,所有人的思想都不敢开小差,叫人怪难受的,在寂静中手都要痉挛起来。"亨利,你告诉昆丁是谁发现密西西比河的。""德索托②。"接着大家的思想松弛下来了,过了一会,我担心自己数得太慢,便加快速度,又弯下一只手指,接着又怕速度太快,便把速度放慢,然后又担心慢了,再次加快。这样,我总没法做到刚好在钟声报刻时数完,那几十只获得自由的脚已经在移动,已经急不可耐地在磨损的地板上擦来擦去,那一天就像一块窗玻璃受到了轻轻的、清脆的一击,我肚子里在蠕动,我坐在那里一动不动。坐着一动不动,我肚子里因为你而蠕动。③ 她一下子就站在了门口。班吉。大声吼叫着。④ 班吉明我晚年所生的儿子⑤在吼叫。凯蒂!凯蒂!

我打算拔腿跑开。⑥ 他哭了起来于是她走过去摸了摸他。别哭了。我不走。别哭了。他真的不哭了。迪尔西。

只要他高兴你跟他说什么他就能用鼻子闻出来。他不用听也不用讲。⑦

他能闻出人家给他起的新名字吗?他能闻出坏运气吗?

他干嘛去操心运气好还是坏呢?运气再也不能让他命运更坏了。

如果对他的命运没有好处,他们又干嘛给他改名呢?

电车停下了,启动了,又停了下来。⑧ 我看到车窗外许多人头在攒动,人们戴的草帽还很新,尚未泛黄。电车里现在也有几个女人了,带着上街买东西用的篮子。穿工作服的男人已开始多于皮鞋锃亮戴着硬领的人了。

那黑人碰碰我的膝盖。"借光,"他说。我把腿向外移了移让他过去。我们正沿着一堵空墙行驶,电车的铿锵声弹回到车厢里,声波打在那些膝上放着篮子的女人和那个油污的帽子的帽带上插着一只烟斗的男人身上。我闻到了水腥味,

---

① 昆丁在杰弗生上小学时的教师。
② 埃尔南多·德索托(Hernando De Soto, 1500?—1542),西班牙探险家。
③ 昆丁想起几年前他在老家和一个名叫娜塔丽的少女一起玩耍的情景。
④ 又想起他妹妹凯蒂失身那天的情景。
⑤ 这是康普生太太给小儿子换名字时所说的话。
⑥ 昆丁想起1898年祖母去世那晚的事。在回大房子时,班吉哭了,凯蒂安慰他。
⑦ 昆丁又想起1900年给班吉改名那一天的事。
⑧ 回到"当前"。

接着穿过墙的缺口我瞥见了水光①和两根桅杆,还有一只海鸥在半空中一动不动,仿佛是停栖在桅杆之间的一根看不见的线上。我举起手伸进上装去摸摸我写好的那两封信。这时,电车停了,我跳下电车。

吊桥正打开了让一只纵帆船过去。它由拖船拖着,那条冒着烟的拖船紧挨在它的舷后侧行驶。纵帆船本身也在移动,但一点也看不出它靠的是什么动力。一个光着上身的汉子在前甲板上绕绳圈,身上给晒成了烟草色。另一个人,戴了顶没有帽顶的草帽,在把着舵轮。纵帆船没有张帆就穿过了桥,给人以一种白日见鬼的感觉,三只海鸥在船屁股上空尾随,像是被看不见的线牵着的玩具。

吊桥合拢后,我过桥来到河对岸,倚在船库上面的栏杆上。浮码头边一条船也没有,几扇闸门都关着。运动员现在光是傍晚来划船,这以前都在休息。② 桥的影子、一条条栏杆的影子以及我的影子都平躺在河面上,我那么容易地欺骗了它,使它和我形影不离。这影子至少有五十英尺长,但愿我能用什么东西把它按到水里去,按住它直到它给淹死,那包像是一双皮鞋的东西的影子也躺在水面上。黑人们说一个溺死者的影子是始终待在水里等待着他的。影子一闪一烁,就像是一起一伏的呼吸,浮码头也慢慢地一起一伏,也像在呼吸。瓦砾堆一半浸在水里,不断愈合,被冲到海里去,冲进海底的孔穴与壑窟。水的排开是相当于什么的什么③。人类一切经验的 Reducto absurdum 嘛,而那两只六磅重的熨斗,比裁缝用的长柄熨斗还沉呢。迪尔西又该说这样浪费罪过罪过了。奶奶死去的时候班吉知道的。④ 他哭了。他闻到气味了。他闻出来了。

那只拖船又顺水回到下游来了,河水被划破,形成一个个滚动不已的圆柱体,拖船过处,波浪终于传到河边,晃动着浮码头,圆柱形的水浪拍击着浮码头,发出了扑通扑通的声音,传来一阵长长的吱嘎声,码头的大门给推后去,两个人扛了只赛艇走了出来。他们把赛艇放入水中,过了一会儿,布兰特⑤带着两把桨出现了。他身穿法兰绒衣裤,外面是一件灰茄克,头上戴一顶硬邦邦的草帽。不知是他还是他母亲在哪儿看到说,牛津大学的学生是穿着法兰绒衣裤戴着硬草帽划船的,

---

① 这里指的是查尔斯河。该河在入海处隔开了波士顿与哈佛大学所在地坎布里奇。河东南是波士顿,河西北是坎布里奇。
② 这儿是哈佛大学划船运动员放船的船库。
③ 昆丁想到了阿基米德浮力定理:物体在流体中所受的浮力,等于物体所排开的那部分流体的重量。
④ 昆丁又想起1898年祖母逝世时的情景。
⑤ 吉拉德·布兰特,昆丁的哈佛大学同学,也是南方人(据后面说是肯塔基州人)。他是个阔少爷,非常傲慢无礼。他的母亲为人势利,一举一动都模仿英国贵族的气派。

因此三月初的一天他们给吉拉德买了一条双桨赛艇,于是他就穿着法兰绒衣裤戴着硬草帽下河划船了。船库里的人威胁说要去找警察①,可是布兰特不理他们,还是下河了。他母亲坐着一辆租来的汽车来到河边,身上那套毛皮衣服像是北极探险家穿的,她看他乘着时速二十五英里的风离岸而去,身边经常出现一堆堆肮脏的羊群似的浮冰。从那时起我就相信,上帝不仅是个上等人,是个运动员;而且他也是个肯塔基人。他驶走后,他母亲掉过车头开回到河边,在岸上与他并排前进,汽车开着低速慢慢地行驶。人们说你简直不敢说这两人是认得的,那派头就像一个是国王,另一个是王后,两人甚至都不对看一眼,只顾沿着平行的轨道在马萨诸塞州移动,宛若一对行星。

现在,他上了船开始划桨。他如今划得不错了。他也应该划得不错了。人家说他母亲想让他放弃划船,去干班上别的同学干不了或是不愿干的事,可是这一回他倒是很固执。如果你可以把这叫作固执的话,他坐在那儿,一面孔帝王般无聊的神情,头发是鬈曲而金黄色的,眼珠是紫色的,长长的眼睫毛还有那身纽约定做的衣服,而他妈妈则在一旁向我们夸耀她的吉拉德的那些马怎么样,那些黑佣人怎么样,那些情妇又是怎么样。肯塔基州为人夫与人父者有福了。因为她把吉拉德带到坎布里奇来了。在城里她有一套公寓房间,吉拉德自己也有一套,另外他在大学宿舍里又有一套房间。她倒允许吉拉德和我来往,因为我总算是天生高贵,投胎时投在梅逊—迪克逊线②以南,另外还有少数几个人配做吉拉德的朋友,也是因为地理条件符合要求(最低限度的要求)。至少是原谅了他们,或者不再计较了。可是自从她半夜一点钟在小教堂门口见到斯波特出来他说她不可能是个有身份的太太因为有身份的太太是不会在晚上这个时辰出来的这以后她再也不能原谅斯波特因为他用的是由五个名字组成的长长的姓名,包括当今一个英国公爵府的堂名在内。我敢肯定她准是用这个想法来安慰自己的:有某个曼戈特或摩蒂默③家的浪荡公子跟某个看门人的女儿搞上了。这倒是很有可能的,先不说这是她幻想出来的还是别的情况。斯波特的确爱到处乱串,他毫无顾忌,什么也拦不住他。

小艇现在成了一个小黑点,两叶桨在阳光下变成两个隔开的光点,仿佛小船

---

① 三月天气太冷,河面上都是浮冰,不宜下河划船。
② 南北战争前南方与北方之间的分界线。
③ 欧洲贵族的姓。

一路上都在眨眼似的把他载走。你有过一个妹妹吗？① 没有不过她们全一样的都是贱坯。你有过妹妹吗？她一下子就站在了门口。都是贱坯。她一下子站在了门口的那会儿还不是　达尔顿·艾密司。达尔顿·艾密司。达尔顿牌衬衫②。我过去一直以为它们是卡其的,军用卡其,到后来亲眼看到了才知道它们是中国厚绸子的或是最细最细的绒布的因为衬衫把他的脸③衬得那么褐黄把他的眼睛衬得那么蓝。达尔顿·艾密司。漂亮还算是漂亮,只是显得粗俗。倒像是演戏用的装置。只不过是纸浆做的道具,不信你摸摸看。哦。是石棉的。不是真正青铜的。只是不愿在家里与他见面。④

凯蒂也是个女人,请你记住了。她也免不了要像个女人那样地行事。

你干吗不把他带到家里来呢,凯蒂？你干吗非得像个黑女人那样在草地里在土沟里在丛林里躲在黑黝黝的树丛里犯贱呢。

过了片刻,这时候,我听见我的表的嘀嗒声已经有一会儿了,我身子压在栏杆上,感觉到那两封信在我的衣服里发出了咯吱咯吱的声音,我靠在栏杆上,瞧着我的影子,我真是把我的影子骗过了。我沿着栏杆移动,可是我那身衣服也是深色的,我可以擦擦手,瞧着自己的影子,我真的把它骗过去了。我带着它走进码头的阴影。接着我朝东走去。

哈佛我在哈佛的孩子哈佛哈佛⑤她在运动会上遇到一个小男孩,是个得了奖章脸上有脓疱的。⑥偷偷地沿着栅栏走过来还吹口哨想把她像叫唤小狗似的叫出去。家里人怎么哄也没法让他走进餐厅于是母亲就相信他是有法术的一等他和凯蒂单独在一起他就能蛊惑住她。可是任何一个恶棍他躺在窗子下面木箱旁边嚎叫着⑦只要能开一辆轿车来胸前纽扣眼里插着朵花就行了。哈佛。⑧ 昆丁这位是赫伯特。这是我在哈佛的孩子。赫伯特会当你们的大哥哥的他已经答应杰生。

---

① 又想起1909年夏末遇到达尔顿·艾密司那一天。这一句话是昆丁说的,下一句是达尔顿·艾密司说的。

② 从达尔顿·艾密司联想到达尔顿牌衬衫。

③ 又从衬衫想到达尔顿·艾密司的脸。

④ 又回到凯蒂失身那天的情景,这一句是凯蒂的话。下面那一段先是达尔顿·艾密司的话,然后是昆丁与凯蒂的对话。

⑤ 想起他母亲康普生太太给他介绍凯蒂的未婚夫赫伯特·海德时的情景,这件事发生在1910年4月23日,凯蒂结婚的前两天。

⑥ 想起凯蒂小时候与一小男孩邂逅,后来与他接吻的事,时间大约是在1906或1907年。

⑦ 想起凯蒂结婚那天班吉的行为。

⑧ 下面是康普生太太介绍时吹嘘自己未来的女婿如何慷慨大度。

脸上堆满了笑,赛璐珞似的虚情假意就像是个旅行推销员。一脸都是大白牙却是皮笑肉不笑。① 我在北边就听说过你了。② 一脸都是牙齿却是皮笑肉不笑。你想开车吗?③

　　上车吧昆丁。

　　你来开车吧。

　　这是她的车你的小妹妹拥有全镇第一辆汽车你不感到骄傲吗是赫伯特送的礼。路易斯每天早上都给她上驾驶课你没有收到我的信吗④　谨订于壹仟玖佰壹拾年肆月贰拾伍日在密西西比州杰弗生镇为小女凯丹斯与悉德尼·赫伯特·海德先生举行婚礼恭请光临杰生·李奇蒙·康普生先生暨夫人敬启。⑤ 又:八月一日之后在寒舍会客敝址为印第安纳州南湾市××街××号⑥ 施里夫说你连拆都不拆开吗? 三天。三次。杰生·李奇蒙·康普生先生暨夫人　年轻的洛钦伐尔⑦骑马从西方出走也未免太急了一些,是不是?⑧

　　我是南方人。你这人真逗,是不是。

　　哦对的我知道那是在乡下某个地方。

　　你这人真逗,真是的。你应该去参加马戏团。

　　我是参加了。我就是因为洗洗大象身上的跳蚤才把眼睛弄坏的。三次　这些乡下姑娘。你简直没法猜透她们的心思,是不是。哼,反正拜伦也从未达到过他的目的⑨,感谢上帝。可是别往人家的眼镜上打呀。　你连拆都不拆开吗? 那

---

①　这里写昆丁对赫伯特·海德的印象。

②　赫伯特·海德在哈佛时因打牌作弊被开除出俱乐部,又因考试时作弊被开除学籍,在哈佛学生中声名狼藉。昆丁这里有意地讥刺他。

③　赫伯特为了讨好凯蒂,把自己的汽车给她,让她开车。

④　以上这句是康普生太太讲的。路易斯是住在康普生家附近的黑人,他心灵手巧,又是个打猎能手。

⑤　这是康普生先生为凯蒂结婚发出的结婚请柬。昆丁收到后三天没拆开信。施里夫感到奇怪,所以有下面的话。

⑥　这是赫伯特·海德在请柬上加的附言,表示他与凯蒂度过蜜月后将回到他在印第安纳州的老家去住。

⑦　苏格兰作家华尔特·司各特著名叙事诗《马米恩》第五歌中一谣曲中的英雄。正当他的情人快要与别人结婚时,他带上情人骑马出走。

⑧　回想起和施里夫的对话。施里夫看见昆丁一直不拆结婚请柬,而且还把它供在桌上,便不断问他,提醒他。昆丁嫌施里夫多管闲事。接着又从施里夫说自己眼睛不好的话联系到打架时打人家眼镜的事。

⑨　据传英国诗人拜伦与他的同母异父妹妹奥古斯塔·利有过暧昧关系。此处说"未达目的",但目前许多学者倾向于认为确曾发生过乱伦行为。

封信躺在桌子上每只角上都点着一支蜡烛两朵假花捆在一根玷污的粉红色吊袜带上。① 别往人家的眼镜上打呀。

　　乡下人真是可怜见的②他们绝大部分从未见过汽车按喇叭呀凯丹斯好让她都不愿把眼睛转过来看我　他们会让路的都不愿看我　你们的父亲是会不高兴的如果你们压着了谁我敢说你们的父亲现在也只好去买一辆了你把汽车开来我真有点为难赫伯特当然我坐着兜兜风是非常痛快的咱们家倒是有一辆马车可是每逢我要坐着出去康普生先生总是让黑人们干这干那倘若我干涉一下那就要闹翻天了他坚持要让罗斯库司专门侍候我随叫随到不过我也明白这话是什么意思我知道人们做出许诺仅仅是为了抚慰自己的良心你是不是也会这样对待我的宝贝小女儿呀赫伯特不过我知道你是不会的赫伯特简直把我们全都惯坏了昆丁我给你的信中不是说了吗他打算让杰生高中念完之后进他的银行杰生会成为一个了不起的银行家的在我这些孩子中只有他有讲实际的头脑这一点还全靠了我因为他继承了我娘家人的特点其他几个可全都是十足的康普生家的脾气　杰生拿出面粉来。他们在后廊上做风筝出售每只卖五分,他一个还有帕特生家的男孩。杰生管账。③

　　这一辆电车上倒没有黑人,一顶顶尚未泛黄的草帽在车窗下流过去。是去哈佛的。④ 我们卖掉了班吉的　他躺在窗子下面的地上,大声吼叫。我们卖掉了班吉的牧场好让昆丁去上哈佛你的好弟弟。你的小弟弟。

　　你们应该有一辆汽车它会给你们带来无穷无尽的好处你说是不是呀昆丁你瞧我马上就叫他昆丁了凯丹斯跟我讲了那么许多他的事。⑤

　　你叫他昆丁这很好嘛我要我的孩子们比朋友还亲密是的凯丹斯跟昆丁比朋友还亲密　父亲啊我犯了乱　真可怜你没有兄弟姐妹没有妹妹没有妹妹根本没有妹妹　别问昆丁他和康普生先生一看到我身体稍微好些下楼来吃饭就觉得受了侮辱似的不太高兴我现在是胆大包天等这婚事一过去我就要吃苦头的而你又

---

　　① 昆丁把他妹妹的结婚请柬视为一具棺柩,给它点燃蜡烛,献上吊袜带做的花圈。
　　② 以下是康普生太太坐在赫伯特的汽车上兜风时说的话。
　　③ 昆丁从母亲夸耀杰生的话想起杰生从小就爱做买卖,有一回与邻居的孩子合作做风筝出售,后来因为分钱不匀两人吵翻了。
　　④ 昆丁过桥后搭上一辆电车,从售票员说明车子去向的话("是去哈佛的")中联想自己来哈佛上学家中卖掉"班吉的牧场"(即本书开头所提到的那片高尔夫球场)给他凑学费的事。接着又想到凯蒂结婚那天班吉大闹的情景。
　　⑤ 又想到与赫伯特·海德见面那次的事。这段话是当时海德说的。

从我身边把我的小女儿带走了　我的小妹妹没有①。如果我能说母亲呀。母亲

　　除非我按自己的冲动向您求婚而不是向凯蒂否则我想康普生先生是不会来追这辆车的。②

　　啊赫伯特凯丹斯你听见没有　她不愿用温柔的眼光看我却梗着脖子不肯扭过头来往后看　不过你不必吃醋他不过是在奉承我这个老太婆而已如果在他面前的是个成熟的结过婚的大女儿那我就不敢设想了。

　　您说哪里的话您看上去就像一个小姑娘嘛您比凯丹斯显得嫩相得多啦脸色红红的就像是个豆蔻年华的少女　一张谴责的泪涟涟的脸一股樟脑味儿泪水味儿从灰蒙蒙的门外隐隐约约地不断传来一阵阵嘤嘤的啜泣声也传来灰色的忍冬的香味。③　把空箱子一只只从阁楼楼梯上搬下来发出了空隆空隆的声音像是棺材去弗兰区·里克。盐渍地没有死亡

　　有的戴着尚未泛黄的草帽有的没戴帽子。过三年我不用戴帽子了。到那时我也无法戴了。到那时世界上没有了我也没有了哈佛,帽子还会有吗。爸爸说的,在哈佛,最精彩的思想像是牢牢地攀在旧砖墙上的枯爬藤。到那时就没有哈佛了。至少对我来说是没有了。又来了。比以前更忧郁了。哼,又来了。现在是心情最最不好的时候了。又来了。

　　斯波特身上已经穿好衬衣;那现在一定是中午了。待会儿我重新见到我的影子时如果不当心我又会踩到那被我哄骗到水里去的浸不坏的影子上去的。可是不妹妹。我是怎么也不会这样干的。我决不允许别人侦察我的女儿④　我是决不会的。⑤

　　你叫我怎么管束他们呢你老是教他们不要尊重我不要尊重我的意志我知道你看不起我们姓巴斯康的人可是难道能因为这一点就教我的孩子我自己吃足苦

---

　　①　典出《旧约·雅歌》第8章第8节:"我们有一小妹,她的两乳尚未长成。人来提亲的日子,我们当为她怎样办理。"
　　②　赫伯特·海德在对康普生太太讲奉承话。
　　③　回想到康普生一家得知凯蒂失身后的反应。康普生太太拿了一方洒了樟脑水(可以醒脑)的手帕在哭泣,康普生先生决定让凯蒂前往弗兰区·里克(French Lick,印第安纳州南部一疗养胜地)换换环境,借以摆脱与达尔顿·艾密司的关系。家人把空箱子从阁楼搬下来准备行装。空箱子的声音使昆丁想起棺材,又从"里克"(Lick)想到了"盐渍地"(salt lick)。
　　④　康普生太太派杰生去监视凯蒂,康普生先生知道后非常生气,说了这样的话。
　　⑤　从上一行的"可是不妹妹"直到此处(仿宋体字除外)是凯蒂失身那晚昆丁对凯蒂说的话。

头生下来的孩子不要尊重我吗①　用硬硬的皮鞋跟把我影子的骨头踩到水泥地里去这时我听见了表的嘀嗒声,我又隔着外衣摸了摸那两封信。

我不愿我的女儿受到你或是昆丁或是任何人的监视不管你以为她干了什么坏事

至少你也认为存在着她应该受到监视的理由吧

我是决不会这么干的决不会的。②　我知道你不愿意我本来也不想把话说得那么难听可是女人是互相之间都不尊重也是不尊重自己的③

可是为什么她要　我的脚刚踩在我的影子上钟声响了,不过那是报刻的钟声。④　在哪儿我都没有看见执事的影子。　以为我会以为我可以

她不是有意的女人做事情就是这样这也是因为她爱凯蒂嘛

街灯沿着坡伸延到山下然后又上坡通往镇子　我走在我影子的肚子上。我可以把手伸到影子之外去。　只觉得父亲就坐在我的背后在那夏天与八月的令人烦躁不安的黑暗以外那街灯　父亲和我保护妇女不让她们彼此伤害不让她们伤害自己我们家的妇女　女人就是这样她们并不掌握我们渴想熟谙的关于人的知识她们生来具有一种猜疑的实际能力它过不多久就会有一次收成而且往往还是猜对了的她们对罪恶自有一种亲和力罪恶短缺什么她们就提供什么她们本能地把罪恶往自己身上拉就像你睡熟时把被子往自己身上拉一样她们给头脑施肥让头脑里犯罪的意识浓浓的一直到罪恶达到了目的不管罪恶本身到底是存在还是不存在⑤　"执事"夹在两个一年级生中间走来了。他还浸沉在游行的气氛中,因为他向我敬了一个礼,一个十足高级军官派头的礼。

"我要和你谈一下,"我说,停住了脚步。

"和我谈?好吧。再见了,伙计们,"他说,停住脚步转过身来,"很高兴能和您聊一会儿。"这就是执事,从头到脚都是执事的气味。就说你周围的那些天生的心理学家吧。他们说执事四十年来每逢学期开始从未漏接一班火车,又说他只消瞥一眼便能认出谁是南方人。他从来也不会搞错,而且只要你一开口,他就能分辨出你是哪个州的。他有一套专门接车穿的制服,活脱是演《汤姆大伯的小屋》的行头,全身上下都打满补丁,等等等等。

---

① 这是康普生太太与康普生先生吵嘴时所说的话。巴斯康是她娘家的姓。
② 昆丁对凯蒂讲的话。
③ 这一段与下面一些话(仿宋体)是凯蒂失身那晚父亲与昆丁所讲的话。
④ 电车开到哈佛,昆丁下车寻找执事。
⑤ 这一段是康普生先生发的议论。

"是啦,您哪。请这边走,少爷,咱们这不来啦,"说着接过你的行李。"嗨,孩子,过来,把这些手提包拿上。"紧接着一座由行李堆成的小山就慢慢向前移动起来,露出了后面一个大约十五岁的白人少年,执事不知怎的又往他身上添了一只包,押着他往前走。"好,瞅着点,可别掉在地上呀。是的,少爷,只消把您的房间号码告诉俺这黑老头儿,等您到房里,行李早就在那儿凉着等您啦。"

从这时起,直到他把你完完全全制服,他总是在你的房间里进进出出,无所不在,喋喋不休,可是随着他的衣饰不断改进,他的气派也逐渐北方化了,到最后他敲了你不少竹杠,等你明白过来他已经在直呼你的名字,叫你昆丁或是别的什么,等你下回再见到他,他会穿上一套别人扔掉的布鲁克斯公司出品的西服,戴上一顶绕着普林斯顿大学俱乐部缎带的帽子了是什么样的缎带我可忘了那是别人送他的他一厢情愿地坚信这是亚伯·林肯的军用饰带上裁下来的。多年以前,那还是他刚从家乡来到大学的那会儿,有人传播说他是个神学院的毕业生。等他明白过来这个说法是什么意思时,他真是喜不自胜,开始自己到处讲这件事,到后来他准是连自己也信以为真了。反正他给别人说了许多他大学生时代的又长又没一点意思的轶事,很亲热地用小名来称呼那些已经作古的教授,称呼一般用得都不对头。不过对于一年年进来的天真而寂寞的一年级新生,他倒不失为一个向导、导师和朋友,而且我认为尽管他耍了这么多小花招,有点伪善,在天堂里那位的鼻孔里,他的臭气却不比别人的更厉害些。

"有三四天没见到您了,"他说,眼睛盯着我看,沉浸在他那种沉稳军队光辉中。"您病了吗?"

"没有。我身体挺好的。穷忙呗,无非是。不过,我倒是见到过你的。"

"是吗?"

"在前几天那次游行队伍里。"

"哦,对了。是的,我是游行来着。这种事我不太有兴趣,这您是知道的,可是后生们希望有我一个,老战士嘛。女士们希望老战士都出来露露面,您懂吗。因此我只好服从。"

"哥伦布日那回你也参加了,"我说,"你还得服从基督教妇女禁酒会的命令吧,我想。"

"那次吗?我是为了我女婿才参加的。他有意思在市政府里混个差事。做清道夫。我告诉他那活,等于是抱着一把扫帚睡大觉。您瞧见我了,是吗?"

"两回都见到你了。是的。"

"我是问您,我穿了制服的模样。神气吗?"

"帅极了。你比队伍里所有的人都神气。他们应当让你来当将军的,执事。"

他轻轻地碰了碰我的胳膊。他的手是黑人的那种精疲力竭的、柔若无骨的手。"听着。这件事可不能外传。我告诉您倒不要紧,因为,不管怎么说,咱们是自己人嘛。"他身子向我稍稍倾过来,急急地讲着,眼睛却没有瞧着我。"眼下我是放出了长线呢。等到明年,您再瞧吧。您先等着。往后您就瞧我在什么队伍里游行。我不必告诉您这件事我是怎么办成的;我只说,您拭目以待好了,我的孩子。"到这时,他才瞅了瞅我,轻轻地在我肩膀上拍了拍,身子以他的脚跟为支点,从我身边弹了回去,一面还在对我点头。"是的,先生。三年前我改成支持民主党可不是白改的。我女婿吃市政府的饭;我呢——是啊,先生。如果转向民主党能使那个兔崽子去干活……至于我自己呢,从前天开始算起,再过一年,您就站在那个街角上等着瞧吧。"

"我但愿如此。你也应该受到重视了,执事。对了,我想起来了——"我把信从口袋里摸出来,"明天你到我宿舍去,把这封信交给施里夫。他会给你点什么的。不过一定得等到明天,你听见了吗。"

他接过信细细地观察着。"封好了。"

"是啊。里面有我写的字条。明天才能生效。"

"呣,"他说。他打量着信封,嘴撅了起来。"有东西给我,您说?"

"是的。我准备给你的一件礼物。"

他这会儿在瞧着我了,那只信封在阳光下给他那只黑手一衬,显得格外白。他的眼睛是柔和的、分不清虹膜的、棕褐色的,突然间,我看到,在那套白人的华而不实的制服后面,在白人的政治和白人的哈佛派头后面,是罗斯库司在瞧着我,那个羞怯、神秘、口齿不清而悲哀的罗斯库司。"您不是在给一个黑老头儿开玩笑吧,是吗?"

"你知道我不是在开玩笑。难道有哪个南方人作弄过你吗?"

"您说得不错。南方人都是上等人。可是跟他们没法一块儿过日子。"

"你试过吗?"我说。可是罗斯库司消失了。执事又恢复了他长期训练自己要在世人面前作出的那副模样:自负、虚伪,却还不算粗野。

"我一定照您的吩咐去办,我的孩子。"

"不到明天可别送去,记住了。"

"没错儿,"他说,"早就懂了,我的孩子。嗯——"

"我希望——"我说。他居高临下地看着我,既慈祥又深沉。突然我伸出手去,我们握了握手,他显得很庄严,站在他那场市政府与军队的美梦的不可一世的高度。"你是个好人,执事。我希望……你随时随地帮助了不少年轻人。"

"我一直想法好好对待所有的人,"他说。"我从来不划好多线,把人分成三六九等。一个人对我来说就是一个人,不管我是在哪儿认识他的。"

"我希望你始终像今天这样人缘好,"

"我跟年轻人挺合得来。他们也不忘记我,"他说,一面挥挥那只信封。他把信放进衣袋,然后扣上外衣。"是的,先生,"他说,"我好朋友是一直不少的。"

钟声又鸣响了,是报半点钟的钟声。我站在我影子的肚子上,听那钟声顺着阳光,透过稀稀落落、静止不动的小叶子传过来,一声又一声,静谧而安详。一声又一声,静谧而安详,即使在女人做新娘的那个好月份里,钟声里也总带有秋天的味道。躺在窗子下面的地上吼叫①他看了她一眼便明白了。② 从婴孩的口中③。

那些街灯④ 钟声停住了。我又回进邮局,把我的影子留在人行道上。 下了坡然后又上坡通往镇子就像是墙上挂着许多灯笼一盏比一盏高。 父亲说因为她爱凯蒂所以她是通过人们的缺点来爱人们的。毛莱舅舅在壁炉前劈开双腿站着,他一只手不得不从火前移开一段时间,好举杯祝别人圣诞节快乐⑤。杰生跑着跑着摔了一跤,他双手都插在口袋里,因此好像双翅被缚的家禽似的躺着,直到威尔许过来把他抱起来。 你干吗不把两只手放在口袋外面这样你跑的时候就不容易摔跤了 躺在摇篮里脑袋滚来滚去把后脑勺都滚扁了。凯蒂告诉杰生说这是威尔许说的毛莱舅舅之所以不干活是因为他小时候睡在摇篮里滚来滚去把后脑勺都滚扁了。

施里夫在人行道上走过来⑥,蹒蹒跚跚的,胖嘟嘟的,显得怪一本正经的,在不断闪动的树叶的阴影下他那副眼镜闪着反光,像是两只小水潭。

"我给了执事一张字条,让他来取一些东西。我今天下午也许回不去,所以千万请你等到明天再给他,行不行?"

"行啊。"他盯看着我。"嗨,你今天到底在干什么呀?穿得整整齐齐地逛来逛去,像是在等着看印度寡妇自焚殉夫。你今天早上去上心理学课了?"

---

① 凯蒂结婚那天班吉的表现。
② 凯蒂失身那个夜晚的情景。"他"指班吉。
③ 《新约·马太福者》第21章第16节:"耶稣说:是的。经上说'你从婴孩和吃奶的口中,完了了赞美的话。'"
④ 凯蒂失身那个夜晚父子谈话时所见。"那些街灯"这一回忆为"当前"钟声的停止所打断,接着昆丁又继续回忆。
⑤ 昆丁又想起某个圣诞节的情景以及弟弟杰生小时候的一些琐事。
⑥ 回到"当前"。

"我什么也没干。明天再给他,知道吗?"

"你手里拿的是什么?"

"没什么。是双我拿去打了前掌的皮鞋。一定要到明天再给他,你听见了吗?"

"好了。听见了。哦,对了,桌子上有一封信,你早上拿了吗?"

"没拿。"

"在桌子上。是塞米拉米司①写来的。车夫十点以前送来的。"

"好吧。我会去拿的。不知这回她又要搞什么花样了。"

"再组织一次军乐演奏会呗,我猜。得啦达达吉拉德布拉。'鼓再敲得响一些,昆丁。'上帝啊,我真高兴我不是什么世家子弟。"他继续往前走,小心翼翼地捧着一本书,身材已经有些臃肿了,胖嘟嘟的,那么一本正经。 那些街灯 你认为是这样吗就因为我们的先辈中有一位当过州长有三位是将军而母亲家里却不是。

任何一个活着的人都比死去的人强可是任何一个活着或死去的人都不比另一个活着或死去的人强多少 然而母亲头脑里已经有了固定的看法。完了。完了。那么说我们都中毒了 你把罪恶与道德混为一谈了妇女们都不是这样想的你母亲想的是道德的问题至于这件事是否是罪恶她根本没有想过。②

杰生③我可得走了别的孩子由你管我把杰生带走到谁也不认识我们的地方去让他可以顺顺当当地长大忘掉这一切别的孩子都不爱我他们压根儿没爱过什么身上都有康普家那股自私自利与莫名其妙的自高自大劲儿杰生是惟一我信得过不用害怕的孩子。④

废话杰生是挺好的我刚才在想是不是等你身体好一些了就带着凯蒂到弗兰区·里克去。

那么把杰生留下来家中没别人只有你和那些黑人

她会把他忘掉的于是所有那些风言风语自会销声匿迹 盐渍地没有死人

没准儿我可以给她找到一个丈夫 盐渍地没有死亡

电车开近了停了下来。空中还在回荡着报半点钟的钟声。我上了车,车又继

---

① 传说中聪明而美丽的亚述王后。这里指布兰特太太。
② 这又是康普生先生在发议论。
③ 这里的"杰生"是康普生太太称呼她的丈夫,后面的"杰生"指的是她的儿子。
④ 这是康晋生家得悉凯蒂的事后,康普生太太讲的话。以下是康普生先生与她的对话。

续开了,车声盖过了报半点钟的钟声。不,是报三刻的钟声。这么说离十二点也就只有十分钟光景了。要离开哈佛①　你母亲的梦想是让你进哈佛因此得卖掉班吉的牧场

　　我到底造了什么孽呀②老天爷竟然让我生下这样的孩子一个班吉明已经够我受的了现在又出了她的事她对自己的亲娘哪里有一点点感情我为她吃了多少苦头为她操心替她打算做出了一切牺牲可以说是去到了死荫的幽谷③可是打从她一生下来扒开眼皮起就没有不存私心地给我着想过一次有时候我瞧着她心里不由得要纳闷她是不是真是我肚子怀的杰生才是我的亲骨肉呢打我头一回把他抱在怀里起他就从来没让我伤过心我当时就知道他是我的喜悦是我的救赎④我本来以为班吉明已经是对我所犯的罪孽的够沉重的惩罚了他来讨债是因为我自卑自贱嫁给一个自以为高我一等的男人这我不怪谁我爱班吉明超过别的孩子原因就在于此因为这是我的罪责虽然杰生始终揪着我的心可是现在我知道我的罪还没有受够现在我知道我不但得为自己赎罪而且还得为你犯下的过错赎罪为了你的所作所为为了你们这些高贵伟大的人物给我留下的罪孽可是你是要为这些事承担责任的你总会给你的亲骨血的过错找到借口的错的总是只有杰生因为与其说他是康普生家的还不如说是巴斯康家的其实你自己的女儿我的小女儿我的宝贝小妞唉她也她也不见得高明当我是个姑娘家的时候我当然没有你那么有福气我只不过是个姓巴斯康的我受到的家教是这样的对于一个女人来说没有什么中间道路要就是当一个规规矩矩的女人要就是不当可是凯蒂一点点小我把她抱在怀里的时候我做梦也没有想到她会让自己贱到这样的地步你不知道吗我只消看着她的眼睛便可以知道真相你也许以为她会跟你说可是她是不会说的她诡秘得很你们不了解她的脾气我知道她干了什么好事这些事情与其告诉你我还不如死了呢真实的情况就是这样好吧你怪杰生吧指责我派他去监视她吧好像这样做真有什么不对似的可是你却放任你自己的女儿我知道你不爱杰生你一听人家说他的坏话总是相信的你没有像以前老是嘲笑毛莱那样地嘲笑他你再也不能伤害我了你的儿女已经对我伤害得够厉害的了反正我也快离开人世了就是杰生没有人爱他没有人保护他我每天看他单怕康普生家的特征终于会在他身上显露出

①　昆丁想到坎布里奇郊外的阿尔斯顿(Alston)去,为此搭上一辆电车离开哈佛。
②　以下一大段话是康普生太太与其丈夫吵嘴时的自我辩白。
③　《旧约·诗篇》第23章第4节:"我虽然行过死荫的幽谷,也不怕遭害。因为你与我同在。你的杖,你的竿,都安慰我。"
④　《旧约·诗篇》第51章第12节:"使我重新得到救赎的喜悦。"

来这期间他姐姐溜出去会她那个你们叫什么来着你看见过那人没有你甚至都不让我去查明那人是谁这倒不是为了我我看都不想看他这是为了你是为了保护你可是你都不让我试着办那么谁来保护你那高贵纯洁的血统呢咱们光是交叉着手老老实实地坐着可她呢不仅败坏你的名声而且也污染了你的孩子们所呼吸的空气杰生①你必须让我走我受不了啦让我带杰生走其他几个留在你身边他们不是我的亲骨肉可杰生是的他们是陌生人与我没一点儿关系我真怕他们我可以带杰生到没人认得我们的地方去我要跪下来祈祷请求赦免我的罪愆好让杰生逃避这种灾害并且忘掉别的孩子曾经犯过

如果方才那声钟声是报三刻的,那么现在离十二点十分钟也不到了。一辆车刚开走,已经有人在等下一辆了。我问那人,可是他也不知道正午以前是否还会开出一辆,因为那是城镇之间的区间车,不会有那么多。现在离站的又是一辆无轨电车。我跳了上去。② 你可以感觉到正午马上要来临了。我不知道在地底下的矿工是否也感觉得到。这正是要拉汽笛的原因:因为人们在流汗,要是离开流汗的地方相当远你就不会听到汽笛声在八分钟之内你就会到达不用流汗的波士顿。父亲说,人者,无非是其不幸之总和而已。你以为有朝一日不幸会感到厌倦,可是到那时,时间又变成了你的不幸了,这也是父亲说的。一只系在一根无形的线上的海鸥在空中给拖了过去。你呢,你拖着你幻灭的象征进入永恒。接着羽翼显得一点点变大了父亲说只有这样的人才能弹奏一只竖琴。③

电车每停一回我就能听到我的表声,只是停下来的次数并不算多人们已经在吃饭　才能弹奏一只　吃饭关于吃饭的事你肚子里也存在着空间空间与时间搅乱了。肚子说中午到了大脑说是吃饭的时候了。好吧。我都不知道是什么时候了不过那又有什么关系呢。人们都从办公室走出来。无轨电车现在停得不那么频繁了,人们都下车吃饭,车子里空荡荡的。

现在十二点肯定过了。我跳下车在我的影子上站了一会儿过了片刻来了一辆车我跳上车回到区间车站。④ 正好有一辆车马上要开走,我在车窗边找了个座位车子启动了我看着车子困倦地驶过一排排退潮时露出来的沙洲,驶进了树林。我偶尔也能瞥见那条河我想在下游新伦敦的那些人该有多好如果天气和吉拉德

---

① 此处的杰生指的是康普生先生,下面指的是其次子。
② 昆丁想到郊外去,但是中午快到了,区间公共汽车看样子还不会来。昆丁怕听正午的汽笛声,便跳上一辆马上要驶离车站的电车。
③ 据福克纳作品的诠注者解释,"弹奏竖琴"象征死亡。
④ 昆丁避开了正午的汽笛声之后,坐上回头车。

的小艇在闪闪发光的午前阳光中庄严地前进这时我又纳闷起来那个老太婆这回又想干什么呢，居然在早上十点钟以前给我送来一张字条。吉拉德成了什么形象居然我成了　达尔顿·艾密司　哦石棉　昆丁开了一枪① 　他周围的一个人物。反正是跟女孩子们有关系的事。女人们的确有　他的声音总是压过那急促不清的声音那声音响彻② 　罪恶总是有一种亲和力③，她们相信女人都是靠不住的，而某些男人又过于天真保护不了自己。是些平凡的女孩子嘛。都是些远亲与世交，只消和她们打打交道，身份高些的人就仿佛欠了她们什么亲戚情分似的。而布兰特太太也就坐在那儿当着她们的脸告诉我们，吉拉德的脸具有他们家的全部特征，老天爷的安排真太不像话，因为男人是不用长得太漂亮的，不漂亮反而更好，可是女孩子家要是不漂亮可就完了。她用一种洋洋自得的赞许声调　昆丁朝赫伯特开了一枪他的声音直横穿过凯蒂房间的地板　给我们讲吉拉德那些情妇的事。"他十七岁那年有一天我跟他说，那张嘴长在你脸上真是可惜的，应该长在一个姑娘家的脸上才对，你们能想象　在朦胧的光线中窗帘随着苹果花的香气飘了进来她的头在微光中斜斜地靠着两只穿睡袍的胳膊反扣在脑袋后面那声音响彻在伊甸园的上空新娘的衣服放在床上她鼻子旁边从苹果树上看去④他怎么说的？才十七岁，你们记住这一点。'妈妈，'他说，'事情总是这样的。'"那时吉拉德摆出一副居高临下的姿态透过眼睫毛瞧着两三个姑娘。而那几个姑娘的眼光也一个劲地像燕子一样直向他眼睫毛扑去。施里夫说他一直纳闷　你会照顾班吉和父亲吗⑤

你最好少提班吉和父亲你什么时候关怀过他们凯蒂

答应我

你用不着为他们操心你这一回事情办得挺顺利

答应我我身子不舒服呢你一定得答应　不知道是谁发明这个笑话的⑥不过他一直认为布兰特太太是个保养得很好的女人他说她正在培养吉拉德有朝一日去勾引一位女公爵呢。她管施里夫叫"那个加拿大小胖子"，两次她根本不跟我商量就要撤换我同宿舍的人，一次她要我搬出去，另一次

---

① 想起去夏自己在桥上与达尔顿·艾密司斗殴的情形。
② 又想起凯蒂结婚前夕自己与凯蒂谈话的情景。
③ 又回到目前，想到布兰特太太如何装腔作势，摆出一副贵族气派。
④ 昆丁回忆起凯蒂结婚前夕自己和凯蒂在她的卧室里的一次谈话。
⑤ 仍然是昆丁与凯蒂的谈话。
⑥ 这一句接上页末五行的前半句"施里夫说他一直纳闷"。

他在朦胧的微光中打开了门。他的脸像只南瓜馅儿饼。

"好了,我要跟你好聚好散了。残酷的命运之神也许会把我们拆散,可是我再也不会爱别人了。永远不会了。"

"你乱七八糟地说些什么呀?"

"我说的是那位残酷的命运之神,她身上裹的杏黄丝绸足足有八码长,戴的一磅磅的金属首饰比罗马楼船上划桨的奴隶身上的枷锁还要重,她又是从前的'同盟派'那位不同凡响的大思想家她那宝贝儿子的惟一的拥有者和产业主。"接着施里夫告诉我她如何到舍监那里去要舍监把他轰出我的房间,而那个舍监倒显出了某种下等人的牛劲儿,坚持要先跟施里夫本人商量。接着她又提出要他马上派人去把施里夫叫来当场通知施里夫,舍监也不愿这样做,所以后来她对施里夫简直是一点也不客气。"我一向抱定宗旨不说女人的坏话,"施里夫说,"可是这位太太真不愧为贵合众国与敝自治领①最最不要脸的母狗。"而现在,她纤手亲书的信就放在桌上,发出了兰花的色泽与芳香。如果她知道我几乎就在我房间的窗子下经过知道信就在里面却不 伯母大人敬禀者②晚迄今尚未有幸捧诵惠书然晚愿先期请求见谅因晚今日或咋日或明日或任何一日 我所记得的另一件事是吉拉德如何把他的黑种仆人推下楼去那黑人苦苦哀求希望让他在神学院注一个册这样就可以待在他的干人吉拉德少爷身边了。那黑人又是如何一路热泪盈眶跟在吉拉德少爷的马车边跑呀跑呀一直跑到火车站。我还要等一直等到他们再讲那个锯木厂的丈夫的故事却说那个戴绿头巾的拿了支猎枪来到厨房门口吉拉德从楼上下来一下子把枪折成两段把它还给王八丈夫掏出一条丝手帕来擦了擦手顺手把手帕扔进火炉。这个故事我只听过两遍

　　声音横穿过　我方才看见你上这儿来了所以我找了个机会来这儿我想我们不妨认识一下来支雪茄如何③

谢谢我不会抽烟

不抽吗自从我离开之后哈佛的变化准是很大吧我点火你不介意吧

不要客气

谢谢我听到过很多关于你的事我想若是我把这根火柴扔在屏风后面你母亲大概

---

① 指美国与加拿大。
② 昆丁在想象自己给布兰特太太写回信。
③ 又想起与赫伯特·海德见面那天(1910年4月23日)的情形。昆丁坐赫伯特·海德的汽车回到家中。赫伯特找了个机会来到书房,与昆丁单独谈话。

不会在乎的吧你说呢凯丹斯在里克的时候整天整天都谈你的事　我都吃醋了我对自己说这个昆丁到底是谁呢我一定要看看这畜生长得什么模样因为我一见到那个小妞儿可以说真是一见钟情明白吗我想告诉你也没有什么关系我怎么也没有料到她不断提到的男人原来就是她的哥哥如果世界上只有你这么一个男人她提的次数也不会更多一些做丈夫的更不在话下了你真的不想抽烟吗

我是不会抽烟的

既然如此我也就不便勉强了不过这种雪茄烟草挺不错的一百支要二十五块钱呢这还是批发价在哈瓦那有熟人是啊我想学校里准是有了不少变化我老是许愿说一定去看看可总是怎么也抽不出时间十年来我一直在拼命奋斗我离不开银行在学校的时候有人出于旧习惯做了些在校学生会认为是非常不体面的事你明白吗①告诉我哈佛有什么消息

我是不会告诉父亲和母亲的如果你想说的就是这一点

不会告诉不会告诉哦这可是你说的是不是你知道吗我才不在乎你说还是不说呢明白吗出了这样的事够倒霉的不过到底不是什么刑事罪我不是头一个也不是末一个干这样的事的人我只不过是运气不佳罢了你可能比我运气好

你胡说八道

用不着暴跳如雷的我又不想让你替我说什么你不想说的话我没有跟你过不去的意思当然啦像你这样的年轻人自然会把这样的事看得过于严重不过五年之后你就

对于欺诈行为我不知道还有什么别的看法我相信我在哈佛也不会学到别的看法咱们俩的对话真的比一台戏还要精彩你准是参加过剧社的哦你说得对的确没有必要告诉老人家过去的事咱们就让它过去吧啊咱们两人没有理由为区区小事闹得不欢而散我喜欢你昆丁我一看到你的模样就喜欢你跟那些土老儿不一样我很高兴咱们能这样一见如故我答应过你母亲拉杰生一把但我也很愿意帮帮你的忙杰生在这里也一样会得发的不过对于像你这样一位少年俊杰来说呆在这个闭塞的鬼地方是混不出名堂来的

谢谢你的谬奖不过你还是把眷爱集中在杰生一个人的身上吧他比我更对你的口味

我那件事是做得不大妙我也很后悔不过我那会儿还是个孩子我又从小没有母亲

---

① 赫伯特·海德猜想昆丁知道他在哈佛的劣迹（打牌作弊与考试作弊），吞吞吐吐地暗示昆丁不要告诉康普生先生和夫人。

不像你有那么好的母亲来教你什么是良好的行为如果让她知道了徒然会伤她的心是的你说得对是没有必要当然凯丹斯也包括在内

我方才说的是母亲和父亲

喂我说你好好瞧我一眼你想你若是和我打架你能坚持多久

我是不用坚持多久的如果你也在学校里学过斗拳的话　你倒试试看看我能坚持多久

你这该死的小畜生你知道你在干什么吗

你倒试试看

我的天哪雪茄要是你母亲发现她的壁炉架上烫起了一个泡她会说什么幸亏还发现得早我说昆丁咱们马上要干出以后两个人都会感到后悔的事了我喜欢你我第一眼见到你时就喜欢上你了我跟自个儿说不管他是谁他准是个蛮不错的小伙子不然的话凯丹斯怎么这么对他念念不忘听听我进社会闯荡已经有十年了人们再也不会把事情看得那么严重了你自己也会发现的就让咱们在这件事上采取一致的步调吧都是老哈佛的小伙子嘛我估计我现在真的要认不出我的母校了对于年轻人来说那真是世界上最好的地方了我以后要让我的儿子都去上哈佛让他们可以比我享有更好的机会等一等先别走咱们先把这事说完了一个年轻人能有这样的道德原则这很好嘛我是完全赞成的这对他有好处在他上学的时候这样做可以培养他的性格这对保持学校的传统也是有必要的可是等他进入社会之后他就必须为自己打出一条血路因为他将发现每一个人都是这么干的什么道德原则去他娘的吧好吧让我们握握手做朋友吧过去的事就不要提啦为了你的母亲别忘了她的身体不是不太好吗来吧把手伸给我吧你瞧瞧这个跟刚从修道院出来的修女一样瞧一点污点都没有连皱痕都没有拿去呀

谁要你的臭钱

不要这样嘛拿吧我现在也是你们家的一员了明白吗我了解年轻人年轻人嘛总有自己的私事要老人拿钱出来真比要挖他的肉还难我是知道的我念过哈佛而且还是没几年以前的事只是我马上要办婚事花销很大再说还要应付楼上那些人拿着吧别傻了听我说等我们有机会长谈时我要告诉你镇上有个小寡妇

这事我也早就听说了把你的臭钱拿回去

就算是借给你的还不成吗你一眨眼就会变成个五十岁的老头儿的

你别碰我你最好快把壁炉架上那支雪茄拿开

要是说出去那就对你不起了如果你不是一个大傻瓜那你就会看到后果将会如何

你也会看到我对他们功夫做得非常到家任凭哪个不懂事的迦拉赫①式的小舅子怎么说坏话也不打紧你母亲告诉过我你们康普生家都是那种自命不凡的人进来哦进来呀亲爱的②昆丁和我刚刚认识咱们在聊哈佛的事呢你是找我吗你瞧她一刻儿都离不开她的好情人是不是

你先出去一会儿赫伯特我要跟昆丁谈一件事

进来进来咱们一块儿随便聊聊熟悉熟悉我刚才在告诉昆丁

走吧赫伯特出去一会儿

那好吧我看你是要和你这好哥哥再叙谈叙谈是吧

你最好把壁炉架上的雪茄拿走

遵命遵命我的孩子那我可要颠儿了由她们神气活现地摆布吧昆丁等到后天一过那就要听鄙人我的啰是不是亲爱的好好吻我一下宝贝儿

唉别来这一套了等后天再说吧

那我可要利上加利利上滚利的噢别让昆丁干他不能胜任的事噢对了我还没有告诉昆丁那个男人养的鹦鹉的事呢它的遭遇真是一个悲惨的故事啊让我想起你自己也好好想想再见再见回头见

喂

喂

你又在忙什么啦

没什么

你又在插手管我的闲事了去年夏天你还管得不够吗

凯蒂你好像在发烧　你病了你是怎么得病的③

　　我病了就是了。我又不能求人。

　　他的声音横穿过

　　别嫁给这个坏蛋凯蒂

　　那条河有时越过种种阻碍物闪烁出微微的光芒,直向人们扑来,穿越过正午和午后的空气。④ 嗯,现在准是已经过了正午了,虽然我们已经驶过了他还在划着船努力地逆流而上的地方,他堂而皇之地面对着神,不,是众神。一到波士顿,

---

① 英国亚瑟王传说中的骑士,心地高贵、正直。

② 这时凯蒂在门口出现了。

③ 昆丁的思路又从与赫伯特·海德见面的那一天(1910年4月23日)跳到凯蒂结婚的前夕(1910年4月24日)。昆丁以为他妹妹有病,其实凯蒂是怀了两个月的身孕。

④ 又回到"现实"之中。

一到马萨诸塞州,连神也变成一帮一伙的了。也许仅仅是算不上个丈夫吧。潮湿的桨一路上向他挤眼,金光灿烂的,像女性手掌的挥动。马屁精。一个马屁精如果不能算是丈夫的话,他会疏忽冷落上帝的。这个混蛋,凯蒂。在一处突然拐弯的地方河流反射出了金光。

我病了你一定得答应我

病了吗你怎么会病的

我就是病了我又不能去求任何人你可得答应我你会照应的

如果他们需要照顾也只是因为没有了你你是怎么得病的　在窗子下面,我们听到了汽车开往火车站的声音,接八点十分的火车。把三亲六眷接来。都是人头。人头攒动,却不见有理发师一起来。也没有修指甲的姑娘。① 我们以前有一匹纯种马。养在马厩里,是的,可是一套到皮鞯具底下却成了一条杂种狗。　昆丁让自己的声音压过各种别的声音横穿过凯蒂房间的地板

车子停住了。我下了车,站在我的影子上。有一条马路穿过电车轨道。车站上有个木头的候车亭,里面有个老头儿从纸包里不知摸出什么东西在吃,这时车子已经走远,听不见车子的声音了。那条马路延伸到树林里去,到了那里就会有凉荫了,不过新英格兰六月里的树荫还不如老家四月的浓呢。我看得见前面有个大烟囱。我转过身子背对着它,把自己的影子踩到尘土里去。　我身子里有一样可怕的东西② 黑夜里有时我可以看到它露出牙齿对着我狞笑我可以看到它透过人们透过人们的脸对我狞笑它现在不见了可是我病了

凯蒂

别碰我只不过你要答应我

如果你病了你就更不能

不我能的结婚以后就会好的就会不要紧了你可别让人家把他送到杰克逊去答应我③

我答应你凯蒂凯蒂

你别碰我你别碰我

那东西究竟是什么模样凯蒂

---

① 写凯蒂结婚前夕,家中派汽车去火车站接亲友的情景。又写昆丁想起家庭全盛时期,遇到喜庆时连理发师、美容师都一起接来的情景。

② 想到凯蒂结婚前夕在卧室里对他讲自己做了个噩梦。

③ 凯蒂很爱小弟弟班吉,不愿人们在她结婚离开后把他送到州府杰克逊的疯人院里去。

什么东西

那个东西那个透过人们对你狞笑的东西

我仍然看得见那个大烟囱。河一定就在那个方向,舔着创伤流向大海,通向安宁的洞窟。它们会平静地落进水里,当他①说起来吧时只有那两只熨斗会浮起来。从前我和威尔许出去打一整天的猎,我们根本不带午饭,到十二点钟我觉得肚子饿了。我一直要饿到一点钟左右,然后突然之间我甚至都忘了我已经不觉得饿了。 街灯沿着坡伸延到山下接着听到汽车驶下山去的声音。② 椅子的扶手凉丝丝地平滑地贴在我的额前形成了椅子的模样苹果树斜罩在我的头发上在伊甸园的上空衣服在鼻子旁边看见 你有热度我昨天摸到的就像火炉一样烫。

别碰我。

凯蒂你可不能结婚你有病啊。那个流氓。

我非得嫁人不可。接着他们告诉我还得再把骨头弄断③

我终于看不到大烟囱了。现在路沿着一面墙向前延伸。树木压在墙头上,树冠上洒满了阳光。石头是凉荫荫的,你走近时可以感到凉气逼人。不过我们那儿的乡下跟这儿的不一样。只要在田野里走一走你就会有这种感觉。你身边似乎有一种静静的却又是猛烈的滋生能力,可以充分满足永恒的饥饿感。它在你周围流溢,并不停留下来哺育每一块不毛的石子。像是权且给每棵树木分得一些苍翠,为远处平添一些蔚蓝,不过却对实力雄厚的喷火女妖毫无帮助。 告诉我还得再把骨头弄断我身体里已经在呀呀呀地喊疼了也开始冒汗了。我才不在乎呢腿断了是什么滋味我早就领教过了其实也没什么大不了无非是再在家里多呆些时候罢了我下颚的肌肉开始酸麻我嘴里在说等一等再等一分钟我一边说一边在冒汗我透过牙缝发出呀呀呀的声音而父亲说那匹马真该死那匹马真该死。等一等这是我自己不好。他④每天早上挎着一个篮子沿着栅栏向厨房走来一路上用根棍子在栅栏上刮出声音我每天早上拖着身子来到窗前腿上还带着石膏绷带什么的我为他特地添上一块煤迪尔西说你不想活啦你到底有没有脑子你跌断腿才不过四天哪。你等一等我马上就会习惯的你就等我一分钟我会习惯

甚至连声音也似乎在这样的空气中停止了传播,仿佛空气已感到疲倦,不愿

---

① 指耶稣。

② 又回到结婚前夕,汽车去火车站接亲友的事。

③ 昆丁想起小时候有一次从马上堕下摔断了腿的事。

④ 这里的"他"是昆丁小时候的黑人朋友,就是下面提到的打负鼠的能手路易斯·赫彻尔,也就是后来教凯蒂开汽车的那个路易斯。

再运载声音了。一只狗的吠声倒比火车的声音传得更远,至少在黑暗中是这样。有些人的声音也是传得远的。黑人的声音。路易斯·赫彻尔虽说带着号角和那只旧油灯,但是他从来不用那只号角。我说,"路易斯,你有多少时候没擦你的灯了?"

"我不多久以前刚刚擦过。你记得把人们都冲到河里去的那回发大水吗?我就是那天擦它来着。那天晚上,老太婆和我坐在炉火前,她说,'路易斯,要是大水来到咱们家你打算怎么办?'我就说了,'这倒是件事儿。我看我最好还是把灯擦擦干净吧。'于是那天晚上我就把灯擦干净了。"

"那回发大水不是远在宾夕法尼亚州吗?"我说,"怎么会淹到咱们这儿呢?"

"这是你的说法,"路易斯说。"不管在宾夕法尼亚还是在杰弗生,水都是一样深一样湿,依我看。正是那些说大水不会淹得这么远的人,到头来也抱着根梁木在水里漂。"

"你和玛莎那天晚上逃出来了吗?"

"我们前脚出门大水后脚进屋。我反正灯也擦亮了,就和她在那个小山顶上的坟场后面蹲了一夜。要是知道有更高的地方,我们不去才怪咧。"

"你那以后就再也没擦过灯?"

"没有必要擦它干啥?"

"你的意思是,要等下次发大水再擦啰?"

"不就是它帮我们逃过上次大水的吗?"

"嗨,你这人真逗,路易斯大叔,"我说。

"是啊,少爷。你有你的做法,我有我的招数。如果我只要擦擦灯就能避过水灾,我就不愿跟人家拌嘴了。"

"路易斯大叔是不肯用点亮的灯捕捉动物的,"威尔许说。

"我当初在这一带猎负鼠①的时候,人家还在用煤油洗你爸爸头上的虱子蛋和帮他掐虱子呢,孩子,"路易斯说。

"这话不假,"威尔许说,"依我看,路易斯大叔逮的负鼠可比地方上谁逮的都多。"

---

① 负鼠(possum)为北美的一种动物,大小如家猫,长着能吊起身体的尾巴,爱在树上生活。雌鼠常背负幼鼠,故名。美国南方农民每每于秋末冬初携猎狗捕捉负鼠。先由猎狗追踪臭迹,然后猎人用煤油灯(后改为手电筒)照树,借负鼠眼睛反光,寻得负鼠将其摇落。一般都与白薯一起烤熟而食,味似猪肉但更为肥腻。前面提到的号角,是猎人用来召回猎狗的。

"是啊,少爷,"路易斯说,"我可没用灯少照负鼠,这没错儿。也没听它们有谁抱怨过说是光线不足。嘘,别吱声。它就在那儿呢。呜—喂。① 怎么不哼哼了,这臭狗。"接着我们朝枯叶堆上坐了下去,伴随着我们等待时所发出的缓慢的出气声以及大地和无风的十月天所发出的缓慢的呼吸声,枯叶也轻轻地耳语着,那盏煤油灯的恶臭污染了清新的空气,我们谛听着狗的吠声和路易斯的叫骂声的逐渐消失下去的回声。他虽然从来不提高嗓门,可是在静夜里我们站在前廊上就可以听到他的声音。他唤他的狗进屋时,那声音就像是他挎在肩膀上却从来不用的那只小号吹奏出来似的,只是更清亮,更圆润,那声音就像是黑夜与寂静的一个组成部分,从那里舒张开来,又收缩着回到那里去。呜—噢。呜—噢。呜—噢—噢。我总得嫁人呀②

是有过很多情人吗凯蒂

我也不知道人太多了你可以照顾班吉和父亲吗

你都不知道是谁的那他知道吗

别碰我请你照顾班吉和父亲好吗

我还没来到桥边就已经感觉到河水的存在了。这座桥是灰色石块砌的,爬满了地衣,在逐渐泅上来的一块块斑驳处,菌类植物长了出来。桥底下,河水清澈平静,躺在阴影之中,打着越来越缓和的旋涡,映照出旋转的天空,在桥墩周围发出了喃喃声与汩汩声。凯蒂那个

我总得嫁人呀 威尔许告诉过我有个男人是怎么自己弄残废的。他走进树林,坐在一条沟里用一把剃刀干的。随着那把破剃刀一挥,只见那两团东西往肩膀后面飞去,同一个动作使一股血向后喷溅但是并不打旋。可是问题还不在这里。把它们割去还不解决问题。还得从一开头起就没有它们才行,那样我就可以说噢那个呀那是中国人的方式可我并不认识中国人。于是父亲说这是因为你是一个童男子,你难道不明白吗?女人从来就不是童贞的。纯洁是一种否定状态因而是违反自然的。伤害你的是自然而不是凯蒂,于是我说这都是空话罢了于是他说那么贞操也是空话了于是我说你不了解。你不可能了解于是他说是的。等到我们明白这一点时悲剧已经没有新鲜感了。

桥影落在河面上的地方,我可以看得很深,但是见不到河底。如果你让一片叶子在水里浸得很久叶肉会慢慢烂掉,那细细的纤维就会缓缓摆动仿佛在睡梦中

---

① 这是叫狗的声音。
② 又回想到凯蒂结婚前夕的那次谈话。

一样。纤维彼此并不接触,尽管他们过去是纠结在一起的,是与叶脉紧紧相连的。也许当**他说起来吧**时,那两只眼睛也会从深邃的静谧与沉睡中睁开,浮到水面上来,仰看荣耀之主。再过片刻,那两只熨斗也会浮起来的。我把熨斗藏在一边的桥底下①,然后回到桥上,靠着栏杆。

  我看不到河底,但是我能看到河里很深的地方,那儿水流在缓缓移动,我往下看,一直到眼睛再也辨认不出什么,接着我看见一个影子像根粗短的箭横亘在水流当中。蜉蝣紧贴着水面飞行,一会儿掠进桥影,一会又掠出桥影。 这个世界之外真的有一个地狱就好了:纯洁的火焰会使我们两人②超越死亡。到那时你只有我一个人只有我一个人到那时我们两人将处在纯洁的火焰之外的火舌与恐怖当中 那支箭没有移动位置却在逐渐变粗,接着一条鳟鱼猛地一扑舐走了一只蜉蝣,动作幅度虽大却轻巧得有如一只大象从地面上卷走一颗花生。逐渐趋于缓和的小旋涡向下游移去,我又看到那支箭了,顺着水流轻轻摆动,头部伸在水流里,蜉蝣在水面上时停时动地翻飞着。到那时只有你和我置身在火舌与恐怖之中四周都是纯洁的火焰

  鳟鱼姿势优美、一动不动地悬在摇曳不定的阴影当中。这时,三个男孩扛着钓竿来到桥上,我们都靠在栏杆上俯视着水里的鳟鱼。他们认得这条鳟鱼。它在这一带肯定是人所共知的角色。

  "二十五年来,谁都想逮着它。波士顿有家铺子出了悬赏,谁逮着它就给一根值二十五元的钓竿。"

  "那你们干吗不逮住它呢?你们就不想要一根二十五元的钓竿吗?"

  "想啊,"他们说。三个人都倚在桥栏上,看着水里的那条鳟鱼。"我当然想要啊,"其中的一个说。

  "我倒不想要钓竿,"另一个孩子说。"我情愿要二十五块钱。"

  "说不定店里的人不干,"第一个孩子说。"他们准是只肯给钓竿。"

  "那我就把它卖了。"

  "你哪能卖得到二十五块钱啊。"

  "我能卖多少钱就卖多少钱呗。我用自己这根钓竿,钓的鱼也不会比二十五块的那根少。"接着他们便争起来,若是有了那二十五块钱他们要怎么花。三个人同时开口,谁也不让步,都要压过别人,火气也越来越大,把根本没影儿的事变

---

① 昆丁已选定那处地方作为他自杀的地点。
② 指他自己与凯蒂。

成影影绰绰的事，接着又把它说成是一种可能，最后竟成为铁一般的事实，人们在表达自己的愿望的时候十之八九都是这样的。

"我要买一匹马和一辆马车，"第二个孩子说。

"你别逗了，"其他两个孩子说。

"我买得到的。我知道上哪儿可以用二十五块钱买到马和马车。我认得那个人。"

"谁呀？"

"是谁你们甭管。我反正用二十五块能买来。"

"哼，"那两个说，"他啥也不懂。完全是在瞎说八道。"

"谁瞎说八道啦？"男孩说。他们继续嘲笑他，不过他不再还嘴了。他靠在栏杆上，低头瞧着那条他已经拿来换了东西的鳟鱼。突然之间，那种挖苦、对抗的声调从那两个孩子的声音中消失了，仿佛他们也真的觉得他已经钓到了鱼、买来了马和马车，他们也学会了大人的那种脾性，只消你摆出一副沉默的矜持姿态，他们就会把什么事都信以为真。我想，那些在很大程度上靠语言来欺骗自己与欺骗别人的人，在有一点上倒都是一致的，那就是：认为一根沉默的舌头才是最高的智慧。因此接下去的几分钟里，我觉察到那两个孩子正急于要找出某种办法来对付那另一个孩子，好把他的马儿和马车夺走。

"那根钓竿你卖不了二十五块钱的，"第一个孩子说。"打什么赌都成，你卖不了。"

"他根本还没钓到那条鳟鱼呢，"第三个孩子突然说，接着他们俩一起嚷道：

"对啦，我不是早就说过了吗？那个人叫什么名字？我谅你也说不出来。根本就没有那么一个人。"

"哼，少废话，"第二个孩子说。"瞧，鱼儿又上来了。"他们靠在桥栏上，一动不动，姿势一模一样，三根钓竿在阳光里稍稍倾斜着，角度也一模一样。那条鳟鱼不慌不忙地升了上来，它那淡淡的摇曳不定的影子也逐渐变大了；又一个逐渐变淡的小旋涡向下游移去。"真棒，"那第一个孩子喃喃地说。

"我们也不指望能逮住它了，"他说，"我们就等着看波士顿人的能耐了。"

"这个水潭里只有这一条鱼吗？"

"是的。它把别的鱼全给撵跑了。这一带说到钓鱼最好的地方还得算下游那个大旋涡那儿。"

"不，那儿不怎么样，"第二个孩子说。"皮吉罗磨坊那儿要好上一倍。"接着他们又就哪儿钓鱼最好这个问题争吵起来，然后又突然停止争论，欣赏那条鳟鱼如何再次浮了上来,观看那被搅碎的小旋涡如何吮吸下一小片天空。我问这儿离最近的镇上有多远。他们告诉了我。

"不过最近的电车线是在那边,"第二个孩子说,往我来的方向指了指。"你要上哪儿去?"

"不上哪儿去。随便走走。"

"你是大学里的吗?"

"是的。那个镇上有工厂吗?"

"工厂?"他们瞪着眼看我。

"不,"第二个孩子说,"没有工厂。"他们看看我的衣服。"你是在找工作吗?"

"皮吉罗磨坊怎么样?"第三个孩子说。"那是一家工厂啊。"

"那算个啥工厂。他指的是一家正正式式的工厂。"

"有汽笛的工厂,"我说。"我还没听见哪儿响起报一点钟的汽笛声呢。"

"噢,"第二个孩子说,"惟一神教派教堂的尖塔上有一只钟。你看看那只钟便可以知道时间了。难道你那条表链上没挂着表吗?"

"我今天早上把它摔坏了。"我把表拿出来给他们看。他们一本正经地端详了好久。

"表还在走呢,"第二个说。"这样一只表值多少钱?"

"这是人家送的礼物,"我说。"我高中毕业时我父亲给我的。"

"你是加拿大人吗?"第三个孩子问。他长着一头红发。

"加拿大人?"

"他口音不像加拿大人,"第二个说。"我听过加拿大人讲话。他的口音和黑人戏班子里那些戏子的差不多。"

"嗨,"第三个说,"你不怕他揍你吗?"

"揍我?"

"你说他说话像黑人。"

"啊,别扯淡了,"第二个说。"你翻过那座小山岗,就可以看到钟楼了。"

我向他们说了声谢谢。"我希望你们运气好。不过可别钓那条老鳟鱼啊。应该由着它去。"

"反正谁也逮不着这条鱼,"第一个孩子说。他们倚靠在栏杆上,低下头去望着水里,在阳光里那三根钓竿像是三条黄色火焰形成的斜线。我走在我的影子上,再次把它踩进斑斑驳驳的树影。路是弯弯曲曲的,从河边逐渐升高。它翻过小山,然后迤逦而下,把人的眼光和思想带进一个宁静的绿色隧道,带到耸立在树顶上的方形钟楼与圆圆的钟面那儿去,不过那儿还远得很呢。我在路边坐了下来。草深及踝,茂密得很。一束束斜斜的阳光把阴影投射在路上,阴影一动也不动,仿佛是用模板印在那儿的。可是那只是一列火车,不一会儿它的影子还有那长长的声音消失在树林后边,于是我又能听见我的手表以及正在远去的火车的声音,火车在空中那一动不动的海鸥的下面疾驰而去,在一切之下疾驰而去,好像它刚刚在别处度过了又一个月,又一个夏天。不过不在吉拉德下面。吉拉德也可以算有点儿了不起①,他在孤寂中划船,划到中午,又划过中午,在辽阔而明亮的空气中简直是飘飘欲仙了,他进入了一种混混沌沌的没有极限的境界,在这里除了他和海鸥,别的都不存在,那海鸥纹丝不动,令人畏惧,他则一下下匀称地划着桨,克服着惯性的阻挠,在他们太阳中的影子下面,整个世界显得懒洋洋的。凯蒂那个流氓那个流氓凯蒂②

他们的声音从小山上传来了,那三根细竹竿就像上面流动着火的平衡杆。他们一面看着我一面从我身边走过,没有放慢步子。

"嗨,"我说,"没看到你们钓到它呀。"

"我们本来没想逮它,"第一个孩子说。"这条鱼谁也逮不着的。"

"钟就在那儿,"第二个孩子用手指着前面说。"你再走近些就可以看得出几点了。"

"是的,"我说,"好吧。"我站起身来。"你们都到镇上去吗?"

"我们到大旋涡去钓鲦鱼,"第一个孩子说。

"你在大旋涡是什么也钓不着的,"第二个孩子说。

"我看你是想上磨坊那儿去钓,可是那么多人在那儿溅水泼水,早就把鱼儿全吓跑了。"

"你在大旋涡是什么也钓不着的。"

"如果我们不往前走,我们更不会钓到鱼了,"第三个孩子说。

"我不懂你们干吗老说大旋涡大旋涡的,"第二个孩子说。"反正在那儿什么也钓不着。"

"你不去没人硬逼你去啊,"第一个孩子说。"我又没把你拴在我身上。"

"咱们还是到磨坊那儿去游泳吧,"第三个孩子说。

"我反正是要到大旋涡去钓鱼,"第一个说,"你爱怎么玩随你自己好了。"

---

① 思绪从"当前"转到在河中划船的吉拉德身上。
② 又从吉拉德转到与赫伯特·海德见面那天的情景。

"嘿,我问你,你多咱听说有人在大旋涡钓到鱼了?"第二个孩子对第三个说。

"咱们还是到磨坊那儿去游泳吧,"第三个孩子说。钟楼一点点沉到树丛里去了,那个圆圆的钟面还是远得很。我们在斑斑驳驳的树荫下继续往前走。我们来到一座果园前,里面一片红里透白的颜色。果园里蜜蜂不少,我们老远就能听到嗡嗡声了。

"咱们还是到磨坊那儿去游泳吧,"第三个孩子说。有条小径从果园边岔开去。第三个孩子步子慢了下来,最后站住了。第一个继续往前走,斑斑点点的阳光顺着钓竿滑下他的肩膀,从他衬衫的后背往下滑。"去吧,"第三个说。第二个男孩也停住了脚步。你干吗非得嫁人呢凯蒂①

你一定要我说吗你以为我说了就不会有这样的事了吗

"咱们上磨坊去吧,"他说。"走吧。"

那第一个孩子还在往前走。他的光脚丫没有发出一点点声音,比叶子还要轻地落在薄薄的尘埃中。果园里,蜜蜂的营营声像是天上刚要起风,这声音又给某种法术固定住了,恰好处在比"渐强"②略轻的那种音量,一直持续不变。小径沿着园墙伸延向前,我们头上树木如拱,脚下落英缤纷,小径远远望去融进一片绿荫。阳光斜斜地照进树林,稀稀朗朗的,却像急急地要挤进来。黄色的蝴蝶在树荫间翻飞,像是斑斑点点的阳光。

"你去大旋涡干吗呢?"第二个男孩说。"在磨坊那边,你想钓鱼不一样也可以钓吗?"

"唉,让他走吧,"第三个孩子说。他们目送那第一个男孩走远。一片又一片的阳光滑过他那往前移动着的肩膀,又像是一只只黄蚂蚁,在他的钓竿上闪烁不定。

"肯尼,"第二个孩子喊道。你去对父亲说清楚好不好③我会谈的我是父亲的"生殖之神"我发明了他创造了他。去跟他说这样不行因为他会说不是我然后你和我因为爱子女

"唉,走吧,"孩子说,"人家已经在玩儿了。"他们又向那第一个孩子的背影瞥去。"嗨,"他们突然说,"你要去就去吧,这娇气包。假如他下水游泳,他会把头发弄湿,肯定会挨揍的。"他们拐上小径向前走去,黄蝴蝶斜斜地在他们身边树荫

---

① 又回到凯蒂结婚前夕的那次谈话。
② 这里用的是一个音乐术语,"crescendo"。
③ 回想到凯蒂结婚前夕的那次谈话。

间翻飞。

因为我不相信别的①也许有可以相信的不过也许并没有于是我说你会发现说你的境况不公平这句话还表达得不够有分量呢。他不理我,他的脖子执拗地梗着,在那顶破帽子下面他的脸稍稍地转了开去。②

"你干吗不跟他们一块去游泳?"我说。那是个流氓凯蒂③

你昨天是想找茬儿跟他打架是不是

他既是吹牛大王又是个骗子凯蒂打牌耍花招给开除出俱乐部大家都跟他不来往了他期中考试作弊被开除了学籍

是吗那又有什么关系我反正又不跟他打牌

"比起游泳来,你更喜欢钓鱼,是吗?"我说。蜜蜂的营营声现在变轻了,但一直持续着,仿佛不是我们陷入了周围的沉寂,而是沉寂像涨水那样,在我们周围涨高了。那条路又拐了个弯,变成了一条街,两旁都是带着绿荫匝地的草坪的白色洋房。   凯蒂那是个流氓你替班吉和父亲着想跟他吹了吧倒不是为了我

除了他们我还有什么可挂念的呢我一向不就为他们着想吗   那男孩离开了街道。他爬过一道有尖桩的木栅,头也不回,穿过草坪走到一棵树的跟前,把钓竿平放在地上,自己爬上树的桠杈,坐在那儿,背对着街,斑斑驳驳的阳光终于一动不动地停留在他的白衬衫上了。一向不就为他们着想吗我连哭都哭不出来去年我就像死了的一样我告诉过你我已经死了可是那会儿我还不明白那是什么意思我还不懂我自己说的是什么话   在老家八月底有几天也是这样的,空气稀薄而热烈,仿佛空气中有一种悲哀、惹人怀念家乡而怪熟悉的东西。人无非是其气候经验之总和而已,这是父亲说的。人是自己所拥有的一切的总和。不义之财总要令人嫌恶地引导到人财两空上去:一边是欲火如炽,一边是万念俱灭,双方僵持不下。可是我现在明白我真的是死了我告诉你

那么你何必非要嫁人听着我们可以出走你班吉和我到谁也不认识我们的地方去在那里   那辆马车是由一匹白马拉着的④,马的蹄子在薄薄的尘埃中发出得得声,轮辐细细的轮子发出尖厉、枯涩的吱嘎声,马车在一层层波动着的绿纱般的

---

① 这一段是凯蒂委身达尔顿·艾密司后,昆丁与凯蒂的对话。
② 又回到"当前"。这里的"他"指的是那"第一个孩子"。
③ 又想到凯蒂结婚前夕他与凯蒂的那次对话。
④ 又想到凯蒂结婚前夕家中派马车到火车站去接亲友。

枝叶下缓缓地爬上坡来。是榆树。不,是 ellum。Ellum。①

钱呢用你的学费吗那笔钱可是家里卖掉了牧场得来的为了好让你上哈佛你不明白吗你现在一定得念毕业否则的话他什么也没有了

卖掉了牧场　他的白衬衣在闪闪烁烁的光影下在桠杈上一动不动。车轮的轮辐细得像蜘蛛网。马车虽然重,马蹄却迅疾地叩击着地面,轻快得有如一位女士在绣花,像是没有动,却一点点地在缩小,跟一个踩着踏车被迅速地拖下舞台的角色似的。那条街又拐了个弯。现在我可以看到那白色的钟楼,以及那笨头笨脑而武断地表示着时辰的圆钟面了。卖掉了牧场

他们说父亲如果不戒酒一年之内就会死的但是他不肯戒也戒不掉自从我自从去年夏天如果父亲一死人家就会把班吉送到杰克逊去我哭不出来我连哭也哭不出来②她一时站在门口不一会儿班吉就拉着她的衣服大声吼叫起来他的声音像波浪似的在几面墙壁之间来回撞击她蜷缩在墙跟前变得越来越小只见到一张发白的脸她的眼珠鼓了出来好像有人在用大拇指抠似的后来他把她推出房间他的声音还在来回撞击好像声音本身的动力不让它停顿下来似的仿佛寂静容纳不下这声音似的还在吼叫着

当你推门时那铃铛响了起来③,不过只响了一次,声音尖厉、清脆、细微,是从门上端不知哪个干干净净的角落里发出来的,仿佛冶锻时就算计好单发一次清脆的细声的,这样铃铛的寿命可以长些,也不用寂静花太多的力气来恢复自己的统治。门一开,迎面而来的是一股新鲜的烤烘食物的香气,店堂里只有一个眼睛像玩具熊两根小辫像漆皮般又黑又亮的肮里肮脏的小姑娘。

(李文俊译)

(选自《喧哗与骚动》,浙江文艺出版社 1992 年版)

【导读】

1.《喧哗与骚动》的故事发生在美国南方杰弗生镇上的康普生家。这是一个曾经显赫一时的家族,但是如今败落了,黑佣人也只剩下老婆婆迪尔西和她的外

---

① 昆丁先是用南方口音在思想,在南方,"榆树"(elm)的发音是和标准英语发音一样的。接着他想到在新英格兰乡下,人们是把它念成 ellum 的,便"纠正"了自己。
② 从这儿起场景又转到凯蒂失去贞操那天,班吉大哭大闹的事上去了。
③ 又回到"当前",昆丁在小镇上推门走进一家面包店。

孙勒斯特。一家之主康普生在1912年病逝,生前是个律师,但很少工作,有些愤世嫉俗。他的悲观情绪也影响了大儿子昆丁。康普生太太则自私冷酷,家中没有人能从她那里得到爱与温暖。女儿凯蒂可以说是全书的中心,虽然没有以她为叙述者的单独的一章,但是全书的人物的所作所为都与她息息相关。这是一个从"南方淑女"的规约中冲出来的轻佻放荡的女子的形象,而正是她的堕落给了她哥哥昆丁以巨大打击,直接导致了他的自杀。(参见李文俊《关于〈喧哗与骚动〉》,见《喧哗与骚动》附录,浙江文艺出版社1992年3月版)

《喧哗与骚动》共四章,前三章分别由三兄弟班吉、昆丁与杰生叙述,第四章则以迪尔西为主线,用第三人称叙事。第一章的叙事者是小弟弟——白痴班吉,他叙事的时间是1928年4月7日,第二章昆丁叙事的时间则是1910年6月2日,第三章又回到1928年4月6日,写大弟弟杰生当家后康普生家的情况,第四章的时间是1928年4月8日,补充前三章之外的故事。本书节选的是第二章的一部分。时间是1910年6月2日,这是昆丁在哈佛大学自杀的那一天,通过昆丁的叙述,我们可以了解到这一天他的所见所闻,同时可以通过他的意识流进入他的内心,了解到凯蒂的沉沦给他带来的绝望。请留意昆丁的叙述是怎样既展现了内心活动,又把故事和情节间接交代出来的。

2.《喧哗与骚动》的主题构成比较复杂,福克纳自己说它一个关于"天真的失落"的故事,这是从小说中的女儿凯蒂的堕落的角度上说的。美国学者俄康纳同时把这部小说当作"一个家族温暖消逝,自尊和体谅荡然无存的描绘来读"(《美国现代七大小说家》)。而进一步引申下去,《喧哗与骚动》同时也是一个关于"现代"的故事。俄康纳认为,如果把《喧哗与骚动》当作一个以昆丁为主角的故事来看,它就成为一个对于现代主角进行探讨的小说,通过对昆丁内心流程的挖掘,来表达某种现代意识,因此,美国一评论家称福克纳是"迷路的现代人的神话"的发明者。在这个意义上,福克纳丰富了20世纪现代小说关于"现代"的构成图景。这个现代是卡夫卡的现代,是普鲁斯特的现代,是乔伊斯的现代,也是福克纳的现代。每个人的现代景观其实都不尽相同,但起码有一点是共同的:这些大师都表现了现代人的希望与恐惧、忧患与矛盾。而福克纳的矛盾似乎比其他人来得更复杂。而且,读福克纳你会有一种阴郁甚至痛苦的感受。福克纳在诺贝尔领奖演说中的第一句就说:"诺贝尔文学奖不是授予我个人,而是授予我的劳动——一辈子处在人类精神的痛苦和烦恼中的劳动。"也许正是在这个意义上,另一诺贝尔文学奖获得者加缪在1955年称赞福克纳是"世界上最伟大的作家","是我们时代惟一真正的悲剧作家。……他提供给我们一个古老的但永远是新鲜的主题:盲人在他的命运与他的责任之间跌跌撞撞地朝前走,这也是世界上惟一的悲剧主题"。

3. 时间体验是小说的整个第二部分借助于叙事者昆丁的叙述表达的贯穿性主题。这主要是通过昆丁的爷爷留给他爸爸,他爸爸又送给他的那只表来表现的。昆丁叙事的开头就是关于这只表引发的时间问题:

> 窗框的影子显现在窗帘上,时间是七点到八点之间,我又回到时间里来了,听见表在滴嗒滴嗒地响。这表是爷爷留下来的,父亲给我的时候,他说,昆丁,这只表是一切希望与欲望的陵墓,我现在把它交给你;你靠了它,很容易掌握证明所有人类经验都是谬误的 reducto absurdum,这些人类的所有经验对你祖父或曾祖父不见得有用,对你个人也未必有用。我把表给你,不是要让你记住时间,而是让你可以偶尔忘掉时间,不把心力全部用在征服时间上面。因为时间反正是征服不了的,他说。甚至根本没有人跟时间较量过。这个战场不过向人显示了他自己的愚蠢与失望,而胜利,也仅仅是哲人与傻子的一种幻想而已。

昆丁的父亲像小哲学家,他告诉昆丁,人类也许可以征服一切,但只有时间是人所无法征服的。甚至根本没有人跟时间较量过,如果你觉得自己在与时间的战斗中取得了胜利,也仅仅是哲人与傻子的一种幻想而已。所以昆丁父亲说:"这只表是一切希望与欲望的陵墓。"怎么理解这句话呢? 也许可以说,时间的维度最终把一切希望与欲望都消解掉了,你的一切希望与奋斗,在时间的面前最终都化为尘土,作为时间的具体象征物——手表,因此成为一个坟墓的象征。

昆丁的父亲(或者说福克纳)还认为:"人者,无非是其不幸之总和而已。你以为有朝一日不幸会感到厌倦,可是到那时,时间又变成了你的不幸了。"也许他在说,我们最终的不幸是因为存在于时间之中,惟有时间是我们无法超越和无法摆脱的。正像昆丁的叙事从头到尾始终能感受到那块表的嘀嗒声一样。因此我们就可以理解昆丁做出的举动:

> 我来到梳妆台前拿起那只表面朝下的表。我把玻璃蒙子往台角上一磕,用手把碎玻璃渣接住,把它们放在烟灰缸里,把表针拧下来也扔进了烟灰缸。表还在嘀嗒嘀嗒地走。我把表翻过来,空白表面后面那些小齿轮还在卡嗒卡嗒地转,不知道发生了什么变化。

昆丁把表的玻璃蒙子磕碎了,把表针拧了下来,但没有表针的表仍在嘀嗒嘀嗒地走。他以为终止了时间,实际上终止的只是时间刻度,而没有表针的嘀嗒声更象征了一种时间的无形的存在。美国学者巴雷特在《非理性的人》一书中分析说，表没了表针，便不能准确地告诉昆丁所流逝的可计算的分分秒秒的时间进程。因此，时间对他不再是一个可以计算的序列，而是一个不可穷尽又无法逃避的存在。巴雷特认为这就是构成着我们生存的更本质的时间，它是一种比表、钟和日历更深层更根本的东西。时间是稠密的媒介，福克纳的人物在其中走动，仿佛是拖着双腿涉水似的。就是说，福克纳的人物其实是在稠密的时间媒介里穿行。巴雷特说，这就如海德格尔常说的，时间构成了人的实体或存在。而取消钟表时间并不意味着隐退到一个无时间的世界里，正相反，一个无时间的世界——永恒的世界已经从现代作家的视界里消失了。时间因此就变成了一种更无情、更绝对的实在。"有时间性"是现代人的视界，一如"永恒"是中世纪人的视界一样。由此我们可以感受到，时间与我们现代人其实关系密切，我们每个人都在时间中生存。《喧哗与骚动》的第二章提示我们时间意识的重要性，这一点值得认真体会。

4. 意识流是《喧哗与骚动》的核心手法。关于《喧哗与骚动》的意识流的特点，请参考本书的译者李文俊先生的说法："传统的现实主义小说中也常写人物的内心活动，意识流与之不同之处是：一、它们仿佛从人物头脑里涌流而出直接被作者记录下来，前面不冠以'他想'、'他自忖'之类的引导语；二、它们可以从这一思想活动跳到另一思想活动，不必有逻辑，也不必顺时序；三、除了正常的思想活动之外，它们也包括潜意识、下意识这一类的意识活动。在《喧哗与骚动》中，前三章就是用一个又一个的意识，来叙述故事与刻画人物的。在叙述者的头脑里，从一个思绪跳到另一个思绪，有时作者变换字体以提醒读者，有时连字体也不变。但是如果细心阅读，读者还是能辨别出来的，因为每一段里都包含着某种线索。另外，思绪的变换，也总有一些根据，如看到一样东西，听到一句话，闻到一种香味等等。据统计，在'昆丁的部分'里，这样的'场景转移'发生得最多，超过二百次。"这频繁的"场景转移"当然会给小说的阅读带来难度。所以，参考李文俊先生精心做的注释，是非常必要的。

第三章　存在主义文学

第一节　存在主义的哲学思想和文学主题

作为一个文学流派的存在主义出现在第二次世界大战前夕的法国，并在战后成为影响了欧美乃至世界的文学思潮。理论界一般认为存在主义包括基督教存在主义和无神论存在主义。

存在主义的特殊性在于它首先是个哲学思潮。最初作为哲学概念的存在主义，要追溯到丹麦哲学家克尔凯戈尔（1813—1855），他主张哲学应该研究个体的存在，并把对上帝的信仰作为人的存在的最终境地，从而奠定了宗教存在主义思想体系。1925年前后，法国哲学家兼作家马塞尔（1889—1973）把克尔凯戈尔的思想引入法国，创立了基督教存在主义文学。第二次世界大战之前，法国文坛又产生了以萨特为代表的无神论存在主义，这就是通常所谓的存在主义思潮。它在思想上直接受到德国哲学家海德格尔、胡塞尔、雅斯贝尔斯的哲学影响，在文学上则主要体现为萨特、加缪、西蒙娜·波伏瓦等人的创作，在第二次世界大战之后形成了高峰。

这一高峰的形成，其社会历史根源正是惨绝人寰的战争背景。萨特、加缪等存在主义作家，都亲身经历了第二次世界大战，深切感受到战争带给人类的恐怖和绝望，最终普遍产生了对世界的荒诞体验，人类前所未有的悲观处境在存在主义作家们的创作中得到了如实的反映。焦虑、绝望、抑郁、荒谬……这一切感受都转化为作品中存在主义式的文学主题。

正如萨特所说:"战争和失败摧毁了世界给人们造成的安宁,正在结束的战争使人们感觉到自己赤条条地处在这个世界上,没有任何幻想,完全委弃给自己的是独有的力量,终于理解到只有自己可以依靠。"①存在主义学说正是直面战争带给人类精神创伤,直面人们迷茫焦虑的心理,充分注重生命个体的存在,提出了"自由选择"的理论,从而在西方乃至世界形成了巨大的影响。二战之后的萨特在某种意义上可以说是战后一代青年的精神领袖。他的存在主义哲学思想风靡一时,成为经历了残酷的战争洗礼的幸存者的精神支柱。他的学说中最富于影响力的是所谓"存在先于本质"的命题以及"自由选择"的理论。这使存在主义成为一种具有一定积极意义的生命哲学,也是激励人们确证自己的个体存在价值的人生哲学。

"存在先于本质"的命题在萨特那里首先是一种无神论的学说,正如考卜莱斯顿所说:"存在先于本质""这个命题的意义是指没有任何永恒的本质(即表现为上帝心中的'观念'之永恒本质)是先于事物之存在的。萨特也似乎意指根本就没有什么客观的本质,因为本质是以人类的关切和选择而决定的"②。因此,萨特否定了自柏拉图以来的西方哲学中的本质论,认为所谓永恒的先验的本质是不存在的,人的本质只能通过他对自己的存在方式的选择来确定。在萨特的理解中,"人是一种存在先于本质的生物。一把椅子,在它存在之前,本质就已存在于木工的头脑之中了。而人呢?谁能依据某种本质来塑造他呢?"③"人是注定要自由的",人的本质只能通过自己的自由选择来实现。

正如存在主义先驱之一尼采那样,萨特也主张"上帝死了",人从此不再有一个神明来主宰自己的命运,也从此不再需要一个神明来指导自己的选择。生命的个体存在就获得了自我选择的空前的自由。所以萨特把自己的存在主义哲学看成是一种关于行动的哲学,而"行动的首要条

---

① 转引自陈慧《西方现代派文学简论》,第137页,花山文艺出版社1985年3月版。
② 参见考夫曼编著《存在主义》,第331页,商务印书馆1987年9月版。
③ 安德烈·莫洛亚《论让-保尔·萨特》,《萨特研究》,第312页,中国社会科学出版社1981年10月版。

件便是自由"①,因此,存在主义也是一种关于自由的哲学,强调的就是自我选择的自由。这是一种存在论层面的自由,这种选择的自由并非意味着随心所欲和为所欲为,它通过把人的个体界定为可以自由选择的存在,而使人的生命和意识走向一种真正的自觉。

"自由选择"由此构成了存在主义文学的最重要的观念,是存在主义作家们始终酷爱的主题。这使存在主义文学有着鲜明的人本主义色彩,探索的是人类以及人的个体在荒诞的世界上的出路和可能性的问题。存在主义作家们因此常常在创作中把人物放置于某种极端化的处境之中,让主人公面临具有荒诞性的两难化局面,最终突出他们的决断和选择。他们强调的是人类只有面对极端处境和危机关头,生命的潜在能量和可能性才会得到充分的发掘,人的意志和尊严才能充分显现,人类所面临的真正的生存现状也才能得到深刻反思。因此,存在主义小说中的人物往往是身处逆境、遭遇荒诞的形象,他们所置身的往往是一些极端化的生存处境。譬如萨特的《墙》中的监狱、《间隔》中的地狱,都是这样的极端情境。而相对于传统小说对引人入胜的戏剧性冲突和具有悬念的故事情节的精心营造,萨特更喜欢致力于对人物心理的描绘和对存在处境的分析,他的小说也因此被称为"处境小说"。又如加缪的长篇小说《鼠疫》中关于那座封闭的鼠疫之城的构思,也展示了人类一种极端化的可能处境,并以这种极端处境凸显主人公在选择抗争的过程中所获得的生命价值与人性尊严。

"荒诞体验"构成了存在主义文学对世界的一种具有代表性的体验和感受,也构成了存在主义文学的基本主题。萨特1937年发表于《新法兰西评论》上的短篇小说《墙》就是集中传达对世界的荒诞体验的文学作品。《墙》写的是西班牙战争中三个被佛朗哥法西斯逮捕入狱的共和党人在临刑前夜的孤独与恐惧。"墙"的意象是一个象征性意象,从具象层面上看,它象征着人与世界之间横亘着的屏障;从抽象层面上看,则象征着人的存在被一堵堵封闭的难以逾越的墙所围困的荒诞处境。正如萨特自己所说,他在小说写作中体验到的是"那些死亡者的荒谬性"。而存在

---

① 萨特《存在与虚无》,第557页,三联书店1987年3月版。

主义的另一个代表人物加缪则在他的哲学随笔《西西弗的神话》中把"荒谬"看成人类生存的具有本体性的处境,希腊神话中那个受诸神惩罚周而复始推着石头上山的西西弗正是关于人类荒谬的存在的一个寓言形象。在这个意义上说,存在主义把早在卡夫卡那里就已经集中表述过的荒诞体验进一步归结为文学思想的出发点。

荒诞体验在萨特的创作中具体表现为一种"恶心"和焦虑感。焦虑感也是存在主义文学的重要主题。萨特的长篇小说《恶心》中就写到主人公洛根丁面对周围一切人和事都有一种厌倦和恶心的感受,一条皮面的长凳、一棵栗树的树根、一块普通的鹅卵石,都会使洛根丁感到恶心。而恶心背后的深层心理则是一种焦虑,是对自己生存处境的一种焦虑。在这个意义上说,焦虑也构成了存在主义的一大心理和文学主题。

而这一切,都使存在主义文学表现出最显著的一种艺术特征——哲理化。这恐怕与存在主义作家往往既是文学家,同时也是哲学家密切相关,譬如萨特的小说都可以看做是哲学小说,有着鲜明的哲理指向,在某种意义上可以说是他的存在主义哲学思想的文学版,这种哲理化的特征,是20世纪现代主义的最重要的发展趋向,反映了20世纪人类对自身历史命运和存在状态的困惑以及执著的探索。

第二节　萨特

让-保罗·萨特(1905—1980)是法国著名哲学家、文学家,也是一个社会活动家,是存在主义哲学和文学的代表人物。1930年代他的存在主义文学创作就已经产生影响,而作为存在主义运动的领袖,他在1940年代和1950年代达到自己影响的全盛时期,对世界思想史和文学史都有着深刻和深远的历史意义。

萨特1905年6月21日生于巴黎,两岁丧父,随外祖父母长大,1924年考入著名的巴黎高等师范学校哲学系,1929年以第一名的成绩通过全国哲学教师学衔考试,此后担任过中学哲学教师,1933—1934年赴德国研究海德格尔和胡塞尔的哲学,1936年出版了第一本哲学著作《想象》,以后相继发表了长篇小说《恶心》(1938)和短篇小说集《墙》(1939),标志着他作为存在主义文学大师的开端。1939年二战爆发,萨特应征入伍,1940年6月成为德军的战俘,次年获释后继续自己的教书和写作生涯,并迎来了创作的鼎盛期,著有剧本《苍蝇》(1942)、《间隔》(1945)、《死无葬身之地》(1946)、《肮脏的手》(1948)、《魔鬼与上帝》(1951)等,长篇小说三部曲《自由之路》(1945—1949),哲学著作《存在与虚无》(1943)、《存在主义是一种人道主义》(1947)等。1964年,萨特花了十年的时间精心打造的自传《词语》发表,在西方文坛再次引起轰动,萨特也主要由于这部自传而被授予1964年度的诺贝尔文学奖。但萨特却声明"一向谢绝一切来自官方的荣誉",拒绝领奖,捍卫了自己作为一个具有独立精神的思想家内心的尊严。

萨特发表于1938年的小说《恶心》,在存在主义文学史上有举足轻重的地位。《恶心》是一部日记体小说,自述者洛根丁是一个年青的历史学者。日记所记述的是洛根丁枯燥的生活片段。他住在法国一个小城的旅馆里,准备为18世纪一个侯爵写一部传记。然而小说的大量篇幅记录的却是洛根丁对一切都感到厌倦的心理,这种心理具体表现为一种生理上的"恶心"的感受。洛根丁所接触与目睹的一切,都让他感到恶心,即使是咖啡馆掌柜的吊带也让他生产恶心的感受:

> 他的蓝布衬衫在咖啡色墙壁的背景上很快活地显现出来。这也产生"恶心"。或者不如说,这就是"恶心"。"恶心"并不在我身上,我觉得它在那边,在墙上,在吊带上,在我身边的一切事物上。它和咖啡馆已经合成一体,我是在它的里面。

而萨特最终把这种恶心的感受上升到存在论的高度。正如论者所说的那样:"这种恶心不单纯是生理的反应,而是一种认知,但它又不单纯是抽象的认知,而是具体形于一种生理反应。毫无疑问,作为一种认知、一种感受、一种体验,萨特的恶心是一种对现实世界的否定性的认识、感受和体验。它既然是一种主体的反应,那就正映照出外部现实世界、周围的自在存在之中有着令人恶心的性质。""既然外部世界的存在、自在存在只有通过恶心才被显露出来,那就说明了外部世界就是一个令人恶心的世界。总而言之,在萨特看来,外部世界的根本性质就是恶心。"①

萨特关于"存在"的观念,正是这样在《恶心》中得以建立。他把外部现实世界看成是一种"自在的存在",而人的主体存在则是一种"自为的存在"。这种自为的存在正如《恶心》中洛根丁的独白所表现的那样:"我存在,是我自己在维持我的存在。我的躯体,一旦它开始有了,它就会自行活下去,但是我的思想,是我在维持它、我在展开它。""我存在着,我活着,我思想所以我存在,我存在因为我思想。"因此,人的思想、人的精神才是人的主体"自为的存在"的根本依据。从这个意义上说,萨特所描述的存在主义式的自为的主体,是一种具有自我超越和批判精神的主体,是一个有自我选择的自由和自我选择的主动性的主体。这使萨特的存在主义成为一种张扬人的主体性的具有进取精神的哲学。如果与存在主义之后的世界文学发展历程相比较,就可以清楚地感受到这一点。到了后来的荒诞派戏剧中,人物形象才往往是真正丧失了主体性的自我荒诞的人;黑色幽默小说中的人也往往是被置于一种荒诞情境中任由摆布的木偶;新小说派创作中的人则进一步被"物化",人已经变成了一种"物"的存在……这一切都反衬了存在主义是一种具有主体性精神的生存哲学。因此,萨特的《恶心》中尽管淋漓尽致地表现了洛根丁的恶心感以及精神深处的某种迷茫感,但是他仍然是一个具有主体自觉和批评意识的主体,这就是小说所表现出的某种积极意义所在。

萨特的戏剧也构成了他的文学创作的重要组成部分。他的剧本基本上都是探讨人类的生存境遇和自由选择的主题。正如他的小说往往被称为"处境小说"一样,他的剧本也同样具有"处境剧"的艺术特征。这种对"处境"的迷恋正是与萨特试图揭示人类存在境况的创作初衷密切相关的。同时,他笔下的人物的处境往往都是具体的,在很大程度上拖着萨特的文学创作的轮子不致滑向哲学写作。他的小说和剧本中对"处境"的拟设可以说是使其创作具有了文学性的重要维度。譬如萨特的《间隔》,

---

① 柳鸣九《来自恶心感与迷茫感——萨特:从〈恶心〉到〈墙〉》,《墙》,第6页,安徽文艺出版社1992年6月版。

就把人物设置在拟想的地狱中，从而更有利于昭示"他人即地狱"的存在主义命题。

《间隔》是一出幻想戏剧，故事发生在地狱中，戏剧场景是一个第二帝国时期风格的客厅，主要人物是三个鬼魂，生前都是"卑鄙小人"，此刻在地狱中互相审判和互相折磨，展示出的是一幅委琐丑恶的人与人之间的关系图景。因此，萨特展示的地狱景象有别于传统的宗教想象，而是试图表现"他人即地狱"的命题。是人与人之间互相戒备、倾轧、欺瞒与指责的关系构成了比真正的地狱更悲惨的现实生存境遇。而在哲理层面，萨特还试图表现当每个人在生活中都"以邻为壑"的时候，所谓地狱其实就存在于我们的生活之中，甚至存在于我们的内心深处。在这出剧中，萨特也在自觉地对自己关于存在主义的自由选择论进行某种修正。释迦牟尼说："心可以为地狱，亦可以为天堂。"人的自由选择当然可以指向真善美，但是也完全可以指向假恶丑，就像《间隔》中表现的那样，每个人物做出的都是种种卑劣的选择。萨特试图表现的是，人的存在固然决定于自我选择，但是选择什么却可以把我们引向不同的生命本质。由此，萨特使他的自由选择理论在一定程度上获得了道德论的支撑。

《魔鬼与上帝》继续着这种关于选择的思索，并进一步引入了善与恶的观念维度。剧本以四百年前的农民起义为背景，侧重描写作为一介武夫的主人公格茨的生命抉择过程。格茨首先选择了魔鬼，专门作恶，然后又皈依了上帝，一心向善，但是两种抉择都归于失败。最终萨特安排他选择了进行社会斗争的具体的人群，从而完成了外在生命经历和内在观念历程的三部曲。在萨特的理念中，格茨无论对善还是对恶的选择，都是从抽象的观念出发，但是"抽象的观念并不能导致正确的选择，而选择本身如果只以抽象的善恶观念为内容，也并不能解决自我选择的问题"。剧本的深刻处在于，萨特让格茨最终觉悟到仅仅从抽象的观念出发，而不具体考虑人民大众的生存处境，行善有时会造成更坏的结果。格茨最后选择了具体的历史中的人群，萨特本人认为这种选择使格茨完成了"信仰的转变，他开始归依人，在抛弃绝对的伦理之后，他发现了历史的伦理、人类的伦理与具体的伦理"，"他从笃信上帝到无神论，从抽象的伦理、不着边际的伦理到具体的介入"。① 剧本中格茨的这种转变从而也意味着萨特本人思想的变化,他最终为自己的自由选择学说赋予了具体的、历史的内容,也标志着其存在主义思想的臻于成熟。

第三节 加缪

阿尔贝·加缪(1913—1960)是存在主义文学的第二个重镇。他出生在法属殖民地阿尔及利亚蒙多维的一个工人家庭,父亲在他不满一岁时就死于第一次世界大战。加缪在贫苦中长大,1931年入阿尔及尔大学哲学系,1935年起曾经组织过"劳动剧团",并担任演员,此后做过新闻记者和剧作家,在二战期间参加过法国抵抗运动,与当时在西方已经产生巨大影响的存在主义哲学家和文学家萨特结识,并以自己具有存在主义色彩的文学创作被称为存在主义作家,尽管他本人始终否认自己属于任何派别。加缪的主要创作有中篇小说《局外人》(1942)、长篇小说《鼠疫》(1947)、中篇小说《堕落》(1956)、短篇小说集《流放与王国》(1957)等,还有散文集《反与正》(1937)、《婚礼》(1939),哲学随笔《西西弗的神话》(1942)、《反抗者》(1951),此外还有若干剧本。加缪于1957年获诺贝尔文学奖,1960年在车祸中丧生。

散文随笔构成了加缪写作的重要部分。从他早期的散文集《反与正》中,我们可以看到一个刚过弱冠之年的作者足迹遍布欧洲大陆的思想之旅,体验到年青的加缪敏锐的感受力以及对世界的一种既疏离又充满激情的悖论式态度。散文集《反与正》构成了理解加缪一生创作的起点。1942年加缪创作了著名的散文集《西西弗的神话》。这是一部具有存在主义思想的作品,开篇就指出:"真正严肃的哲学问题只有一个:自杀。判断生活是否值得经历,这本身就是在回答哲学的根本问题。"加缪从他的存在主义立场出发,认为生活的本质是荒谬的,唯一的选择就是弃绝生活。但是自杀也是荒谬的,生存本身正是人的宿命。剩下的出路就

---

① 柳鸣九《历史唯物主义的度量与萨特的存在》,《魔鬼与上帝》,第20页,漓江出版社1986年8月版。

是顺从或反抗,而加缪最终选择的是反抗:"我就这样从荒谬中推导出三个结果:我的反抗、我的自由和我的激情。"①因此,加缪的哲学最终导向一种反抗哲学,导向对生命和存在的一种激情。这种激情的内涵就是要全身心地投入和拥抱生活,正像那个受诸神惩罚的西西弗。西西弗把巨石推上山顶,而石头由于自身的重量又重新从山上滚下,西西弗便一次次地推石头上山,永远周而复始。在他人看来,西西弗的生存是荒谬的,但是加缪却认为西西弗是幸福的,西西弗每次推石头上山都是在实现他自己的宿命,"他的命运是属于他的,他的岩石是他自己的事情"。他的周而复始的行为就是对荒谬的反叛,当西西弗走向巨石的时候,他成为了自己真正的主人。《西西弗的神话》最终倡导的是对人类荒谬的生存处境的反叛,并在这种反叛中确立自己的生存意义。

《局外人》是加缪的成名作。小说由主人公——第一人称叙事者默尔索的自述构成。默尔索以一种冷静得近乎冷漠的口吻讲述了他母亲的死,讲述了母亲死后的第二天他就去寻欢作乐,还讲述了他糊里糊涂地杀了一个人而被捕入狱,最终将走向刑场;小说还会偶尔进入默尔索的内心,透视他对于世界的荒诞感受。这就是《局外人》试图表达的一种荒谬的世界观。在默尔索这里,荒谬感产生于对自己处境的冷眼旁观,产生于自己的局外人的姿态,产生于对世界的陌生化的体验。正如加缪在《西西弗的神话》中所说的那样:"一个能用歪理来解释的世界,还是一个熟悉的世界,但是在一个突然被剥夺了幻觉和光明的宇宙中,人就感到自己是个局外人。这种流放无可救药,因为人被剥夺了对故乡的回忆和对乐土的希望。这种人和生活的分离,演员和布景的分离,正是荒诞感。"因此,"荒诞本质上是一种分裂,它不存在于对立的两种因素的任何一方。它产生于它们之间的对立"。"荒诞不在人,也不在世界,而在两者的共存。"②小说《局外人》的主题表达的就是人与他所处的生存境遇之间的乖谬。默尔索的冷漠正是在世界中找不到和谐感,他与周围的存在格格不

---

① 加缪《西西弗的神话》,第80页,三联书店1987年3月版。
② 转引自郭宏安《阿尔贝·加缪》,《萨特研究》,第485页,中国社会科学出版社1981年10月版。

人,他之所以被判了死刑,根本原因还不在杀了那个阿拉伯人,而是因为他对社会所公认的行为准则的蔑视,他对一切都漫不经心,都感到无所谓,连母亲的死也使他无动于衷,在这个意义上说,他被社会视为一个异己、一个疏离者、一个局外人,最终则被看作社会的一个敌人而走向死亡。

但是默尔索的冷漠不意味着他是个毫无感觉的人。加缪在为《局外人》写的序言中这样评价默尔索:"他远非麻木不仁,他怀有一种执著而深沉的激情,对于绝对和真实的激情。"因此,在某种意义上说,默尔索是一个对世界的荒诞属性比起他人来有着更为自觉的体认的人。通过默尔索的形象的塑造,加缪指出:荒谬感首先表现在对自我生存状态的某种怀疑。正像他在《西西弗的神话》中描述的那样:

> 有时,诸种背景崩溃了。起床,乘电车,在办公室或工厂工作四小时,午饭,又乘电车,四小时工作,吃饭,睡觉;星期一、二、三、四、五、六,总是一个节奏,在绝大部分时间里很容易沿循这条道路。一旦某一天,"为什么"的问题被提出来,一切就从这带点惊奇味道的厌倦开始了。"开始"是至关重要的。厌倦产生于一种机械麻木生活的活动之后,但它同时启发了意识的活动。它唤醒意识并且激发起随后的活动。①

厌倦导致的是一种对生活的拒斥的态度,并最终指向一种觉醒。尽管在默尔索这里,这种可能的觉醒是以其生命的消亡为代价的。

《局外人》中比故事情节更有名的是默尔索的冷漠的叙述:

> 今天,妈妈死了。也许是昨天,我不知道。我收到养老院的一封电报,说:"母死。明日葬。专此通知。"这说明不了什么。可能是昨天死的。

这段叙述反映了法国后现代主义理论家罗兰·巴尔特所谓的一种零度写作的特征。所谓"零度写作",即中性的、非感情化的写作,这种排斥了主观情绪和感情的叙述调子显然更有助于加缪表达他的存在主义的荒谬的哲学观和世界观,小说的叙述方式与主题取向构成了有机的统一。

---

① 加缪《西西弗的神话》,第15页,三联书店1987年3月版。

加缪的长篇小说《鼠疫》写的故事发生在20世纪40年代,地点是阿尔及利亚的地中海海滨城市奥兰。由于鼠疫的迅速蔓延,大批居民相继死亡,当局封锁了城市,奥兰成了一座与世隔绝的围城。这座鼠疫之城显然影射了德国法西斯占领下的整个欧洲,也是关于人类在劫难逃的一个寓言。在《鼠疫》的结尾,虽然人们取得了胜利,但是鼠疫的阴影仍旧笼罩在小说主人公里厄的心头:

> 里厄倾听着城中震天的欢呼声,心中却沉思着:威胁着欢乐的东西始终存在,因为这些兴高采烈的人群所看不到的东西,他却一目了然。他知道,人们能够在书中看到这些话:鼠疫杆菌永远不死不灭,它能沉睡在家具和衣服中历时几十年,它能在房间、地窖、皮箱、手帕和废纸堆中耐心地潜伏守候,也许有朝一日,人们又遭厄运,或是再来上一次教训,瘟神会再度发动它的鼠群,驱使它们选中某一座幸福的城市作为它们的葬身之地。

加缪曾经这样谈及写作《鼠疫》的基本动机:"我想通过鼠疫来表现我们所感到的窒息和我们所经历的那种充满了威胁和流放的气氛。我也想就此将这种解释扩展至一般存在这一概念。"[①]小说结尾这瘟神发动的鼠群,正象征着人类始终面临的惘惘的威胁,象征着毁灭人类的一种可知以及未知的力量,它是关于人类总体生存境遇的象征表达。由此,"鼠疫"的意象就上升为"一般存在"的概念高度。从《局外人》到《鼠疫》,加缪都表现了存在主义的基本思想,即世界是荒诞和不可理喻的,人是孤独无助的。正像加缪自己所说:"《局外人》写的是人在荒谬的世界中孤立无援,身不由己;《鼠疫》写的是面临同样的荒唐的生存时,尽管每个人的观点不同,但从深处看来,却有等同的地方。"[②]在这个意义上,《鼠疫》也同样流露出悲观主义情绪。但是,这部小说又通过里厄医生的形象,表达出一种抵抗精神。这种抵抗,尚不仅仅停留在里厄医生个人的举动,而是表现为一种集体的行动。在里厄的组织下,一大批志愿者组成了救护队,

---

① 转引自《诺贝尔文学奖金库》第一卷,第372页,中国社会出版社1998年12月版。
② 转引自林友梅《关于加缪和他的〈鼠疫〉》,《鼠疫》,第3页,上海译文出版社1980年8月版。

投身于对鼠疫的斗争中。在这个意义上,《鼠疫》中群体性的抵抗精神已经构成了对《局外人》中个体觉醒阶段的一种超越。

《鼠疫》中的里厄的形象,使小说中的精神特质远离了虚无主义,正像诺贝尔颁奖词中所说:加缪"以严肃而认真的思考,重新建立起已被摧毁的理想;力图在无正义的世界上实现正义的可能性。这些都早已使他成为一名人道主义者"。而在加缪作品中经常作为主题词复现的"荒诞",也不仅仅体现为一种负面因素:"他所倡导的人类处境的'荒诞',不是靠贫瘠的否定论撑腰,而是由一种强有力的'无上诫命'所支持,可以说是一个'但是',一个背叛荒诞的意志,因为要唤醒这一意志,于是创造了一种价值。"①就是说,加缪的作品在把荒诞看成是人类生存处境的同时,也就意味着对荒诞的一种否定和抗争,通过这种抗争,加缪就在荒诞的世界中建立了一种价值形态,一种反抗荒诞的生存哲学。

【思考题】

1. 存在主义文学中经常出现的主题有哪些?
2. 如何理解萨特小说《恶心》中对"恶心"的感受?
3. 加缪是如何理解"荒谬"的?他的小说《鼠疫》中的"鼠疫"这一意象有什么象征含义?

---

① 参见授予加缪的诺贝尔文学奖颁奖词,《诺贝尔文学奖金库》第一卷,第375页,中国社会出版社1998年12月版。

局外人（节选）

〔法〕加缪

第一部

一

今天，妈妈死了。也许是昨天，我不知道。我收到养老院的一封电报，说："母死。明日葬。专此通知。"这说明不了什么。可能是昨天死的。

养老院在马朗戈，离阿尔及尔八十公里。我乘两点钟的公共汽车，下午到，还赶得上守灵，明天晚上就能回来。我向老板请了两天假，有这样的理由，他不能拒绝。不过，他似乎不大高兴。我甚至跟他说："这可不是我的错儿。"他没有理我。我想我不该跟他说这句话。反正，我没有什么可请求原谅的，倒是他应该向我表示哀悼。不过，后天他看见我戴孝的时候，一定会安慰我的。现在有点像是妈妈还没有死似的。不过一下葬，那可就是一桩已经了结的事了，一切又该公事公办了。

我乘的是两点钟的汽车。天气很热。跟平时一样，我还是在赛莱斯特的饭馆里吃的饭。他们都为我难受，赛莱斯特还说："人只有一个母亲啊。"我走的时候，他们一直送我到门口。我有点儿烦，因为我还得到艾玛努埃尔那里去借黑领带和黑纱。他几个月前刚死了叔叔。

为了及时上路，我是跑着去的。这番急，这番跑，加上汽车颠簸，汽油味儿，还有道路和天空亮得晃眼，把我弄得昏昏沉沉的。我几乎睡了一路。我醒来的时候，正歪在一个军人身上，他朝我笑笑，问我是不是从远地方来。我不想说话，只应了声"是"。

养老院离村子还有两公里,我走去了。我真想立刻见到妈妈。但门房说我得先见见院长。他正忙着,我等了一会儿。这当儿,门房说个不停,后来,我见了院长。他是在办公室里接待我的。那是个小老头,佩戴着荣誉团勋章。他那双浅色的眼睛盯着我。随后,他握着我的手,老也不松开,我真不知道如何抽出来。他看了看档案,对我说:"默而索太太是三年前来此的,您是她惟一的赡养者。"我以为他是在责备我什么,就赶紧向他解释。但是他打断了我:"您无须解释,亲爱的孩子。我看过您母亲的档案。您无力负担她。她需要有人照料,您的薪水又很菲薄。总之,她在这里更快活些。"我说:"是的,院长先生。"他又说:"您知道,她有年纪相仿的人作朋友。他们对过去的一些事有共同的兴趣。您年轻,跟您在一起,她还会闷得慌呢。"

这是真的。妈妈在家的时候,一天到晚总是看着我,不说话。她刚进养老院时,常常哭。那是因为不习惯。几个月之后,如果再让她出来,她还会哭的。这又是因为不习惯。差不多为此,近一年来我就几乎没来看过她。当然,也是因为来看她就得占用星期天,还不算赶汽车、买车票、坐两小时的车所费的力气。

院长还在跟我说,可是我几乎不听了。最后,他说:"我想您愿意再看看您的母亲吧。"我站了起来,没说话,他领着我出去了。在楼梯上,他向我解释说:"我们把她抬到小停尸间里了。因为怕别的老人害怕。这里每逢有人死了,其他人总要有两三天工夫才能安定下来。这给服务带来很多困难。"我们穿过一个院子,院子里有不少老人,正三五成群地闲谈。我们经过的时候,他们都不做声了;我们一过去,他们就又说开了。真像一群鹦鹉在喊喊喳喳低声乱叫。走到一座小房子门前,院长与我告别:"请自便吧,默而索先生。有事到办公室找我。原则上,下葬定于明晨十点钟。我们是想让您能够守灵。还有,您的母亲似乎常向同伴们表示,希望按宗教的仪式安葬。这事我已经安排好了。只不过想告诉您一声。"我谢了他。妈妈并不是无神论者,可活着的时候也从未想到过宗教。

我进去了。屋子里很亮,玻璃天棚,四壁刷着白灰。有几把椅子,几个×形的架子。正中两个架子上,停着一口棺材,盖着盖。一些发亮的螺丝钉,刚拧进去个头儿,在刷成褐色的木板上看得清清楚楚。棺材旁边,有一个阿拉伯女护士,穿着白大褂,头上一方颜色鲜亮的围巾。

这时,门房来到我的身后。他大概是跑来着,说话有点儿结巴:"他们给盖上了,我得再打开,好让您看看她。"他走近棺材,我叫住了他。他问我:"您不想?"我回答说:"不想。"他站住了,我很难为情,因为我觉得我不该那样说。过了一会儿,他看了看我,问道:"为什么?"他并没有责备的意思,好像只是想问问。我说:"不知道。"于是,他抬着发白的小胡子,也不看我,说道:"我明白。"他的眼睛很漂亮,淡蓝色,脸上有些发红。他给我搬来一把椅子,自己坐在我后面。女护士站起来,朝门口走去。这时,门房对我说:"她长的是恶疮。"因为我不明白,就看了看那女护士,只见她眼睛下面绕头缠了一条绷带。在鼻子的那个地方,绷带是平的。在她的脸上,人们所能见到的,就是一条雪白的绷带。

她出去以后,门房说:"我不陪你了。"我不知道我做了个什么表示,他没有走,站在我后面。背后有一个人,使我很不自在。傍晚时分,屋子里仍然很亮。两只大胡蜂在玻璃天棚上嗡嗡地飞。我感到困劲儿上来了。我头也没回,对门房说:"您在这里很久了吗?"他立即回答道:"五年了,"好像就等着我问他似的。

接着,他滔滔不绝地说了起来。如果有人对他说他会在马朗戈养老院当一辈子门房,他一定会惊讶不止。他六十四岁,是巴黎人。说到这儿,我打断了他:"噢,您不是本地人?"我这才想起来,他在带我去见院长之前,跟我谈起过妈妈。他说要赶快下葬,因为平原天气热,特别是这个地方。就是那个时候,他告诉我他在巴黎住过,而且怎么也忘不了巴黎。在巴黎,死人在家里停放三天,有时四天。这里不行,时间太短,怎么也习惯不了才过这么短时间就要跟着柩车去下葬。这时,他老婆对他说:"别说了,这些事是不能对先生说的。"老头子脸红了,连连道歉。我就说:"没关系,没关系。"我觉得他说得对,很有意思。

在小停尸间里,他告诉我,他进养老院是因为穷。他觉得自己身体还结实,就自荐当了门房。我向他指出,无论如何,他还是养老院收留的人。他说不是。我先就觉得奇怪,他说到住养老院的人时(其中有几个并不比他大),总是说:"他们","那些人",有时也说"老人们"。当然,那不是一码事。他是门房,从某种程度上说,他还管着他们呢。

这时,那个女护士进来了。天一下子就黑了。浓重的夜色很快就压在玻璃天棚上。门房打开灯,突然的光亮使我眼花目眩。他请我到食堂去吃饭。但是我不饿。他于是建议端杯牛奶咖啡来。我喜欢牛奶咖啡,就接受了。过了一会儿,他端着一个托盘回来了。我喝了咖啡,想抽烟。可是我犹豫了,我不知道能不能在妈妈面前这样做。我想了想,认为这不要紧。我给了门房一支烟,我们抽了起来。

过了一会儿,他对我说:"您知道,令堂的朋友们也要来守灵。这是习惯。我得去找些椅子,端点咖啡来。"我问他能不能关掉一盏灯。照在白墙上的灯光使我很难受。他说不行。灯就是那样装的:要么全开,要么全关。我后来没有怎么再注意他。他出去,进来,摆好椅子,在一把椅子上围着咖啡壶放了一些杯子。然后，他隔着妈妈的棺木在我对面坐下。女护士也坐在里边，背对着我。我看不见她在干什么。但从她胳膊的动作看，我认为她是在织毛线。屋子里暖洋洋的，咖啡使我发热，从开着的门中，飘进来一股夜晚和鲜花的气味。我觉得我打了个盹儿。

一阵窸窸窣窣的声音把我弄醒了。乍一睁开眼睛，屋子更显得白了。在我面前，没有一点儿阴影，每一样东西，每一个角落，每一条曲线，都清清楚楚，轮廓分明，很显眼。妈妈的朋友们就是这个时候进来的。一共有十来个，静悄悄地在这耀眼的灯光中挪动。他们坐下了，没有一把椅子响一声。我看见了他们，我看人从来没有这样清楚过，他们的面孔和衣着的任何一个细节都没有逃过我的眼睛。然而，我听不见他们的声音，我真难相信他们是真的在那里。几乎所有的女人都系着围裙，束腰的带子使她们的大肚子更突出了。我还从没有注意过老太太会有这样大的肚子。男人几乎都很瘦，拄着手杖。使我惊奇的是，我在他们的脸上看不见眼睛，只看见一堆皱纹中间闪动着一缕混浊的亮光。他们坐下的时候，大多数人都看了看我，不自然地点了点头，嘴唇都陷进了没有牙的嘴里，我也不知道他们是向我打招呼，还是脸上不由自主地抽动了一下。我还是相信他们是在跟我招呼。这时我才发觉他们都面对着我，摇晃着脑袋坐在门房的左右。有一阵，我有一种可笑的印象，觉得他们是审判我来了。

不多会儿，一个女人哭起来了。她坐在第二排，躲在一个同伴的后面，我看不清楚。她抽抽搭搭地哭着，我觉得她大概不会停的。其他人好像都没有听见。他们神情沮丧，满面愁容，一声不吭。他们看看棺材，看看手杖，或随便东张西望，他们只看这些东西。那个女人一直在哭。我很奇怪，因为我并不认识她。我真希望她别再哭了，可我不敢对她说。门房朝她弯下身，说了句话，可她摇摇头，嘟囔了句什么，依旧抽抽搭搭地哭着。于是，门房朝我走来，在我身边坐下。过了好一阵，他才眼睛望着别处告诉我："她跟令堂很要好。她说令堂是她在这儿惟一的朋友，现在她什么人也没有了。"

我们就这样坐了很久。那个女人的叹息声和呜咽声少了，但抽泣得很厉害，最后总算无声无息了。我不困了，但很累，腰酸背疼。现在，是这些人的沉默使我难受。我只是偶尔听见一种奇怪的声响，不知道是什么。时间长了，我终于猜出，原来是有几个老头子嘬腮帮子，发出了这种怪响。他们沉浸在冥想中，自己并不觉得。我甚至觉得，在他们眼里，躺在他们中间的死者算不了什么。但是现在我认为，那是一个错误的印象。

我们都喝了门房端来的咖啡。后来的事，我就不知道了。一夜过去了。我现在还记得,有时我睁开眼,看见老头们一个个缩成一团睡着了,只有一位,下巴颏压在拄着手杖的手背上,在盯着我看,好像他就等着我醒似的。随后,我又睡了。因为腰越来越疼,我又醒了。晨曦已经悄悄爬上玻璃窗。一会儿,一个老头儿醒了,使劲地咳嗽。他掏出一块方格大手帕,往里面吐痰,每一口痰都像使尽了全身的力气。其他人都被吵醒了,门房说他们该走了。他们站了起来。这样不舒服的一夜使他们个个面如死灰。出乎意料的是,他们出去时竟都同我握了手,好像过了彼此不说一句话的黑夜,我们的亲切感倒增加了。

我累了。门房把我带到他那里,我洗了把脸。我又喝了一杯牛奶咖啡,好极了。我出去时,天已大亮。马朗戈和大海之间的山岭上空,一片红光。从山上吹过的风带来了一股盐味。看来是一个好天。我很久没到乡下来了,要不是因为妈妈,这会儿去散散步该多好啊。

我在院子里一棵梧桐树下等着。我闻着湿润的泥土味儿,不想再睡了。我想到了办公室里的同事们。这个时辰,他们该起床上班去了,对我来说,这总是最难挨的时刻。我又想了一会儿,被房子里传来的铃声打断了。窗户后面一阵忙乱声,随后又安静下来。太阳在天上又升高了一些,开始晒得我两脚发热。门房穿过院子,说院长要见我。我到他办公室去。他让我在几张纸上签了字。我见他穿着黑衣服和带条纹的裤子。他拿起电话,问我:"殡仪馆的人已来了一会儿了,我要让他们来盖棺。您想最后再见见您的母亲吗?"我说不。他对着电话低声命令说:"费雅克,告诉那些人,他们可以去了。"

然后,他说他也要去送葬,我谢了他。他在写字台后面坐下,叉起两条小腿。他告诉我,送葬的只有我和他,还有值勤的女护士。原则上,院里的老人不许去送殡,只许参加守灵。他指出:"这是个人道问题。"不过这一次,他允许妈妈的一个老朋友多玛·贝莱兹参加送葬。说到这儿,院长笑了笑。他对我说:"您知道,这种感情有点孩子气。他和您的母亲几乎是形影不离。在院里,大家都拿他们打趣,他们对贝莱兹说:'她是您的未婚妻。'他只是笑。他们觉得开心。问题是默而索太太的死使他十分难过,我认为不应该拒绝他。但是,根据医生的建议,我昨天没有让他守灵。"

我们默默地坐了好一会儿。院长站起来,往窗外观望。他看了一会儿,说:"马朗戈的神甫来了。他倒是提前了。"他告诉我至少要走三刻钟才能到教堂,教堂在村子里。我们下了楼。神甫和两个唱诗童子等在门前。其中一个手拿香炉,神甫弯下腰,调好香炉上银链子的长短。我们走到时,神甫已直起腰来。他叫我"儿子",对我说了几句话。他走进屋里,我随他进去。

我一眼就看见螺钉已经旋进去了,屋子里站着四个穿黑衣服的人。同时,我听见院长说车子已经等在路上,神甫也开始祈祷了。从这时起,一切都进行得很快。那四个人走向棺材,把一条毯子蒙在上面。神甫、唱诗童子、院长和我,一齐走出去。门口,有一位太太,我不认识。"默而索先生,"院长介绍说。我没听见这位太太的姓名,只知道她是护士代表。她没有一丝笑容,向我低了低瘦骨嶙峋的长脸。然后,我们站成一排,让棺材过去。我们跟在抬棺材的人后面,走出养老院。送葬的车停在大门口,长方形,漆得发亮,像个铅笔盒。旁边站着葬礼司仪,他身材矮小,衣着滑稽,还有一个态度做作的老人,我明白了,他就是贝莱兹先生。他戴着一顶圆顶宽檐软毡帽(棺材经过的时候,他摘掉了帽子),裤脚堆在鞋上,大白领的衬衫太大,而黑领花又太小。鼻子上布满了黑点儿,嘴唇不住地抖动。满头的白发相当细软,两只耷拉耳,耳轮胡乱卷着,血红的颜色衬着苍白的面孔,给我留下了强烈的印象。司仪安排了我们的位置。神甫走在前面,然后是车子。旁边是四个抬棺材的。再后面,是院长和我,护士代表和贝莱兹先生断后。

天空中阳光灿烂,地上开始感到压力,炎热迅速增高。我不知道为什么要等这么久才走。我穿着一身深色衣服,觉得很热。小老头本来已戴上帽子,这时又摘下来了。院长跟我谈到他的时候,我歪过头,望着他。他对我说,我母亲和贝莱兹先生傍晚常由一个女护士陪着散步,有时一直走到村里。我望着周围的田野。一排排通往天边山岭的柏树,一片红绿相杂的土地,房子不多却错落有致,我理解母亲的心理。在这个地方,傍晚该是一段令人伤感的时刻啊。今天,火辣辣的太阳晒得这片地方直打颤,既冷酷无情,又令人疲惫不堪。

我们终于上路了。这时我才发觉贝莱兹有点儿瘸。车子渐渐走快了,老人落在后面。车子旁边也有一个人跟不上了,这时和我并排走着。我真奇怪,太阳怎么在天上升得那么快。我发现田野上早就充满了嗡嗡的虫鸣和簌簌的草响。我脸上流下汗来。我没戴帽子,只好拿手帕扇风。殡仪馆的那个伙计跟我说了句什么,我没听见。同时,他用右手掀了掀鸭舌帽檐,左手拿手帕擦着额头。我问他:"怎么样?"他指了指天,连声说:"晒得够呛。"我说:"对。"过了一会儿,他问我:"里边是您的母亲吗?"我又回了个"对"。"她年纪大吗?"我答道:"还好,"因为我也不知道她究竟多少岁。然后,他就不说话了。我回了回头,看见老贝莱兹已经拉下五十多米远了。他一个人急忙往前赶,手上摇晃着帽子。我也看了看院长。他庄严地走着,没有一个多余的动作。他的额上渗出了汗珠,他也不擦。

我觉得一行人走得更快了。我周围仍然是一片被阳光照得发亮的田野。天空亮得让人受不了。有一阵,我们走过一段新修的公路。太阳晒得柏油爆裂,脚一踩就陷进去，留下一道亮晶晶的裂口。车顶上，车夫的熟皮帽子就像在这黑油泥里浸过似的。我有点迷迷糊糊，头上是青天白云，周围是单调的颜色，开裂的柏油是粘乎乎的黑，人们穿的衣服是死气沉沉的黑，车子是漆得发亮的黑。这一切，阳光、皮革味、马粪味、漆味、香炉味、一夜没睡觉的疲倦，使我两眼模糊，神志不清。我又回了回头，贝莱兹已远远地落在后面，被裹在一片蒸腾的水汽中，后来干脆看不见了。我仔细寻找，才见他已经离开大路，从野地里斜穿过来。我注意到前面大路转了个弯。原来贝莱兹熟悉路径，正抄近路追我们呢。在大路拐弯的地方，他追上了我们。后来，我们又把他拉下了。他仍然斜穿田野，这样一共好几次。而我，我感到血直往太阳穴上涌。

　　以后的一切都进行得如此迅速、准确、自然，我现在什么也记不得了。除了一件事，那就是在村口，护士代表跟我说了话。她的声音很怪，与她的面孔不协调，那是一种抑扬的、颤抖的声音。她对我说："走得慢，会中暑；走得太快，又要出汗，到了教堂就会着凉。"她说得对。进退两难，出路是没有的。我还保留着这一天的几个印象，比方说，贝莱兹最后在村口追上我们时的那张面孔。他又激动又难过，大滴的泪水流上面颊。但是，由于皱纹的关系，泪水竟流不动，散而复聚，在那张形容大变的脸上铺了一层水。还有教堂，路旁的村民，墓地坟上红色的天竺葵，贝莱兹的昏厥（真像一个散架的木偶），撒在妈妈棺材上血红色的土，杂在土中的雪白的树根，又是人群，说话声，村子，在一个咖啡馆门前的等待，马达不停的轰鸣声，以及当汽车开进万家灯火的阿尔及尔，我想到我要上床睡它十二个钟头时我所感到的喜悦。

二

　　醒来的时候，我明白了为什么我向老板请那两天假时他的脸色那么不高兴，因为今天是星期六。我可以说是忘了，起床的时候才想起来。老板自然是想到了，加上星期天我就等于有了四天假日，而这是不会叫他高兴的。但一方面，安葬妈妈是在昨天而不是在今天，这并不是我的错，另一方面，无论如何，星期六和星期天总还是我的。当然，这并不妨碍我理解老板的心情。

　　昨天一天我累得够呛，简直起不来。刮脸的时候，我一直在想今天干什么，我决定去游泳。我乘电车去海滨浴场。一到那儿，我就扎进水里。年轻人很多。我在水里看见了玛丽·卡多娜，我们从前在一个办公室工作，她是打字员，我那时曾想把她弄到手。我现在认为她也是这样想的。但她很快就走了，我们没来得及呀。我帮她爬上一个水鼓,在扶她的时候,我轻轻地碰着了她的乳房。她趴在水鼓上,我还在水里。她朝我转过身来,头发遮住了眼睛,她笑了。我也上了水鼓,挨在她身边。天气很好,我开玩笑似地仰起头,枕在她的肚子上。她没说什么,我就这样待着。我两眼望着天空,天空是蓝的,泛着金色。我感到头底下玛丽的肚子在轻轻地起伏。我们半睡半醒地在水鼓上待了很久。太阳变得太强烈了,她下了水,我也跟着下了水。我追上她,伸手抱住她的腰,我们一起游。她一直在笑。在岸上晒干的时候,她对我说:"我晒得比您还黑。"我问她晚上愿意不愿意去看电影。她还是笑,说她想看一部费南代尔①的片子。穿好衣服以后,她看见我系了一条黑领带,显出很奇怪的样子,问我是不是在戴孝。我跟她说妈妈死了。她想知道是什么时候,我说:"昨天。"她吓得倒退了一步,但没表示什么。我想对她说这不是我的错,但是我收住了口,因为我想起来我已经跟老板说过了。这是毫无意义的。反正,人总是有点什么过错。

晚上,玛丽把什么都忘了。片子有的地方挺滑稽,不过实在是很蠢。她的腿挨着我的腿。我抚摸她的乳房。电影快结束的时候,我吻了她,但吻得很笨。出来以后,她跟我到我的住处来了。

我醒来的时候,玛丽已经走了。她跟我说过她得到她婶婶家去。我想起来了,今天是星期天,这真烦人,因为我不喜欢星期天。于是,我翻了个身,在枕头上寻找玛丽的头发留下的盐味儿,一直睡到十点钟。我一根接一根地抽烟,一直躺着,直到中午。我不想跟平时那样去赛莱斯特的饭馆吃饭,因为他们肯定要问我,我可不喜欢这样。我煮了几个鸡蛋,就着盘子吃了,没吃面包,我没有了,也不愿意下楼去买。

吃过午饭,我有点闷得慌,就在房子里瞎转悠。妈妈在的时候,这套房子还挺合适,现在我一个人住就太大了,我不得不把饭厅的桌子搬到卧室里来。我只住这一间,屋里有几把当中的草已经有点塌陷的椅子,一个镜子发黄的柜子,一个梳妆台,一张铜床。其余的都不管了。后来,没事找事,我拿起一张旧报,读了起来。我把克鲁申盐业公司的广告剪下来,贴在一本旧簿子里。凡是报上让我开心的东西,我都剪下贴在里面。我洗了洗手,最后,上了阳台。

我的卧室外面是通往郊区的大街。午后天气晴朗。但是,马路很脏,行人稀少,却都很匆忙。首先是全家出来散步的人,两个穿海军服的小男孩,短裤长得过膝盖,笔挺的衣服使他们手足无措;一个小女孩,头上扎着一个粉红色的大花结,

---

① 费南代尔(Fernandel,1903—1971),法国著名喜剧演员。

脚上穿着黑漆皮鞋。他们后面，是一位高大的母亲，穿着栗色的绸连衣裙；父亲是个相当瘦弱的矮个儿，我见过。他戴着一顶平顶窄檐的草帽，扎着蝴蝶结，手上一根手杖。看到他和他老婆在一起，我明白了为什么这一带的人都说他仪态不凡。过了一会儿，过来一群郊区的年轻人，头发油光光的，系着红领带，衣服腰身收得很紧，衣袋上绣着花儿，穿着方头皮鞋。我想他们是去城里看电影的，所以走得这样早，而且一边赶电车，一边高声说笑。

他们过去之后，路上渐渐没有人了。我想，各处的热闹都开始了。街上只剩下了一些店主和猫。从街道两旁的无花果树上空望去，天是晴的，但是不亮。对面人行道上，卖烟的搬出一把椅子，倒放在门前，双腿骑上，两只胳膊放在椅背上。刚才还是拥挤不堪的电车现在几乎全空了。烟店旁边那家叫"彼埃罗之家"的小咖啡馆里空无一人，侍者正在扫地。这的确是个星期天的样子。

我也把椅子倒转过来，像卖烟的那样放着，我觉得那样更舒服。我抽了两支烟，又进去拿了块巧克力，回到窗前吃起来。很快，天阴了。我以为要下暴雨，可是，天又渐渐放晴了。不过，刚才飘过一片乌云，像是要下雨，使街上更加阴暗了。我待在那儿望天，望了好久。

五点钟，电车轰隆隆地开过来了，车里挤满了从郊外体育场看比赛的人，有的就站在踏板上，有的扶着栏杆。后面几辆车里拉着的，我从他们的小手提箱认出是运动员。他们扯着嗓子喊叫，唱歌，说他们的俱乐部万古常青。好几个人跟我打招呼。其中有一个甚至对我喊："我们赢了他们。"我点点头，大声说："对。"从这时起，小汽车就多起来了。

天有点暗了。屋顶上空，天色发红，一入黄昏，街上也热闹起来。散步的人也渐渐往回走了。我在人群中认出了那位仪态不凡的先生。孩子在哭，让大人拖着走。这一带的电影院几乎也在这时把大批看客抛向街头。其中，年轻人的举动比平时更坚决，我想他们刚才看的是一部冒险片子。从城里电影院回来的人到得稍微晚些。他们显得更庄重些。他们还在笑，却不时地显出疲倦和出神的样子。他们待在街上，在对面的人行道上走来走去。附近的姑娘们没戴帽子，挽着胳膊在街上走。小伙子们设法迎上她们，说句笑话，她们一边大笑，一边回过头来。其中我认识好几个，她们向我打了招呼。

这时，街灯一下子亮了，使夜晚空中初现的星星黯然失色。我望着满是行人和灯光的人行道，感到眼睛很累。电灯把潮湿的路面照得闪闪发光，间隔均匀的电车反射着灯光，照在发亮的头发、人的笑容或银手镯上。不一会儿，电车少了，树木和电灯上空变得漆黑一片，不知不觉中路上的人也走光了，直到第一只猫慢悠悠地穿过重新变得空无一人的马路。这时,我想该吃晚饭了。我在椅背上趴得太久了,脖子有点儿酸。我下楼买了面包和面片,自己做了做,站着吃了。我想在窗前抽支烟,可是空气凉了,我有点儿冷。我关上窗户,回来的时候,在镜子里看见桌子的一角上摆着酒精灯和面包块。我想星期天总是忙忙碌碌的,妈妈已经安葬了,我又该上班了,总之,没有任何变化。

三

今天,我在办公室干了很多活儿。老板很和气。他问我是不是太累了,他也想知道妈妈的年纪。为了不弄错,我说了个"六十来岁",我不知道为什么他好像松了口气,认为这是了结了一桩大事。

我的桌子上堆了一大堆提单,我都得处理。在离开办公室去吃午饭之前,我洗了手。中午是我最喜欢的时刻。晚上,我就不那么高兴了,因为公用的转动毛巾用了一天,都湿透了。一天,我向老板提出了这件事。他回答说他对此感到遗憾,不过这毕竟是小事一桩。我下班晚了些,十二点半我才跟艾玛努埃尔一起出来,他在发货部门工作。办公室外面就是海,我们看了一会儿大太阳底下停在港里的船。这时,一辆卡车开过来,带着哗啦哗啦的铁链声和噼噼啪啪的爆炸声。艾玛努埃尔问我"去看看怎么样",我就跑了起来。卡车超过了我们,我们追上去。我被包围在一片嘈杂声和灰尘之中,什么也看不见了,只感到这种混乱的冲动,拼命在绞车、机器、半空中晃动的桅杆和我们身边的轮船之间奔跑。我第一个抓住车,跳了上去。然后,我帮着艾玛努埃尔坐好。我们喘不过气来,汽车在尘土和阳光中,在码头上高低不平的路上颠簸着。艾玛努埃尔笑得上气不接下气。

我们来到赛莱斯特的饭馆,浑身是汗。他还是那样子,挺着大肚子,系着围裙,留着雪白的小胡子。他问我"总还好吧",我说好,现在肚子饿了。我吃得很快,喝了咖啡,然后回家,睡了一会儿,因为我酒喝多了。醒来的时候,我想抽烟。时候不早了,我跑去赶电车。我干了一下午。办公室里很热,晚上下了班,我沿着码头慢步走回去,感到很快活。天是绿色的,我感到心满意足。尽管如此,我还是径直回家了,因为我想自己煮土豆。

楼梯黑乎乎的。我上楼时碰在老萨拉玛诺的身上,他是我同层的邻居。他牵着狗。八年来,人们看见他们总是厮守在一起。这条西班牙种猎犬生了一种皮肤病,我想是丹毒,毛都快掉光了,浑身是硬皮和褐色的痂。他们俩挤在一间小屋子里,久而久之,老萨拉玛诺都像它了。他的脸上长了些发红的硬痂,头上是稀疏的黄毛。那狗呢,也跟它的主人学了一种弯腰驼背的走相,撅着嘴,伸着脖子。他们好像是同类,却相互憎恨。每天两次,十一点和六点,老头儿带着狗散步。八年来,他们没有改变过路线。他们总是沿着里昂路走,狗拖着人,直到老萨拉玛诺打个趔趄,他于是就又打又骂。狗吓得趴在地上,让人拖着走。这时,该老头儿拽了。要是狗忘了,又拖起主人来,就又会挨打挨骂。于是,他们两个双双待在人行道上,你瞅着我,我瞪着你,狗是怕,人是恨。天天如此。碰到狗要撒尿,老头儿偏不给它时间,使劲拽它,狗就沥沥拉拉尿一道儿。如果狗偶尔尿在屋里,更要遭到毒打。这样的日子已经过了八年。赛莱斯特总是说"这真不幸",实际上,谁也不能知道。我在楼梯上碰见萨拉玛诺的时候,他正在骂狗。他对它说:"混蛋!脏货!"狗直哼哼。我跟他说:"您好,"但老头儿还在骂。于是,我问狗怎么惹他了,他不答腔。他只是说:"混蛋!脏货!"我模模糊糊地看见他正弯着腰在狗的颈圈上摆弄什么。我提高了嗓门儿。他头也不回,憋着火儿回答我:"它老是那样。"说完,便拖着那条哼哼唧唧、不肯痛痛快快往前走的狗出去了。

正在这时,我那层的第二个邻居进来了。这一带的人都说他靠女人生活。但是,人要问他职业,他就说是"仓库管理员"。一般地说,大家都不大喜欢他。但是他常跟我说话,有时还到我那儿坐坐,因为我听他说话。再说,我没有任何理由不跟他说话。他叫莱蒙·散太斯。他长得相当矮,肩膀却很宽,一个拳击手的鼻子①。他总是穿得衣冠楚楚。说到萨拉玛诺,他也说:"真是不幸!"他问我对此是否感到讨厌,我回答说不。

我们上了楼,正要分手的时候,他对我说:"我那里有猪血香肠和葡萄酒,一块儿吃点怎么样?……"我想这样我不用做饭了,就接受了。他也只有一间房子,外带一间没有窗户的厨房。床的上方摆着一个白色和粉红色的仿大理石天使像,几张体育冠军的相片和两三张裸体女人画片。屋里很脏,床上乱七八糟。他先点上煤油灯,然后从口袋里掏出一卷肮脏的纱布,把右手缠了起来。我问他怎么了,他说他和一个跟他找碴儿的家伙打了一架。

"您知道,默而索先生,"他对我说,"并不是我坏,可我是火性子。那小子呢,他说:'你要是个男子汉,从电车上下来。'我对他说:'滚蛋,别找事儿。'他说我不是男子汉。于是,我下了电车,对他说:'够了,到此为止吧,不然我就教训教训你。'他说:'你敢怎么样?'我就揍了他一顿。他倒在地上。我呢,我正要把他扶起来,他却躺在地上用脚踢我。我给了他一脚,又打了他两耳光。他满脸流血。

---

① 即塌鼻子。

我问他够不够,他说够了。"

说话的工夫,散太斯已缠好了绷带。我坐在床上。他说:"您看,不是我找他,是他对我不尊重。"的确如此,我承认。这时,他说,他正要就这件事跟我讨个主意,而我呢,是个男子汉,有生活经验,能帮助他,这样的话,他就是我的朋友了。我什么也没说,他又问我愿不愿意做他的朋友。我说怎么都行,他好像很满意。他拿出香肠,在锅里煮熟,又拿出酒杯、盘子、刀叉、两瓶酒。拿这些东西时,他没说话。我们坐下。一边吃,他一边讲他的故事。他先还迟疑了一下。"我认识一位太太……这么说吧,她是我的情妇。"跟他打架的那个人是这女人的兄弟。他对我说他供养着她。我没说话,但是他立刻补充说他知道这地方的人说他什么,不过他问心无愧,他是仓库管理员。

"至于我这件事,"他说,"我是发觉了她在欺骗我。"他给她的钱刚够维持生活。他为她付房租,每天给她二十法郎饭钱。"房租三百法郎,饭钱六百法郎,不时地送双袜子,一共一千法郎。人家还不工作。可她说那是合理的,我给的钱不够她生活。我跟她说:'你为什么不找个半天的工作干干呢?这样就省得我再为这些零星花费操心了。这个月我给你买了一套衣服,每天给你二十法郎,替你付房租,可你呢,下午和你的女友们喝咖啡。你拿咖啡和糖请她们,出钱的却是我。我待你不薄,你却忘恩负义。'可她就是不工作,总是说钱不够。所以我才发觉其中一定有欺骗。"

于是,他告诉我他在她的手提包里发现了一张彩票,她不能解释是怎么买的。不久,他又在她那里发现一张当票,证明她当了两只镯子。他可一直不知道她有两只镯子。"我看得清清楚楚,她在欺骗我。我就不要她了。不过,我先揍了她一顿,然后才揭了她的老底。我对她说,她就是想拿我寻开心。您知道,默而索先生,我是这样说的:'你看不到人家在嫉妒我给你带来的幸福。你以后就知道自己是有福不会享了。'"

他把她打得见血方休。以前,他不打她。"打是打,不过是轻轻碰碰而已。她叫唤。我就关上窗子,也就完了。这一回,我可是来真的了。对我来说,我惩罚得还不够呢。"

他解释说,就是为此,他才需要听听我的主意。他停下话头,调了调结了灯花的灯芯。我一直在听他说。我喝了将近一升的酒,觉得太阳穴发烫。我抽着莱蒙的烟,因为我的已经没有了。末班电车开过,把已很遥远的郊区的嘈杂声带走了。莱蒙在继续说话。使他烦恼的是,他对跟他睡觉的女人"还有感情"。但他还是想惩罚她。最初,他想把她带到一家旅馆去,叫来"风化警察",造成一桩丑闻,让她在警察局备个案。后来,他又找过几个流氓帮里的朋友。他们也没有想出什么办法。正如莱蒙跟我说的那样,参加流氓帮还是值得的。他对他们说了,他们建议"破她的相"。不过,这不是他的意思。他要考虑考虑。在这之前,他想问问我的意见。在得到我的指点之前,他想知道我对这件事是怎么想的。我说我什么也没想,但是我觉得这很有意思。他问我是不是认为其中有欺骗,我觉得是有欺骗。他又问我是不是认为应该惩罚她,假使是我的话,我将怎么做,我说永远也不可能知道,但我理解他想惩罚她的心情。我又喝了点酒。他点了一支烟,说出了他的主意。他想给她写一封信,"信里狠狠地羞辱她一番,再给她点儿甜头让她后悔"。然后,等她来的时候,他就跟她睡觉,"正在要完事的时候",他就吐她一脸唾沫,把她赶出去。我觉得这样的话,的确,她也就受到了惩罚。但是,莱蒙说他觉得自己写不好这封信,他想让我替他写。由于我没说什么,他就问我是不是马上写不方便,我说不。

他喝了一杯酒,站起来,把盘子和我们吃剩的冷香肠推开。他仔细地擦了擦铺在桌上的漆布。他从床头柜的抽屉里拿出一张方格纸,一个黄信封,一支红木杆的蘸水钢笔和一小方瓶紫墨水。他告诉我那女人的名字,我看出来是个摩尔人。我写好信。信写得有点儿随便,不过,我还是尽力让莱蒙满意,因为我没有理由不让他满意。然后,我高声念给他听。他一边抽烟一边听,连连点头。他请我再念一遍。他非常满意。他对我说:"我就知道你有生活经验。"起初,我还没发觉他已经用"你"来称呼我了。只是当他说"你现在是我的真正的朋友了,"这时我才感到惊奇。他又说了一遍,我说:"对。"做不做他的朋友,怎么都行,他可是好像真有这个意思。他封上信,我们把酒喝完。我们默默地抽了会儿烟。外面很安静,我们听见一辆小汽车开过去了。我说:"时候不早了。"莱蒙也这样想。他说时间过得很快。这从某种意义上说,的确是真的。我困了,可又站不起来。我的样子一定很疲倦,因为莱蒙对我说不该灰心丧气。开始,我没明白。他就解释说,他听说妈妈死了,但这是早晚要有的事情。这也是我的看法。

我站起身来,莱蒙紧紧地握着我的手,说男人之间总是彼此理解的。我从他那里出来,关上门,在漆黑的楼梯口待了一会儿。楼里寂静无声,从楼梯洞的深处升上来一股隐约的、潮湿的气息。我只听见耳朵里血液一阵阵流动声。我站着不动。老萨拉玛诺的屋子里,狗还在低声哼哼。

四

这一星期,我工作得很好。莱蒙来过,说他把信寄走了。我跟艾玛努埃尔去了两次电影院。银幕上演的什么,他不是常能看懂,我得给他解释。昨天是星期六,玛丽来了,这是我们约好的。我见了她心里直痒痒,她穿了件红白条纹的漂亮连衣裙,脚上是皮凉鞋。一对结实的乳房隐约可见,阳光把她的脸晒成棕色,好像朵花。我们坐上公共汽车,到了离阿尔及尔几公里外的一处海滩,那儿两面夹山,岸上一溜芦苇。四点钟的太阳不太热了,但水还很温暖,层层细浪懒洋洋的。玛丽教给我一种游戏,就是游水的时候,迎着浪峰,喝一口水花含在嘴里,然后翻过身来,把水朝天上吐出去。这样,水就像一条泡沫的花边散在空中,或像一阵温雨落回到脸上。可是玩了一会儿,我的嘴就被盐水烧得发烫。玛丽这时游到我身边,贴在我身上。她把嘴对着我的嘴,伸出舌头舔我的嘴唇。我们就这样在水里滚了一阵。

我们在海滩穿好衣服,玛丽望着我,两眼闪闪发光。我吻了她。从这时起,我们再没有说话。我搂着她,急忙找到公共汽车,回到我那里就跳上了床。我没关窗户,我们感到夏夜在我们棕色的身体上流动,真舒服。

早晨,玛丽没有走,我跟她说我们一道吃午饭。我下楼去买肉。上楼的时候,我听见莱蒙的屋子里有女人的声音。过了一会儿,老萨拉玛诺骂起狗来,我们听见木头楼梯上响起了鞋底和爪子的声音,接着,在"混蛋!脏货!"的骂声中,他们上街了。我向玛丽讲了老头儿的故事,她大笑。她穿着我的睡衣,卷起了袖子。她笑的时候,我的心里又痒痒了。过了一会儿,她问我爱不爱她。我回答说这种话毫无意义,我好像不爱她。她好像很难过。可是在做饭的时候,她又无缘无故地笑了起来,笑得我又吻了她。就在这时,我们听见莱蒙屋里打起来了。

先是听见女人的尖嗓门儿,接着是莱蒙说:"你不尊重我,你不尊重我。我要教你怎么不尊重我。"扑通扑通几声,那女人叫了起来,叫得那么凶,楼梯口立刻站满了人。玛丽和我也出去了。那女人一直在叫,莱蒙一直在打。玛丽说这真可怕,我没答腔。她要我去叫警察,我说我不喜欢警察。不过,住在三层的一个管子工叫来了一个。他敲了敲门,里面没有声音了。他又用力敲了敲,过了一会儿,女人哭起来,莱蒙开了门。他嘴上叼着一支烟,样子笑眯眯的。那女人从门里冲出来,对警察说莱蒙打了她。警察问:"你的名字。"莱蒙回答了。警察说:"跟我说话的时候,把烟从嘴上拿掉。"莱蒙犹豫了一下,看了看我,又抽了一口。说时迟,那时快,警察照准莱蒙的脸,重重地、结结实实地来了个耳光。香烟飞出去几米远。莱蒙变了脸,但他当时什么也没说,只是低声下气地问警察他能不能拾起他的烟头。警察说可以,但是告诉他:"下一次,你要知道警察可不是闹着玩儿的。"那女人一直在哭,不住地说:"他打了我。他是个乌龟。"莱蒙问:"警察先生,说一个男人是乌龟,这是合法的吗?"但警察命令他"闭嘴"。莱蒙于是转向那女人,对她说:"等着吧,小娘们儿,咱们还会见面的。"警察让他闭上嘴,叫那女人走,叫莱蒙待在屋里等着局里传讯。他还说,莱蒙醉了,哆嗦成这副样子,应该感到脸红。这时,莱蒙向他解释说:"警察先生,我没醉。只是我在这儿,在您面前,打哆嗦,我也没办法。"他关上门,人也都走了。玛丽和我做好午饭。但她不饿,几乎全让我吃了。她一点钟时走了,我又睡了一会儿。

　　快到三点钟的时候,有人敲门,进来的是莱蒙。我仍旧让他坐在床沿上。他没说话,我问他事情的经过如何。他说他如愿以偿,但是她打了他一个耳光,他就打了她。剩下的,我都看到了。我对他说,我觉得她已受到惩罚,他该满意了。他也是这样想的。他还指出,警察帮忙也没用,反正是她挨揍了。他说他很了解警察,知道该如何对付他们。他还问我当时是不是等着我回敬警察一下子,我说我什么也不等,再说我不喜欢警察。莱蒙好像很满意。他问我愿意不愿意跟他一块儿出去。我下了床,梳了梳头。他说我得做他的证人。怎么都行,但我不知道应该说什么。照莱蒙的意思,只要说那女人对他不尊重就够了。我答应为他作证。

　　我们出去了,莱蒙请我喝了一杯白兰地。后来,他想打一盘弹子,我差点赢了。他还想逛妓院,我说不,因为我不喜欢那玩意儿。于是我们慢慢走回去,他说他惩罚了他的情妇心里高兴得不得了。我觉得他对我挺好,我想这个时候真舒服。

　　远远地,我看见老萨拉玛诺站在门口,神色不安。我们走近了,我看到他没牵着狗。他四下张望,左右乱转,使劲朝黑洞洞的走廊里看,嘴里念念有词,又睁着一双小红眼,仔细地在街上找。莱蒙问他怎么了,他没有立刻回答。我模模糊糊地听他嘟囔着:"混蛋!脏货!"心情仍旧不安。我问他狗哪儿去了。他生硬地回答说它走了。然后,他突然滔滔不绝地说起来:"我像平常一样,带它去练兵场。做买卖的棚子周围人很多。我停下来看《国王散心》。等我再走的时候,它不在那儿了。当然,我早想给它买一个小点儿的颈圈。可是我从来也没想到这个脏货能这样就走了。"

　　莱蒙跟他说狗可能迷了路,它就会回来的。他举了好几个例子,说狗能跑几十公里找到主人。尽管如此,老头儿的神色反而更不安了。"可您知道,他们会把它弄走的。要是还有人收养它就好了。但这不可能,它一身疮,谁见了谁恶心。警察会抓走它的,肯定。"我于是跟他说,应该去待领处看看,付点钱就可领回来。他问我钱是不是要很多。我不知道。于是,他发起火来:"为这个脏货花钱!啊!它还是死了吧!"他又开始骂起它来。莱蒙大笑,钻进楼里。我跟了上去,我们在楼梯口分了手。过了一会儿,我听见老头儿的脚步声,他敲敲我的门。我开开门,他在门槛上站了会儿,说:"对不起,对不起。"我请他进来,但他不肯。他望着他的鞋尖儿,长满硬痂的手哆嗦着。他没有看我,问道:"默而索先生,您说,他们不会把它抓走吧。他们会把它还给我的。不然的话,我可怎么活下去呢?"我对他说,送到待领处的狗保留三天,等待物主去领,然后就随意处置了。他默默地望着我。然后,他对我说:"晚安。"他关上门,我听见他在屋里走来走去。他的床咯吱咯吱响。我听见透过墙壁传来一阵奇怪的响声,原来他在哭呢。我不知道为什么忽然想起了妈妈。可是第二天早上我得早起。我不饿,没吃晚饭就上了床。

五

　　莱蒙往办公室给我打了个电话。他说他的一个朋友(他跟他说起过我)请我到他离阿尔及尔不远的海滨木屋去过星期天。我说我很愿意去,不过我已答应和一个女友一块儿过了。莱蒙立刻说他也请她。他朋友的妻子因为在一堆男人中间有了做伴的一定会很高兴。

　　我本想立刻挂掉电话,因为老板不喜欢人家从城里给我们打电话。但莱蒙要我等一等,他说他本来可以晚上转达这个邀请,但是他还有别的事情要告诉我。一帮阿拉伯人盯了他整整一天,内中有他过去的情妇的兄弟。"如果你晚上回去看见他们在我们的房子附近,你就告诉我一声。"我说一言为定。

　　过了一会儿,老板派人来叫我,我立刻不安起来,因为我想他一定又要说少打电话多干活儿了。其实,根本不是这么回事。他说他要跟我谈一个还很模糊的计划。他只是想听听我对这个问题的意见。他想在巴黎设一个办事处,直接在当地与一些大公司做买卖,他想知道我能否去那儿工作。这样,我就能在巴黎生活,一年中还可旅行旅行。"您年轻,我觉得这样的生活您会喜欢的。"我说对,但实际上怎么样都行。他于是问我是否对于改变生活不感兴趣。我回答说生活是无法改变的,什么样的生活都一样,我在这儿的生活并不使我不高兴。他好像不满意,说我答非所问,没有雄心大志,这对做买卖是很糟糕的。他说完,我就回去工作了。我并不愿意使他不快,但我看不出有什么理由改变我的生活。仔细想想,我并非不幸。我上大学的时候,有过不少这一类的雄心大志。但是当我不得不辍学的时候,我很快就明白了,这一切实际上并不重要。

　　晚上,玛丽来找我,问我愿意不愿意跟她结婚。我说怎么样都行,如果她愿意,我们可以结。于是,她想知道我是否爱她。我说我已经说过一次了,这种话毫无意义,如果一定要说的话,我大概是不爱她。她说:"那为什么又娶我呢?"我跟她说这无关紧要,如果她想,我们可以结婚。再说,是她要跟我结婚的,我只要说行就完了。她说结婚是件大事。我回答说:"不。"她沉默了一阵,一声不响地望着我。后来她说话了。她只是想知道,如果这个建议出自另外一个女人,我和她的关系跟我和玛丽的关系一样,我会不会接受。我说:"当然。"于是她心里想她是不是爱我,而我,关于这一点是一无所知。又沉默了一会儿,她低声说我是个怪人,她就是因为这一点才爱我,也许有一天她会出于同样的理由讨厌我。我一声不吭,没什么可说的。她微笑着挽起我的胳膊,说她愿意跟我结婚。我说她什么时候愿意就什么时候办。这时我跟她谈起老板的建议,玛丽说她很愿意认识认识巴黎。我告诉她我在那儿住过一阵,她问我巴黎怎么样。我说:"很脏。有鸽子,有黑乎乎的院子。人的皮肤是白的。"

后来,我们出去走了走,逛了城里的几条大街。女人们很漂亮,我问玛丽她是否注意到了。她说她注意到了,还说她对我了解了。有一会儿,我们没有说话。但我还是希望她和我在一起,我跟她说我们可以一块儿去赛莱斯特那儿吃晚饭。她很想去,不过她有事。我们已经走近了我住的地方,我跟她说再见。她看了看我说:"你不想知道我有什么事吗?"我很想知道,但我没想到要问她,而就是为了这她有着那种要责备我的神气,看到我尴尬的样子,她又笑了,身子一挺把嘴唇凑上来。

我在赛莱斯特的饭馆里吃晚饭。我已开始吃起来,这时进来一个奇怪的小女人,她问我她是否可以坐在我的桌子旁边。她当然可以。她的动作僵硬,两眼闪闪发光,一张小脸像苹果一样圆。她脱下短外套,坐下,匆匆看了看菜谱。她招呼赛莱斯特,立刻点完她要的菜,语气准确而急迫。在等凉菜的时候,她打开手提包,拿出一小块纸和一支铅笔,事先算好钱,从小钱包里掏出来,外加小费,算得准确无误,摆在眼前。这时凉菜来了,她飞快地一扫而光。在等下一道菜时,她又从手提包里掏出一支蓝铅笔和一份本星期的广播节目杂志。她仔仔细细地把几乎所有的节目一个个勾出来。由于杂志有十几页,整整一顿饭的工夫,她都在细心地做这件事。我已经吃完,她还在专心致志地做这件事。她吃完站起来,用刚才自动机械一样准确的动作穿上外套,走了。我无事可干,也出去了,跟了她一阵子。她在人行道的边石上走,迅速而平稳,令人无法想象。她一往直前,头也不回。最后,我看不见她了,也就回去了。我想她是个怪人,但是我很快就把她忘了。

在门口,我看见了老萨拉玛诺。我让他进屋,他说他的狗丢了,因为它不在待领处。那里的人对他说,它也可能被轧死了。他问到警察局去搞清这件事是否是办不到的,人家跟他说这类事是没有记录的,因为每天都会发生。我对老萨拉玛诺说他可以再弄一条狗,可是他请我注意他已经习惯和这条狗在一起,这一点他说得对。

我蹲在床上,萨拉玛诺坐在桌前的一张椅子上。他面对着我,双手放在膝盖上。他还戴着他的旧毡帽。在发黄的小胡子下面,他嘴里含含糊糊不知在说什么。我有点讨厌他了,不过我无事可干,也没有一点睡意。没话找话,我就问起他的狗来。他说他是在他老婆死后有了那条狗。他结婚相当晚。年轻的时候,他曾经想演戏,所以当兵时,他在军队歌舞剧团里演戏。但最后,他进了铁路部门,他并不后悔,因为他现在有一小笔退休金。他和他老婆在一起并不幸福,但总的说来,他也习惯了。她死后,他感到十分孤独。于是他便跟一个工友要了一条狗,那时它还很小。他得拿奶瓶喂它。因为狗比人活得时间短,他们就一块儿老了。"它脾气很坏,"萨拉玛诺说,"我们俩常常吵架。不过,这总算还是一条好狗。"我说它是良种,萨拉玛诺好像很高兴。他说:"您还没在它生病以前见过它呢。它最漂亮的是那一身毛。"自从这狗得了这种皮肤病,萨拉玛诺每天早晚两次给它抹药。但是据他看,它真正的病是衰老,而衰老是治不好的。

这时,我打了个哈欠,老头儿说他要走了。我跟他说他可以再待一会儿,对他狗的事我很难过,他谢谢我。他说妈妈很喜欢他的狗。说到她,他称她作"您那可怜的母亲"。他猜想妈妈死后我该是很痛苦,我没有说话。这时,他很快地,不大自然地对我说,他知道这一带的人对我看法不好,因为我把母亲送进了养老院,但他了解我,他知道我很爱妈妈。我回答说,我还不知道为什么,我也不知道在这方面他们对我看法不好,但是我认为把母亲送进养老院是件很自然的事,因为我雇不起人照顾她。"再说,"我补充说,"很久以来她就和我无话可说,她一个人待着闷得慌。"他说:"是啊,在养老院里,她至少还有伴儿。"然后,他告辞了。他想睡觉。现在他的生活变了,他有些不知如何是好。他不好意思地伸过手来,这是自我认识他以来的第一次,我感到他手上有一块块硬皮。他微微一笑,在走出去之前又说:"我希望今天夜里狗不要叫。我老以为那是我的狗。"

六

今天是星期天,我总也睡不醒,玛丽叫我,推我,才把我弄起来。我们没吃饭,因为我们想早早去游泳。我感到腹内空空,头也有点儿疼。我的香烟有一股苦味。玛丽取笑我,说我"愁眉苦脸"。她穿了一件白色连衣裙,披散着头发。我说她很美,她高兴得直笑。

下楼时,我们敲了敲莱蒙的门。他说他就下去。由于我很疲倦,也因为我们没有打开百叶窗,不知道街上已是一片阳光,照在我的脸上,像是打了一记耳光。玛丽高兴得直跳,不住地说天气真好。我感觉好了些,觉得肚子饿了。我跟玛丽说了,她给我看看她的漆布手提包,里面放着我们的游泳衣和一条浴巾。我们就等莱蒙了,我们听见他关上了门。他穿一条蓝裤,短袖白衬衫,但是戴了一顶平顶草帽,引得玛丽大笑。袖子外的胳膊很白,长着黑毛。我看了有点不舒服。他吹着口哨下了楼,看样子很高兴。他朝着我说:"你好,伙计,"而对玛丽则称"小姐"。

前一天我们去警察局了,我证明那女人"不尊重"莱蒙。他只受到警告就没事了。他们没有调查我的证词。在门前,我们跟莱蒙说了说,然后我们决定去乘公共汽车。海滩并不很远,但乘车去更快些。莱蒙认为他的朋友看见我们去得早,一定很高兴。我们正要动身,莱蒙突然示意我看看对面。我看见一帮阿拉伯人正靠着烟店的橱窗站着。他们默默地望着我们,不过他们总是这样看我们的,正好像我们是些石头或枯树一样。莱蒙对我说,左边第二个就是他说的那小子。他好像心事重重,不过,他又说现在这件事已经了结。玛丽不大清楚,问我们是怎么回事。我跟她说这些阿拉伯人恨莱蒙。玛丽要我们立刻就走。莱蒙身子一挺,笑着说是该赶紧走了。

我们朝汽车站走去,汽车站还挺远,莱蒙对我说阿拉伯人没有跟着我们。我回头看了看,他们还在老地方,还是那么冷漠地望着我们刚刚离开的那地方。我们上了汽车。莱蒙似乎完全放了心,不断地跟玛丽开玩笑。我感到他喜欢她,可是她几乎不答理他。她不时望着他笑笑。

我们在阿尔及尔郊区下了车。海滩离公共汽车站不远。但是要走过一个俯临大海的小高地,然后就可下坡直到海滩。高地上满是发黄的石头和雪白的阿福花,衬着已经变得耀眼的蓝天。玛丽一边走,一边抡起她的漆布手提包打着花瓣玩儿。我们在一排排小别墅中间穿过,这些别墅的栅栏有的是绿色的,有的是白色的,其中有几幢有阳台,一起隐没在柽柳丛中,有几幢光秃秃的,周围一片石头。走到高地边上,就已能看见平静的大海了,更远些,还能看到一角地岬,睡意朦胧地雄踞在清冽的海水中。一阵轻微的马达声在宁静的空气中传到我们耳边。远远地,我们看见一条小拖网渔船在耀眼的海面上驶来,慢得像不动似的。玛丽采了几朵蝴蝶花。从通往海边的斜坡上,我们看见有几个人已经在游泳了。

莱蒙的朋友住在海滩尽头的一座小木屋里,房子背靠峭壁,前面的木桩已经泡在水里。莱蒙给我们作了介绍。他的朋友叫马松。他高大,魁梧,肩膀很宽,而他的妻子却又矮又胖,和蔼可亲,一口巴黎腔。他立刻跟我们说不要客气,他做了炸鱼,鱼是他早上刚打的。我跟他说他的房子真漂亮。他告诉我他在这儿过星期六、星期天和所有的假日。他又说:"跟我的妻子,大家会合得来的。"的确,他的妻子已经和玛丽又说又笑了。也许是第一次,我真想到我要结婚了。

马松想去游泳,可他妻子和莱蒙不想去。我们三个人出了木屋,玛丽立刻就跳进水里了。马松和我稍等了一会儿。他说话慢悠悠的,而且不管说什么,总要加一句"我甚至还要说",其实,对他说的话,他根本没有进一步加以说明。谈到玛丽,他对我说:"她真不错,我甚至还要说,真可爱。"后来,我就不再注意他这口头语,一心只去享受太阳晒在身上的舒服劲儿了。沙子开始烫脚了。我真想下水,可我又拖了一会儿,最后我跟马松说:"下水吧?"就扎进水里。他慢慢走进水里,直到站不住了,才钻进去。他游蛙泳,游得相当坏,我只好撇下他去追玛丽。水是凉的,我游得很高兴。我和玛丽游远了,我们觉得,我们在动作上和愉快心情上都是协调一致的。

到了远处,我们改作仰游。我的脸朝着天,一层薄薄的水幕漫过,流进嘴里,就像带走了一片阳光。我们看见马松游回海滩,躺下晒太阳。远远地望去,他真是一个庞然大物。玛丽想和我一起游。我游到她后面,抱住她的腰,她在前面用胳膊划水,我在后面用脚打水。哗哗的打水声一直跟着我们,直到我觉得累了。于是,我放开玛丽,往回游了,我恢复了正常的姿势,呼吸也自如了。在海滩上,我趴在马松身边,把脸贴在沙子上。我跟他说"真舒服",他同意。不一会儿,玛丽也来了。我翻过身子,看着她走过来。她浑身是水,头发甩在后面。她紧挨着我躺下,她身上的热气,太阳的热气,烤得我迷迷糊糊睡着了。

玛丽推了推我,说马松已经回去了,该吃午饭了。我立刻站起来,因为我饿了,可是玛丽跟我说一早上我还没吻过她呢。这是真的,不过我真想吻她。"到水里去,"她说。我们跑起来,迎着一片细浪扑进水里。我们划了几下,玛丽贴在我身上。我觉得她的腿夹着我的腿,我感到一阵冲动。

我们回来时,马松已经在喊我们了。我说我很饿,他立刻对他妻子说他喜欢我。面包很好,我狼吞虎咽地把我那份鱼吃光。接着上来的还有肉和炸土豆。我们吃着,没有人说话。马松老喝酒,还不断地给我倒。上咖啡的时候,我的头已经昏沉沉的了。我抽了很多烟。马松、莱蒙和我,我们三个计划八月份在海滩过,费用大家出。玛丽忽然说道:"你们知道几点了吗?才十一点半呀。"我们都很惊讶,可是马松说饭就是吃得早,这也很自然,肚子饿的时候,就是吃午饭的时候。我不知道为什么这竟使得玛丽笑起来。我认为她有点儿喝多了。马松问我愿意不愿意跟他一起去海滩上走走。"我老婆午饭后总要睡午觉。我嘛,我不喜欢这个。我得走走。我总跟她说这对健康有好处。不过,这是她的权利。"玛丽说她要留下帮助马松太太刷盘子。那个小巴黎女人说要干这些事,得把男人赶出去。我们三个人走了。

太阳几乎是直射在沙上,海面上闪着光,刺得人睁不开眼睛。海滩上一个人也没有。从建在高地边上、俯瞰着大海的木屋中,传来了杯盘刀叉的声音。石头的热气从地面反上来,热得人喘不过气来。开始,莱蒙和马松谈起一些我不知道的人和事。我这才知道他们认识已经很久了,甚至还一块儿住过一阵。我们朝海水走去,沿海边走着。有时候,海浪漫上来,打湿了我们的布鞋。我什么也不想,因为我没戴帽子,太阳晒得我昏昏欲睡。

这时,莱蒙跟马松说了句什么,我没听清楚。但就在这时,我看见在海滩尽头离我们很远的地方,有两个穿蓝色司炉工装的阿拉伯人朝我们这个方向走来。我看了看莱蒙,他说:"就是他。"我们继续走着。马松问他们怎么会跟到这儿来。我想他们大概看见我们上了公共汽车,手里还拿着去海滩的提包,不过我什么也没说。

阿拉伯人走得很慢,但离我们已经近得多了。我们没有改换步伐,但莱蒙说了:"如果要打架,你,马松,你对付第二个。我嘛,我来收拾我那个家伙。你,默而索,如果再来一个,就是你的。"我说:"好。"马松把手放进口袋。我觉得晒得发热的沙子现在都烧红了。我们迈着均匀的步子冲阿拉伯人走去。我们之间的距离越来越小。当距离只有几步远的时候,阿拉伯人站住了。马松和我,我们放慢了步子。莱蒙直奔他那个家伙。我没听清楚他跟他说了句什么,只见那人摆出一副不买账的样子。莱蒙上去就是一拳,同时招呼一声马松。马松冲向给他指定的那一个,奋力砸了两拳,把那人打进水里,脸朝下,好几秒钟没动,头周围咕噜咕噜冒上一片水泡,随即破了。这时,莱蒙也在打,那个阿拉伯人满脸是血。莱蒙转身对我说:"看着他的手要掏什么。"我朝他喊:"小心,他有刀!"可是,莱蒙的胳膊已给划开了,嘴上也挨了一刀。

马松纵身向前一跳。那个阿拉伯人已从水里爬起来,站到了拿刀的那人身后。我们不敢动了。他们慢慢后退,不住地盯着我们,用刀逼住我们。当他们看到已退到相当远的时候,就飞快地跑了。我们待在太阳底下动不得,莱蒙用手摁住滴着血的胳膊。

马松说有一位来这儿过星期天的大夫,住在高地上。莱蒙想马上就去。但他一说话,嘴里就有血泡冒出来。我们扶着他,尽快地回到木屋。莱蒙说他只伤了点皮肉,可以到医生那里去。马松陪他去了,我留下把发生的事情讲给两个女人听。马松太太哭了,玛丽脸色发白。我呢,给她们讲这件事让我心烦。最后,我不说话了,望着大海抽起烟来。

快到一点半的时候,莱蒙和马松回来了。胳膊上缠着绷带,嘴角上贴着橡皮膏。医生说不要紧,但莱蒙的脸色很阴沉。马松想逗他笑,可是他始终不吭声。后来,他说他要到海滩上去,我问他到海滩上什么地方,他说随便走走喘口气。马松和我说要陪他一道去。于是,他发起火来,骂了我们一顿。马松说那就别惹他生气吧。不过,我还是跟了出去。

我们在海滩上走了很久。太阳现在酷热无比,晒在沙上和海上,散成金光点点。我觉得莱蒙知道去哪儿,但这肯定是个错误的印象。我们走到海滩尽头,那儿有一眼小泉,水在一块巨石后面的沙窝里流着。在那儿,我们看见了那两个阿拉伯人。他们躺着,穿着油腻的蓝色工装。他们似乎很平静,差不多也很高兴。我们来了,并未引起任何变化。用刀刺了莱蒙的那个人一声不吭地望着他。另一个吹着一截小芦苇管,一边用眼角瞄着我们,一边不断地重复着那东西发出的三个音。

这时候,周围只有阳光、寂静、泉水的轻微的流动声和那三个音了。莱蒙的手朝装着手枪的口袋里伸去,可是那个人没有动,他们一直彼此对视着。我注意到吹笛子的那个人的脚趾分得很开。莱蒙一边盯着他的对头,一边问我:"我干掉他?"我想我如果说不,他一定会火冒三丈,非开枪不可。我只是说:"他还没说话呢。这样就开枪不好。"在寂静和炎热之中,还听得见水声和笛声。莱蒙说:"那么,我先骂他一顿,他一还口,我就干掉他。"我说:"就这样吧。但是如果他不掏出刀子,你不能开枪。"莱蒙有点火了。那个人还在吹,他们俩注意着莱蒙的一举一动。我说:"不,还是一个对一个,空手对空手吧。把枪给我。如果另一个上了,或是他掏出了刀子,我就干掉他。"

莱蒙把枪给我,太阳光在枪上一闪。不过,我们还是站着没动,好像周围的一切把我们裹住了似的。我们一直眼对眼地相互盯着,在大海、沙子和阳光之间,一切都停止了,笛音和水声都已消失。这时我想,可以开枪,也可以不开枪。突然间,那两个阿拉伯人倒退着溜到山岩后面。于是,莱蒙和我就往回走了。他显得好了些,还说起了回去的公共汽车。

我一直陪他走到木屋前。他一级一级登上木台阶,我在第一级前站住了,脑袋被太阳晒得嗡嗡直响,一想到要费力气爬台阶和还要跟那两个女人说话,就泄气了。可是天那么热,一动不动地待在一片从天而降的耀眼的光雨中,也是够难受的。待在那里,还是走开,其结果是一样的。过了一会儿,我朝海滩转过身去,迈步往前走了。

到处依然是一片火爆的阳光。大海憋得急速地喘气,把它细小的浪头吹到沙滩上。我慢慢地朝山岩走去,觉得太阳晒得额头膨胀起来。热气整个儿压在我身上,我简直迈不动腿。每逢我感到一阵热气扑到脸上,我就咬咬牙,握紧插在裤兜里的拳头,我全身都绷紧了,决意要战胜太阳,战胜它所引起的这种不可理解的醉意。从沙砾上、雪白的贝壳或一片碎玻璃上反射出来的光亮,像一把把利剑劈过来,剑光一闪,我的牙关就收紧一下。我走了很长时间。

远远地,我看见了那一堆黑色的岩石,阳光和海上的微尘在它周围罩上一圈炫目的光环。我想到了岩石后面的清凉的泉水。我想再听听淙淙的水声,想逃避太阳,不再使劲往前走,不再听女人的哭声,总之,我想找一片阴影休息一下。可是当我走近了,我看见莱蒙的对头又回来了。

他是一个人,仰面躺着,双手枕在脑后,头在岩石的阴影里,身子露在太阳底下。蓝色工装被晒得冒热气。我有点儿吃惊。对我来说,那件事已经完了,我来到这儿根本没想那件事。

他一看见我,就稍稍欠了欠身,把手插进口袋里。我呢,自然而然地握紧了口袋里莱蒙的那支手枪。他又朝后躺下了,但是并没有把手从口袋里抽出来。我离他还相当远,约有十几米吧。我隐隐约约地看见,在他半闭的眼皮底下目光不时地一闪。然而最经常的,却是他的面孔在我眼前一片燃烧的热气中晃动。海浪的声音更加有气无力,比中午的时候更加平静。还是那一个太阳,还是那一片光亮,还是那一片伸展到这里的沙滩。两个钟头了,白昼没有动;两个钟头了,它在这一片沸腾的金属的海洋中抛下了锚。天边驶过一艘小轮船,我是瞥见那个小黑点的,因为我始终盯着那个阿拉伯人。

我想我只要一转身,事情就完了。可是整个海滩在阳光中颤动,在我身后挤来挤去。我朝水泉走了几步,阿拉伯人没有动。不管怎么说,他离我还相当远。也许是因为他脸上的阴影吧,他好像在笑。我等着,太阳晒得我两颊发烫,我觉得汗珠聚在眉峰上。那太阳和我安葬妈妈那天的太阳一样,头也像那天一样难受,皮肤下面所有的血管都一齐跳动。我热得受不了,又往前走了一步。我知道这是愚蠢的,我走一步并逃不过太阳。但是我往前走了一步,仅仅一步。这一次,阿拉伯人没有起来,却抽出刀来,迎着阳光对准了我。刀锋闪闪发光,仿佛一把寒光四射的长剑刺中了我的头。就在这时,聚在眉峰的汗珠一下子流到了眼皮上,蒙上一幅温吞吞的,模模糊糊的水幕。这一泪水和盐水搀和在一起的水幕使我的眼睛什么也看不见。我只觉得铙钹似的太阳扣在我的头上,那把刀刺眼的刀锋总是隐隐约约地对着我。滚烫的刀尖穿过我的睫毛,挖着我的痛苦的眼睛。就在这时,一切都摇晃了。大海呼出一口沉闷而炽热的气息。我觉得天门洞开,向下倾泻着大火。我全身都绷紧了,手紧紧握住枪。枪机扳动了,我摸着了光滑的枪柄,就在那时,猛然一声震耳的巨响,一切都开始了。我甩了甩汗水和阳光。我知道我打破了这一天的平衡,打破了海滩上不寻常的寂静,而在那里我曾是幸福的。这时,我又对准那具尸体开了四枪,子弹打进去,也看不出什么来。然而,那却好像是我在苦难之门上短促地叩了四下。

第二部

一

  我被捕之后,很快就被审讯了好几次。但讯问的都是身份之类,时间不长。第一次是在警察局,我的案子似乎谁都不感兴趣。八天之后,一位预审推事倒是好奇地看了看我。不过开始时,他也只是问问姓名、住址、职业、出生年月和地点。然后,他想知道我是否找了律师。我说没有,还问他是不是一定要有一个。"为什么这样问呢?"他说。我回答我认为我的案子很简单。他微笑着说:"这是一种看法。不过,法律就是法律。如果您不找律师的话,我们将为您指定一个临时的。"我觉得法律还管这等小事,真是方便得很。我对他说了我的这一看法。他表示赞同,说法律制订得很好。

  开始,我没有认真对待他。他是在一间挂着窗帘的房子里接待我的,他的桌子上只有一盏灯,照亮了他让我坐的那把椅子,而他自己却坐在黑暗中。我已经在书里读过类似的描写了,在我看来这一切都是一场游戏。谈话之后,我看清他了,我看到一个五官清秀的人,深蓝的眼睛,身材高大,长长的灰色小胡子,一头几乎全白的头发。我认为他是通情达理的,总之,是和蔼可亲的,虽然有时一种不由自主的抽搐扯动了他的嘴。出去的时候,我甚至想伸出手来跟他握手,幸亏我及时地想起来我杀过一个人。

  第二天,一位律师到监狱里来看我。他又矮又胖,相当年轻,头发梳得服服帖帖。尽管天热(我穿着背心),他却穿着一身深色衣服,硬领子,系着一条很怪的领带,上面有黑色和白色的粗大条纹。他把夹在胳膊下的皮包放在我的桌上,自我作了介绍,对我说他研究了我的材料。我的案子不好办,但是如果我信任他,胜诉是没有疑问的。我向他表示感谢,他说:"咱们言归正传吧。"

　　他在我的床上坐下,对我说,他们已经了解了我的私生活。他们知道了我妈妈最近死在养老院里。他们到马朗戈去做过调查。预审推事们知道了我在妈妈下葬的那天"表现得麻木不仁"。我的律师对我说:"您知道,我有点不好意思问您这些事。但这很重要。假使我无言以对的话,这将成为起诉的一条重要的根据。"他要我帮助他。他问我那一天是否感到难过,这个问题使我十分惊讶,我觉得要是我提这个问题的话,我会很为难的。不过,我回答他说我有点失去了回想的习惯,我很难向他提供情况。毫无疑问,我很爱妈妈,但是这不说明任何问题。所有健康的人都或多或少盼望过他们所爱的人死去。说到这儿,律师打断了我,显得激动不安。他要我保证不在庭上说这句话,也不在预审法官那儿说。不过,我对他说我有一种天性,就是肉体上的需要常常使我的感情混乱。安葬妈妈的那天,我很疲倦,也很困,我根本没体会到那天的事的意义。我能够肯定地说的,就是我更希望妈妈不死。但是我的律师没有显出高兴的样子。他对我说:"这还不够。"

　　他想了想。他问我他是否可以说那一天我是控制住了我天生的感情。我对他说:"不能,因为这是假话。"他以一种很怪的方式望了望我,仿佛我使他感到有些厌恶似的。他几乎是不怀好意地说,无论如何,养老院的院长和工作人员将会出庭作证,这将会使我"大吃其亏"。我请他注意这件事和我的案子没有关系,他只是说,明显的是,我和法院从来没有关系。

　　他很生气地走了。我真想叫住他,向他解释说我希望得到他的同情,不是为了得到更好的辩护,而是,如果我可以这样说的话,得到合乎人性的辩护。特别是我看到我使他很不痛快。他不理解我,他有点怨恨我。我想对他说,我和大家一样,绝对地和大家一样。可是,这一切实际上并没有多大用处,而且我也懒得去说。

　　不久之后,我又被带到预审推事面前。时间是午后两点钟,这一次,他的办公室里很亮,只有一层纱窗帘挡住阳光。天气很热。他让我坐下,他很客气地对我说,我的律师"因为不凑巧"没有能来。但是,我有权利不回答他的问题,等待我的律师来帮助我。我说我可以单独回答。他用指头按了按桌上的一个电钮。一个年轻的书记进来,几乎就在我的背后坐下了。

我们俩都舒舒服服地坐在椅子上。讯问开始。他首先说人家把我描绘成一个生性缄默孤僻的人,他想知道对此我有什么看法。我回答说:"因为我没什么可说的,于是我就不说话。"他像第一次一样笑了笑,承认这是最好的理由,接着又补充了一句:"再说,这无关紧要。"他不说话了,看了看我,然后相当突然把身子一挺,很快地对我说:"我感兴趣的,是您这个人。"我不大明白他说的是什么意思,没有回答。他又说:"在您的举动中,有些事情我不大明白。我相信您将帮助我理解。"我说一切都很简单。他让我把那天的情形再讲一遍。我把对他讲过的东西又说了一遍:莱蒙、海滩、游泳、打架,又是海滩、小水泉、太阳和开了五枪。我每说一句,他都说:"好,好。"当我说到直躺在地上的尸体时,他同意地说道:"很好。"而我呢,翻来复去地说一件事已经让我烦了,我觉得我从来没有说过这么多的话。

他停了一会儿,站起来,对我说他愿意帮助我,我使他感兴趣,如果上帝帮忙的话,他一定能为我做点什么。不过在此之前,他想问我几个问题。开门见山,他问我是不是爱妈妈。我说:"爱,像大家一样。"一直有节奏地敲着打字机的书记一定是按错了键子,因为他很不自在,不得不往回退机器。推事又问我——表面上看不出有什么逻辑性——是不是连续开了五枪。我想了想,说先开了一枪,几秒钟之后,又开了四枪。于是他问:"为什么您在第一枪和第二枪之间停了停?"这时,我又看见了那阳光火爆的海滩,我又感到了太阳炙烤着我的额头。但是这一次我什么也没说。在一片沉默中,推事好像坐立不安。他坐下来,抓了抓头发,把胳膊肘支在桌子上,微微朝我俯下身来,神情很奇特:"为什么,为什么您还往一个死人身上开枪呢?"这个问题,我也不知道如何回答。推事把双手放在前额上,重复了他的问题,声音都有点儿变了:"为什么?您得对我说。为什么?"我一直不说话。

突然,他站了起来,大步走到他的办公室一头的一个档案柜前,拉开一个抽屉。他拿出一个银十字架,一边摇晃着,一边朝我走来。他的声音完全变了,几乎是颤抖地大声问我:"这件东西,您认得吗?"我说:"认得,当然认得。"于是他很快地、热情洋溢地说他相信上帝,他的信念是任何一个人也不会罪孽深重到上帝不能饶恕的程度,但是他必须悔过,要变成孩子那样,灵魂是空的,什么都能接受。他整个身子都俯在桌子上,差不多就在我的头顶上摇晃着十字架。说真的,他的这番推理,我真跟不上,首先是因为我热,他的办公室里有几只大苍蝇,落在我的脸上,也因为我有点儿怕他。不过我认为这是可笑的,因为无论如何罪犯毕竟还是我。可是,他还在说。我差不多听明白了,据他看,在我的供词中只有一点不清楚,那就是等了一下才开第二枪这一事实。其余的都很明白,但这一点,他不懂。我正要跟他说他这样固执是没有道理的,因为这最后一点并不那么重要。但他打断了我,挺直了身子,劝告了我一番,问我是否信仰上帝。我回答说不。他愤怒地坐下了,说这是不可能的,所有的人都信仰上帝,甚至那些背弃上帝的人都信仰上帝。这是他的信念,如果他要怀疑这一点的话,他的生活就失去了意义。他叫道:"您难道要使我的生活失去意义吗?"我认为,这与我无关,我跟他说了。但他已经隔着桌子把刻着基督受难像的十字架伸到我的眼皮底下,疯狂地大叫起来:"我,我是基督徒。我要请求他饶恕你的罪过。你怎么能不相信他是为你而受难呢?"我清楚地注意到他用"你"来称呼我了,但我已厌倦了。屋子里越来越热。跟平时一样,当我想摆脱一个我不愿意听他说话的人时,我就做出赞同的样子。出乎我的意料,他竟真的以为是打胜了:"你看,你看,"他说,"你是不是也信了?你是不是要把真话告诉他了?"当然,我又说了一次"不"。他一屁股坐在他的椅子上。

  他好像很累,待了好久没说话,而打字机一直跟着我们的对话,还在打着最后的几句话。然后,他注视着我,有点儿伤心,轻声地说:"我从未见过您这样顽固的灵魂。来到我面前的罪犯看到这个受苦受难的形象,没有不痛哭流涕的。"我正要回答他这恰恰说的是罪犯,可是我想起来我也跟他们一样。这种想法我却总也不能习惯。这时,推事站了起来,好像告诉我审讯已经结束。他的样子还是那么厌倦,只问了问我对我的行动是否感到悔恨。我想了想,说与其说是真正的悔恨,不如说是某种厌烦。我觉得他不明白我的话。不过,那天发生的事情也就到此为止了。

  后来,我经常见到这位预审推事。只是我每次都有律师陪着。他们只是让我对过去说过的东西的某些地方再明确一下,或者是推事和我的律师讨论控告的罪名。但实际上,这些时候他们根本就不管我了。反正是渐渐地,审讯的调子变了。好像推事对我已经不感兴趣了,他已经以某种方式把我的案子归档了。他不再跟我谈上帝了,我也再没有看见他像第一天那样激动过。结果,我们的谈话反而变得更亲切了。提几个问题,跟我的律师聊聊,审讯就结束了。用推事的话说,我的案子照常进行。有时候,如果谈的是一般性的问题,他们就把我也拉上。我开始喘过气来了。这时,人人对我都不坏。一切都是这样自然,解决得这样好,演得这样干净利落,竟至于我有了"和他们都是自家人"的可笑感觉。预审持续了十一个月,我可以说,我有点惊奇的是,有生以来最使我快活的竟是有那么不多的几次,推事把我送到他的办公室门口,拍着我的肩膀亲切地说:"今天就到此为止,反基督先生。"然后,他们再把我交到法警手里。

二

　　有些事情我是从来也不喜欢谈的。自从我进了监狱,没过几天我就知道,我将来是不喜欢谈论我这一段生活的。
　　不过,后来我也没发现反感有什么必要。实际上,头几天我并不是真的在坐牢,我在模模糊糊地等着什么新情况。直到第一次,也是惟一的一次,玛丽来看我之后,一切才开始。从我收到她的信那一天起(她说人家不允许她再来了,因为她不是我的妻子),就是从那一天起,我才感到我住的地方是牢房,我的生活到此为止了。我被捕的那一天,他们先把我关在一间已经有好几个囚犯的牢房里,其中大部分是阿拉伯人。他们看见我都笑了。然后他们问我犯了什么事儿。我说我杀了一个阿拉伯人,他们就都不说话了。但过了一会儿,天就黑了。他们告诉我怎样铺睡觉的席子。把一头卷起来,就可以做成一个长枕头。整整的一夜,臭虫在我脸上爬。几天之后,我被关进一个单间,睡在一块木板上。我还有一个便桶和一个铁盆儿。监狱建在本城的高地上,透过一个小窗口,我可以看见大海。有一天,我正抓着铁栏杆,脸朝着有亮的地方,一个看守进来,说有人来看我。我想这是玛丽。果然是她。
　　要到接待室去,得穿过一条长走廊,上一段台阶,最后再穿过一条走廊。我走进去,那是一个明亮的大厅,光线是从一个大窗户里射进来的。两道大铁栅横着把大厅分成三部分。两道铁栅之间相距约八到十米,把探望的人和囚犯隔开。我看见玛丽在我面前,她穿着带条子的连衣裙,脸晒得黑黑的。跟我站在一起的有十几个囚犯,大部分是阿拉伯人。玛丽周围都是摩尔人,身旁的两个,一个是身材矮小的老太太,紧闭着嘴唇,穿着黑衣服,另一个是没戴帽子的胖女人,说话指手画脚,声音很高。由于铁栅间的距离,探望的人和囚犯都不得不高声叫嚷。我进去之后,吵吵嚷嚷的声音传到光秃秃的大墙上又折回来,明亮的阳光从天上泻到玻璃上射进大厅,使我感到头昏眼花。我的牢房又静又暗。我得有好几秒钟才能适应。但是,我最后还是看清了呈现在光亮中的每一张面孔。我注意到一个看守坐在铁栅间通道的尽头。大部分阿拉伯囚犯和他们的家人都面对面地蹲着。他们不大叫大嚷。尽管大厅里乱糟糟的,他们低声说话彼此倒还听得见。他们沉闷的低语声从下面升上来,在他们头上来往穿行的谈话声中,好像是一个持续不断的低音部。这一切,我都是在朝着玛丽走去时注意到的。她已经紧紧地贴在铁栏杆上,竭力朝着我笑。我觉得她很美,但我不知道怎样和她说这件事。

"怎么样?"她大声问道。

"就是这样。"

"身体好吗?需要的东西都有吗?"

"好,都有。"

我们都不说话了,玛丽一直在微笑。那个胖女人对着我身边的一个人大叫,那人无疑是她的丈夫,个子很高,金黄头发,目光坦率。我听到的是一段已经开始的谈话的下文。

"让娜不愿意要他,"她扯着嗓子大叫。

"哦,哦,"那男人说。

"我跟她说你出来后会再雇他的,她还是不愿意。"

玛丽也对我大声说莱蒙问我好,我说:"谢谢。"但我的声音被我旁边那人给盖住了,他正问"他可好"。他老婆笑着回答道:"他的身体从来没有这样好过。"我左面是个矮小的年轻人,手很纤细。他什么也不说。我注意到他对面是那位小老太太,两个人紧紧地相互望着。不过我没有时间再观察他们了,因为玛丽对我喊道不要失望。我说:"对。"同时,我望着她,我真想隔着裙子搂住她的肩膀,我真想摸摸这细腻的布料,我不太清楚除此之外还应该盼望什么。但是这肯定就是玛丽刚才的意思,因为她一直在微笑。我只看到她发亮的牙齿和眼角上细细的皱纹。她又喊道:"你会出来的,出来就结婚!"我回答道:"你相信吗?"但主要是为了找点话说罢了。她于是很快地大声说她相信,我将被释放,我们还去游泳。但那个女人又吼起来,说她在书记室留了个篮子。她一样一样讲她放在里面的东西,要查对一下,因为这些东西很贵。我另一边的邻居和他母亲一直互相望着。地上蹲着的阿拉伯人在继续低声交谈。外面的光线好像越来越强,直射在窗户上。

我感到有些不舒服,真想走开。嘈杂声让我难受。但另一方面,我又想多看看玛丽。我不知道过了多少时间。玛丽跟我讲她的工作,她不住地微笑。低语声,喊叫声,谈话声交织成一片。惟有我身边那个矮小的年轻人和那个老太太之间是一个寂静的小孤岛,他们只是互相望着。渐渐地,阿拉伯人都被带走了。第一个人一走,几乎所有的人都不说话了。那个小老太太走近铁栏杆,这时,一个看守向她的儿子打了个手势。他说:"再见,妈妈。"她把手从两根铁栏杆间伸出来,慢慢地,持续地摆了摆。

她一走,一个男人进来,手里拿着帽子,占了她留下的那块地方。这一边也有一个犯人被带了进来,他们热烈地谈了起来,但声音很小,因为大厅已经安静下来了。有人来叫我右边的那个人了,他老婆并没有放低声音,好像她没注意到已经不需要喊叫了:"保重,小心。"然后就该我了。玛丽做出吻我的姿势。我在出去之前又回了回头。她站着不动,脸紧紧地贴在铁栅栏上,还带着为难的、不自然的微笑。

她的信是那以后不久写的。那些我从来也不喜欢讲的事情也是从这时候开始的。不管怎么说,不该有任何的夸大,这件事我做起来倒比别的事容易。在我被监禁的开始,最使我感到难以忍受的是,我还常有一些自由人的念头。例如,我想去海滩,朝大海走去。我想象着最先冲到我脚下的海浪的响声,身体跳进水里以及我所感到的解脱,这时我才一下子感到了牢房的四壁相距是多么的近。但这只持续了几个月。然后,我就只有囚徒的想法了。我等待着每日在院子里放风或我的律师来访。其余的时间,我也安排得很好。我常常想,如果让我住在一棵枯树干里,除了抬头看看天上的流云之外无事可干,久而久之,我也会习惯的。我会等待着鸟儿飞过或白云相会,就像我在这里等待着我的律师的奇特的领带,或者就像我在另一个世界里耐心等到星期六拥抱玛丽的肉体一样。何况,认真想想,我并不在一棵枯树干里。还有比我更不幸的人。不过,这是妈妈的一个想法,她常常说,到头来,人什么都能习惯。

况且,一般地说,我并没有到这种程度。开头几个月很苦。但是我不得不努力克制,也就过来了。例如,我老是想女人。这很自然,我还年轻嘛。我从不特别想到玛丽。我是想到女人,随便哪一个女人,所有我过去认识的女人,想到我爱过她们的各种各样的场合,想来想去,牢房里竟充满了一张张女人的面孔,到处只见我的性欲的冲动。从某种意义上说,这使我的精神失常,但从另一种意义上说,这却使我消磨了时间。我终于赢得了看守长的好感,他总是在开饭的时候跟厨房的伙计一道来。是他先跟我谈起了女人。他跟我说这也是其他人所抱怨的头一件大事。我对他说我跟他们一样,我认为这种待遇不公正。"可是,"他说,"正是为了这个才让您坐监狱呀。"

"什么?为了这个?"

"是啊,自由,就是这个呀。您被剥夺了自由。"

我从来没想到这一层。我同意他的看法,我说:"不错,不然的话,惩罚什么呢?"

"对,您明白事理。他们不懂。最后他们总是自己想办法。"看守说完就走了。

还有香烟也是个问题。我进监狱的时候，他们拿去了我的腰带，我的鞋带，我的领带，口袋里所有的东西，特别是我的香烟。一进牢房，我就要求他们还给我。但他们对我说这里禁止吸烟。头几天真难过。也许是这件事使我最为沮丧。我从床板上撕下几块木头来咂 咂。我整天想吐。我不明白，他们为什么不让我抽烟，抽烟并不损害任何人。后来我明白了，这也是惩罚的一部分，但这时候，我对不抽烟已经习惯了，这个惩罚对我已不成其为惩罚了。

除了这些烦恼外，我不算太不幸。全部的问题，我再说一遍，还是如何消磨时间。从我学会了回忆的那个时刻起，我就一点儿也不感到烦闷了。有时候，我想我从前住的房子，在想象中，我从一个角落开始走，再回到原处，心里数着一路上所看到的东西。开始，很快就数完了。但每一次重新开始，就变得稍微长了些。因为我想起了每一件家具，每一件家具上的每一件东西，每一件东西的全部细小的地方，而那些细小的地方本身，还有镶嵌着什么啦，一道裂缝啦，一条有缺口的边啦，还有颜色和木头的纹理啦。同时，我还试图让我这份清单不要断了线，试图把每一件东西都数全。结果，几个星期之后，单单数我房间里的东西，我就能过好几个钟头。这样，我越是想，想出来的原已忘记或根本认不出的东西就越多。于是我明白了，一个人哪怕只生活过一天，也可以毫无困难地在监狱里过上一百年。他会有足够的东西来回忆而不至感到烦闷。从某种意义上说，这也是一种好处。

还有睡觉。开始，我夜里睡不好，白天根本睡不着。渐渐地，夜里睡得好，白天也能睡着了。我可以说，在最后几个月里，我每天睡十六到十八个钟头。那么，我每天要消磨的时间就剩下六个钟头了，其中包括吃饭、大小便、回忆和捷克斯洛伐克人的故事。

在草褥子和床板之间，有一天我发现了一块旧报纸，几乎粘在布上，已经发黄透亮了。那上面有一则新闻，开头已经没有了，但看得出来事情是发生在捷克斯洛伐克。一个人离开捷克的一个农村，外出谋生。二十五年之后，他发了财，带着老婆和一个孩子回来了。他的母亲和他的妹妹在家乡开了个旅店。为了让她们吃一惊，他把老婆孩子放在另一个地方，自己到了他母亲的旅店里，他进去的时候，她没认出他来。他想开个玩笑，竟租了个房间，并亮出他的钱来。夜里，他母亲和他妹妹用大锤把他打死，偷了他的钱，把尸体扔进河里。第二天早晨，他妻子来了，无意中说出那旅客的姓名。母亲上吊，妹妹投了井。这段故事，我不知读了几千遍。一方面，这事不像真的，另一方面，却又很自然。无论如何，我觉得那个旅客有点自作自受，永远也不应该演戏。

这样，睡觉、回忆、读我的新闻，昼夜交替，时间也就过去了。我在书里读过，说在监狱里,人最后就失去了时间的概念。但是,对我来说,这并没有多大意义。我始终不理解,到什么程度人会感到日子是既长又短的。日子过起来长,这是没有疑问的,但它居然长到一天接一天。它们丧失了各自的名称。对我来说,惟一还有点意义的词是"昨天"和"明天"。

有一天,看守对我说我进来已经五个月了,我相信这点,但我又不理解。对我来说,我在牢房里过的总是同样的一天,做的也总是同样的事。那天,看守走了之后,我对着我的铁碗,看了看自己。我觉得,就是在我试图微笑的时候,我的样子还是很严肃。我晃了晃那铁碗。我微笑了,可碗里的神情还是那么严肃,忧愁。天黑了,这是我不愿意谈到的时刻,无以名之的时刻,监狱各层的牢房里响起了夜晚的嘈杂声,随之而来的是一片寂静。我走近小窗口,借着最后的光亮,我又端详了一番我的样子。还是那么严肃。这有什么奇怪的呢?那会儿,我就是那么严肃嘛。但就在那时,几个月来,我第一次清楚地听见了我自己说话的声音。我认出来了,这就是很久以来一直在我耳边回响的声音啊,我这才明白,这一段时间里我一直在一个人说话。于是,我想起了母亲下葬那天女护士说过的话。不,出路是没有的,没有人能想象监狱里的晚上是怎样的。

三

我可以说,一个夏天接着一个夏天,其实也快得很。我知道天气刚刚转热,我的事就要有新的动向。我的案子定于重罪法庭最后一次开庭时审理,这次开庭将于六月底结束。辩论的时候,外面太阳火辣辣的。我的律师告诉我辩论不会超过两天或三天。他还说:"再说,法庭忙着呢,您的案子并不是这次最重要的一件。在您之后,立刻就要办一件弑父案。"

早晨七点半,有人来提我,囚车把我送到法院。两名法警把我送进一间小里屋里。我们坐在门旁等着,隔着门,听见一片说话声、叫人的声音和挪动椅子的声音,吵吵嚷嚷地让我想到那些群众性的节日,音乐会之后,大家收拾场地准备跳舞。法警告诉我得等一会儿才开庭,其中一个还递给我一支烟,我拒绝了。过了一会儿,他问我"是不是感到害怕",我说不害怕。甚至在某种意义上说,看一场官司,我觉得有趣,我有生以来还从没有机会看过呢。"的确,"第二个法警说,"不过看多了也累得慌。"

不一会儿,房子里一个小电铃响了。他们给我摘下手铐,打开门,让我走到被告席上去。大厅里人坐得满满的。尽管挂着窗帘,有些地方还是有阳光射进来,空气已经闷得不行。窗户都关上了。我坐下,两名法警一边一个。这时,我看见我面前有一排面孔,都在望着我,我明白了,这是陪审员。但我说不出来这些面孔彼此间有什么区别。我只有一个印象,仿佛我在电车上,对面一排座位上的旅客盯着新上来的人,想发现有什么可笑的地方。我知道这种想法很荒唐,因为这里他们要找的不是可笑之处,而是罪恶。不过,区别并不大,反正我是这样想的。

还有,门窗紧闭的大厅里这么多人也使我头昏脑胀。我又看了看法庭上,还是一张脸也看不清。我认为,首先是我没料到大家都急着想看看我。平时,谁也不注意我这个人。今天,我得费一番力气才明白我是这一片骚动的起因。我对法警说:"这么多人!"他回答我说这是因为报纸,他指给我坐在陪审员座位下面桌子旁边的一群人,说:"他们在那儿。"我问:"谁?"他说:"报馆的人呀。"他认识其中的一个记者,那人这时也看见了他,并朝我们走过来。这人年纪已经不小了,样子倒也和善,只是脸长得有点滑稽。他很亲热地握了握法警的手。我这时注意到大家都在握手,打招呼,谈话,好像在俱乐部里碰到同一个圈子里的人那样高兴。我明白了为什么我刚才会有那么奇怪的感觉,仿佛我是个多余的人,是个擅自闯入的家伙。但是,那个记者微笑着跟我说话了,希望我一切顺利。我谢了他,他又说:"您知道,我们有点儿夸大了您的案子。夏天,对报纸来说是个淡季。只有您的事和那宗弑父案还有点儿什么。"他接着指给我看他刚离开的那群人中的一个矮个子,那人像只肥胖的鼬,戴着一副黑边大眼镜。他说那是巴黎一家报纸的特派记者:"不过,他不是为您来的。因为他来报道那宗弑父案,人家也就要他同时把您的案子一道发回去。"说到这儿,我又差点儿要感谢他。但我想这将是很可笑的。他举手向我亲切地摆了摆,离开了我们。我们又等了几分钟。

我的律师到了。他穿着法衣,周围还有许多同行。他朝记者们走去,跟他们握了握手。他们打趣,大笑,显得非常自如,直到法庭上铃响为止。大家各就各位。我的律师朝我走来,跟我握手,嘱咐我回答问题要简短,不要主动说话,剩下的就由他办了。

左边,我听见有挪椅子的声音,我看见一个身材细高的人,穿着红色法衣,戴着夹鼻眼镜,仔细地折起长袍坐下了。这是检察官。执达吏宣布开庭。同时,两个大电扇一齐嗡嗡地响起来。三个推事,两个着黑衣,一个着红衣,夹着卷宗进来,很快地朝俯视着大厅的高台走去。着红衣的那个人坐在中间的椅子上,把帽子放在身前,用手帕擦了擦小小的秃顶,宣布审讯开始。

记者们已经拿起了钢笔。他们都漠不关心,有点傻乎乎的样子。然而,其中有一个,年纪轻得多,穿一身灰法兰绒衣服,系着蓝色的领带。他把笔放在前面,望着我。在那张不大匀称的脸上,我只看见两只淡淡的眼睛,专心地端详着我,表情不可捉摸。而我有一种奇怪的印象,好像是我自己看着我自己。也许是因为这一点,当然也因为我不知道这种场合的规矩,我对后来发生的事都没怎么搞清楚,例如陪审员抽签,庭长向律师、向检察官和向陪审团提问(每一次,所有的陪审员的脑袋都同时转向法官),很快地念起诉书(我听出了一些地名和人名),然后再向我的律师提问。

庭长说应该传讯证人了。执达吏念了一些姓名,引起了我的注意。在这群我刚才没看清楚的人当中,我看见几个人一个个站起来,从旁门走出去,他们是养老院的院长和门房,老多玛·贝莱兹,莱蒙,马松,萨拉玛诺,玛丽。玛丽还焦虑不安地看了看我。我还在奇怪怎么没有早些看见他们,赛莱斯特最后听到他的名字,站了起来。在他身边,我认出了在饭馆见过的那个小女人,她还穿着那件短外套,一副坚定不移、一丝不苟的神气。她紧紧地盯着我。但是我没有时间多考虑,因为庭长讲话了。他说真正的辩论就要开始了,他相信无须再要求听众保持安静。据他说,他的职责是不偏不倚地引导有关一宗他要客观对待的案子的辩论。陪审团提出的判决将根据公正的精神做出,在任何情况下,如有哪怕最微不足道的捣乱的情况,他都要把听众逐出法庭。

大厅里越来越热,我看见推事们都拿报纸扇了起来,立刻响起一阵持续的哗啦哗啦的纸声。庭长示意,执达吏送来三把草蒲扇,三位推事马上使用起来。

审讯立刻开始。庭长心平气和地,我觉得甚至是带着一些亲切感地向我发问。不管我多么厌烦,他还是先让我自报家门,我想这也的确是相当自然的,万一把一个人当成另一个人,那可就太严重了。然后,庭长又开始叙述我做过的事情,每读三句话就问我一声:"是这样吗?"每一次,我都根据律师的指示回答道:"是,庭长先生。"这持续了很久,因为庭长叙述得很细。这时候,记者们一直在写。我感到了他们当中最年轻的那个和那个小自动机器的目光。电车板凳上的那一排人都面向着庭长。庭长咳嗽一声,翻翻材料,一边扇着扇子,一边转向我。

他说他现在要提出几个与我的案子表面上没有关系而实际上可能大有关系的问题。我知道他又要谈妈妈了,我感到我是多么厌烦。他问我为什么把妈妈送进养老院。我回答说我没有钱请人照看她,给她看病。他问我,就个人而言,这是否使我很难受,我回答说无论是妈妈,还是我,都不需要从对方得到什么,再说也不需要从任何人那里得到什么,我们俩都习惯了新的生活。于是,庭长说他并不想强调这一点,他问检察官是否有别的问题向我提出。

这一位半转过脊背对着我,并不看我,说如果庭长允许,他想知道我是不是怀着杀死阿拉伯人的意图独自回到水泉那里。"不是，"我说。"那么，您为什么带着武器，又单单回到这个地方去呢？"我说这是偶然的。检察官以一种阴险的口吻说："暂时就是这些。"接下来的事就有点不清楚了，至少对我来说是如此。但是，经过一番秘密磋商之后，庭长宣布休庭，听取证词改在下午进行。

  我没有时间思考。他们把我带走，装进囚车，送回监狱吃饭。很快，在我刚感到累时，就有人来提我了。一切又重来一遍，我被送到同一个大厅里，我面前还是那些面孔。只是大厅里更热了，仿佛奇迹一般，陪审员、检察官、我的律师和几个记者，人人手中都拿了一把蒲扇。那个年轻的记者和那个小女人还在那儿。但他们不扇扇子，默默地望着我。

  我擦了擦脸上的汗，直到我听见传养老院院长，这才略微意识到了我所在的地方和我自己。他们问他妈妈是不是埋怨我，他说是的，不过院里的老人埋怨亲人差不多是一种通病。庭长让他明确妈妈是否怪我把她送进养老院，他又说是的。但这一次，他没有补充什么。对另一个问题，他回答说他对我在下葬那天所表现出的冷静感到惊讶。这时，院长看了看他的鞋尖儿，说我不想看看妈妈，没哭过一次，下葬后立刻就走，没有在她坟前默哀。还有一件使他惊讶的事，就是殡仪馆的一个人跟他说我不知道妈妈的年龄。大厅里一片寂静，庭长问他说的是否的确是我。院长没有听懂这个问题，说道："这是法律。"然后，庭长问检察官有没有问题向证人提出，检察官大声说道："噢！没有了，已经足够了。"他的声音这样响亮，他带着这样一种得意洋洋的目光望着我，使我多年来第一次产生了愚蠢的想哭的愿望，因为我感到这些人是多么地憎恨我。

  问过陪审团和我的律师有没有问题之后，庭长听了门房的证词。门房和其他人一样，也重复了同样的仪式。他走到我跟前看了我一眼，就转过脸去了。他回答了他们提出的问题。他说我不想看看妈妈，却抽烟，睡觉，还喝了牛奶咖啡。这时，我感到有什么东西激怒了整个大厅里的人，我第一次认识到我是有罪的。他们又让门房把喝牛奶咖啡和抽烟的事情重复一遍。检察官看了看我，眼睛里闪着一种嘲讽的光亮。这时，我的律师问门房是否和我一道抽烟了。可是检察官猛地站起来，反对这个问题："这里究竟谁是罪犯？这种为了减弱证词的力量而反诬证人的做法究竟是什么作法？但是，证词并不因此而减少其不可抵抗的力量！"尽管如此，庭长还是让门房回答这个问题。老头子很难为情地说："我知道我也不对，但是我当时没敢拒绝先生给我的香烟。"最后，他们问我有没有什么要补充的。我说："没有，只是证人说得对。我的确给了他一支香烟。"这时，门房既有点儿惊奇又怀着某种感激的心情看了看我。他迟疑了一下，说牛奶咖啡是他请我喝的。我的律师得意地叫了起来,说陪审员们一定会重视这一点的。但是检察官在我们头上发出雷鸣般的声音,说道:"对,陪审员先生们会重视的。而他们的结论将是,一个外人可以请喝咖啡,而一个儿子,面对着生了他的那个人的尸体,就应该拒绝。"门房回到他的座位上去。

轮到多玛·贝莱兹了,一个执达吏把他扶到证人席上。贝莱兹说他主要是认识我母亲,他只在下葬的那一天见过我一次。他们问他我那天干了些什么,他回答道:"你们明白,我自己当时太难过了。所以,我什么也没看见。痛苦使我什么也看不见。因为对我来说,这是非常大的痛苦。我甚至都晕倒了。所以,我不能看见先生做了些什么。"检察官问他,是不是至少看见过我哭。贝莱兹说没看见。于是,检察官也说:"陪审员先生们会重视这一点的。"但我的律师生气了。他用一种我觉得过火的口吻问贝莱兹,他是否看见我不哭。贝莱兹说:"没看见。"一阵哄堂大笑。我的律师卷起一只袖子,以一种不容争辩的口吻说道:"请看,这就是这场官司的形象。一切都是真的,又没有什么是真的!"检察官沉下脸来,居心叵测,用铅笔在档案材料的标题上戳着。

在审讯暂停的五分钟里,我的律师对我说一切都进行得再好不过,然后,他们听了赛莱斯特的辩护,他是由被告方面传来的。所谓被告,当然就是我了。赛莱斯特不时地朝我这边望望,手里摆弄着一顶巴拿马草帽。他穿着一身新衣服,那是他有几个星期天跟我一起去看赛马时穿的。但是我现在认为他那时没有戴硬领,因为他领口上只扣着一枚铜纽扣。他们问他我是不是他的顾客,他说:"是,但也是一个朋友。"问到他对我的看法,他说我是个男子汉。问他这是什么意思,他说谁都知道那是什么意思。问他是否注意到我是个缄默孤僻的人,他只承认我不说废话。检察官问他我是不是按时付钱,他笑了,说:"这是我们两个人之间的私事。"他们又问他对我的罪行有什么看法。这时,他把手放在栏杆上,看得出来他是有所准备的。他说:"依我看,这是件不幸的事。谁都知道不幸是什么。这使你没法抗拒。因此,依我看,这是件不幸的事。"他还要继续说,但庭长说这很好,谢谢他。赛莱斯特有点儿愣了。但是他说他还有话。他们让他说得简短些。他又重复了一遍说这是件不幸的事。庭长说:"是啊,这是当然。我们在这儿就是为了判断这一类的不幸。谢谢您。"仿佛他已尽其所能并表现了他的好意,他就朝我转过身来。我觉得他的眼睛发亮,嘴唇哆嗦着。他好像是问我他还能做些什么。我呢,我什么也没说,我没有任何表示,但是,我有生以来第一次想拥抱一个男人。庭长又一次请他离开辩护席。赛莱斯特这才回到旁听席上去。在剩下的时间里,他一直待在那里,身子稍稍前倾,两肘支在膝头上,手里拿着草帽,听着大家说话。玛丽进来了。她戴着帽子,还是那么美。但是我喜欢她披散着头发。从我坐的地方,我可以感觉到她轻盈的乳房,看得出她的下嘴唇总是有点儿发肿。她好像很紧张。一上来,人家就问她从什么时起和我认识。她说是从她在我们公司做事的时候起。庭长想知道她和我是什么关系。她说她是我的朋友。在回答另一个问题时,她说她的确要和我结婚。检察官翻了翻一卷材料,突然问她是什么时候和我发生关系的。她说了个日子。检察官以一种漠不关心的神气指出,那似乎是妈妈死后的第二天。然后,他又颇含讥讽地说他不想强调一种微妙的处境,他很理解玛丽的顾虑,但是(说到这里,他的口气强硬了),他的职责使他不能不越过通常的礼仪。因此,他要求玛丽讲一讲我碰见她的那一天的情况。玛丽不愿意说,但在检察官的坚持下,她讲了我们游泳,看电影,然后回到我那里去。检察官说,根据玛丽在预审中所提供的情况,他查阅了那一天的电影片目。他要玛丽自己说那一天放的是什么电影。她的声音都变了,说那是一部费南代尔的片子。她说完,大厅里鸦雀无声。这时,检察官站起来,神情非常庄重,伸出手指着我,用一种我认为的确是很激动的声音,一个字一个字地慢慢说道:"陪审员先生们,这个人在他母亲死去的第二天,就去游泳,就开始搞不正当的关系,就去看滑稽影片开怀大笑。至于别的,我就用不着多说了。"他坐下了,大厅里还是一片寂静。忽然,玛丽大哭起来,说情况不是这样,还有别的,刚才的话不是她心里想的,是人家逼她说的,她很了解我,我没做过任何坏事。但是执达史在庭长的示意下把她拖了出去。审讯继续。

紧接着是马松说话,人们都不怎么听了,他说我是个正经人,他"甚至还要说,是个老实人"。至于萨拉玛诺,就更没有人听了。他说我对他的狗很好。当问到关于我母亲和我的时候,他说我跟妈妈无话可说,所以我才把妈妈送进养老院。他说:"应该理解呀,应该理解呀。"可是似乎没有一个人理解。他被带了出去。

轮到莱蒙了,他是最后一个证人。莱蒙朝我点点头,立刻说道我是无罪的。但是,庭长说法庭要的不是判断而是证据。他要他先等着提问,然后再回答。他们要他明确他和被害人的关系。莱蒙趁此机会说被害人恨的是他,因为他羞辱了他姐姐。但庭长问他被害人是否就没有理由恨我。莱蒙说我到海滩上去完全是出于偶然。检察官问他作为悲剧的根源的那封信怎么会是我写的。莱蒙说那是出于偶然。检察官反驳说偶然在这宗案子里对人的良心所产生的坏作用已经不少了。他想知道,当莱蒙羞辱他的情妇时,我没有干涉,这是不是出于偶然;我到警察局去作证,是不是出于偶然;我在作证时说的话纯粹是献殷勤,是不是也出于偶然。最后,他问莱蒙靠什么生活,莱蒙说是"仓库管理员"。检察官朝着陪审员们说道,众所周知,证人干的是乌龟的行当。我是他的同谋和朋友。这是一个最下流的无耻事件,由于加进了一个道德上的魔鬼而变得更加严重。莱蒙要声辩,我的律师也提出抗议,但是人家要他们让检察官说完。他说:"我的话不多了。他是您的朋友吗?"他问莱蒙。莱蒙说:"是,他是我的朋友。"检察官又向我提出同一个问题,我看了看莱蒙,他也正看着我。我说:"是。"检察官于是转向陪审团,说道:"还是这个人,他在母亲死后的第二天就去干最荒淫无耻的勾当,为了了结一桩卑鄙的桃色事件就去随随便便地杀人!"

他坐下了。我的律师已经按捺不住,只见他举起胳膊,法衣的袖子都落了下来,露出了里面浆得雪白的衬衫,大声嚷道:"说来说去,他被控埋了母亲还是被控杀了人?"听众一阵大笑。但检察官又站了起来,披了披法衣,说道需要有这位可敬的辩护人那样的聪明才智才能不感到在这两件事之间有一种深刻的、感人的、本质的关系。他用力地喊道:"是的,我控告这个人怀着一颗杀人犯的心埋葬了一位母亲。"这句话似乎在听众里产生了很大的效果。我的律师耸了耸肩,擦了擦额上的汗水。但他本人似乎也受到了震动,我明白我的事情不妙了。

审讯结束。走出法院登上车子的时候,一刹那间,我又闻到了夏日傍晚的气息,看到了夏日傍晚的色彩。在这走动着的、昏暗的囚室里,我仿佛从疲倦的深渊里听到了这座我所热爱的城市的、某个我有时感到满意的时刻种种熟悉的声音。在已经轻松的空气中飘散着卖报人的吆喝声,滞留在街头公园里的鸟雀的叫声,卖夹心面包的小贩的喊叫声,电车在城里高处转弯时的呻吟声,港口上方黑夜降临前空中的嘈杂声,这一切又在我心中画出了一条我在入狱前非常熟悉的、在城里随意乱跑时的路线。是的,这是很久以前我感到满意的那个时刻。那时候,等待我的总是轻松的、连梦也不作的睡眠。然而,有些事情已经起了变化,因为我又回到了牢房,等待着第二天。仿佛画在夏日天空中的熟悉的道路既能通向牢房,也能通向安静的睡眠。

四

即便是坐在被告席上,听见大家谈论自己也总是很有意思的。在检察官和我的律师进行辩论的时候,我可以说,大家对我的谈论是很多的,也许谈我比谈我的罪行还要多。不过,这些辩护词果真有那么大的区别吗?律师举起胳膊,说我有罪,但有可以宽恕的地方。检察官伸出双手,宣告我的罪行,没有可以宽恕的地方。但是，有一件事使我模模糊糊地感到尴尬。尽管我心里不安，但有时我很想参加进去说几句，但这时我的律师就对我说："别说话，这对您更有利。"可以这么说，他们好像在处理这宗案子时把我撇在一边。一切都在没有我的干预下进行着。我的命运被决定，而根本不征求我的意见。我不时地真想打断他们，对他们说："可说来说去，究竟谁是被告？被告也是很重要的。我也有话要说呀。"但是三思之后，我也没有什么好说的。再说，我应该承认，一个人对别人所感到的兴趣持续的时间并不长。例如，检察官的控诉很快就使我厌烦了。只有那些和全局无关的片言只语，几个手势，或连珠炮般说出来的大段议论，还使我感到惊奇，或引起我的兴趣。

如果我没有理解错的话，他的思想实质是我杀人是有预谋的。至少，他试图证明这一点。正如他自己所说："先生们，我将提出证据，我将提出双重的证据。首先是光天化日之下的犯罪事实，然后是这个罪恶灵魂的心理向我提供的晦暗的启示。"他概述了妈妈死后的一系列事实。他提出我的冷漠，不知道妈妈的岁数，第二天跟一个女人去游泳，看电影，还是费南代尔的片子，最后同玛丽一起回去。那个时候，我是花了很长时间才明白他的话的，因为他说什么"他的情妇"，而对我来说，情妇原来就是玛丽。接着，他又谈到了莱蒙的事情。我发现他观察事物的方式倒不乏其清晰正确。他说的话还是可以接受的。我和莱蒙合谋写信把他的情妇引出来，然后让这个"道德可疑"的人去羞辱她。我在海滩上向莱蒙的仇人进行挑衅。莱蒙受了伤。我向他要来了手枪。我为了使用武器又一个人回去。我预谋打死阿拉伯人。我又等了一会儿。"为了保证事情干得彻底"，我又沉着地、稳妥地、在某种程度上是经过深思熟虑地开了四枪。

"事情就是这样，先生们，"检察官说，"我把这一系列事情的线索给你们勾画出来，说明这个人如何在神志完全清醒的情况下杀了人。我强调这一点，因为这不是一宗普通的杀人案，不是一个未经思考的，你们可能认为可以用当时的情况加以减轻的行动。这个人，先生们，这个人是很聪明的。你们都听过他说话，不是吗？他知道如何回答问题。他熟悉用词的分量。人们不能说他行动时不知道自己干的是什么。"

我听着，我听见他们认为我聪明。但我不太明白，平常人身上的优点到了罪犯的身上，怎么就能变成沉重的罪名。至少，这使我感到惊讶，我不再听检察官说话了，直到我又听见他说："难道他曾表示过悔恨吗？从来没有，先生们。在整个预审的过程中，这个人从来没有一次对他这个卑劣的罪行表示过激动。"这时，他朝我转过身来，用指头指着我，继续对我横加责难，但事实上，我并不知道这是为什么。当然，我也不能不承认他说得有道理。对我的行动我并不怎么悔恨。但是他这样激烈却使我吃惊。我真想亲切地、甚至友爱地试着向他解释清楚，我从来不会对某件事真正感到悔恨。我总是为将要发生的事，为今天或明天操心。但是，当然啰，在我目前所处的境况中，我是不能以这种口吻向任何人说话的。我没有权利对人表示亲热，也没有权利有善良的愿望。我试图再听听，因为检察官说起我的灵魂来了。

他说，陪审员先生们，他曾仔细探索过我的灵魂，结果一无所获。他说实际上我根本就没有灵魂，对于人性，对于人们心中的道德原则，我都是一窍不通。他补充道："当然，我们也不能责怪他。他不能得到的，我们也不能怪他没有。但是说到法院，宽容所具有的全然反面的作用应该转化为正义所具有的作用，这不那么容易，但是更为高尚，特别是当这个人的心已经空虚到人们所看到的这种程度，正在变成连整个社会也可能陷进去的深渊的时候。"这时，他又说到我对待妈妈的态度。他重复了他在辩论中说过的话。但是他的话要比谈到我的杀人罪时多得多，多到最后我只感到早晨的炎热了。最后，他停下了，沉默了一会儿，又用低沉的、坚信不疑的声音说道："先生们，这个法庭明天将要审判一宗滔天罪行：杀死亲生父亲。"据他说，这种残忍的谋杀使人无法想象。他斗胆希望人类的正义要坚决予以惩罚而不能手软。但是，他敢说，这一罪行在他身上引起的憎恶比起我的冷漠使他感到的憎恶来，几乎是相形见绌的。他认为，一个在精神上杀死母亲的人，和一个杀死父亲的人，都是以同样的罪名自绝于人类社会。在任何一种情况下，前者都是为后者的行动做准备，以某种方式预示了这种行动，并且使之合法化。他提高了声音说："先生们，我坚信，如果我说坐在这张凳子上的人也犯了这个法庭明天将要审判的那种谋杀罪，你们不会认为我这个想法过于大胆的。因此，他要受到相应的惩罚。"说到这里，检察官擦了擦因出汗而发亮的脸。最后，他说他的职责是痛苦的，但是他要坚决地完成它。他说我与一个我连最基本的法则都不承认的社会毫无干系，我不能对人类的心有什么指望，因为我对其基本的反应根本不知道。他说："我向你们要这个人的脑袋，而在我这样请求时，我的心情是轻松的。在我这操之已久的生涯中，如果我有时请求处人以极刑的话，我却从未像今天这样感到我这艰巨的职责得到了补偿、平衡和启发，因为我已意识到某种神圣的、不可抗拒的命令，因为我在这张除残忍之外一无所见的人的脸上感到了憎恶。"

检察官坐下了，在相当长的一段时间里，大厅里一片寂静。我呢，我已经由于炎热和惊讶而昏头昏脑了。庭长咳嗽了几声，用很低的声音问我还有什么话要说。我站了起来。由于我很想说话,我就有点儿没头没脑地说我没有打死那个阿拉伯人的意图。庭长说这是肯定的,到现在为止,他还摸不清我的辩护方式,他说他很高兴在我的律师发言之前先让我说清楚我的行为的动机。我说得很快,有点儿语无伦次,我意识到了我很可笑,我说是因为太阳。大厅里有人笑了起来,我的律师耸了耸肩膀,马上,他们就让他发言了。但是他说时间不早了,他需要好几个钟头,他要改在下午。法庭同意了。

  下午,巨大的电扇依旧搅动着大厅里沉浊的空气,陪审员们手里五颜六色的小扇子都朝着一个方向摇动。我觉得我的律师的辩护词大概说不完了。有一阵,我注意听了听,因为他说:"的确,我是杀了人。"接着,他继续使用这种口吻,每次谈到我时他也总是以"我"相称。我很奇怪。我朝一个法警弯下身子,问他这是为什么。他叫我住嘴,过了一会儿,他跟我说:"所有的律师都是这样。"我呢,我想这还是排斥我,把我化为乌有,从某种意义上说,他取代了我。不过,我已经和这个法庭距离很远了。再说,我也觉得我的律师很可笑。他很快以挑衅为理由进行辩护,然后也谈起我的灵魂。不过,我觉得他的才华大大不如检察官的。他说:"我也仔细探索了这个灵魂,但是与检察院的这位杰出代表相反,我发现了一些东西,而且我还可以说,我看得一目了然。"他看到我是个正经人,一个正派的职员,不知疲倦,忠于雇主,受到大家的爱戴,同情他人的痛苦。在他看来,若论儿子,我是典范,我在力之所及范围内尽力供养母亲。最后,为了让她享受到我力所不及的舒适,这才把老太太送进养老院的。他说:"先生们,我感到奇怪的是,大家对养老院议论纷纷。因为说到底,如果需要证明这些设施的用处和伟大,只需说是国家本身资助的就够了。"只是他没有提到下葬的问题,我感到这是他的辩护的漏洞。但是,由于这些长句,由于人们一小时又一小时、一天又一天地没完没了地谈论我的灵魂,使我产生了一种印象,仿佛一切都变成一片没有颜色的水,我看得头晕目眩。

  最后,我只记得,正当我的律师继续发言时,一个卖冰的小贩吹响了喇叭,从街上穿过所有的大厅和法庭传到我的耳畔。对于某种生活的种种回忆突然涌上我的脑海,这种生活虽已不属于我,但我曾经在那里发现了我最可怜最深刻难忘的快乐:夏天的气味,我热爱的街区,某一种夜空,玛丽的笑容和裙子。在这里我所做的一切都毫无用处的想法涌上了心头,压得我喘不过气来,我只想赶紧让他们结束,赶紧回到牢房去睡觉。所以,最后我的律师大嚷大叫,我也几乎没有听见。他说陪审员们是不会把一个一时糊涂的正直劳动者打发到死亡那里去的,他要求考虑那些可减罪的情节,因为我已背上了杀人罪的重负,这是永远的悔恨,最可靠的刑罚。法庭中止辩论，我的律师精疲力竭地坐下了。他的同事们都过来同他握手。我听见他们说："棒极了，亲爱的。"其中一个甚至拉我来作证："嗯，您说怎么样？"他说。我表示同意，但是我的赞扬并不真心真意，因为我太累了。

然而，外面天色已晚，也不那么热了。从街上听到的一些声音，我可以猜想到傍晚时分的凉爽。我们都在那儿等着。其实，大家一道等着的事只跟我一人有关。我又看了看大厅。一切都和第一天一样。我碰到了那个穿灰上衣的记者和那个像自动机器一样的女人的目光。这使我想了起来，在整个审判过程中，我都没有朝玛丽那边看过一眼。我并没有忘记她，但我的事情太多了。我看见她坐在赛莱斯特和莱蒙之间。她朝我做了个小小的动作，仿佛是说："总算完了。"我看见她那有些焦虑的脸上泛起了微笑。但我觉得我的心已和外界隔绝，我甚至没有回答她的微笑。

法官们回来了。很快，有人把一连串的问题念给他们听。我听见什么"杀人犯"，"预谋"，"可减轻罪行的情节"，等等。陪审员们出去了，我被带进我原来在里面等候的那间小屋子里。我的律师也来了。他口若悬河，话说得从来也没有像现在那样有信心，那样亲切，他认为一切顺利，我只需坐几年监狱或服几年苦役就完事。我问他如果判决不利，有没有上诉最高法院的机会。他说没有。他的策略是不提出当事人的意见，免得引起陪审团的不满。他对我解释说，不能无缘无故随便上诉。我觉得这是明摆着的事，便同意了他的看法。其实，冷静地看问题，这也是很自然的。否则，要费的公文状纸就太多了。我的律师说："无论如何，上诉是可以的。不过，我确信判决会有利的。"

我们等了很久，我想约有三刻钟。铃声响了。我的律师向我告别，说道："庭长要宣读对质询的答复了。您要到宣读判决的时候才能进去。"我听见一阵门响。一些人在楼梯上跑过，听不出远近。接着，我听见大厅中一个低沉的声音在读着什么。铃又响了，门开了，大厅里一片寂静，静极了，我注意到那个年轻的记者把眼睛转到别处，一种奇异的感觉油然而生。我没有朝玛丽那边看。我没有时间，因为庭长用一种奇怪的方式对我说要以法兰西人民的名义在一个广场上将我斩首示众。我这时才觉得认清了我在所有这些人脸上所看到的感情。我确信那是尊敬。法警对我也温和了。律师把手放在我的腕上。我什么也不想了。庭长问我还有什么话要说。我说："没有。"他们这才把我带走。

五

我拒绝接待指导神甫，这已经是第三次了。我跟他没有什么可说的，我不想说话,很快我又会见到他。我现在感兴趣的,是想逃避不可逆转的进程,是想知道不可避免的事情能不能有一条出路。我又换了牢房。在这个牢房里,我一躺下,就看得见天空,也只能看见天空。我整天整天地望着它的脸上那把白昼引向黑夜的逐渐减弱的天色。我躺着,把手放在脑后,等待着。我不知道想过多少次,是否曾有判了死刑的人逃过了那无情的、不可逆转的进程,法警的绳索断了,临刑前不翼而飞,于是,我就怪自己从前没有对描写死刑的作品给予足够的注意。对于这些问题,一定要经常关心。谁也不知道会有什么事情发生。像大家一样,我读过报纸上的报道。但是一定有专门著作,我却从来没有想到去看看。那里面,也许我会找到有关逃跑的叙述。那我就会知道,至少有那么一次,绞架的滑轮突然停住了,或是在一种不可遏止的预想中,仅仅有那么一回,偶然和运气改变了什么东西。仅仅一次!从某种意义上说,我认为这对我也就够了,剩下的就由我的良心去管。报纸上常常谈论对社会欠下的债。依照他们的意思,欠了债就要还。不过,在想象中这就谈不上了。重要的,是逃跑的可能性,是一下子跳出那不可避免的仪式,是发疯般地跑,跑能够为希望提供各种机会。自然,所谓希望,就是在马路的一角,在奔跑中被一颗流弹打死。但是我想来想去,没有什么东西允许我有这种享受,一切都禁止我作这种非分之想,那不可逆转的进程又抓住了我。

尽管我有善良的愿望,我也不能接受这种咄咄逼人的确凿性。因为,说到底,在以这种确凿性为根据的判决和这一判决自宣布之时起所开始的不可动摇的进程之间,存在着一种可笑的不相称。判决是在二十点而不是在十六点宣布的,它完全可能是另一种结论,它是由一些换了衬衣的人作出的,它要取得法国人民的信任,而法国人(或德国人,或中国人)却是一个很不确切的概念,这一切使得这决定很不严肃。但是,我不得不承认,从做出这项决定的那一秒钟起,它的作用就和我的身体靠着的这堵墙的存在同样确实,同样可靠。

这时,我想起了妈妈讲的关于我父亲的一段往事。我没有见过我的父亲。关于这个人,我所知道的全部确切的事,可能就是妈妈告诉我的那些事。有一天,他去看处决一名杀人凶手。他一想到去看杀人,就感到不舒服。但是,他还是去了,回来后呕吐了一早上。我听了之后,觉得我的父亲有点儿叫我厌恶。现在我明白了,那是很自然的。我当时居然没有看出执行死刑是件最最重要的事,总之,是真正使一个人感兴趣的惟一的一件事!如果一旦我能从这座监狱里出去,我一定去观看所有的处决。我想,我错了,不该想到这种可能性。因为要是,有那么一天清晨我自由了,站在警察的绳子后面,可以这么说,站在另一边,作为看客来看热闹,回来后还要呕吐一番,我一想到这些,就有一阵恶毒的喜悦涌上心头。然而,这是不理智的。我不该让自己有这些想法,因为这样一想,我马上就感到冷得要命,在被窝里缩成一团,还禁不住把牙咬得格格响。

  当然啰,谁也不能总是理智的。比方说,有几次,我就制订了一些法律草案。我改革了刑罚制度。我注意到最根本的是要给犯人一个机会。只要有千分之一的机会,就足以安排许多事情。这样,我觉得人可以去发明一种化学药物,服用之后可以有十分之九的机会杀死受刑者(是的,我想的是受刑者)。条件是要让他事先知道。因为我经过反复的考虑,冷静的权衡,发现断头刀的缺点就是没给任何机会,绝对地没有。一劳永逸,一句话,受刑者的死是确定无疑的了。那简直是一桩已经了结的公案,一种已经确定了的手段,一项已经谈妥的协议,再也没有重新考虑的可能了。如果万一头没有砍下来,那就得重来。因此,令人烦恼的是,受刑的人得希望机器运转可靠。我说这是它不完善的一面。从某方面说,事情确实如此。但从另一方面说,我也得承认,严密组织的全部秘密就在于此。总之,受刑者在精神上得对行刑有所准备,他所关心的就是不发生意外。

  我也不能不看到,直至此时为止,我对于这些问题有着一些并非正确的想法。我曾经长时间地以为——我也不知道是为什么——上断头台,要一级一级地爬到架子上去。我认为这是由于一七八九年大革命的缘故,我的意思是说,关于这些问题人们教给我或让我看到的就是这样。但是有一天早晨,我想起了一次引起轰动的处决,报纸上曾经登过一张照片。实际上,杀人机器就放在平地上,再简单也没有了。它比我想象的要窄小得多。这一点我早没有觉察到,是相当奇怪的。照片上的机器看起来精密、完善、闪闪发光,使我大为叹服。一个人对他所不熟悉的东西总是有些夸大失实的想法。我应该看到,实际上一切都很简单:机器和朝它走过去的人都在平地上,人走到它跟前,就跟碰到另外一个人一样。这也很讨厌。登上断头台,仿佛升天一样,虽然想象力是有了用武之地。而现在呢,不可逆转的进程压倒一切:一个人被处死,一点也没引起人的注意,这有点丢脸,然而却非常确切。

  还有两件事是我耿耿于怀时常考虑的,那就是黎明和我的上诉。其实,我总给自己讲道理,试图不再去想它。我躺着,望着天空,努力对它发生兴趣。天空变成绿色,这是傍晚到了。我再加一把劲儿,转移转移思路。我听着我的心。我不能想象这种跟了我这么久的声音有朝一日会消失。我从未有过真正的想象力。但我还是试图想象出那样一个短暂的时刻,那时心的跳动不再传到脑子里了。但是没有用。黎明和上诉还在那儿。最后我对自己说,最通情达理的做法,是不要勉强自己。

  我知道,他们总是黎明时分来的。因此,我夜里全神贯注,等待着黎明。我从来也不喜欢遇事措手不及。要有什么事发生，我更喜欢有所准备。这就是为什么我最后只在白天睡一睡，而整整一夜，我耐心地等待着日光把天窗照亮。最难熬的，是那个朦胧晦暗的时辰，我知道他们平常都是在那时候行动的。一过半夜，我就开始等待，开始窥伺。我的耳朵从没有听到过那么多的声音，分辨出那么细微的声响。我可以说，在整个这段时间里，我总还算有运气，因为我从未听见过脚步声。妈妈常说，一个人从来也不会是百分之百的痛苦。当天色发红，新的一天悄悄进入我的牢房时，我就觉得她说得实在有道理。况且也因为，我本是可以听到脚步声的，我的心也本是可以紧张得炸开的。甚至一点点窸窣的声音也使我扑向门口，甚至把耳朵贴在门板上，发狂似地等待着，直到听到自己的呼吸声，很粗，那么像狗的喘气，因而感到惊骇万状，但总的说，我的心并没有炸开，而我又赢得了二十四小时。

　　白天，我就考虑我的上诉。我认为我已抓住这一念头里最可贵之处。我估量我能获得的效果，我从我的思考中获得最大的收获。我总是想到最坏的一面，即我的上诉被驳回。"那么，我就去死。"不会有别的结果，这是显而易见的。但是，谁都知道，活着是不值得的。事实上我不是不知道三十岁死或七十岁死关系不大，当然喽，因为不论是哪种情况，别的男人和女人就这么活着，而且几千年都如此。总之，没有比这更清楚的了，反正总是我去死，现在也好，二十年后也好。此刻在我的推理中使我有些为难的，是我想到我还要活二十年时心中所产生的可怕的飞跃。不过，在设想我二十年后会有什么想法时（假如果真要到这一步的话），我只把它压下去就是了。假如要死，怎么死，什么时候死，这都无关紧要。所以（困难的是念念不忘这个"所以"所代表的一切推理），所以，我的上诉如被驳回，我也应该接受。

　　这时，只是这时，我才可以说有了权利，以某种方式允许自己去考虑第二种假设：我获得特赦。苦恼的是，这需要使我的血液和肉体的冲动不那么强烈，不因疯狂的快乐而使我双眼发花。我得竭力压制住喊叫，使自己变得理智。在这一假设中我还得表现得较为正常，这样才能使自己更能接受第一种假设。在我成功的时候，我就赢得一个钟头的安宁。这毕竟也是不简单的啊。

　　也是在一个这样的时刻，我又一次拒绝接待神甫。我正躺着，天空里某种金黄的色彩使人想到黄昏临近了。我刚刚放弃了我的上诉，并感到血液在周身正常地流动。我不需要见神甫。很久以来，我第一次想到了玛丽。她已经很多天没给我写信了。那天晚上，我反复思索，心想她给一名死囚当情妇可能已经当烦了。我也想到她也许病了或死了。这也是合乎情理的。既然在我们现已分开的肉体之外已没有任何东西联系着我们，已没有任何东西使我们彼此想念，我怎么能够知道呢？再说，就是从这个时候起，我对玛丽的回忆也变得无动于衷了。她死了，我也就不再关心她了。我认为这是正常的，因为我很清楚，我死了，别人也就把我忘了。他们跟我没有关系了。我甚至不能说这样想是冷酷无情的。

恰在这时，神甫进来了。我看见他之后，轻微地颤抖了一下。他看出来了，对我说不要害怕。我对他说，平时他都是在另外一个时候到来。他说这是一次完全友好的拜访，与我的上诉毫无关系，其实他根本不知道我的上诉是怎么回事。他坐在我的床上，请我坐在他旁边。我拒绝了。不过，我觉得他的态度还是很和善的。

他坐了一会，胳膊放在膝头，低着头，看着他的手。他的手细长有力，使我想到两头灵巧的野兽。他慢慢地搓着手。他就这样坐着，一直低着头，时间那么长，有一个时候我都觉得忘了他在那儿了。

但是，他突然抬起头来，眼睛盯着我，问道："您为什么拒绝接待我?"我回答说我不信上帝。他想知道我是不是对此确有把握，我说我用不着考虑，我觉得这个问题并不重要。他于是把身子朝后一仰，靠在墙上，两手贴在大腿上。他好像不是对着我说，说他注意到有时候一个人自以为确有把握，实际上，他并没有把握。我不吭声。他看了看我，问道："您以为如何?"我回答说那是可能的。无论如何，对于什么是我真正感兴趣的事情，我可能不是确有把握，但对于什么是我不感兴趣的事情，我是确有把握的。而他对我说的事情恰恰是我所不感兴趣的。

他不看我了，依旧站在那里，问我这样说话是不是因为极度的绝望。我对他解释说我并不绝望。我只是害怕，这是很自然的。他说："那么，上帝会帮助您的。我所见过的所有情况和您相同的人最后都归附了他。"我承认那是他们的权利。那也证明他们还有时间。至于我，我不愿意人家帮助我，我也恰恰没有时间去对我不感兴趣的事情再发生兴趣。

这时，他气得两手发抖，但是，他很快挺直了身子，顺了顺袍子上的褶皱。顺完了之后，他称我为"朋友"，对我说，他这样对我说话，并不是因为我是个被判死刑的人；他认为，我们大家都是被判了死刑的人。但是我打断了他，对他说这不是一码事，再说，无论如何，他的话也不能安慰我。他同意我的看法："当然了。不过，您今天不死，以后也是要死的。那时就会遇到同样的问题。您将怎样接受这个考验呢?"我回答说我接受它和现在接受它一模一样。

听到这句话，他站了起来，两眼直盯着我的眼睛。这套把戏我很熟悉。我常和艾玛努埃尔和赛莱斯特这样闹着玩，一般地说，他们最后都移开了目光。神甫也很熟悉这套把戏，我立刻就明白了，因为他的目光直盯着不动。他的声音也不发抖,对我说:"您就不怀着希望了吗? 您就这样一边活着一边想着您将整个儿地死去吗?"我回答道:"是的。"

于是,他低下了头,又坐下了。他说他怜悯我。他认为一个人要真是这样的话,那是不能忍受的。而我,我只是感到他开始令我生厌了。我转过身去,走到小窗口底下。我用肩膀靠着墙。他又开始问我了,我有一搭没一搭地听着,他的声音不安而急迫。我知道他是动了感情了,就听得认真些了。

他说他确信我的上诉会被接受,但是我背负着一桩我应该摆脱的罪孽,据他说,人类的正义不算什么,上帝的正义才是一切。我说正是前者判了我死刑。他说它并未因此而洗刷掉我的罪孽。我对他说我不知道什么是罪孽。人家只告诉我我是个犯人。我是个犯人,我就付出代价,除此之外,不能再对我要求更多的东西了。这时,他又站了起来,我想在这间如此狭窄的囚室里,他要想活动活动,也只能如此,要么坐下去,要么站起来,实在没有别的办法。

我的眼睛盯着地。他朝我走了一步,站住,好像不敢再向前一样。"您错了,我的儿子,"他对我说,"我们可以向您要求更多的东西。我们将向您提出这样的要求,也许。""要求什么?""要求您看。""看什么?"

教士四下里望了望,我突然发现他的声音疲惫不堪。他回答我说:"所有这些石头都显示出痛苦,这我知道。我没有一次看见它们而心里不充满了忧虑。但是,说句心里话,我知道你们当中最悲惨的人就从这些乌黑的石头中看见过一张神圣的面容浮现出来。我们要求您看的,就是这张面容。"

我有些激动了。我说我看着这些石墙已经好几个月了。对它们,我比世界上任何东西,任何人都更熟悉。也许,很久以前,我曾在那上面寻找过一张面容。但是那张面容有着太阳的色彩和欲望的火焰,那是玛丽的面容。我白费力气,没有找到。现在完了。反正,从这些水淋淋的石头里,我没看见有什么东西浮现出来。

神甫带着某种悲哀的神情看了看我。我现在全身靠在墙上了,阳光照着我的脸。他说了句什么,我没听见,然后很快地问我是否允许他拥抱我。我说:"不。"他转过身去,朝着墙走去,慢慢地把手放在墙上,轻声地说:"您就这么爱这个世界吗?"我没有理他。

他就这样背着我待了很久。他待在这里使我感到压抑,感到恼火。我正要让他走,让他别管我,他却突然转身对着我,大声说道:"不,我不能相信您的话。我确信您曾经盼望过另一种生活。"我回答说那是当然,但那并不比盼望成为富人,盼望游泳游得很快,或生一张更好看的嘴来得更为重要。那都是一码事。但是他拦住了我,他想知道我如何看那另一种生活。于是,我就朝他喊道:"一种我可以回忆现在这种生活的生活！"然后，我跟他说我够了。他还想跟我谈谈上帝，但是我朝他走过去，试图跟他最后再解释一回我剩下的时间不多了。我不愿意把它浪费在上帝身上。他试图改变话题，问我为什么称他为"先生"而不是"我的父亲"。这可把我惹火了，我对他说他不是我的父亲，让他当别人的父亲去吧。

他把手放在我的肩膀上，说道："不，我的儿子，我是您的父亲。只是您不能明白，因为您的心是糊涂的。我为您祈祷。"

我也不知道是为什么，好像我身上有什么东西爆裂了似的，我扯着喉咙大叫，我骂他，我叫他不要为我祈祷。我揪住他的长袍的领子，把我内心深处的话，喜怒交迸的强烈冲动，劈头盖脸地朝他发泄出来。他的神气不是那样地确信无疑吗？然而，他的任何确信无疑，都抵不上一根女人的头发。他甚至连活着不活着都没有把握，因为他活着就如同死了一样。而我，我好像是两手空空。但是我对我自己有把握，对一切都有把握，比他有把握，对我的生命和那即将到来的死亡有把握。是的，我只有这么一点儿把握。但是至少，我抓住了这个真理，正如这个真理抓住了我一样。我从前有理，我现在还有理，我永远有理。我曾以某种方式生活过，我也可能以另一种方式生活。我做过这件事，没有做过那件事。我干了某一件事而没有干另一件事。而以后呢？仿佛我一直等着的就是这一分钟，就是这个我将被证明无罪的黎明。什么都不重要，我很知道为什么。他也知道为什么。在我所度过的整个这段荒诞的生活里，一种阴暗的气息穿越尚未到来的岁月，从遥远的未来向我扑来，这股气息所过之处，使别人向我建议的一切都变得毫无差别，未来的生活并不比我已往的生活更真实。他人的死，对母亲的爱，与我何干？既然只有一种命运选中了我，而成千上万的幸运的人却都同他一样自称是我的兄弟，那么，他所说的上帝，他们选择的生活，他们选中的命运，又都与我何干？他懂，他懂吗？大家都幸运，世上只有幸运的人。其他人也一样，有一天也要被判死刑。被控杀人，只因在母亲下葬时没有哭而被处决，这有什么关系呢？萨拉玛诺的狗和他的老婆具有同样的价值。那个自动机器般的小女人，马松娶的巴黎女人，或者想跟我结婚的玛丽，也都是有罪的。莱蒙是不是我的朋友，赛莱斯特是不是比他更好，又有什么关系？今天，玛丽把嘴唇伸向一个新的默而索，又有什么关系？他懂吗？这个判了死刑的人，从我的未来的深处……我喊出了这一切，喊得喘不过气来。但是已经有人把神甫从我的手里抢出去，看守们威胁我。而他却劝他们不要发火，默默地看了我一阵子。他的眼里充满了泪水。他转过身去，走了。

他走了之后，我平静下来。我累极了，一下子扑到床上。我认为我是睡着了，因为我醒来的时候,发现满天星斗照在我的脸上。田野上的声音一直传到我的耳畔。夜的气味,土地的气味,海盐的气味,使我的两鬓感到清凉。这沉睡的夏夜的奇妙安静,像潮水一般浸透我的全身。这时,长夜将尽,汽笛叫了起来。它宣告有些人踏上旅途,要去一个从此和我无关痛痒的世界。很久以来,我第一次想起了妈妈。我觉得我明白了为什么她要在晚年又找了个"未婚夫",为什么她又玩起了"重新再来"的游戏。那边,那边也一样,在一个个生命将尽的养老院周围,夜晚如同一段令人伤感的时刻。妈妈已经离死亡那么近了,该是感到了解脱,准备把一切再重新过一遍。任何人,任何人也没有权利哭她。我也是,我也感到准备好把一切再过一遍。好像这巨大的愤怒清除了我精神上的痛苦,也使我失去希望。面对着充满信息和星斗的夜,我第一次向这个世界的动人的冷漠敞开了心扉。我体验到这个世界如此像我,如此友爱,我觉得我过去曾经是幸福的,我现在仍然是幸福的。为了把一切都做得完善,为了使我感到不那么孤独,我还希望处决我的那一天有很多人来观看,希望他们对我报之以仇恨的喊叫声。

(郭宏安译)

(选自《加缪中短篇小说集》,外国文学出版社1985年版)

【导读】

    1.《局外人》发表于1942年,是加缪的成名作。小说全篇由主人公默尔索的自述构成。首先值得我们注意的是默尔索冷漠的叙述口吻,从中可以感受到他内心的冷漠。叙述调子的冷最终是内心的冷所决定的。请体味默尔索的叙述语调,分析一下小说是通过哪些细节表现默尔索的冷漠的?加缪在为《局外人》写的序言中这样评价默尔索:"他远非麻木不仁,他怀有一种执著而深沉的激情,对于绝对和真实的激情。"读过小说之后,你是否同意作者的看法?

    2.《局外人》试图表达一种荒谬的世界观。在默尔索这里,荒谬感产生于对自己处境的冷眼旁观,产生于自己的局外人的姿态,产生于对世界的陌生化的体验。看看加缪自己是怎样说的:"一个能用歪理来解释的世界,还是一个熟悉的世界,但是在一个突然被剥夺了幻觉和光明的宇宙中,人就感到自己是个局外人。这种流放无可救药,因为人被剥夺了对故乡的回忆和对乐土的希望。这种人和生活的分离,演员和布景的分离,正是荒诞感。"因此,"荒诞本质上是一种分裂,它不存在于对立的两种因素的任何一方。它产生于它们之间的对立"。"荒诞不在人,也不在世界,而在两者的共存。"小说《局外人》的主题表达的正是人与他所处的生存境遇之间的乖谬。默尔索的冷漠正因为他与周围的存在格格不入,他之所以被判了死刑,根本原因还不在杀了那个阿拉伯人,而是因为他对社会所公认的行为准则的蔑视。他被社会视为一个异己、一个局外人,最终则被看作社会的一个敌人而走向死亡。这就是默尔索悲剧命运的根源。

3. 试比较一下《局外人》与卡夫卡小说《变形记》对荒诞主题的不同传达方式。

第四章　新小说派

第一节　概述

　　1955年前后,法国的传统小说似乎走向了死胡同。第二次世界大战之后,法国文坛没有再出现像普鲁斯特这样的伟大小说家,小说面临着危机。就在"小说危机"的当口,出现了"新小说派"①。

　　1950年,女作家娜塔丽·萨洛特发表了一篇名为《怀疑的时代》的文章,成为后来的新小说派理论的重要论文。文章引用了法国作家斯汤达的一句话:"怀疑的精灵已经来到这个世界。"并同时宣称"我们已进入怀疑的时代"。② 新小说派正是在这"怀疑的时代"的历史背景下进入法国文坛并进而影响了世界文学的历史进程。

　　新小说派的代表人物之一娜塔丽·萨洛特(1900—1999)早在1947年就出版了她的小说《一个陌生人的肖像》,这部小说在当时并没有引起注意。但萨特为这部小说再版作序时却对它给予了很高评价,并提出了著名的"反小说"的概念:"当代文学最奇异的特征之一,是到处都出现了生气勃勃的和彻底否定了以往的、可以称之为反小说的作品。""它是以小说本身来否定小说,是在建设它却又当着我们的面摧毁它,是写关于

---

①　参见皮埃尔·德·布瓦岱弗尔《1900年以来的法国小说》,第97页,商务印书馆1998年1月版。
②　娜塔丽·萨洛特《怀疑的时代》,《法国作家论义学》,第381页,三联书店1984年6月版。

一种不应该写、不可能写成的小说的小说,是创造一种虚构……这些奇特而难以分类的作品并不表明小说体裁的衰落,而只是标志着我们生活在一个思考的时代,小说也正在对其本身进行思考。"①萨特的命名和阐释突出了"新小说派"对传统小说的反叛特征,并宣告了一代新小说作家的诞生。新小说派的另一个理论代言人和代表作家罗伯-格里耶(1922—)也相继发表了论文《未来小说的道路》(1956)、《自然、人道主义、悲剧》(1958),二者成为新小说派的纲领性文献。他的小说创作《橡皮》(1953)、《窥视者》(1955)、《嫉妒》(1957)一问世即成为文坛瞩目的焦点。此外米歇尔·布托尔(1926—)也陆续出版了《时间的运用》(1956)、《变》(1957)等小说,成为新小说派的干将之一。这几个小说家的创作,充分代表了新小说派的实绩。

新小说派堪称二战后最具革命性的文学流派。它的革命性首先表现在对巴尔扎克以来的现实主义小说传统的质疑和反叛。新小说派首先质疑的是传统小说关于"真实性"的观念,认为以巴尔扎克为代表的传统小说对环境的注重、对人物的刻画所反映的只是一种肤浅的真实,不仅无法揭示一个客观世界,而且以真实性的假象欺瞒读者。同时,传统现实主义小说的艺术手法已经不再适应现代人的生存方式和心理习惯。用萨洛特的话来说:"小说被贬为次要的艺术只因它固守过时的技巧。"当然,新小说派的艺术革新也遭致可以想见的批评,就像罗伯-格里耶曾描述过的那样:"有人对我们说:你们不在作品中刻画人物,你们连故事都不讲,你们不去研究某一个人物的性格、也不去写某种环境,不去分析人的七情六欲,所以你们写的并不是真正的小说。"但是,新小说派这些被批评界诟病的地方,却恰恰是他们坚持的地方,也恰恰是他们的创作对传统小说构成了反叛的地方。在艺术观念上,新小说派作家极力主张文学应该客观摹写世界,主张在作品中抛弃任何主观的思想、见解和议论,作家所做的只是精细、如实地反映外部世界,尤其是刻绘外在的物质世界。因此,对"物"的重要性的强调在新小说派这里走向了一个极端,罗伯-格里耶就宣称"我们必须制造出一个更实体、更直观的世界,以代替现有的这种充

---

① 《萨特文学论文集》,第292页,安徽文艺出版社1998年4月版。

满心理的、社会的、功能的意义的世界。让物件和姿态首先以它们的存在去发生作用,让它们的存在继续为人们感觉到,而不顾任何企图把它们归入什么体系的说明性理论。""在小说的这个未来世界里,姿态和物件将在那里,而后才能成为'某某东西'。此后它们还是在那里,坚硬、不变、永远存在,嘲笑自己的意义。"①

由此可见,与前面我们讲到的萨特、加缪等存在主义作家相比,罗伯-格里耶等新小说派作家在观念上走得更远,他们认为,萨特和加缪把世界理解为荒诞的存在,仍是赋予世界一种意义的行为,"荒诞"本身就是世界的意义。存在主义的荒诞主题仍在探讨人在世界中的意义问题。而在罗伯-格里耶一类新小说派作家那里,"世界既不是有意义的,也不是荒谬的,它存在着,如此而已"(罗伯-格里耶语)。他们彻底放逐了意义的维度。小说不再以叙述一个有声有色有头有尾的故事为目的,也不再具有主导的心理学动机,更不用说探索什么存在的意义了。那么,新小说派作家是如何在小说中放逐了意义的维度呢?法国著名后现代主义理论家罗兰·巴尔特总结说,罗伯-格里耶采取的策略有二:一是消解深度;二是瓦解叙事。②

首先,罗伯-格里耶认为,传统的小说的意义是建立在"深度"这个神话的基础上的,小说家总认为他的小说试图表达一个深刻的主题,小说总是隐含有一种深度,而这深度就是小说的意义。但是罗伯-格里耶却不相信世界上有一种深度存在,所谓的深度是人类人为赋予的。他的小说就是一种排斥了所谓深度的"表面小说",在技巧上则表现为大量运用视觉性极强的词汇,惯于不厌其烦地描写事物的形状、数目、方位、性质、质地等等物质表层的特征。如他的代表作《嫉妒》中这样写香蕉树:

> 从这丛香蕉树往下,这片蕉林的边线沿着山坡稍稍岔开着垂下来(向左偏斜)。到这片地的下端为止,每排植有三十二株香蕉树。
> 如果不计较这些树实际上的有无和顺序,那么第六排树在一个

---

① 罗伯-格里耶《未来小说的道路》,《现代西方文论选》,第314页,上海译文出版社1983年4月版。

② 参见卡勒尔《罗兰·巴尔特》,第60页,三联书店1988年12月版。

矩形、一个规则的梯形和一个边缘凹陷的梯形中所拥有的植株数应当分别是二十二、二十一和二十。而如果减去已经砍掉的树,则是十九。

再往下的每一排树木所包含的株数依次为:二十三、二十一、二十一、二十一、二十二、二十一、二十、二十、二十三、二十一、二十、十九……

这就是新小说中常常出现的极端精细的物质主义式描写,小说家试图完全写出香蕉林的原貌,它的分布、形状、数目,给人一种极端的机械感。罗伯-格里耶刻意追求的就是为读者呈现视觉层面的香蕉林,而不关注什么深度和意义。

其次,是瓦解叙事。罗兰·巴尔特称罗伯-格里耶小说写作的最突出的特点是"断绝了叙事性吸引力",打断叙事的连续性,大量运用场景、细节、断片,读者很难再读到一个完整的有连贯情节线索的故事。这就是罗伯-格里耶对小说的叙事性秩序的瓦解。在萨洛特的小说《天象馆》中,也表现出类似的特征,小说家采取的是心理直接呈示的叙述方式,完整的故事、连贯的情节甚至人物的性格,都不再是小说的重心,小说可以说是由心理片断的直呈所构成的。

新小说派是一个努力探索新的语言方式和艺术手段的流派,在新小说派所偏爱的各种艺术倾向中,一个重要的主题"就是叙述一个故事的不可能性"[1]。就是说,新小说派小说家尽可能地在小说中摒弃故事,即使有故事情节的某种形态,也表现为一种未完成状态,小说的讲述方式通常表现为"现在进行时",小说成为叙事者正在进行的叙述行为,所以,"未完成性"构成了新小说的一个重要的特征。这使绝大多数的新小说作品都成为一种未完成的探索。正如新小说派作家米歇尔·布托尔所说:"小说是一种探索。"这个定义也可以被理解为:"小说乃是对小说本身的探索。"[2]新小说派小说家都致力于探索小说的新的可能性,探索还没有被别的小说家实践过的小说形式和主题,而对传统小说形式则一概

---

[1] 米歇尔·莱蒙《法国现代小说史》,第346页,上海译文出版社1995年3月版。
[2] 同上书,第345页。

否定。因此有文学史家称新小说派是"否定派":"不要人物,也不要故事情节,总之,不要从古至今构成小说的东西。这正是发掘更适合我们时代感性的新形式的愿望。大部分新小说宣言中的实质就是文学必须更新,必须重新提出来讨论,应当探索一些新路子,至少应当在乔伊斯、陀思妥耶夫斯基、卡夫卡已经开辟的道路上走下去。新小说就是通过这一方式,作为未来小说的试验室,作为具有否定和探索特色的小说新风格出现的。"①

第二节 新小说派代表作家作品

新小说派的代表作家公认是罗伯-格里耶、娜塔丽·萨洛特、米歇尔·布托尔和克洛德·西蒙(1913—),其中克洛德·西蒙与马格丽特·杜拉斯(1914—)、克洛德·莫里亚克(1914—)等作家又被称为第二代新小说派作家。

娜塔丽·萨洛特生于俄国,两岁时随父亲定居巴黎,在巴黎长大,大学时期主要攻读法律,曾在牛津、柏林进修社会学,1932年开始写作第一部小说《向性》,并于1939年出版,从此成为一个职业作家,陆续创作了小说《一个陌生人的肖像》(1947)、《天象馆》(1959)、《金果》(1963)等,还著有论文集《怀疑的时代》(1956)以及自传《童年》(1985)。

在新小说派作家中,萨洛特对意识流小说的理念和技巧有着自觉的继承。她主张发掘新的心理领域,发掘"无意识这个几乎尚未开拓的广阔领域"②,发掘意识下的"潜在的真实"。所以有研究者称继普鲁斯特、乔伊斯、伍尔夫之后,萨洛特的作品"构成了20世纪欧洲文学中第二次心理现实主义高潮中的重要内容之一"③。萨洛特的《天象馆》就酷似伍尔夫的小说,整部小说由不同人物的内心独白组成。但是萨洛特的内心

---

① 米歇尔·莱蒙《法国现代小说史》,第338页,上海译文出版社1995年3月版。
② 萨洛特《怀疑的时代》,《"冰山"理论:对话与潜对话》(下),第559页,中国工人出版社1987年4月版。
③ 柳鸣九《娜塔丽·萨洛特与心理现实主义》,《天象馆》,第13页,漓江出版社1991年10月版。

独白并不完全等同于伍尔夫时代的独白,萨洛特的创新之处体现在"潜对话"范畴的提出。通俗地讲,"潜对话"即只发生在内心中的不具有外在具体形式的对话,它"既可是某一个人物想象中可能发生的对话,也可以是某一个人物回忆中已经发生过的对话,还可以是人物之间目前在内心中所发生的并未发而为声、也不一定形之于色的对话,正因为是心理活动中的对话,是人物内心世界里的应答,因而,我们也可以称之为人物内心独白中的复调模式,从这个意义上来说,它是内心独白的一种发展"①。所谓"人物内心独白中的复调模式",正是指只发生在人物心灵深处的不同声音的对话关系,就像音乐中的复调效果一样。这对以往意识流小说中只有单一人物声音的内心独白,是一种创新与发展。

米歇尔·布托尔是新小说派的又一个代表作家,著有《米兰弄堂》(1954)、《时间的运用》(1956,也翻译成《时间表》)、《变》(1957),《度》(1960)等。

新小说派作家往往运用一些早已有之的通俗小说文类形式,如侦探小说就是罗伯-格里耶、米歇尔·布托尔常常采用的小说类型。罗伯-格里耶的《橡皮》和《窥视者》、米歇尔·布托尔的《时间的运用》,都具有侦探小说的外壳。《时间的运用》在情节层面叙述的是三起谋杀案,而在形而上层面则是探索时间的内在机制。正像我们后面在第七章里将要讲到的阿根廷小说家博尔赫斯的小说《交叉小径的花园》是在一个侦探故事的框架中包含关于时间的玄学主题一样,布托尔也在《时间的运用》中尝试把时间分割成一段段碎片,谋杀故事与玄学动机就这样合为一体。他的另一部代表作《变》也有这种哲理性的追求。小说写的是一个打字机公司的经理在由巴黎到罗马的火车上二十多个小时的回忆和联想。对已经逝去的二十多年时光中的一次次旅行的联想构成了小说的核心内容。小说题目中所谓的"变"正是指主人公记忆中的时空的变化以及心理流程的变化,这一系列的"变"最终导致了主人公精神世界的嬗变。而火车在时空中的穿行,则构成了主人公精神的探索历程的外在象征。《变》在

---

① 柳鸣九《娜塔丽·萨洛特与心理现实主义》,《天象馆》,第17页,漓江出版社1991年10月版。

叙事层面上最具有创造性的追求是运用了少见的第二人称"你",从小说的第一句"你把左脚踩在门槛的铜凹槽上"一直到小说结尾,"你"始终与读者相伴。为什么作者引入了第二人称"你"呢?布托尔本人曾解释说:"由于这里描述的是意识的觉醒,所以人物不能自称'我',用'你'既可以描述人物的处境,又可以描述语言是如何逐渐在他身上形成的。"①而从阅读层面上看,"你"则既指小说主人公,又把读者带入小说,从而使读者获得积极介入小说进程的阅读体验。此外,第二人称"你"的叙述,在时间上建构的是一种进行时态,使一切仿佛都成为未完成的正在行进中的过程。罗兰·巴尔特曾经这样讨论过法语中的另一种时态"简单过去时":"在简单过去时背后永远隐藏着一个造物主、上帝或叙事者。"②最终在时态的后面隐含的是一种稳定性和一种秩序感。与"简单过去时"构成差别的是,《变》中的"你"所带来的正在进行时,则表明小说叙述的是一个变动不居的流程,既是人物外在的行动过程,也是心理和精神的历程,从而在小说叙述层面凸显了"变"的题旨。

克洛德·西蒙是所谓的第二代新小说派作家,著有《草》(1958)、《弗兰德公路》(1960)、《历史》(1967)、《双目失明的奥利翁》(1970)和《农事诗》(1981)等。1985 年瑞典皇家学院把诺贝尔文学奖授予克洛德·西蒙,在某种意义上这个诺贝尔奖是授予整个新小说派的,意味着对新小说派的肯定。颁奖词中称赞说:"这位作家以诗和画的创造性,深入表现了人类长期置身其中的处境。"诗和画的结合的确构成了西蒙独特的艺术追求。他的小说《风》(1957)的副标题是"重建巴洛克式圣坛装饰屏的尝试",从题目就可以看出打通诗与画的界限的尝试,小说是以绘画的方式来结构的,类似于一种巴洛克式风格的画屏。《弗兰德公路》是他的代表作,也是试图以绘画的空间性来代替传统小说的线性时间线索,以电影蒙太奇式的手法把不同时间和人物的心理活动、想象和追忆组合在一起,最终营造的是一种心理时空。西蒙后期的创作以《双目失明的奥利翁》和《农事诗》为代表,开始了新小说派理论家让·里加杜所说的"叙述的探

---

① 转引自桂裕芳《变·译后记》,《变》,第 241 页,外国文学出版社 1983 年 4 月版。
② 罗兰·巴尔特《符号学原理》,第 79 页,三联书店 1988 年 11 月版。

险"过程①。小说不再是叙述一场冒险经历,而是一种叙述本身的冒险。小说作为一种叙事艺术的本体性在西蒙这里得到自觉的体现。《农事诗》的奇特之处在于它并置了不同的历史时空中的三个人物的故事,从而把法国大革命时期的一个将军、二次大战中的一个法国骑兵以及西班牙内战时期的一个英国青年的经历组接在一起,在彼此参照的过程中产生一种超越历史的绵延感。西蒙也似乎如他的文学前辈普鲁斯特一样,擅长在记忆以及联想领域纵横驰骋。正像诺贝尔颁奖词中所说,《弗兰德公路》和《农事诗》"写了个人的回忆、家族的历史传闻、近年的战争体验和过去时代战争的经历极为复杂的混合内容,表现了一种感官方面敏锐的感受力和语言方面高度的想象启发力"。

新小说派中最具有代表性的一个,是罗伯-格里耶。罗兰·巴尔特称他是小说界的哥白尼,认为罗伯-格里耶的每部小说都具有一种小说革命的意义。罗伯-格里耶也可以说是20世纪在小说实验和小说创新的道路上走得最远的人物之一。

罗伯-格里耶1922年生于法国的布勒斯特,1945年毕业于法国农艺学院,曾经担任过农艺师,1950年代进入文坛,著有小说《橡皮》(1953)、《窥视者》(1955)、《嫉妒》(1957)、《在迷宫中》(1959)、《快照》(1962)、《反复》(2001)等,此外还有电影小说《去年在马里安巴》(1961)、传奇故事《重现的镜子》(1985)等。

《橡皮》和《窥视者》表面上酷似包含了谋杀案的侦探小说。其中《窥视者》获得了法国1955年的"评论家奖",写的是一个旅行推销员马弟雅恩回到自己童年生活过的海岛去推销手表,在海滩的僻静处杀了牧羊女雅克莲,并将尸体推入海中,尸体后来被人发现,马弟雅恩做贼心虚,回到作案现场去消灭物证,却被雅克莲的男朋友于连窥见。然而,此后却似乎什么也没有发生,马弟雅恩两天后平安无事地回大陆了。"窥视者"指的是发现了马弟雅恩犯罪却没有告发的于连。但是他为什么替罪犯隐瞒?马弟雅恩又出于什么动机去杀害雅克莲?小说始终没有交代。即使连杀人的过程,小说也没有正面描写,而是奇特地出现了一个小时的叙述"空

---

① 参见林秀清《诗画结合的新小说》,《弗兰德公路》,第8页,漓江出版社1987年3月版。

白",正是这一个小时的空白中,雅克莲被害了,至于被谁所杀,小说则是通过一系列关于现场物证的暗示,间接透露出马弟雅恩曾经杀过人。这是一部与读者所熟悉的侦探小说类型相去甚远的作品,是以侦探小说为"表"、以"物化"追求为"里"的先锋性小说。它是隐藏了主观判断和心理动机的小说,也没有侦探小说连贯的叙事线索,进入读者视野的核心部分是排除了主观感受和判断的客观"物象"。叙事者就像一个盲人,拿着一架摄影机,在一个隐藏的角落不被人知地任摄影机随意拍摄进入镜头的场面、细节和物象,却没有配上一句加以解释的画外音。最终占据画面的是被放大的"物",如《窥视者》临近结尾时对一只灰海鸥描写:

> 它恰好呈现着侧面,头转向右方。长长的翅膀合拢着,翅膀的尖端在尾巴上交叉,尾巴也是相当短的。它的喙是平的,很厚,黄色,微弯,可是尖端却呈勾状。翅膀下边和尖端都有较深色的羽毛。
>
> 下面只看见一只右脚(另一只恰好被右脚遮没),又瘦又直,布满黄色的鳞片。它从腹下一个弯成一百二十度角的关节开始,和上面布满羽毛的肉身接连,这肉身只露出这一小部分。另一只脚可以看见脚趾间的脚蹼,和伸开在木桩的圆顶上的尖爪。

物象被如此放大,推成电影特写一般的镜头,却没有丝毫意义根据,读者所看到的便只是"物"的存在本身,至于对"物象"淋漓尽致的表现究竟有什么用意和企图,为什么要如此细致地描绘一只海鸥的细部,作者并没有告诉我们。或许不厌其烦地呈现无意义的"物"的存在本身,就是《窥视者》的形而上的意图所在。与这种冷静、如实地描摹客观事物相适应的,是罗伯-格里耶所追求的一种没有人格化的、放逐了感情色彩的语言,有评论家称这是一种中性的语言。所有这些趋向都在罗伯-格里耶的代表作《嫉妒》中得到了更为充分的体现。

第三节 罗伯-格里耶的《嫉妒》

《嫉妒》是罗伯-格里耶最具实验性的作品,有评论者称它是罗伯-格里耶作品中"最出色的一部"①,但也是令大多读者望而却步的一部。它的革命性首先体现在对传统的小说准则的彻底背离。巴尔扎克时代关于典型环境、人物塑造、情节描写、心理分析之类的约定俗成的准则,在《嫉妒》中得到了前所未有的反叛。

《嫉妒》的书名告诉读者,它是一部关于"嫉妒"主题的小说,写的是一个丈夫对自己的妻子阿A和一个男邻居弗兰克观察和猜忌的过程。但整部小说并没有什么故事,甚至没有多少情节,贯穿小说始终的是一些一再重复的场景。同时,《嫉妒》的叙事者其实是没有出现的。小说貌似一个第一人称叙事者在叙述,但从未有"我"的字样出现,读者只能听到他的声音,却不知他是谁。进入视野和场景的总是女主人阿A的活动,以及阿A和邻居弗兰克在露台聊天、在餐厅吃饭的场景。但是读者却时刻感到场景和空间中不止有阿A和弗兰克,当小说写到露台或餐厅的场景时,总是要交代有第三把椅子、第三个杯子、第三副餐具,暗示还有第三个人的存在。这第三个人就是小说中嫉妒的丈夫,一个不动声色的观察者,时刻在监视和猜忌让他嫉妒的妻子。

秘鲁小说家略萨认为《嫉妒》是一部故事中的最根本的成分——也就是中心人物,作为叙事者的"我"——流亡于叙述之外的长篇小说。②也可以说,小说的中心人物是被隐藏的。同时,在核心人物之外,小说也隐藏了核心的细节:阿A搭邻居弗兰克的车进城,当晚却没有赶回来,理由是车在路上抛了锚。于是妻子是怎样在外面过夜的就成为叙事者不断猜疑的重要细节。但这一细节的真相——汽车究竟有没有抛锚——在小说中也是被隐藏的,是无法证实的,既是叙事者无法确知的,同时也是读者无法确知的。

《嫉妒》的这种"隐藏"的艺术似乎想告诉读者这样一个理念:所谓真实是不存在的,或者说,并不存在巴尔扎克式的传统小说意义上的真实。一切都取决于人的观察角度和位置。小说中的叙事者所能叙述出来的,只是他所能看到和感知到的。因此,叙事者的观察就构成了小说中最核

---

① 柳鸣九《嫉妒》译本序,《嫉妒》,第3页,漓江出版社1987年2月版。
② 略萨《中国套盒》,第96页,百花文艺出版社2000年1月版。

心的要素。正是在这个意义上,小说的名字所隐含的双关含义(在法语中,"嫉妒"一词的另一个意思是"百叶窗")把作为主观心理活动的"嫉妒"主题与作为客观存在的百叶窗所表现的"观察"的主题结合了起来。小说中的叙事者正是常常透过百叶窗观察妻子以及邻居的一举一动。他的视野也由此取决于百叶窗的物质形式,他所能看到的场景也被他观察的形式——百叶窗所限定。而小说也因此表达了新小说派的一个重要的小说观念:人的主观心理和情绪与客观存在的"物"是密不可分的。这就是《嫉妒》所蕴涵的"物化"的重要主题。

法国学者吕西安·戈尔德曼在他的《论小说的社会学》一书中指出,《嫉妒》这部小说的名字所隐含的双关含义表明"在这个世界上不可能把情感和物分开"①。小说表现了"物"的自主性,并进而表现了一个"物化"的现实。正像《嫉妒》中的叙事者所昭示的那样,他只能透过百叶窗偷偷地窥视,是一个被动的存在,而无法成为一个行动者,这就是"物化"的现象,人向物转化,由此,戈尔德曼认为"物"成为一种具有自主性的现实,而人不但不能控制"物",反而被"物"同化,被物宰制。最终我们所处的世界的结构也变成了一种"物化"的结构。《嫉妒》所表现的更深刻的主题正是这种世界以及人的"物化"的主题。"物化"也构成了新小说派对20世纪人类生存状况的一种深刻的体认。

马克思主义者认为,资本主义把一切社会关系都变成了物。马克思正是从商品拜物教中发现了物化现象,即资产阶级把每一件事物都理解成可计算的东西,从而形成了资本主义的拜物教化的特征。这是一般意义上的马克思主义者的观点,以这种观点理解罗伯-格里耶的《嫉妒》,评论者们认为小说一方面写出了一个客观存在的物化世界,另一方面则可以说表现了对"物化"世界的抗争。但是罗伯-格里耶对"物化"还有着自己的理解,他说:"我是一个现实主义的、客观的作家,我创造一个我不加判断的想象的世界,既不赞同,也不谴责,但是我记录下了作为基本现实的存在。"②在论文《未来小说的道路》中,他称他制造的只是一个更实体、

---

① 吕西安·戈尔德曼《论小说的社会学》,第218页,中国社会科学出版社1988年6月版。
② 同上书,第219页。

更直观的世界,让物件首先以它们的存在去发挥作用。"物"在罗伯-格里耶的理解中首先是一种客观存在,它是自足的,拒绝人类赋予它各种各样的说法和意义。《嫉妒》表现的就是一个没有意义的世界。它的风格是彻底的表面化,甚至排除了文学上的修辞手段,尤其排斥了比喻。

罗伯-格里耶反思了传统诗学中占有重要地位的"比喻"。他认为,"比喻导致了人类中心论":

> 事实上,比喻从来不是什么单纯的修辞问题。说时间"反复无常",说山岭"威严",说森林有"心脏",说烈日是"无情的",说村庄"卧在"山间等等,在某种程度上都是提供关于物本身的知识,关于它们的形状、度量、位置等方面的知识。然而所选用的比喻性的词汇,不论它是多么单纯,总比仅仅提供纯粹物理条件方面的知识有更多的意义,而附加的一切又不能仅仅归在美文学的帐下。不管作者有意还是无意,山的高度便获得了一种道德价值,而太阳的酷热也成为了一种意志的结果。这些人化了的比喻在整个当代文学中反复出现的太多太普遍了,不能不说表现了整个一种形而上学的体系。①

罗伯-格里耶认为,对比喻的运用远不仅仅是修辞问题,而是反映了人把自己的本性的观念推广到"物"上面,从而反映了一种人对"物"的世界的主宰,是以人为中心的。所以罗伯-格里耶主张文学作品尽量不用比喻,而是还原"物"的本来世界。只有这样,才能如实地反映世界作为物的存在的事实,也才能反映人所处的是一个物化的世界的事实。

但是,复杂之处在于,《嫉妒》同时又是自身内部具有某种悖论性的小说,它是个自我矛盾的统一体。当评论家们察觉到叙事者在不动声色地呈现着"物"的时候,罗伯-格里耶却指出这个叙事者并不是一个所谓冷静客观的人,恰恰相反,他是"所有的人当中最不中立、最不不偏不倚的人;不仅如此,他还永远是一个卷入无休止的热烈探索中的人,他的视象甚至常常变形,他的想象甚至进入接近疯狂的境地"。"是这个人在看、在感觉、在想象,而且是一个置身于一定的空间和时间之中的人,他受

---

① 罗伯-格里耶《自然、人道主义、悲剧》,《现代西方文论选》,第 320 页,上海译文出版社 1983 年 4 月版。

这感情欲望支配,一个和你们、和我一样的人。"①简单地说,《嫉妒》的叙事者是个被"嫉妒"的心理疯狂折磨的有强烈主观情感的人。

因此,罗伯-格里耶指出,"尽管人们在小说中看到许多'物',描写得又很细,但首先总是有人的眼光在看,有思想在审视,有情欲在改变着它。我们小说中的'物'从未脱出人的感知之外显现出来,不论这种'物'是真实的,还是想象的"。正是从这个意义上,罗兰·巴尔特说有两个罗伯-格里耶,一个是客观主义者,另一个是人本主义者,或主观主义者。读者也可以有两种方式去读罗伯-格里耶,即一方面把他看作描绘"物"的世界的小说家,另一方面又可以视其为创作主观性文学的小说家。② 而罗伯-格里耶的作品中"出现的物常常是作为一项心理内容的素材"③。从这个意义上说,两个罗伯-格里耶是统一的,《嫉妒/百叶窗》的书名本身就意味着主观世界和客观世界的不可分割。

【思考题】

1. 新小说派的革命性表现在哪些方面?
2. 为什么说有两个罗伯-格里耶,一个是客观主义者,另一个是主观主义者?

---

① 罗伯-格里耶《新小说》,《"冰山"理论:对话与潜对话》(下),第522—523页,中国工人出版社1987年4月版。
② 参见卡勒尔《罗兰·巴尔特》,第60页,三联书店1988年12月版。
③ 米歇尔·莱蒙《法国现代小说史》,第339页。

嫉妒（存目）

〔法〕罗伯-格里耶

【导读】

1.《嫉妒》一书共有九节，全书的重要情节第一节基本上都涵盖了。整部小说从头到尾几乎没有什么故事，甚至没有多少情节，它的核心小说因素只是场景。但即使是有限的一些场景也一再重复。可以说从故事情节的角度读《嫉妒》，它绝对一无是处。《嫉妒》的特别首先表现在你不知小说到底是由谁来叙述的。从叙事者的声音上判断，它显然是一个第一人称，但从未有"我"的字样出现，第一人称"我"的叙事者是隐匿的，我们只能听到他的声音，却不知他是谁。进入视野和场景的总是女主人A，A在家中走来走去，她在写信，在梳头，然后就是A和邻居弗朗克在露台聊天、在餐厅吃饭的场景。但是读者却时刻感到场景和空间中不止有两个人，不止有A和弗朗克，还肯定有幽灵般的第三个人。说他是幽灵般的存在，是因为小说中从未提及这个第三者，但又处处暗示这个第三者的存在：当小说写到露台或餐厅的场景时，总是要交代有第三把椅子、第三个杯子、第三副餐具等等，暗示第三个人的存在。谁最有可能是这第三个人呢？最有可能的当然是小说中的嫉妒的丈夫，也就是小说中那个隐匿的叙事者，一个潜在的"我"，他其实一般情况下都在现场，但他像个哑人一样从不出声，只是不动声色地在观察，在倾听，其实是时时刻刻在监视和猜忌让他嫉妒的妻子。但这一切都是隐藏不露的，读者只能从叙事过程中进行猜测，最后断定有这么一个吃醋的丈夫。罗伯-格里耶自己曾说，小说中的这种隐藏"对于我来说是事实，是我写作目的所在"。请体会这种隐藏的艺术，并思考为什么罗伯-格里耶把《嫉妒》中的叙事者隐藏了起来。

2.从叙述层面上看，小说的隐藏的效果取决于叙事者的观察位置和角度。在某种意义上说，小说只写了一件事情：一个隐匿的叙事者在观察。一切都取决于他的视野,他能看到什么决定了小说能叙述出什么,小说记录的其实只是丈夫眼睛所能看到的,所以也可以说《嫉妒》是一部"视觉小说"。丈夫的监视的目光一直跟踪着A,而且在很多场景中他的监视是透过百叶窗进行的。因此,小说题目是有着双关意思的,一是"嫉妒",一是"百叶窗",而作为"百叶窗"则呈示着小说的另一个主题,那就是"窥视"。叙事者经常在百叶窗后透过百叶窗的缝隙窥视,窥视者所能看到的景象其实是被他的观察方式——百叶窗限定的。

3. 作为"视觉小说"也决定了《嫉妒》的"现在性"和"空间性"。观察总是正在进行的,这就是它的"现在"的特点。《嫉妒》九个段落中的五段都是以"现在"二字开头的。"现在"造成的效果是什么呢?是叙述过程与被叙述的对象、事件同步发生的假象。被叙述的事件是正在发生的、进行中的,叙事者就缺少了时间距离,也缺少了判断距离,只能呈示所看到的一切。这使视线中的景象有一种无序性。一切都是现在进行的,小说成为正在进行的东西,我们读者的阅读似乎与小说的写作是同步的,小说家给你展示的正是他完成小说的过程。

4. "视觉小说"还反映在《嫉妒》运用的是极其精确的视觉语言。小说的场景好像是叙事者用眼睛一寸一寸地丈量出来的。比如小说一再重复写几片香蕉林,详细地不厌其烦地写香蕉林的形状,是矩形,还是梯形,树干高度如何,每排树是多少棵,减去砍掉的树之后数字又是多少,等等。观察者的眼睛有如一个米尺,使人想到卡夫卡的《城堡》中写的那个土地测量员K,所以评论界常常批评罗伯-格里耶使用的是丈量员的语言。这种语言的特点是极端精确,注重空间、轮廓而轻色彩,是一种"几何式的描写"。

第五章 拉美魔幻现实主义

第一节 概述

20世纪60年代,在拉丁美洲出现了著名的"文学爆炸"现象,一批优秀作家通过继承本土印第安古老的文学传统,并与西方现代主义文学技巧融会贯通,使自己的文学创作既富有民族性,又获得了世界性,一大批文学作品相继问世,不仅影响了拉丁美洲文坛,而且蜚声欧美,进而在全世界获得了更广泛的国际声望,从而造成拉丁美洲文学空前繁荣的景象,这一现象被看成是拉美"文学爆炸"。体现这一"爆炸"的代表作家有:阿根廷的胡里奥·科塔萨尔(1914—1984)、智利的何塞·多诺索(1924—1996)、哥伦比亚的加西亚·马尔克斯(1928—)、秘鲁的巴尔加斯·略萨(1936—)、墨西哥的卡洛斯·富恩特斯(1928—2012)等。其中的卡洛斯·富恩特斯、加西亚·马尔克斯,连同1960年代之前即已获得世界声誉的古巴的阿莱霍·卡彭铁尔(1904—1980)、危地马拉的阿斯图里亚斯(1899—1974)、秘鲁的何塞·玛利亚·阿尔格达斯(1911—1969)、墨西哥的胡安·鲁尔福(1918—1986)等作家,构成了魔幻现实主义的代表人物。

什么是魔幻现实主义?这是在国内外学术界尚有分歧的一个理论课题。学术界的一般观点认为所谓魔幻现实主义,是借助某些具有神奇或魔幻色彩的事物、现象或观念,如印第安古老的传说、神话故事、奇异的自然现象、人物的超常举止、迷信观念(如相信鬼魂存在等),以及作家的想象、艺术夸张、荒诞描写等反映历史和现实的一种独特艺术手法。① 智利文学批评家因培特对魔幻现实主义的概括也有助于我们进一步理解这类观点:"在魔幻现实主义小说中,作者的根本目的是试图借助魔幻来表现现实,而不是把魔幻当成现实来表现。"这种看法基本上是把魔幻现实主义看成一种艺术手法,看成是魔幻现实主义作家表现现实的策略。

但是,另外的一种看法则把魔幻与现实看成一个整体,把"魔幻"看成拉丁美洲人观察、体验以及传达世界的固有方式,同时也是拉丁美洲小说家固有的思维与艺术方式,魔幻与现实在这些小说家的创作中并不是两个截然不同的层面,而恰恰是一个统一的世界。这一类看法尤其在诸如马尔克斯、胡安·鲁尔福、阿斯图里亚斯等魔幻现实主义的重要作家那里具有代表性。这点在下一节谈魔幻现实主义的艺术手法时将详细论述。

虽然文学评论界使用"魔幻现实主义"这一术语开始于评论哥伦比亚小说家加西亚·马尔克斯于1967年出版的长篇小说《百年孤独》,但早在1940年代,拉丁美洲文学就出现了以魔幻的手法反映现实的小说创作。1943年,古巴作家卡彭铁尔就提出过"神奇的现实"的观点,认为拉丁美洲的现实本身就有神奇性,因此,文学作品中的内容也应该是神奇的。② 当拉丁美洲作家进一步利用本土的印第安神话与传说资源之后,拉丁美洲大陆那种天然的神秘色彩和魔幻氛围就更加渗入到小说家们的想象和创作实践之中。阿斯图里亚斯的《玉米人》(1949)、胡安·鲁尔福的《佩德罗·巴拉莫》(1955)、墨西哥作家卡洛斯·富恩特斯的《最明净的地区》(1958)和《阿尔特米奥·克鲁斯之死》(1962)等,都是具有拉美大陆天然的神秘色彩和魔幻氛围的魔幻现实主义经典之作。

危地马拉作家阿斯图里亚斯是1967年诺贝尔文学奖的获得者,代表作有《危地马拉传说》(1930)、《总统先生》(1946)、《玉米人》(1949)等。阿斯图里亚斯是对印第安人的民族文化有着极其深入了

---

① 参见朱景冬《魔幻现实主义大师加西亚·马尔克斯》,《两百年的孤独——加西亚·马尔克斯谈创作》,第7页,云南人民出版社1997年7月版。
② 参见《中国大百科全书·外国文学》第Ⅰ卷,第723页,中国大百科全书出版社1982年5月版。

解的拉美作家,童年时期就与印第安人有着广泛的交往。后来在法国侨居与流亡期间,还用西班牙语翻译了印第安民族著名的玛雅—基切人神话《波波尔·乌》,他的《危地马拉传说》就大量取材于《波波尔·乌》中的神话传说,反映了他对本土印第安文化传统、信仰的回归,也传达出印第安文化固有的魔幻色彩,被认为是魔幻现实主义开山之作。《总统先生》则是阿斯图里亚斯奠定自己世界声望的作品。小说以1898—1920年间执掌政权的卡布雷拉为原型,刻画了一个独裁者的形象。从魔幻现实主义艺术手法的角度上看,这部小说着重于表现一个荒诞的现实,用了大量夸张、梦幻与变形的技巧,一方面写一个暴君所统治下的梦魇般的世界,另一方面又把梦幻写成人民在强权之下的最后一个想象化的避难所。似真似幻的梦幻般氛围使之成为魔幻现实主义的代表作。到了1949年问世的《玉米人》,阿斯图里亚斯又回到印第安人的世界中,描写了危地马拉印第安土著与白人之间的斗争。作者不是用猎奇的眼光打量印第安土著,而是自觉地站在印第安人的立场,以印第安人的思维方式去呈现世界,由此,小说自然带上了一种神秘的魔幻色彩。这一切,使阿斯图里亚斯最终成为令拉丁美洲文学获得世界声誉的最有影响力的作家之一。

古巴作家卡彭铁尔也是1960年代拉丁美洲"文学爆炸"的先驱者之一,著有长篇小说《人间王国》(1949)、《消失了的足迹》(1953)、《光明世纪》(1962,也翻译成《启蒙世纪》)、《方法的根源》(1974)等。《人间王国》写的是1760—1820年海地的黑奴起义的历史。在这部小说的前言中,卡彭铁尔指出拉丁美洲的"这种活生生存在的神奇现实是整个美洲的财富",并在小说中充分尝试了"把幻想与现实、人的世界与神话世界、荒诞不经的想象与极其真实的生活场景交织起来的艺术手法,另外,还拓宽了现实的含义,认为现实不仅包括人们的所作所为,而且包括他们的所想所梦,因此,他在创作中常常运用夸张和变形的手法"。[①]《消失了的足迹》写的是一个研究音乐的教师在南美的原始森林中寻找古老乐器的故

---

① 尹承东《卡彭铁尔作品集》序言,《卡彭铁尔作品集》,第9页,云南人民出版社1993年11月版。

事,集中思考了现代文明和原始文明的关系。小说通过主人公——叙事者"我"对印第安文明的认同,反思了现代文明的堕落。给人深刻启示的是"我"对印第安人的生活模式的体认:

> 新的世界需要去体验,而不是解释。生活在这里的人们并不追求任何信念,他们坚信只有这样才能活下去,否则就不行。他们宁愿选择实实在在的现实而不追求《启示录》的作者们所推荐的现实。①

这种"实实在在的现实"就是拉丁美洲土著的具有原生态气息的文明,卡彭铁尔在《消失了的足迹》中表达的正是回归这种自然文明的愿望。卡彭铁尔的另一部作品《光明世纪》则是他最有代表性的历史小说,小说囊括了更广大的时空,写的是法国大革命在加勒比海造成的影响以及拉丁美洲人民反对殖民主义的斗争。

墨西哥作家卡洛斯·富恩特斯的代表作包括长篇小说《最明净的地区》(1958)和《阿尔特米奥·克鲁斯之死》(1962)。这两部作品使富恩特斯成为拉丁美洲文坛举足轻重的作家之一。《最明净的地区》按富恩特斯本人的说法,堪称一部"现代墨西哥的总结",集中描绘的是1950年代墨西哥城广阔的社会图景。其中贯穿全书的主人公伊斯卡·西恩富戈斯是一个融合了印第安和西班牙两种文化和血统的象征性形象,也是一个通神的形象。在小说的结尾,伊斯卡·西恩富戈斯运用隐身术,飞在城市的上空,最终消失在天的尽头,可以看作魔幻现实主义艺术手法中的神来之笔。《阿尔特米奥·克鲁斯之死》则写的是小说主人公阿尔特米奥·克鲁斯临死之前对自己一生的回溯。小说运用了多种具有实验性的先锋技巧,既有对电影蒙太奇方法的借用,又有多重时空的穿插,在叙事上则交互使用三种不同的人称。这部小说可以看成是意识流技巧与魔幻现实主义的整合,表现了富恩特斯对小说艺术形式极端自觉的探索。

第二节 魔幻现实主义的艺术手法

美国学者乔·拉·麦克默里在评论加西亚·马尔克斯的魔幻现实主

---

① 《卡彭铁尔作品集》,第593页,云南人民出版社1993年11月版。

义特征时指出:"加西亚·马尔克斯一个手法就是把现实与幻想纯熟地融合起来,由于使用这种手法,他的小说给人的印象是:这是一个纯粹虚构的世界。在这个世界里,任何事都是可能的,每件事都是真实的。"①这段论述揭示的是魔幻现实主义小说中幻想和现实、虚构与写实融为一体难以分割的特征。而把现实魔幻化或者把魔幻现实化,也构成了魔幻现实主义小说的基本手法。

瑞典文学院在给马尔克斯的颁奖词中曾这样评价《百年孤独》的艺术成就:马尔克斯"创造了一个独特的天地,那个由他虚构出来的小镇。从50年代末,他的小说就把我们引进了这个奇特的地方,那里汇聚了不可思议的奇迹和最纯粹的现实生活。作者的想象力在驰骋翱翔:荒诞不经的传说、具体的村镇生活、比拟与影射、细腻的景物描写,都像新闻报导一样准确地再现出来"。这段颁奖词也同样准确地描述了魔幻现实主义的基本风格和技巧,其中最重要的就是把神奇而荒诞的幻想与新闻报道般的写实原则相结合的艺术特征。这种结合还不仅仅是把现实魔幻化或者把魔幻现实化,而是最终体现了一种拉丁美洲大陆所特有的观照现实的思维方式。在拉丁美洲人的眼里,现实与幻想世界不是两个世界,它们恰恰是一个不可分开的整体。

譬如在胡安·鲁尔福的代表作、中篇小说《佩德罗·巴拉莫》(1955)中,表现的就是人鬼不分的现象。小说中取消了人鬼的界限、生死的界限以及时间的界限,其中的山村实际上已经是荒无人烟,只有鬼魂出没。胡安·鲁尔福在小说中描绘的世界,其实是一个鬼魂的世界,读者看到的人物,包括小说中的第一人称叙事者"我",差不多都是一些已经死去的人,但这些人物又都在对话、回忆、叙述,看上去都像活人。这似乎是一种荒诞的写法,但是在胡安·鲁尔福所生长的墨西哥这块土地上,鬼魂世界的存在却有一种传统文化的依据,这就是古老的阿兹台克文化:"阿兹台克人认为,人死后,灵魂得不到宽恕,便难入天堂,只好在人世间游荡,成为冤魂。另外,墨西哥人对死亡和死人的看法也似有别于其他民族。他们

---

① 乔·拉·麦克默里《〈阿莱夫〉和〈百年孤独〉:世界的两个缩影》,《加西亚·马尔克斯研究》,第442页,云南人民出版社1993年3月版。

不怕死人,每年都有死人节,让死人回到活着的亲人中来。鲁尔福正是利用墨西哥的这种传统观念和习惯,将小说中的科马拉写成荒无人烟、鬼魂昼行的山村。在那里,到处是冤魂,它们因得不到超度,或在呼叫,在喧闹;或在议论,在窃窃私语,发泄内心的痛苦、郁闷。"①可以说,其他人眼中的虚妄和荒诞,在作者眼中却作为墨西哥固有的一种现实而存在。

又如马尔克斯的《百年孤独》中也充斥着不可思议的细节:

> 霍·阿卡蒂奥刚刚带上卧室的门,室内就响起了手枪声。门下溢出一股血,穿过客厅,流到街上,沿着凹凸不平的人行道前进,流下石阶,爬上街沿,顺着土耳其人街奔驰,往右一弯,然后朝左一拐,径直楚向布恩蒂亚的房子,在关着的房门下面挤了进去,绕过客厅,贴着墙壁(免得弄脏地毯),穿过起居室,在饭厅的食桌旁边画了条曲线,沿着秋海棠长廊蜿蜒行进,悄悄地溜过阿玛兰塔的椅子下面(她正在教奥雷连诺·霍塞学习算术),穿过库房,进了厨房(乌苏娜正在那儿准备打碎三十六只鸡蛋来做面包)。

这显然是具有魔幻色彩的细节,但在马尔克斯的小说中却以最精细的现实主义的手法描写出来。作者不仅仅是在运用写实手法传达魔幻化的内涵,在马尔克斯的观念中,魔幻其实是被当成现实中的一种真实存在来理解。正如他自己说过的那样:"我认为,魔幻情境和超现实的情境是日常生活的一部分,和平常的、普通的现实没有什么不同……不管怎样,加勒比的现实,拉丁美洲的现实,一切的现实,实际上都比我们想象的神奇得多。""我发现小说写的现实不是生活中的现实,而是一种不同的现实……支配小说的规律是另外一些东西,就像梦幻一样。生活中的现实,归根结底,是想象的复制,梦幻的复制。"②现实世界中是不会真正有死人的亡魂存在的,但是在马尔克斯和他童年时期的族人的眼中,人的世界却与鬼的世界共存。马尔克斯是这样回忆他童年时代的家庭的:"这座宅

---

① 参见屠孟超《胡安·鲁尔福全集·前言》,《胡安·鲁尔福全集》,第7—8页,云南人民出版社1993年9月版。

② 《两百年的孤独——加西亚·马尔克斯谈创作》,第99页,云南人民出版社1997年7月版。

院的每一个角落都死过人,都有难以忘怀的往事。每天下午六点钟之后,人就不能在宅院里随意走动了。那真是一个恐怖而又神奇的世界。常常可以听到莫名其妙的喃喃私语。""一到夜幕四合时分,就没有人敢在宅院里走动了,因为死人这时比活人多。"①这一切构成了支撑《百年孤独》中的民间信仰的世界,从而也构成了马尔克斯小说的"魔幻的现实化"的核心理念。马尔克斯说:"对我来讲,最重要的问题是打破真实的事物同似乎难以置信的事物之间的界限,因为在我试图回忆的世界中,这种界限是不存在的。"他的童年世界提供的正是这样一个打破了真实的事物同难以置信的事物之间界限的世界。同样,魔幻现实主义另一个代表作家阿斯图里亚斯也是这样看待印第安土著的:"客观物质世界与印第安传说中神的世界是相通的,梦幻和现实之间没有不可逾越的鸿沟。他们用迷信的眼光看待世界,给一切都涂上神秘的色彩。他们的周围变成一个半梦幻半现实的世界。阿斯图里亚斯把印第安人的这种认识世界的方法称为'二元观'。"②

魔幻现实主义小说常用的另一种手法是陌生化的技巧。所谓的陌生化,就是把人们熟知的事物以一种陌生的眼光或角度重新加以观照和传达,以重新造成一种新鲜感,重新唤醒人们对这一事物的认知和体验。如《百年孤独》中关于马孔多的第一代创始人布恩蒂亚带领孩子们见识他们从未见过的冰块的描写:

> 箱子里只有一大块透明的东西,这玩意儿中间有无数白色的细针,傍晚的霞光照到这些细针,细针上面就现出了五颜六色的星星。
>
> 霍·阿·布恩蒂亚感到大惑不解,但他知道孩子们等着他立即解释,便大胆地嘟囔说:
>
> "这是世界上最大的钻石。"
>
> "不,"吉卜赛巨人纠正他。"这是冰块。"
>
> 霍·阿·布恩蒂亚付了五个里亚尔,把手掌放在冰块上呆了几

---

① 转引自略萨《加西亚·马尔克斯:一个弑神者的故事》,《马尔克斯研究》,第26页,云南人民出版社1993年3月版。

② 转引自刘习良《魔幻与现实的融合》,《玉米人》,第6页,漓江出版社1986年3月版。

分钟,接触这个神秘的东西,他的心里充满了恐惧和喜悦。他不知道如何向孩子们解释这种不太寻常的感觉,又付了十个里亚尔,想让他们自个儿试一试。大儿子霍·阿卡蒂奥拒绝去摸。相反地,奥雷连诺却大胆地弯下腰去,将手放在冰上,可是立即缩回手来。"这东西热得烫手!"他吓得叫了一声。

这是马尔克斯笔下的一个堪称神奇的细节。它使冰块显示出了奇特的光芒,使读者也有一种神奇之感。读者正是借助小说中人物的眼光在重新打量冰块,从而使冰块产生了一种陌生化的效果。"陌生化"是俄国形式主义者什克洛夫斯基的著名理论,他认为:"艺术之所以存在,就是为使人恢复对生活的感觉,就是为使人感受事物,使石头显出石头的质感。艺术的目的是要人感觉到事物,而不是仅仅知道事物。艺术的技巧就是使对象陌生,使形式变得困难,增加感觉的难度和时间长度,因为感觉过程本身就是审美目的,必须设法延长。"布恩蒂亚和奥雷连诺感觉冰块的过程,正是使冰块陌生化的过程。它在一定程度上说明了为什么陌生化是魔幻现实主义普遍采用的技巧。"陌生化"的手法是使现实事物魔幻化的一种重要手段。

神话化也是魔幻现实主义小说普遍运用的法则。神话是受到20世纪西方现代主义作家青睐的文学形式。"社会的震荡使西欧知识界许多人确信:在文化薄层下,确有永恒的破坏和创造之力在运动;它们直接来源于人之天性和人类共有的心理及玄学之本原。为揭示人类这一共同的内蕴而力求超越社会—历史的限定以及空间—时间的限定,是19世纪现实主义向现代主义过渡的契机之一;而神话因其固有的象征性(特别是与'深蕴'心理学相结合),成为一种适宜的语言,可用以表述个人行为和社会行为的永恒模式以及社会宇宙和自然宇宙的某些本质性规律。"[1]魔幻现实主义小说中对神话的大量运用也与20世纪神话主义思潮密切相关,同时,拉丁美洲这块有着深远的神话传统的土地为魔幻现实主义作家们更普泛地运用神话提供了更充分的资源。

危地马拉是古代玛雅—基切人的故乡。《波波尔·乌》堪称是玛雅—

---

[1] 叶·莫·梅列金斯基《神话的诗学》,第4页,商务印书馆1990年10月版。

基切人的"圣经",里面有一个关于玉米人的神话传说:"在印第安人心目中,人靠吃玉米维持生命,玉米即是人;人死后可以使土地肥沃,帮助玉米生长,人即是玉米。"①在这个意义上说,危地马拉作家阿斯图里亚斯的小说《玉米人》的核心构思以及"玉米人"的形象正是出自危地马拉土著印第安玛雅—基切人的神话《波波尔·乌》。

马尔克斯的《百年孤独》更是神话传说的集大成。加拿大文学理论家弗莱总结了几种神话原型:天堂神话、原罪与堕落神话、出埃及记神话、田园牧歌神话、启示录神话,等等。这些神话原型在《百年孤独》中几乎都得到了印证。研究者们认为,《百年孤独》模仿了《圣经》中从"创世纪"和"伊甸园"一直到"启示录"的所有核心情节。小说中的第一代领导人布恩蒂亚离开故乡去寻找新的乐园就酷似摩西带领犹太人"出埃及"。小镇马孔多的建立则是一个地地道道的创世神话,也是一个伊甸园的田园牧歌神话。而最终马孔多的堕落及毁灭则是原罪和堕落神话的体现,也可以看成是一个末日神话,一种启示录。此外,马尔克斯还吸纳了世界上众多的神话和传说。如第一代布恩蒂亚杀了人之后受鬼魂纠缠就是取材于印第安传说;俏姑娘雷梅苔丝乘着床单白日升天的情节则受到《天方夜谭》的影响;马孔多一连下了四年十一个月零二天大雨的故事则有流传于世界各地的洪水神话的影子……神话原型的运用,最终使《百年孤独》成为一个整体性的象征,从而使马孔多不仅是拉丁美洲的一个缩影,也上升为整个人类生存状况的一个隐喻。用马尔克斯自己的话来说:"与其说马孔多是世界上的某一个地方,还不如说是某种精神状态。"②这种对人类生存状况和精神状态的传达,可以看作是整个魔幻现实主义小说家在运用神话资源的过程中具有普遍性的追求。

第三节 《百年孤独》

拉美魔幻现实主义这一潮流中声望最高的作者公认是哥伦比亚小说

---

① 刘习良《魔幻与现实的融合》,《玉米人》第8页,漓江出版社1986年3月版。
② 加西亚·马尔克斯、门多萨《番石榴飘香》,第111页,三联书店1987年8月版。

家加西亚·马尔克斯。

马尔克斯 1928 年 3 月 6 日生于哥伦比亚大西洋边的小镇阿拉恰达卡,童年一直住在外祖母家,深受外祖母讲给他听的印第安神话和传说故事的影响,当他后来试图创作《百年孤独》,却一直找不到合适的语调的时候,启示他的正是他的外祖母:"她不动声色地给我讲过许多令人毛骨悚然的故事,仿佛是她刚刚亲眼看到的似的。我发现,她讲得沉着冷静、绘声绘色,使故事听来真实可信。我正是采用了我外祖母的这种方法创作《百年孤独》的。"①

马尔克斯 18 岁考上波哥大国立大学法律系,中途辍学之后成为记者,在文学趣味上深受海明威、福克纳和卡夫卡的影响,既而开始文学创作。第一次发表作品是在 1947 年,此后发表有中篇小说《枯枝败叶》(1955)、《没有人给他写信的上校》(1961),短篇小说集《格郎德大娘的葬礼》(1962)、《恶时辰》(1962)等。1967 年问世的《百年孤独》则使他蜚声世界。此后还著有长篇小说《家长的没落》(1975)和《霍乱时期的爱情》(1985)。1982 年获得了诺贝尔文学奖。

《百年孤独》是马尔克斯最重要的作品。另一位诺贝尔文学奖获得者、智利大诗人聂鲁达称它是"塞万提斯的《堂·吉诃德》之后最伟大的西班牙语作品";美国小说家约翰·巴思则认为《百年孤独》是 20 世纪下半叶"给人印象最深的一部小说,而且是任何一个世纪这类杰出作品中的杰作"。可以预见,《百年孤独》必将成为 20 世纪不可多得的经典之作。

《百年孤独》写的是布恩蒂亚创建马孔多小镇的具有开天辟地的神话色彩的经历以及马孔多小镇由盛到衰直至消亡的百年历史。布恩蒂亚是家族的第一代创始人,他与妻子乌苏娜因为对原罪——两个人是近亲结合,所以始终担心生出长着猪尾巴的后代——的恐惧而离开家乡,开辟了马孔多这个新的家园。此后的布恩蒂亚家族历经七代,马孔多小镇也经历了百年历史,其间有外部文明和政治经济势力的入侵,有自由党和保守党的纷争,有香蕉种植业的繁盛、工人的罢工以及政府的镇压,最终则

---

① 《两百年的孤独——加西亚·马尔克斯谈创作》,第 18 页,云南人民出版社 1997 年 7 月版。

是小镇和整个家族在顷刻之间被飓风毁灭。

小说集中塑造的是布恩蒂亚家族一个个具有家族特征的奇特的人物形象。作者为了突出家族史的中心线索,为布恩蒂亚家族的后代都取名阿卡蒂奥和奥雷连诺。"所有的阿卡蒂奥们表现出坚强的魄力,一种可怕的、动物式的精力,驱使他们去从事当时各种令人敬畏的活动";"另一方面,所有的奥雷连诺们则都是稳重、沉着、有理性的谦谦君子,其最突出的特征是头脑清醒、颇工心计。与何塞·阿卡蒂奥们的间或冲动相反,奥雷连诺们生来就善于思考,具有从事宏大事业的天资"。[①]但尽管阿卡蒂奥和奥雷连诺们"相貌各异,肤色不同,脾性、个子各有差异,但从他们的眼神中,一眼便可辨认出那种这一家族特有的、绝对不会弄错的孤独神情"[②]。这是一个孤独的家族,几乎每个成员都忍受着孤独的宿命。当被问及"布恩蒂亚家族的孤独感源出何处"时,马尔克斯回答说:"我个人认为,是因为他们不懂爱情。布恩蒂亚整个家族都不懂爱情,不通人道,这就是他们孤独和受挫的秘密。我认为,孤独的反义是团结。"[③]在这里,马尔克斯透露的是创作《百年孤独》的核心意图。马尔克斯曾说,"《百年孤独》不是描写马孔多的书,而是表现孤独的书"。它的核心主题就是孤独。正是孤独,构成了"家族的人一个个相继失败的原因,也是马孔多毁灭的原因"。"孤独的反面是团结,是个政治观念,而且是个很重要的政治观念。"从这个意义上说,马尔克斯是从整个拉丁美洲的地缘政治学的立场出发来思考孤独的主题。他反思的是整个拉丁美洲,他的诺贝尔领奖词的题目《拉丁美洲的孤独》也印证了这一点。无论是拉丁美洲的视野,还是"百年"的时间尺度,都升华了孤独的主题:这不是某一个人的孤独,也不是一个家族的孤独,甚至也不仅是马尔克斯的祖国哥伦比亚的孤独。"拉丁美洲"以及"百年"的字眼使孤独的主题最终与整个拉丁美洲的广袤大陆以及一个世纪的漫长历史联系在一起。马尔克斯试图把马孔

---

① 〔美〕吉纳·赫·贝尔—维亚达《〈百年孤独〉的人名及叙述模式》,《加西亚·马尔克斯研究》,第333页,云南人民出版社1993年3月版。

② 转引自《加西亚·马尔克斯与他的〈百年孤独〉》,《百年孤独》,第Ⅲ页,上海译文出版社1984年8月版。

③ 加西亚·马尔克斯、门多萨《番石榴飘香》,第109页,三联书店1987年8月版。

多写成一个落后、封闭的殖民地国家和地域的象征。帝国主义的入侵和掠夺，不仅没有为马孔多带来现代文明，反而最终使之走向毁灭。尽管马孔多小镇最后被飓风从地面上一扫而光、从人们的记忆中彻底抹掉只是小说中的一种象征性的结局，但这种结局却对拉丁美洲大陆的政治生命有一种政治警示的作用。对孤独与死亡的抗争由此构成了小说的真正的意图，正像马尔克斯的诺贝尔文学奖领奖词《拉丁美洲的孤独》所说："面对压迫、掠夺和歧视，我们的回答是生活下去。任何洪水、猛兽、瘟疫、饥馑、动乱，甚至数百年的战争，都不能削弱生命战胜死亡的优势。""命中注定遭受百年孤独的家族，最终会获得并将永远享有出现在世上的第二次机会。"

《百年孤独》在艺术上也取得了卓越的成就。其艺术性除了体现为魔幻现实主义技巧的集大成以及对神话传说世界的再现之外，也体现为独具匠心的小说叙事结构。小说的第一句就非同凡响：

> 许多年之后，面对行刑队，奥雷连诺上校准会想起，他父亲带他去见识冰块的那个遥远的下午。

这一句奠定了小说总体时间框架的基础。它不仅仅是为了展现"见识冰块"这一小说的初始情节，而且在一句话中包含了时间的三个向度：过去、现在与未来。小说的叙事者不是像一般回忆性小说那样站在全部故事的终点去回溯已经发生的情节，而是选择了一个不确定的"现在"，既能回溯过去，又能预叙未来，从而囊括了小说的三个时空。这种具有"三维"特征的叙述时空的设置，有助于小说凸显百年孤独的主题，也有助于表现布恩蒂亚家族乃至整个拉丁美洲的历史沧桑。有研究者指出：

> 这种既可以顾后，又能瞻前的循环往返的叙事形式，织成一个封闭的圆圈：
>
> 多年以后
> 自然时序
> 过去那个遥远的下午……………………将来上校面对行刑队
> 情节主线
> 准会想起

叙述者的着眼点从奥雷连诺上校面对行刑队陡然跳回到他幼年时认识冰块的那个遥远的下午,以描述马孔多初建时的情景,然后又从马孔多跳回到"史前状态",再从"史前状态"叙述马孔多的兴建、兴盛直至奥雷连诺上校站在行刑队面前回想起他父亲带他去见识冰块的那个遥远的下午并由此派生出新的情节。这样,作品的每一个"故事"往往从终局开始,再由终局回到相应的过去和初始,然后再循序展开并最终构成首尾相连的封闭圆圈……从而强化了马孔多孤独的形态。①

【思考题】

1. 魔幻现实主义小说常用的艺术手法有哪些?
2. 如何理解魔幻现实主义小说中"现实"与"魔幻"的关系?
3. 如何理解《百年孤独》的主题?

---

① 陈众议《拉美当代小说流派》,第108—109页,社会科学文献出版社1995年2月版。

百年孤独(存目)

〔哥伦比亚〕加西亚·马尔克斯

【导读】

1.《百年孤独》写的是布恩蒂亚创建马孔多小镇的经历以及马孔多小镇由盛到衰直至消亡的百年历史。布恩蒂亚是家族的第一代创始人,他与妻子乌苏娜是近亲结合,所以始终担心生出长着猪尾巴的后代。带着这种恐惧,他们离开家乡,开辟了马孔多这个新的家园。此后的布恩蒂亚家族历经七代,马孔多小镇也经历了百年历史,其间有外部文明和殖民主义的入侵,有自由党和保守党的纷争,有香蕉种植业的繁盛、工人的罢工以及政府的镇压,最终则是小镇和整个家族在顷刻之间被飓风毁灭。

2.《百年孤独》开头第一句真正引出的具有实质性的事件是奥雷连诺上校小时候跟着父亲去见识冰块。这一情节有着很丰富的含义:

> 许多年之后,面对行刑队,奥雷连诺上校准会想起,他父亲带他去见识冰块的那个遥远的下午。当时,马孔多是个二十户人家的村庄,一座座土房都盖在河岸上;河水清澈,沿着遍布石头的河床流去,河里的石头光滑、洁白,活像史前的巨蛋。这块天地还是新开辟的,许多东西都叫不出名字,不得不用手指指点点。

评论者说这一段有《圣经》"创世记"的意味,"史前的巨蛋"、"这块天地还是新开辟的,许多东西都叫不出名字,不得不用手指指点点"等语也暗示了开辟鸿蒙的特征,事物都有待命名,所以是一种创世神话。但更有意味的是接下来写每年三月都会出现吉卜赛人。他们向马孔多的居民介绍科学家的最新发明:神奇的磁铁。布恩蒂亚认为可以用磁铁开采地下的金子,就用一匹骡子和两只山羊换下两块磁铁,然后念着咒语,勘察了周围整个地区。"但他掘出的惟一的东西,是15世纪的一件铠甲,它的各部分都已锈得连在一起,用手一敲,铠甲里面就发出空洞的回声,仿佛一只塞满石子的大葫芦。"这就是小说的第一章,它没有从整个故事的最早时间——也就是家族的来源写起,而是以吉卜赛人带来磁铁和冰块的情节作为开头,它的象征性意味在于:吉卜赛人以及磁铁、冰块,都标志着一种外来的异质文明对马孔多小镇的侵入。从而小说在一开始就引入了外来文明的因素:既有进步的现代技术和观念,也有殖民主义的血腥统治,表明马孔多从"创世"的时候就与外部世界发生了盘根错节的关系,也使《百年孤独》的主题更复杂。

3.《百年孤独》开头对冰块的描写显得十分神奇,布恩蒂亚甚至称它为"我们这个时代最伟大的发明"。其中一个原因就是马孔多的酷热难当。第二章写当初布恩蒂亚离开自己原来的故乡寻找新的生存空间,翻山越岭想到海边去,但却始终没到达海边,在沼泽地里流浪了几个月。接下来写布恩蒂亚做了一个梦:

> 营地上仿佛矗立起一座热闹的城市,房屋的墙壁都用晶莹夺目的透明材料砌成。他打听这是什么城市,听到的回答是一个陌生的、毫无意义的名字,可是这个名字在梦里却异常响亮动听:马孔多。翌日,他就告诉自己的人,他们绝对找不到海了。他叫大伙儿砍倒树木,在河边最凉爽的地方开辟一块空地,在空地上建起了一座村庄。
>
> 在看见冰块之前,霍·阿·布恩蒂亚始终猜不破自己梦见的玻璃房子。后来,他以为自己理解了这个梦境的深刻意义。他认为,不久的将来,他们就能用冰这样的普通材料大规模地制作冰砖,来给全村建筑新的房子。当时,马孔多好像一个赤热的火炉,门闩和窗子的铰链都热得变了形;用冰砖修盖房子,马孔多就会变成一座永远凉爽的市镇了。

作者马尔克斯的祖国哥伦比亚正好被赤道穿过,是热带中的热带。可以说,这种关于用冰砖盖的玻璃房子和玻璃城市的幻想是与马孔多这种郁热的热带环境分不开的。读《百年孤独》你会一直体验这种"热带的神秘"。小说的"魔幻现实主义"在很大程度上建立在整个热带气氛中。郁热的气息构成了《百年孤独》中马孔多的生存境遇。而关于冰块盖成的玻璃房子的匪夷所思的想象正好反衬了这种热带的神秘。

第六章　黑色幽默

第一节　概述

黑色幽默(Black humor)是美国20世纪60年代出现的一个小说流派。1965年3月，弗里德曼编了一本名为《黑色幽默》的短篇小说集，收入十二个作家的作品，"黑色幽默"这一文学派别便由此而来。其代表作家有约瑟夫·海勒(1923—　)、小库尔特·冯尼格(1922—　)、约翰·巴思(1930—　)、托马斯·品钦(1937—　)、唐纳德·巴赛尔姆(1931—1989)等。

西方文学界对"黑色幽默"有着各种各样的解释：哈利·肖在《文学名词辞典》(1973)里说，黑色幽默又叫黑色喜剧，它是一种荒诞的、变态的、病态的幽默，"由于它对当代社会常常采取不相容的态度，因此又叫病态幽默"。雷蒙德·奥尔德曼在《越过荒原》(1972)一书的序言中说，黑色幽默是一种把痛苦与欢笑、荒谬的事实与平静得不相称的反应、残忍与柔情并列在一起的喜剧，并称黑色幽默作家对待意外、倒行逆施与暴行，能像丑角那样一耸肩膀，一笑了之。①《大英百科全书》认为，"'黑色幽默'是一种绝望的幽默在文学上的反映，它试图引出人们的笑声，作为对生活中显而易见的无意义和荒诞的最大的反响"。这些解释可以说大

---

① 参见袁可嘉等选编《外国现代派作品选》第三册(下)，第621页，上海文艺出版社1984年8月版。

同小异,基本上都可以看成是对"黑色幽默"这一小说流派固有的创作特点的概括和归纳。

"黑色幽默"小说家集中写的是社会现实处境的荒谬及其对人的个体存在的挤压,"以一种无可奈何的嘲讽态度表现环境和个人(即'自我')之间的互不协调,并把这种互不协调的现象加以放大,扭曲,变成畸形,使它们显得更加荒诞不经,滑稽可笑,同时又令人感到沉重和苦闷,因此,有一些评论家把'黑色幽默'称为'绞架下的幽默'或'大难临头时的幽默'"①。

人类早已有之的幽默本来是引发笑声的健康愉快轻松的幽默。幽默中有乐观的态度,有通达和自信,就像恩格斯曾经说过的那样,幽默是人们"对自己的事业具有信心"的表现。德国美学家里普斯则说,幽默是"一种在喜剧感被制约于崇高感的情况下产生的混合感情"。这是传统意义上的幽默。相比之下,黑色幽默则匮乏传统幽默中的那种乐观态度和崇高感受,它是后现代社会彻底丧失崇高感和严肃感之后在文学上的反映。诗人 T. S. 艾略特早就预见了现代世界将以一种滑稽可笑的方式告终:

> 世界就是这样告终
> 世界就是这样告终
> 世界就是这样告终
> 不是嘭的一响,而是嘘的一声

世界的终结是一种如膨胀的气球泄气时的情形,没有壮烈,没有崇高,甚至没有悲哀,有的只是滑稽可笑,于是作家们的应对态度也必然是一种哭笑不得的姿态。

黑色幽默丧失的正是自信乐观和居高临下的优越感。奥尔德曼在《越过荒原》中说得好:黑色幽默作家"永远不能居高临下,高瞻远瞩;他永远只能是自己题材的一部分。他必须承认周围的疯狂,同时还必须承认对于这种疯狂他也有所贡献;然后他用大笑来控制所承认的痛苦;同时

---

① 《中国大百科全书·外国文学》第Ⅰ卷,第 439 页,中国大百科全书出版社 1982 年 5 月版。

也控制自己,从而停止促进世界的疯狂"①。换句话说,每个黑色幽默作家都是这个具有黑色幽默色彩的世界之中的结构性存在,当他呈现了世界的疯狂,也就使自己的创作成为疯狂世界的一部分。

1960年代的美国正是充满动荡甚至疯狂的时代,"在战后的十五年中,无休止的冷战和热核战争的阴影使所有的战争都显得道德上暧昧不明,甚至完全丧失理智;而处在长期围困中的整个文化似乎也濒临疯狂"②。肯尼迪遇刺、黑人人权斗争、学生反战运动、垮掉了的一代的嬉皮士潮流……一系列具体事件,都是动荡的时代的外在表象,对美国人的生活和心理造成巨大的影响,一代人对变幻莫测的社会产生了怀疑主义的情绪和悲观失望的心理,这一切构成了黑色幽默得以产生的社会历史和文化心理的根源。

如果说,艺术是对现实的折射,那么,黑色幽默小说家在艺术中寻找到的首先是变形、夸张的手法。既然世界是不可理喻的,是荒诞离奇的,那么,它的呈现方式也必然是非逻辑的、非理性的,是一种类似显微镜的放大的手法,或者哈哈镜的变形手法,从而呈现给我们的是正常情况下无法看到的怪异景象,荒诞的效果由此呼之欲出。夸张与变形的手法早在卡夫卡那里就得到了集中的运用,但是到了黑色幽默中,则达到了无以复加的地步。可以说,呈现一个荒诞世界的最好的方法就是夸张,譬如海勒的《第二十二条军规》写美国空军一个中队的伙食管理员米洛利用战争发财,大搞"跨国公司",竟然与德国人签订合同,用自己的飞机轰炸自己的空军基地:

> 一天晚上,吃了一顿丰盛的晚餐以后,米洛的全部轰炸机和战斗机一齐起飞,于空中编队后,轰炸了美军自己飞行大队的驻地,因为他和德国人签订了另一份合同,这次是规定要炸毁他自己的全套装备。米洛的飞机分几路协同一致袭击,轰炸了美军机场的汽油库、弹药库、修理棚以及停机坪上的B—25轰炸机,只有起落跑道和各

---

① 转引自陈慧《西方现代派文学简论》,第213页,花山文艺出版社1985年3月版。
② Morris Dickstein《伊甸园之门——六十年代美国文化》,第106页,上海外语教育出版社1985年8月版。

个食堂得以幸免。这是因为他们完成轰炸任务之后可以在那条跑道上着陆,然后在休息之前可以在食堂里吃一顿热快餐。……他们炸毁了四个中队,军官俱乐部和大队部办公楼。官兵们逃出帐篷,惊恐万状,晕头转向。一会儿工夫,地上到处都是哀号呼救的伤员。

这是匪夷所思的故事,但是它却以一种夸张的手法表现了战争中可能发生的极端化情形。重要的不是在战争中这种事情是否真正发生,而是它是否有可能发生。所以尽管极尽夸张和变形之能事,但是它所摹写的一切,却都可能具有现实的依据,就像《伊甸园之门——六十年代美国文化》一书所说:"六十年代的黑色幽默小说不仅对历史深感兴趣,而且对自己时代的历史进行了令人惊叹地模拟。这种模拟主要是通过它们的整个想象方式而不是其实际题材来实现的。我们在书中见到的那种矛盾和荒诞的现象,那种闹剧、暴力和歇斯底里的混合体,同样存在于各种战争、骚乱、运动、暗杀和阴谋之中,也存在于六十年代精神的各种更微妙而不引人注目的表现之中。"①这里,对社会的模拟正是通过诸如夸张、变形化的想象方式完成的,但是这种夸张又不是完全不着边际的,其中仍有现实的逻辑依据。

滑稽讽喻是黑色幽默经常运用的另一种文学技法。它既是一种嘲讽,又充满游戏调侃态度,并且常常对文学史上早已成名的经典作品进行滑稽模仿,通过这种滑稽模仿彻底颠覆文学经典的严肃性。譬如巴赛尔姆的小说《白雪公主》就是对格林兄弟那部家喻户晓的同名童话的仿写,但是巴赛尔姆的黑色幽默版的《白雪公主》则以一种游戏的方式解构了美丽的童话世界。小说一开始就以戏谑的方式描绘白雪公主的形象:

> 她是一位黑美人,高个子,身上长着许多美人痣:胸上一颗,肚子上一颗,膝盖上一颗,脚踝上一颗,臀部上一颗,脖子后面一颗。它们全长在左边,从上到下,几乎能列成一排:

---

① Morris Dickstein《伊甸园之门——六十年代美国文化》,第127页,上海外语教育出版社1985年8月版。

> .
>
> > .
> >
> > > .
> > >
> > > > .
> > > >
> > > > > .

她的头发黑如乌木,皮肤洁白如雪。

  这一段小说的开头戏拟了格林的童话《白雪公主》,而用图解的方式直观地显示公主身上的美人痣更是匪夷所思,堪称滑稽讽喻的神来之笔。
  从小说结构的角度看,传统小说那种连贯性的叙事格局在黑色幽默中彻底消失。黑色幽默小说家们更普遍遵循的是碎片化的结构逻辑,常常把小说写成零散的断片。碎片化和集锦化是黑色幽默的一大特征。譬如巴赛尔姆就自称喜爱片断:"碎片是我信赖的惟一形式。"[1]在某种意义上说,碎片的方式本身就构成了分崩离析的社会生活和价值观念的如实写照。巴赛尔姆的《白雪公主》在小说结构上打破了原来的童话连贯的叙述,以零散化的片断组成,这些片断既有平庸的日常生活的细节呈现,也有小说中的人物不着边际的宏论,还有白雪公主的意念闪回。又如小库尔特·冯尼格的小说《顶刮刮的早餐》,关于人的机器属性的哲理思辨,对后现代社会中的商品广告的援引,穿插在文字之间的诸如卡车、手枪、电灯开关的大量插图,关于自由女神的火炬像一个燃烧着的蛋卷冰淇淋一类富于解构色彩的想象,都以片断化的形式组合在小说之中。

第二节 代表作家

  本节中,我们集中介绍的黑色幽默代表作家有唐纳德·巴赛尔姆、托马斯·品钦、小库尔特·冯尼格、约翰·巴思等。黑色幽默的另一代表作家约瑟夫·海勒则在下一节中集中讨论。

---

[1] 转引自 Morris Dickstein《伊甸园之门——六十年代美国文化》,第 127 页,上海外语教育出版社 1985 年 8 月版。

唐纳德·巴赛尔姆 1931 年生于费城，当过记者，1950 年代中期曾担任休斯敦博物馆馆长，1960 年代在《纽约客》杂志上集中发表小说，著有短篇小说集《回来吧，卡利加里博士》(1964)、《不齿的习俗、怪僻的行为》(1968)、《城市生活》(1970)、《业余爱好者》(1976)，中篇小说《白雪公主》(1967)，长篇小说《亡父》(1975)等。

巴赛尔姆是美国 1960 年代最具实验色彩的小说家之一，在一代具有叛逆倾向的青年人中尤其有影响，他的小说也受到后起的青年作家的效仿。《亡父》问世的时候，巴赛尔姆已经成为美国文坛瞩目的人物之一，《纽约时报·书评周刊》称巴赛尔姆所到之处，居然引起了人们浑身"离子的爆炸声"，因为他占领了"现代意识的中心"。①

《白雪公主》是对格林兄弟同名童话的戏拟式改写。原来的童话的华丽宫殿和幽静森林的背景已经被改为充斥着汽车、飞机、吸毒、性病的美国现代都市。巴赛尔姆以黑色幽默固有的游戏和戏谑的方式解构了美丽的神话世界，小说中的白雪公主过的也是庸俗不堪的生活，她的日常生活是单调乏味的，整天和七个小矮人一起忙着洗刷楼房，清理煤气灶和烤箱，制造婴儿食品，还得了性病，沉浸在孤芳自赏的虚荣之中。一切都与美丽的童话大相径庭。这无疑是对美丽的童话的消解，在这种反差中作者以反讽的方式呈现了后现代生活远离童话世界，只有混乱、矫情、庸俗不堪的真实面相。

《白雪公主》也反映了黑色幽默小说把多重文体与文类杂糅在一起的特征。白雪公主曾经在大学里学过文学，她的意念往往又与学术性的文化论题有关，小说中因此充斥了关于悲剧和诗歌的学术讨论。此外读者还能在小说中读到书信，读到毫无文学色彩的平铺直叙的公文写作，读到长达一页的王子名单，排列了三十多个王子的姓名。在第一部结束后巴赛尔姆还针对读者设计了关于小说阅读的问答题，譬如："你喜欢目前这个故事吗？""白雪公主是否像你记忆中的那个白雪公主？""你认为创造新形式的歇斯底里对今天的艺术家是否是一种可行的行为？""你是站

---

① 转引自袁可嘉等编《外国现代派作品选》第三册（下），第 766 页，上海文艺出版社 1984 年 8 月版。

着读书？还是躺着，坐着？"等等。这一切，使小说成为多种文体和文类的大杂烩。

托马斯·品钦(1937—　)出生于纽约州的格仑谷，曾在康奈尔大学读书，毕业后在海军服役。他的长篇小说有《V》(1963)、《49年人群的呼喊》(1966)和《万有引力之虹》(1973)等。《V》中的V是个神秘的符号，随着小说的展开读者可以发现，V既代表一个神秘的女人，同时又"不是某个人，而是某种事物。它究竟是什么，天晓得"。小说的核心线索之一就是写主人公斯坦西尔对V的寻求，最终发现"V不过是一个散乱的概念"，而主人公对V的寻求也可以看作是一种"学术上的探索，一种精神上的追求"，V最终的不可获解也象征着世界的混乱与本质的空无。《万有引力之虹》的时间背景是第二次世界大战临近尾声的1944年，从情节上看，小说具有主导性的线索写的是一个美军中尉奉命去执行一个任务：预见德国人袭击伦敦的V-2火箭的着落点。而奇怪的是，每次遭到V-2火箭攻击的着洛点总是一个美国军官斯洛思罗普与女人发生关系的地方。于是军方的研究专家从统计学、弗洛伊德的心理分析学说、巴甫洛夫的条件反射学说等等角度探讨这种神秘的感应关系，并决定把斯洛思罗普派到敌后，利用这种感应刺探火箭的秘密。小说接下去写了"最极端的猥亵描述和到了极限的色情受虐狂内容"。英国学者伯吉斯指出："如果说《万有引力之虹》常常让人感到恶心，那是有正当理由的。归根到底，这是一部为了结束一切战争而写战争的书。"①小说把战争科技与人的欲望结合在一起，最终试图证明两者都会使人类走向毁灭之途，而宇宙也将在一种"热寂"的状态中走向最终的结局。"万有引力之虹"——火箭运行过程中走过的弧线——则象征着这种人与宇宙最终的灭亡。这部小说被看作是堪与乔伊斯的《尤利西斯》媲美的巨著。从文体上看，它也的确像《尤利西斯》那样，杂烩了众多的文体类型，如滑稽小品、喜剧、侦探小说、历史小说、哲学文本等，在内容上也追求五花八门的囊括性，包括现代物理、化学、弹道学、高等数学、社会学、人类学、性变态理论等等，具

---

① 康诺利,伯吉斯《现代主义代表作100种提要·现代小说佳作99种提要》,第198页,漓江出版社1988年4月版。

有一种后现代主义大百科全书式的野心。

小库尔特·冯尼格（1922—　）是1960年代另一具有代表性的作家，在知识分子和大学生中间有广泛的影响，著有长篇小说《猫的摇篮》（1963）、《五号屠宰场》（1969）、《顶刮刮的早餐》（1973）等。其中的代表作《五号屠宰场》是一部融战争与科幻于一体的小说。冯尼格参加过第二次世界大战，当过德军的俘虏，目击了1945年德累斯顿十几万人葬身火海的盟军大轰炸，这难忘的经历在《五号屠宰场》中得到了集中的反映。但是小说的黑色幽默特征反映在主人公比利具有一种在时间中任意穿行的本领：

> 比利·皮尔格瑞姆挣脱了时间的羁绊；他就寝的时候是个衰老的鳏夫，醒来时却正举行婚礼。他从1955年的门进去，却从另一扇门——1941年出来。他再从这扇门回去，却发现自己在1963年。他说他多次看见自己的诞生和去世，发生在这生死之间的事情他不按顺序地任意造访。

小说还写比利被绑架到另一个星球——特拉法麦多尔星上的穿越时空的游历。他自称是"来自一个自打有时间起就不停地进行无意义屠杀的星球"，对特拉法麦多尔"一整个星球上的人竟能和平共处"表示吃惊，并试图向他们打探如何才能和平共处的秘密，以期把经验带回去拯救地球。这显然是在滑稽中表达严肃的主题。因此，虽然有人认为他的作品大都是科学幻想小说，但他并不承认。可以看出，冯尼格只是借用了科幻小说的外壳，骨子里则仍是黑色幽默的调侃和冷酷，在小说中有着更为超越的关于人类向何处去的思考，有着对人类危机处境的关注。《顶刮刮的早餐》的叙事者也有一种超然的叙述调子，他借着外星球的视角，以一种陌生化的眼光打量地球上的一切，那些看似天经地义的事情都一下子呈现出不合理性。比如小说以这样的方式评论所谓哥伦布发现美洲新大陆的1492年：

> 教师告诉孩子们说，这是人类发现他们的大陆的日期。事实上，在一四九二年，这个大陆上已有千百万人居住，过着丰富多彩的生活。这一年只是来了强盗，对他们进行了欺诈、掠夺和屠杀。

小说的基本观念是借助反讽化的叙事者之口说出的:"我在本书中表示了这样的疑虑:人类是机器、是机器人。""我还有意把人类想象成橡皮大试管,里面起着激烈的化学变化,在我孩提时,我看见不少人甲状腺肿。……这些不幸的地球人甲状腺肿得就像喉咙上结着笋瓜。"这种人变成了机器的思想,反映着作者对后现代社会机械化和物化发展态势的忧虑,是对现代主义诸种流派所关注的文学主题的沿承和发展。书名所谓"顶刮刮的早餐"则是信手拈来的美国通用面粉公司用来推销一种谷物早餐的广告语,小说在此"顺手牵羊"地表达了对商品化趋势的冷嘲热讽。

约翰·巴思(1930—)是个教授小说家,从1951年起先后在约翰·霍普金斯大学、宾夕法尼亚大学以及纽约州立大学任教,著有小说《烟草经纪人》(1960)、《羊童贾尔斯》(1966)、《信札》(1979)等。1967年,他写出了著名的论文《枯竭的文学》,指出在当代文学创作中,"某些形式已经枯竭,某些可能性已经试尽",从而在自己的创作中努力为小说寻找新的领地,为小说形式探索新的可能性。

《羊童贾尔斯》的主人公贾尔斯是伴随山羊长大的,故称为羊童,抚养他的是一个养了一大群山羊的教授。与羊为伍的生涯使贾尔斯感到"山羊比人更有人性,人比山羊更有山羊性"。后来贾尔斯进了大学,取名乔治,并成了一个著名导师。这个故事从情节的角度看可以说是一篇成长型的寓言小说。《羊童贾尔斯》被英国学者安东尼·伯吉斯认为"是只有美国大学教授才写得出来的","这本书是一则寓言,一部戏拟之作,一篇教诲性的论文,一个比喻故事,一卷宗教典籍,认真地对待它会导致对它的玩世不恭"。① 这说明了小说有多重风格、多种指向,有游戏性和戏拟性。这种游戏性体现在约翰·巴思在叙述主要故事之前,首先设计了一系列出版者和编辑对这部小说的介绍材料和审读意见,还设计了一封来信试图证明小说的文字其实是出自一个叫贾尔斯的大学生之手,讲的是这个大学生自己的故事。这种实验性的叙述方式被称为"元叙述",

---

① 康诺利、伯吉斯《现代主义代表作100种提要·现代小说佳作99种提要》,第185页,漓江出版社1988年4月版。

即对小说是如何被叙述出来的过程的一种叙述。而这种包含了元叙述的小说也被称为"元小说",即所谓"关于小说的小说"。这一话题在下一章《后现代主义写作》中,我们还会更详细地阐述。

第三节　海勒及其《第二十二条军规》

约瑟夫·海勒,生于纽约,1941 年在林肯中学毕业,1942 年加入美国空军,1944 年从空军学校毕业后上了意大利战场,到 1945 年大战结束共执行了 60 次飞行轰炸任务,这一参战经历成了他日后创作著名的《第二十二条军规》的难得的素材。1948 年在纽约大学获得文学学士学位,1949 年在哥伦比亚大学获得英国文学硕士学位,1950 年从牛津大学进修回国,此后在大学任过教,当过编辑,1974 年成为职业作家。著有长篇小说《第二十二条军规》(1961)、《出了毛病》(1974)、《像戈尔德一样好》(1979)、《上帝知道》(1985)等。

《第二十二条军规》问世之后很快就成为热门畅销书,仅在美国本土,十年间就发行了八百多万册,成为了解 1960 年代美国社会和文化思潮的必读书,也被文学史家称为"六十年代的最佳小说"[①]。

《第二十二条军规》写的是第二次世界大战争期间一支驻守在地中海某个小岛上的美国空军中队的故事。它显然是一部战争小说,但是战争在小说中却是以一个总体背景出现,具体的战争场景不是小说的中心所在。海勒自己说过:"我对战争题材不感兴趣。在《第二十二条军规》里,我也并不对战争感兴趣。我感兴趣的是官僚权力机构中的个人关系。"[②]具体说来,海勒感兴趣的是作为小说构思的核心的"第二十二条军规",是"第二十二条军规"所象征的现代统治方式,是"第二十二条军规"所隐喻的人类荒谬的存在处境。"在这里,战争的荒诞只是世界荒诞的

---

① Morris Dickstein《伊甸园之门——六十年代美国文化》,第 117 页,上海外语教育出版社 1985 年 8 月版。

② 转引自《当代美国小说概念》,《当代外国文学》1985 年第 2 期,第 159 页。

一种极端形式。"①而且,这种荒诞感所由以产生的直接根源也许不完全是作者在战争中的原初体验。这里重要的不是故事叙述的年代,而是叙述故事的年代,具体说来,作者的荒诞感直接产生于战后的危机体验。诚如海勒自己所说:"尤索林的情感并非我在战时的情感,我是战后才体会到的。这本书在更大程度上是对50年代的反映,对麦卡锡时期的反映。在《第二十二条军规》中,我写下了自己对一个处于混乱中的国家的感受,我们至今仍在忍受这种混乱,二次大战时暂时的举国一致分崩离析了。你们会注意到,《第二十二条军规》的背景是大战的最后几个月,当时这种分崩离析已经开始了。"②在这个意义上,"第二十二条军规"作为一个生存的总体隐喻是直接指向当代世界的生存现状的。

究竟什么是"第二十二条军规"(Catch-22)呢? 在小说中"第二十二条军规"意指一个圈套,一个陷阱。当主人公尤索林问丹尼卡医生既然有军规可本,为什么不让疯子奥尔停止飞行时,小说出现了下面这一经典情节:

> 尤索林严肃认真地望着丹尼卡医生,想从另一个方向再来试一下。"奥尔是不是疯了?"
>
> "他当然是疯子啰,"丹尼卡医生说。
>
> "你能不能让他停止飞行呢?"
>
> "当然能。可是首先他得向我提出要求。军规中有这一条。"
>
> "那么他为什么不向你提出要求呢?"
>
> "因为他是疯子嘛,"丹尼卡医生说。"他几次三番死里逃生,可是他还在执行飞行任务,只有疯子才会这样。唔,我当然可以让奥尔停止飞行,可是首先,他得向我提出要求来。"
>
> "只要他向你提出要求。你就可以让他停止飞行,是吗?"尤索林问。
>
> "不行。这样我就不能让他停止飞行了。"

---

① 钱满素《海勒的神话——评〈第二十二条军规〉》,《美国当代小说家论》,第143页,中国社会科学出版社1987年7月版。

② 同上。

"你意思是说这里面有个圈套吗?"

"当然有圈套,"丹尼卡医生回答。"就是第二十二条军规。凡是想逃避战斗任务的人,不会是疯子。"

军规规定疯子可以停止飞行,但是必须由本人提出申请,"奥尔疯了,可以允许他停止飞行。只要他申请就行。可是他一提出请求,他就不再是个疯子,就得再去执行飞行任务"。因此,"第二十二条军规"是个自相矛盾的圈套,它隐喻了一种悖论般的荒谬处境。此词一问世,便迅速获得了生命力,成为一个专有词汇而进入英文词典。

"第二十二条军规"象征了一种有组织的混乱以及有理性的荒诞,象征了后现代社会的一种谁也看不到但却无所不在的统治。小说表达了这样一种历史观:"历史已经失去了控制,或者,'其他人'掌握了舵轮,并准备置我们于死地。"[①]正是出于这种创作意图,小说影射了一种非人化的制度,一种灭绝人性的制度,同时写了人的肉体的本能抵抗,海勒自己曾经说:"《第二十二条军规》注重的是肉体的生存欲望对抗来自外部的暴力或那些意在毁灭生命和道义的规章制度。"[②]尤索林就是被一种求生的本能支撑着。他一开始也尽职尽责地去完成任务,努力去轰炸目标,但是后来他所做的只是如何躲避地面的高射炮,从而保住性命,最终尤索林成为"全队最精通规避动作的人"。这也是个局外人的形象,就像海勒自己说的那样:"我想描写一种已经灭绝的文化……我这样做的目的是写一个局外人,一个本质上固有的局外人。"[③]

但是海勒笔下的局外人却与卡夫卡或者加缪小说中的局外人有着明显的差别。如果说在卡夫卡所代表的现代主义作家笔下的局外人形象中尚有理性的自觉和理性的痛苦,那么,在后现代主义时代,在黑色幽默作家这里,小说人物所体验的非理性荒诞和自我的彻底丧失就是他们的存在方式和形态。与卡夫卡的《城堡》相比,我们可以看出现代主义和后现

---

① Morris Dickstein《伊甸园之门——六十年代美国文化》,第127页,上海外语教育出版社1985年8月版。

② 程代熙等编选《西方现代派作家谈创作》,第73页,中国广播电视出版社1991年1月版。

③ 转引自Morris Dickstein《伊甸园之门——六十年代美国文化》,第113页,上海外语教育出版社1985年8月版。

代主义的一些本质不同。在卡夫卡那里,荒诞和不可理喻的是城堡所象征的庞大的现代统治,而 K 尚有理性的自觉和自我的抗争,加缪笔下的默尔索的冷漠也是对社会的一种抵抗的姿态。但是在尤索林这里,荒诞的不仅是世界,同时也是他自己的存在本身。小说中有一个滑稽的细节:当战友受伤死后,尤索林所做的竟是在死者流满一地的内脏中去查看他吃过的西红柿有没有被消化掉。正像伯吉斯写的那样:海勒的"方式是讽刺式的,同时也是超现实主义的、荒诞的,甚至是精神错乱的"①。黑色幽默小说中的人物,其主体特征正可以用"精神错乱"来形容。

黑色幽默在文学观念和创作技巧、艺术手法上受了存在主义文学和新小说派的影响,写人的处境的离奇荒诞、怪异,叙述调子却是冷漠和无动于衷,甚至是轻松滑稽的调侃和嘲弄。如《第二十二条军规》中以近乎鉴赏的方式精确而细致地描写了一个伤兵:

> 这个士兵从头到脚都用石膏和绷带裹着,双腿和两臂都毫无用处。……双臂双腿都被紧缚在吊索的一头吊了起来,同肩部和臀部保持垂直,吊索上的另一头则系上了铅砣,黑沉沉地挂在上面,一动不动,那形状是十分奇怪的。在他胳膊肘儿内侧的绷带上面,每边都缝着一个装有拉链的口子,通过这个口子,清澈的液体从一个洁净的瓶里输入他的身体。从腹股沟敷石膏的地方,另外伸出一根固定的锌制的管子,接上一根细长的橡皮软管,他的肾脏排泄就是通过这条管子一滴不漏地流入放在地上的一只洁净的封口的瓶内。等地上的瓶子满了,从胳膊肘那儿输入液体的瓶子也空了,这两只瓶子于是很快地互换一下位置,使瓶里的排泄又重新注入他的身体。

黑色幽默的笔法充分体现在两个瓶子的互换这一细节上。而更值得重视的是叙事者的语调和极端精细的写实主义笔致。这里,细节描写得越详细,越真实,荒诞的气息就越浓烈,越令人窒息。从中可见,小说中的荒诞不仅仅体现为"第二十二条军规"所象征的总体题旨,它也体现在一个个小说细节之中。

---

① 康诺利、伯吉斯《现代主义代表作 100 种提要·现代小说佳作 99 种提要》,第 165 页,漓江出版社 1988 年 4 月版。

《出了毛病》(1974)是海勒的另一本代表作,按海勒自己的说法,与《第二十二条军规》相比,《出了毛病》"更注重内心,社会学意义上的生存欲望,在这里,产生冲突的地方是个人的欲望能否得到满足"①。小说的第一人称叙事者、也是小说的主人公斯洛克姆总感到什么地方出了毛病,以致像一个神经过敏症患者一般:

> 我看见关着的房门,就会神经过敏。即使是在我现在工作得如此得心应手的地方,看到一扇关上的房门就往往足以使我感到惊恐不安,担忧房内正在搞一些令人心寒的勾当,也许是对我不利的勾当吧。……我几乎能够嗅出即将来临的灾祸,正在冲破那门上的磨砂玻璃朝我迎面扑来。我会双手冒汗,说话时声音也变了。我不明白这是什么缘故。

这是一个惶惶不可终日的形象,在斯洛克姆身上体现的是社会、家庭和自我的多重压力下的绝望感。如果说,外在世界的荒诞是诸如卡夫卡、加缪和萨特一类存在主义小说家力图表现的主题,那么,"出了毛病"的内心世界则是海勒这些黑色幽默小说家致力的领域。在这个意义上,黑色幽默小说堪称美国社会的精神危机的忠实写照。

【思考题】

1. 什么是"黑色幽默"?黑色幽默小说家经常运用哪些文学手法?
2. 什么是黑色幽默小说的"杂糅"特征?
3. "第二十二条军规"有什么象征含义?

---

① 程代熙等编选《西方现代派作家谈创作》,第73页,中国广播电视出版社1991年1月版。

顶呱呱的早餐(存目)

〔美〕小库尔特·冯尼格

【导读】

    1.《顶刮刮的早餐》是美国 1960 年代具有代表性的作家小库尔特·冯尼格 1973 年的作品。关于小说的内容与风格,译者施咸荣先生说:"小说描写资本家德威·胡佛受科学幻想小说作家基尔戈特·特劳特'坏思想'的影响,把周围的人都看做机器,要他们光为自己服务。小说是一部典型的'反小说'作品,没有故事情节,也不按照传统方法描写人物性格(小说中的人物都像木偶),作者写小说时信笔所至,讽刺范围很广,想到什么就用荒诞的幽默的笔法讽刺什么。小说的基本情节作者已在第一章中和盘托出,这种别开生面的写法也说明作品不以故事情节取胜。"小说的基本观念是借助叙事者之口说出的:"我在本书中表示了这样的疑虑:人类是机器、是机器人。""我还有意把人类想象成橡皮大试管,里面起着激烈的化学变化,在我孩提时,我看见不少人甲状腺肿。……这些不幸的地球人甲状腺肿得就像喉咙上结着笋瓜。"这种人变成机器的思想,反映了作者对后现代社会机械化和物化发展态势的忧虑。书名所谓"顶刮刮的早餐"则是信手拈来的美国通用面粉公司用来推销一种谷物早餐的广告语,小说在此表达了对商品化趋势的冷嘲热讽。

    2.《顶刮刮的早餐》的另一看点是小说作者自己在作品中亲自画了许多插图,有国旗、蛋卷冰淇淋、象征和谐的阴阳符号,还有"头脑里所有乌七八糟的东西",把严肃的和俚俗的杂烩在一起,形象化地冲击着读者的视觉。

    3.你还能注意到这部小说的序与一般的书不同,它本身就是小说的一部分,是真正的作者小库尔特·冯尼格假想的一个作家——也是小说的叙事者——在谈论与评价自己正在写的这本书,如"我自己对这本书是什么看法?我觉得它糟得很"等等。这是黑色幽默小说家和后现代主义作家常用的叙述伎俩。

第七章　后现代主义写作

第一节　概述

"后现代主义"是个众说纷纭、很难有一个公认的定义的概念;同时在20世纪后半叶,它差不多又是与现代主义同等重要,因而无法回避的概念。理论界一般认为"后现代主义"是产生于20世纪50年代末60年代初的文化思潮,在哲学、宗教、建筑、文学、艺术中均有充分的反映。理论界同时又认为它与盛行于20世纪的现代主义主潮不同,有人说它是对现代主义的反动,与现代主义有着本质的区别;也有人说它是对现代主义的发展,是进入信息社会、新技术革命时代的资本主义制度各种危机的产物。[①] 作为一种文化思潮,有研究者这样描述"后现代主义"的文化逻辑:

> 体现在哲学上,是"元话语"的失效和中心性、同一性的消失;体现在美学上则是传统美学趣味和深度的消失,走上没有深度、没有历史感的平面,从而导致"表征紊乱";体现在文艺上则表现为精神维度的消逝,本能成为一切,人的消亡使冷漠的纯客观的写作成为后现代的标志;体现在宗教上,则是关注焦虑、绝望、自杀一类的课题,以走向"新宗教"来挽救合法性危机的根源——信仰危机。可以认为,后现代

[①] 参见中国社会科学院外国文学研究所《世界文论》编辑委员会编《后现代主义》,第56页,社会科学文献出版社1993年6月版。

文化逻辑的复杂性,直接显示出这个时代的复杂性。①

文学领域的后现代主义是整个后现代主义思潮中的一个组成部分,既分享着后现代主义总体思潮的共性特征,又具有自己的某些特殊性。

在文学领域,后现代主义写作也是个世界性的现象,文学界一般认为具有后现代主义特征的创作起码在1940年代的阿根廷小说家博尔赫斯的小说中就有表现,到了1960年代则形成后现代主义的高峰期,在欧洲以意大利的卡尔维诺为其最突出的代表,此时已经移居到欧洲的俄罗斯裔美国小说家纳博科夫也被看作是后现代主义的代表人物。在美国,则产生了一批后现代主义作家,包括我们上一章讲述的大部分黑色幽默小说家,也都同时被看成是后现代主义作家。② 但是考虑到美国这一批小说家放在黑色幽默这一类型中叙述更为集中,特点更为鲜明,所以我们在上一章中集中讨论了这些作家,本章则在兼顾黑色幽默小说家所具有的后现代主义创作的普遍性的同时,把重点放在美国黑色幽默小说家以外的后现代主义作家身上,尤其关注博尔赫斯、卡尔维诺这些既具有代表性,同时又有自己的特殊性的小说家。

后现代主义写作是一个异常庞杂的领域,试图归纳出具有普遍性的基本特征是相当困难的。一般说来,后现代主义小说家无论在具体的观念上彼此多么不同,但是在把小说当作是一个虚构的文本世界这一点上,观点往往是惊人地一致的。他们力图打破文学是对生活和现实的真实反

---

① 王岳川《后现代主义文化研究》,第19页,北京大学出版社1992年6月版。
② 后现代主义著名理论家伊哈布·哈桑列举了一系列他认为的后现代主义作家,其中包括塞缪尔·贝克特、尤今、尤内斯库、博尔赫斯、迈克斯·本斯、纳博科夫、哈罗德·品特、BS约翰逊、瑞纳·赫本斯多尔、布鲁克-罗斯、海尔默特·海森布特尔、尤今、贝克尔、皮特、汉德克、托马斯、伯恩哈特、恩斯特、冉德尔、马尔克斯、约里奥、考尔达泽、罗伯-格里耶、米歇尔·布托尔、莫利斯、罗歇、菲利浦、索勒斯、约翰、巴思、威廉、巴勒斯、托马斯、品钦、唐纳德、巴赛尔姆、瓦尔特、阿比什、约翰、爱什伯利、戴维、安丁、萨姆、谢帕尔德、罗伯特·威尔逊等。被伊哈布·哈桑列入后现代主义作家的既有如贝克特、尤内斯库等一般被看成是荒诞派的戏剧家,也有罗伯-格里耶、布托尔这样的新小说派作家,更有美国1960年代的一批黑色幽默作家,"毋庸置疑,这些人性质迥异,不能形成一个运动、一种模式,或一个学派。然而他们却可能引出一系列相互关联的文化倾向,一套价值观念,一组新的程序和看法。而这一切我们称之为后现代主义"。参见中国社会科学院外国文学研究所《世界文论》编辑委员会编《后现代主义》,第156页,社会科学文献出版社1993年6月版。

映的神话,而直接承认小说的本质就是对世界的想象性虚构,是作家对杂乱无章的创作素材的编织和缝合,因此,后现代主义作家不仅在创作观念上强调小说的虚构性,而且往往在写作过程中刻意表明文本的虚构属性,并用各种各样的叙述手法凸显小说本身就是一种虚构行为。对于那些习惯了传统小说的创作观念的读者来说,后现代主义写作显然具有一种先锋性和实验性。

实验性是后现代主义写作的通约性特征。因此,后现代主义小说家的创作往往又被称为实验小说。

在后现代主义的各种实验手段中,所谓的"元叙述"是其中最常见的因素,而当一部小说充满了元叙述的时候,这种小说也被称为"元小说"(也翻译成"超小说")。

什么是"元叙述"或"元小说"?按英国作家、文学理论家戴维·洛奇的说法,元小说"是有关小说的小说:是关注小说的虚构身份及其创作过程的小说"[①]。这一点在与传统小说的比较中可以得到更好的说明。传统小说往往关心的是人物、事件,是作品所叙述的内容;而元小说则更关心作者本人是怎样写这部小说的,小说中往往喜欢声明作者是在虚构作品,喜欢告诉读者作者是在用什么手法虚构作品,更喜欢交代作者创作小说的一切相关过程,换句话说,小说的叙述往往在谈论正在进行的叙述本身,并使这种对叙述的叙述成为小说整体的一部分。譬如公认的美国后现代主义小说家小库尔特·冯尼格(他同时也被看成黑色幽默的代表作家)的《五号屠宰场》,小说一开始就直接对读者说:"我很不愿意告诉你们这本糟糕的小书花费了我多少钱、多少时间,带给我的焦虑有多大。"小说的结尾则写道:"现在我已写完这本描写战争的书。下一次我打算写点有趣的东西。""这本书是个败笔,也只能如此。"这些评论都是指涉小说本身的,就像舞台上的演员突然掉过头来向台下的观众评论他正在出演的这出剧,说"这个剧本太差了",或问:"我演得怎么样?"当一部小说中充斥着大量这样的关于小说本身的叙述的时候,这种叙述就是元叙述,而具有元叙述因素的小说则被称为元小说。

---

① 戴维·洛奇《小说的艺术》,第230页,作家出版社1998年2月版。

后现代主义写作还突出表现了文类和文体的杂糅性。如上一章讲到的品钦的《万有引力之虹》就杂烩了众多的文体类型,把滑稽小品、喜剧、侦探小说、历史小说、哲学文本等不同的文类编织在一个文本之中,有一种百衲衣般的效果;又如意大利的后现代主义大师级人物卡尔维诺,他的《宇宙奇趣》既像童话,又有科学幻想小说的特点,同时又在表达哲理,但它又什么也不是。卡尔维诺的《隐形的城市》则把散文、诗歌、对话录和游记有机地组合起来。而纳博科夫《微暗的火》也是"一部才华横溢的拼合起来的小说"[①]。

弗拉基米尔·纳博科夫1899年生于俄罗斯圣彼得堡,十月革命后随父母流亡西欧,1940年迁居美国,先后在几所著名大学中任教,从事文学创作。1959年移居瑞士,直到1977年去世。他的《微暗的火》(1962)被美国作家玛丽·麦卡锡称为"本世纪最伟大的艺术作品之一"。小说的构思可谓奇异,前一部分是一首名为"微暗的火"的长诗,约占全书十分之一的篇幅;而后一部分是对这首诗的注释。诗的作者是美国作家谢德,谢德死后,这部遗诗落到一个叫金伯特的流亡学者手中。小说的后一部分就是这个流亡学者对长诗所做的编辑和注释,这些注释既是对长诗的注解,又完全可以看成是金伯特写的一部自传性小说,在小说中,金伯特把自己塑造成来自一个虚构的国家赞布拉的国王,此刻则流亡在美国一所大学做访问学者,并被故国的间谍追杀。但是细心的读者很容易就能看出破绽:他在注释中所回忆的故国赞布拉的景象与他对自己所在的美国大学的描绘十分相像,而他所指认的追杀他的间谍则被法院认定为一个流浪汉。因此,金伯特的叙述中隐含了自我颠覆的因素,他在拼合各种各样无法辨别真伪的细节时,不可避免地留下了瓦解小说大厦可信性的裂缝,从而使读者如堕五里雾中,传统小说真实与虚构的界限被彻底打破了,你不知道是否应该相信金伯特的一切叙述。

在这里纳博科夫把诗歌、学术性注解、生活化场景、流亡国王的传奇故事杂糅成一部作品,虽然可以把它界定为小说,但是它无疑打破了传统

[①] 康诺利、伯吉斯《现代主义代表作100种提要·现代小说佳作99种提要》,第174页,漓江出版社1988年4月版。

小说的文体概念，为小说开辟了新的可能性空间。

伯吉斯在谈到纳博科夫的小说《辩护》的英文版(1964)时，曾指出小说中的主人公——一个国际象棋的大师级选手——"只能找到两种生活方式——拼板玩具的方式，把不匀称的万物碎片拼到一个预先铸好的模型当中，还有国际象棋的方式，对封闭式技术及战略的反常的自我专注"①。这种把不匀称的万物碎片拼到一起的拼板玩具的方式，以及对象棋游戏的技术和战略的"反常的自我专注"，在一定意义上构成的正是后现代主义写作的拼贴风格以及元叙述实验的一个隐喻。

第二节 博尔赫斯

博尔赫斯是一个被认为具有突出的后现代主义特征的小说家。他1899年8月24日生于阿根廷的布宜诺斯艾利斯，第一次世界大战期间随家庭赴日内瓦，战后进了英国剑桥大学。1920年前后参加了西班牙"极端主义"文学流派的活动，开始写诗。1921年返回阿根廷，任职于图书馆，从事文学写作。1923年出版第一本诗集《布宜诺斯艾利斯的热情》，1935年出版第一本小说集《世界性的丑闻》。到了1941年，他的第二部小说集《交叉小径的花园》出版，开始奠定他在拉丁美洲文坛独具的地位。此后，陆续出版小说集《阿莱夫》(1949)、《死亡和罗盘》(1951)、《布罗迪的报告》(1970)、《沙之书》(1975)、《梦之书》(1976)、《莎士比亚的记忆》(1985)等。1986年6月14日在日内瓦去世。

文学评论界通常把博尔赫斯的小说概括为"宇宙主义"或"卡夫卡式的幻想主义"。正如卡尔维诺在《未来千年文学备忘录》中对博尔赫斯所作评价："我之所以喜爱他的作品，是因为他的每一篇作品都包含有某种宇宙模式或者宇宙的某种属性（无限性，不可数计性，永恒的或者现在的或者周期性的时间）。"②这种对某种宇宙模式或者宇宙某种属性的关注，

---

① 康诺利、伯吉斯《现代主义代表作100种提要·现代小说佳作99种提要》，第179页，漓江出版社1988年4月版。

② 卡尔维诺《未来千年文学备忘录》，第83页，辽宁教育出版社1997年3月版。

使博尔赫斯的小说具有一种玄学特征。他的小说中充斥着对无限和永恒的思考,但是,这种思考却往往以小说中具体有限的形式来传达。以有限表现无限是博尔赫斯小说观念的重要组成部分,譬如他的一篇具有代表性的小说《沙之书》中就描绘了这样一部神奇之书,那是一本没有第一页,也没有最后一页,可以无止境地翻下去的无限之书,是像恒河中的细沙一般无法计数无限繁衍的魔书。但是正是这样的无限之书,却呈现为一本书的通常的形状,有限和无限就这样在一本书中完美地统一在一起。又如他的另一小说代表作《阿莱夫》。"阿莱夫"是博尔赫斯小说中最奇幻的事物之一,"它是包含着一切的点的空间的一个点",是"一个圆周几乎只有一英寸的发光的小圆面",然而宇宙空间的总和却在其中,从中可以看到地球上、宇宙间任何你想看到的东西,它是汇合了世上所有地方的地方。从某种意义上说,"沙之书"和"阿莱夫"的意象是表达有限与无限的最好的文学形式。博尔赫斯的小说充满了这样一些形式化的意象,又比如梦、镜子、废墟、花园、沙漏、罗盘、锥体、硬币、盘旋的梯子、大百科全书等等,都频繁地在博尔赫斯的小说中出现。这些意象不同于一般小说或诗歌中的意象,它们都有鲜明的形式化特征,有可塑性,是有意味的形式,同时又有玄学意味,可以对它们进行形而上的阐释。

"迷宫"也是博尔赫斯所迷恋的意象,构成了他的小说《交叉小径的花园》(1941)总体构思的出发点。

《交叉小径的花园》写的是第一次世界大战中的事件。主人公是个名字叫俞琛的中国人,是一名德国人的间谍。故事发生的时候,俞琛正在英国,掌握了一份绝密情报:在法国的城市阿尔贝有一处对德国人构成威胁的英国炮兵阵地。但他还没有来得及把情报汇报给德国上司,就被英国特工追杀。如何把情报传给德国上司?他想到了一个绝妙的主意:去杀死一个与阿尔贝城市名字相同的人。如果他的谋划成功,当谋杀案被报道之后,他喜欢读报的上司在报纸上看到凶手俞琛以及死者阿尔贝的名字时,就会猜到其中的奥秘。于是俞琛乘火车赶到郊区去杀一位名叫阿尔贝的著名汉学家。当他来到阿尔贝的住宅,见到阿尔贝之后,才惊讶地发现他与汉学家的神奇缘分:原来,曾经在中国当过传教士的阿尔贝如今正在研究的竟是俞琛的曾祖父崔朋当年两项伟大的事业:一是崔朋所建造的任何人进去都会迷路的名为"交叉小径的花园"的迷宫,一是崔朋所写的一部人物比《红楼梦》还多的小说。这部小说如今就在阿尔贝的手中,并且他已经破译了小说的秘密:原来,所谓的迷宫正是崔朋创作的小说本身,迷宫与小说其实是一回事。而小说所具有的迷宫的特征则表现在:整部小说文本可以看作是一个谜面,而谜底则是"时间"。

从这个意义上说,《交叉小径的花园》可以看成是一个关于时间的迷宫故事,时间在这里也具有了迷宫的特质。博尔赫斯理解的时间,不是一种物理学意义上的线性时间,而是一种具有玄学特征的迷宫般的时间。与交叉小径的花园一样,时间也可以具有多种形态,正像阿尔贝对俞琛所说的那样:

"这解释很明显:《交叉小径的花园》是崔朋所设想的一幅宇宙的图画,它没有完成,然而并非虚假。您的祖先跟牛顿和叔本华不同,他不相信时间的一致,时间的绝对。他相信时间的无限连续,相信正在扩展着、正在变化着的分散、集中、平行的时间的网。这张时间的网,它的网线互相接近,交叉,隔断,或者几个世纪各不相干,包含了一切的可能性。我们并不存在于这种时间的大多数里;在某一些里,您存在,而我不存在;在另一些里,我存在,而您不存在;在再一些里,您我都存在。"

"时间是永远交叉着的,直到无可数计的将来。在其中的一个交叉里,我是您的敌人。"

阿尔贝似乎预见了自己的结局。正当他向俞琛解释时间迷宫的时候,英国特工赶来了,但在特工捕获俞琛之前,俞琛终于开枪打死了阿尔贝。而俞琛的德国上司也猜到了他的计策,城市阿尔贝的英国炮兵阵地最终被德国人炸成废墟。

从叙事模式上看,《交叉小径的花园》采取的是故事中套故事的格局,在一个间谍与侦探故事的框架中嵌入了一个关于异国的故事以及迷宫的故事,最终它的主题则指向了一种关于时间的玄学主题,使小说成为"包含了一篇全然为逻辑和形而上学的故事"。这充分表现出博尔赫斯具有把不同类型的小说模式组合嫁接在一起的高超本领,从而汇入后现代主义写作杂糅化的总体倾向中,即在文本中综合了不同的因素,这些因素既有不同的小说文体,也有不同的小说类型,同时也有不同的叙述方式和主题模式。但是它的主导动机却是玄学的。由此,《交叉小径的花园》引发的小说学问题是小说家如何在文本中缝合不同的情境、文体乃至不同的叙事文类。从这个意义上说,缝合与杂糅构成了博尔赫斯的小说学的重要组成部分,就像他对自己的第一本诗集《布宜诺斯艾利斯的热情》所担心的那样:"我担心这本书会成为一种'葡萄干布丁':里头写的东西太多了。"[①]"葡萄干布丁"就是一种杂糅写作。同样,博尔赫斯在小说中融会了更多的东西——主题、形式、文体、小说类型,此外还杂糅了不同的情调与美学风格。又如他这样谈到自己的小说《阿莱夫》:"《阿莱夫》由于写了各种各样的东西而受到读者的称赞:幻想、讽刺、自传和忧伤。但是我不禁自问:我们对复杂性的那种现代的热情是不是错了?"博尔赫斯这种对复杂性的热情显然是没有错的。正如小说家昆德拉所说:"小说的精神是复杂性的精神。"这种复杂性正是小说之外的现代世界的复杂化在小说文本中的体现。正是这种复杂使博尔赫斯的小说诗学具有一种包容性和生成性。

博尔赫斯的小说以幻想性著称,但是更值得重视的是他在小说中处理幻想题材的方式。其实博尔赫斯写的往往不是纯粹的幻想小说,他更擅长于把幻想因素编织在真实的处境之中,从而在小说中致力于营造一种真实的氛围。譬如《交叉小径的花园》中,就制造了一种神奇的时间花园曾经真实存在于中国的幻觉。在《阿莱夫》中,博尔赫斯也想制造出一种阿莱夫真实存在过的假象。他的办法是把"阿莱夫"放在一个现实生活中曾经有过的处所:"当我把阿莱夫作为一种幻想的东西考虑的时候,我就把它安置在一个我能够想象的最微不足道的环境中:那是一个小小的地下室,位于布宜诺斯艾利斯一个曾经很时髦的街区一幢难以描述的住宅里。在《一千零一夜》的世界中,丢掉神灯或戒指之类的东西,谁也不会去注意;在我们这个多疑的世界上,我们却必须放好任何一件使人惊叹的东西,或者把它弃而不顾。所以在《阿莱夫》的末尾,

---

[①] 《博尔赫斯文集·文论自述卷》,第116页,海南国际新闻出版中心1996年版。

必须把房子毁掉,连同那个发光的圆面。"①真真假假就这样混杂在一起,从而表现了博尔赫斯处理真实与虚构关系的高超技巧。

博尔赫斯的小说学意义正在这里。他的出现正像卡夫卡、乔伊斯、罗伯-格里耶一样,也使人们对小说是什么这个问题进行再思考,去追问:小说的可能性限度究竟如何?小说在形式上到底还能走多远?如何在小说中处理真实与幻想的关系?小说能够用什么样的虚拟和变形的方式呈现人类象征性的存在图式?这些都是博尔赫斯带给20世纪小说领域的值得珍视的启示。

第三节 卡尔维诺

伊塔洛·卡尔维诺(1923—1985)出生于古巴哈瓦那附近的一个名叫圣地亚哥·德·拉斯维卡斯的小村镇,两岁的时候回到意大利的圣雷莫。二战期间参加抵抗德国纳粹的游击队,战后入都灵大学的文学系。1947年以小说《通向蜘蛛巢的小路》蜚声文学界。此后相继创作了一系列影响意大利和世界文坛的著名作品,1950年代有《我们的祖先》三部曲,1960年代之后有《宇宙奇趣》(1965)、《命运交叉的城堡》(1968)、《隐形的城市》(1972)、《寒冬夜行人》(1979)、《帕洛马尔》(1983)等。正是这些创作,使卡尔维诺成为世界级著名作家,获得了"最富魅力的后现代派大师"、"当今世界上屈指可数的几位伟大的艺术家"、"意大利最独出心裁、最富有创作才能、最有趣的寓言式作家"等赞誉。② 以至有人说:"当意大利爆炸,当英国焚烧,当世界末日来临,我想不出有比卡尔维诺更好的作家在身边。"③

卡尔维诺毕生对童话有着浓厚的兴趣。他曾经精心钻研和搜集过意大利本土童话,著有一部百万言的巨著《意大利童话》。他的小说创作中有着鲜明的童话的影响痕迹。1950年代的《我们的祖先》三部曲就是具

---

① 《博尔赫斯文集·文论自述卷》,第116页,海南国际新闻出版中心1996年版。
② 参见吴正仪《我们的祖先·前言》,《我们的祖先》,第6页,中国工人出版社1989年3月版。
③ 转引自陈实《隐形的城市》译序,《隐形的城市》,第10页,花城出版社1991年1月版。

有童话思维和寓言色彩的三部传奇故事。

《我们的祖先》三部曲由《分成两半的子爵》(1952)、《在树上攀援的男爵》(1957)和《不存在的骑士》(1959)组成。三个故事都发生在遥远的过去。《分成两半的子爵》写的是一位子爵在战争中被炮弹一分为二,分开的两半竟然各自存活了下来,一半善良,一半邪恶。人性的善与恶就这样以童话的形态形象地反映在分成两半的子爵身上。《在树上攀援的男爵》写少年柯希莫为了反抗专制的父亲而爬上了树,从此就再也没有下到地面,创造了一种纯然而自足的树上的生活方式。《不存在的骑士》写的是查理大帝的一名驰骋疆场的骑士阿季卢尔福的故事。奇异的是所谓的骑士没有肉身,只是一副盔甲,盔甲的里面是空无一物的虚无,但这副空空荡荡的盔甲却具有活人的一切禀性。从客观真实性的意义上说,这三个"我们的祖先"都属于"不存在"的人物,都有一种童话的属性。

童话思维正体现在小说的三个人物形象身上。如分成两半的子爵,形象简明,观念鲜明,有儿童思维的色彩和特征;不存在的骑士界于空无与实有之间,也符合儿童的心理和想象力;至于树上的男爵,树上的生活方式更是一种童话化的构想。因此,尽管三部曲的主题是抽象的,但是这种童话化的构想却使三部小说形象鲜明,生动逼真。三部小说都建立在具体的形象构思的基础之上,正如卡尔维诺自己说的那样:"我开始写作幻想的故事的时候,是没有考虑理论的问题的;我只懂得我全部的故事的源头是一种视觉的形象。有一个形象是一个人被分割为两半,每一半都还继续独立地活着。另外一个形象是一个男孩爬到树上,从一棵树跳到另一棵树,不下地面。还有一个是一套空的甲胄,它行走、说话,好像里面有人似的。"①三部小说仿佛是遵循着三个人物特有的禀性自行进展,"是形象本身发挥了它内在的潜能,托出了它本身原本就包含着的故事"。卡尔维诺塑造这种奇特的人物形象的初衷,在很大程度上是出于对人类的想象力日益贫乏的忧虑。现代人每天被电视上无穷无尽的视觉形象疲劳轰炸,想象力却在因此而衰竭。尤其是个人化的想象力更是在电视文化的平面化图象面前萎缩。因此,卡尔维诺追问:"那种引发出对于不存

---

① 卡尔维诺《未来千年文学备忘录》,第62页,辽宁教育出版社1997年3月版。

在(not there)事物的形象的力量还会继续发展吗?"①他的《我们的祖先》三部曲对几个形象的塑造,正表现出对于某种不存在的事物形象的高超想象力。

《我们的祖先》同时又是关于现代人的生存和人性的寓言。卡尔维诺在《我们的祖先》后记中这样评论他的三部曲:"我要使它们成为描写人们怎样实现自我的三部曲:在《不存在的骑士》中争取生存,在《分成两半的子爵》中追求不受社会摧残的完整人性,在《在树上攀援的男爵》中有一条通向完整的道路,这是通过对个人的自我抉择矢志不移的努力而达到的非个人主义的完整。这三个故事代表通向自由的三个阶段。"因此,尽管小说写的是古代的故事,批评家仍称《我们的祖先》"是现代人的三部曲"②。它们恰如卡夫卡的小说《变形记》,是关于现代人生存境况、人性追求和自我认同的寓言,只是卡尔维诺的想象比灰暗的卡夫卡更具有一种亮色而已。

《我们的祖先》的艺术成就突出地表现在它创造了一种寓言形式。寓言形式是现代小说最有活力的一种模式,在卡夫卡那里就奠定了它在20世纪小说中大量运用的基础。寓言的原型模式中往往蕴涵着人类的基本境遇,蕴涵着人类的基本心理动机,也蕴涵着人类的基本追求与渴望,正如卡尔维诺所说:"最古老的寓言模式:孩子在森林里迷路或是骑士战胜遇见的恶人和诱惑,至今仍然是一切人类故事的无可替代的程式,仍然是一切伟大的堪称典范的小说中的图景。"③在《我们的祖先》中,寓言的模式、传奇的故事和关于生存的哲理有机地结合在一起,使小说既有形而上的内蕴,又有可读性,成为现代小说中不可多得的精品。

卡尔维诺1960年代的小说则具有了更多的实验追求。譬如《寒冬夜行人》,是一部由十篇小说的开头组成的长篇小说,换句话说,它只是十篇故事开端的无关联的缝合。小说运用了少见的第二人称,一开头写的

---

① 卡尔维诺《未来千年文学备忘录》,第65页,辽宁教育出版社1997年3月版。
② 转引自吕同六《现实中的童话,童话中的现实——〈卡尔维诺文集〉序》,《卡尔维诺文集》第一卷上,第19页,译林出版社2001年9月版。
③ 转引自吴正仪《我们的祖先》前言,《我们的祖先》,第10页,中国工人出版社1989年3月版。

是"你"(小说的一位"读者")正在阅读卡尔维诺的新小说《寒冬夜行人》,刚好到故事的紧要关头,"你"发现内容前后连接不上,"你"就去书店换书,老板告诉"你"是小说装订出了错误,把卡尔维诺的小说与一个波兰作家巴扎克巴尔的小说《在马尔博克城外》订在一起了。因为"你"已经被巴扎克巴尔的小说吸引,于是就换了一本《在马尔博克城外》继续读,读了一阵,小说的内容又发生了错乱,如此这般反反复复,"你"最终读的只是十篇小说的开头。更有趣的是,这十篇小说的名字组成的竟是一首诗:

> 假如冬夜里一个旅人
> 在马尔博克城外
> 在陡峭的山坡上向外探身
> 不怕风也不畏高
> 俯视阴影慢慢聚拢
> 在千丝万缕的线网之中
> 在纵横交错的线网之中
> 月色下满地落叶
> 环绕着一个空坟

下面有什么故事等待了结?①

《寒冬夜行人》中的十篇故事共同的特点和联系只有一个,就是每一个故事都在最吸引你的地方戛然而止,小说还没有充分展开,悬念还没有解答就结束了,而另一个故事又开始了。这种营造故事的方法背后有着卡尔维诺的时间理念在支撑,这就是他的"时间零"的理论。什么是"时间零"呢?比如一个猎手去森林狩猎,一头雄狮扑了过来。猎手急忙向狮子射出一箭,"雄狮纵身跃起。羽箭在空中飞鸣。这一瞬间,犹如电影中的定格一样,呈现出一个绝对的时间。卡尔维诺把它称为时间零。这一瞬间以后,存在着两种可能性:狮子可能张开血盆大口,咬断猎手的喉管,吞噬

---

① 译文用的是陈实的文字,见《隐形的城市》译序,《隐形的城市》,第6页,花城出版社1991年1月版。

他的血肉；也可能羽箭射个正着，狮子挣扎一番，一命呜呼。但那都是发生于时间零之后的事件，也就是说，进入了时间一、时间二、时间三。至于狮子跃起与利箭射出以前，那都是发生于时间零以前，即时间负一、时间负二、时间负三"①。以情节和故事取胜的传统小说遵循的是线性时间和因果关系，更注重故事的来龙去脉，关注"时间零"之前或之后的事情。而在卡尔维诺看来唯有"时间零"才是更值得小说家倾注热情的时刻。这就对那种要求有前因后果、有完整的故事、有高潮和结局的传统小说观念形态构成了反叛，表现了后现代主义写作的开放性和零散性，故事不再完整，也不再有传统意义上的结局，读者的参与和阅读成了实现小说价值的重要环节。

在结构上，《寒冬夜行人》也被称为"连环套小说"或者"套盒结构"小说。是小说的读者"你"走马灯似地更换小说的过程串起了十部故事，"你"对小说的阅读和更换构成了一个更大的套盒，十篇小说的开头则构成了大套盒里面的小盒子。在这个意义上，卡尔维诺发展了从《天方夜谭》和《十日谈》就已经开始了的世界小说的"套盒叙事"传统，并显示出一种惊人的创造性。

另一方面，卡尔维诺本人则称《寒冬夜行人》为"超越性小说"（hyper-novel），并认为《寒冬夜行人》作为一部超越性小说的目标是揭示小说的本质，它以压缩的方式，展示了十个开端，"核心的共同的，但每个开端的发展方式都不同，而且在一个既左右其他，也被其他左右的框架中展开。……我的气质促使我'写得短些'，而这样的结构让我可能把创新与表达的态度和一种对无限可能性的感知结合为一"②。从这个意义上说，《寒冬夜行人》也同样是关于小说的小说，探索的是小说写作的可能性，并进而说明"一切叙述的潜在的繁复性"。卡尔维诺说这也是他另一部实验小说《命运交叉的城堡》所遵循的原则。在这个意义上，批评家们把《寒冬夜行人》这类小说称为"元小说"、"纯小说"，强调的就是这类小说

---

① 吕同六《卡尔维诺小说的神奇世界》，《寒冬夜行人》，第8页，安徽文艺出版社1993年8月版。

② 卡尔维诺《未来千年文学备忘录》，第85页，辽宁教育出版社1997年3月版。

对小说本身存在的可能性的追求，它们是思索小说自身存在的方式和命运的小说。正像我们一再阐述的那样，这种元小说的追求正是后现代主义写作的一个重要方面。

【思考题】

1. 什么是"元小说"？
2. 如何评价博尔赫斯对小说学的贡献？
3. 为什么说卡尔维诺的小说《我们的祖先》有鲜明的童话和寓言特征？

交叉小径的花园(存目)

［阿根廷］豪·路·博尔赫斯

【导读】

1.《交叉小径的花园》的主干部分写的是俞琛谋杀阿尔贝的经过。但这篇小说显然不只描述了一起谋杀案。那么它究竟是一篇什么样的小说？怎样从小说类型学的角度为它定性？这其实是个难题，因为很难确切地认定它是一篇什么小说。《交叉小径的花园》首先可以说是对正史的一个补充。因为在小说开头首先提到的是一部出版于1934年名为《欧战史》的历史书，其作者是英国军事专家哈特。在这本《欧战史》的第22页记载着配备一千四百门大炮的十三个团的英国军队，原计划于1916年7月24日向德国军队进攻，后来却不得不延期到29日的上午。为什么拖延了五天？哈特在书中指出是因为下了一场大雨。而小说的叙事者却指出俞琛入狱后的供词"却给这个事件投上了一线值得怀疑的光芒"。从这个意义上说，《交叉小径的花园》完全可以看作是对一段历史的纠正或补充，从而似乎表现出一种历史考据癖，使小说具有一种历史小说的意味。我们也可以把《交叉小径的花园》看成是战争小说，涉及的是一战；当然它更像一部间谍小说，讲的是英德间谍之间的追杀故事。而博尔赫斯本人则把小说定位为侦探故事。但把《交叉小径的花园》看成是侦探小说类型，难题仍然存在：如何解释小说中关于崔朋的故事、中国迷宫的故事以及对时间的玄想？这些确乎是游离于侦探小说的情节线索之外的，就好像是嵌在侦探框架中的一个玄学楔子。

尽管很难在小说类型学的意义上为《交叉小径的花园》定位，但相对比较准确的概括是：这部小说以一个侦探小说的外壳包含了一个玄学的内核。同时我们仍然必须认定：《交叉小径的花园》其实包括了多种创作动机，也包括了多种小说类型。这就是该小说表现出的杂糅性。而这种杂糅性正是后现代主义写作的一个重要特征。

2. 小说中关于崔朋的中国迷宫故事昭示了《交叉小径的花园》在貌似侦探小说的追求之外,还有着更深层的动机,那就是博尔赫斯的玄学性想象。博尔赫斯对迷宫的酷爱也正因为"迷宫"意象非常适合于承载一个关于宇宙和世界的幻想性总体图式。在《交叉小径的花园》中,迷宫是一个象征物,它真正影射的是一个形而上的、抽象的"时间"主题。如果说整篇小说可以看成一个譬喻的话,那么"迷宫"是喻体,真正的本体是"时间"。

分成两半的子爵(存目)

〔意大利〕卡尔维诺

【导读】

1.《分成两半的子爵》(1952)是《我们的祖先》三部曲中的第一部。写一位子爵在战争中被炮弹一分为二,分开的两半却各自存活下来,一半善良,一半邪恶。人性的善与恶就这样形象鲜明地反映在分成两半的子爵身上。小说以寓言的方式告诉我们,真实的人性其实是复杂的,是善与恶的统一,就像小说的结尾合而为一、恢复完整的子爵那样:"既不坏也不好,善与恶俱备。"这使小说最终显得意味深长。

2.关注一下《分成两半的子爵》的叙事者问题是很有意思的。小说为什么让一个少年来讲子爵的故事?小说结尾为什么写他"给自己编故事"?我们可以感受到,这是一个具有少年的好奇心性的叙事者,他讲出来的故事就更带有童话气息。我们甚至可以把分成两半的子爵的故事设想成他的异想天开,是他给自己编的众多故事之一。如此一来,不可能的神奇的故事就具有了可信性和可理解性,也使"我们的祖先"具有了传奇性。

3.《分成两半的子爵》体现出鲜明的童话思维特征,形象简明,善恶分明,有儿童思维的色彩和特征。这是不是有简单化的倾向?如何评价这种小说中的童话的思维方式?

第八章 现实主义小说

第一节 概述

至此,我们勾勒的主要是 20 世纪小说领域具有现代主义特征的诸种文学流派。这些现代主义乃至后现代主义文学流派构成了 20 世纪文学的重要组成部分。但是另一方面,与现代主义同时并存的,还有 20 世纪的现实主义小说创作。现实主义小说与现代主义小说在 20 世纪既是并行不悖的两条主线,同时也突出地表现出彼此渗透和交融的特征。从某种意义上说,正是现代主义与现实主义的双峰并峙以及彼此盘根错节的交融互渗构成了 20 世纪世界文坛的完整格局。因此,为了较为全面地展示 20 世纪世界文学发展的整体地貌,有必要简单介绍一下现实主义的小说创作以及现实主义与现代主义的相互影响关系。

现实主义小说是 20 世纪一以贯之的创作线索,在世界上各个国度都占有重要的比重,并取得了与以往的文学世纪相比毫不逊色的成就。现实主义小说的固有优势体现在,一方面它是具有更深远的文学传统的小说样式,另一方面,它在反映社会现实的广度、丰富性、细致程度,对 20 世纪人类生活场景的还原和摹写、对人物的精心刻画以及贴近更广大的文学爱好者等方面都有着现代主义文学不可完全替代的功能。因此,20 世纪的现实主义小说对于我们完整深入地了解这个波澜壮阔而又纷繁复杂的世纪,是极其重要和不可替代的。

在西欧和美国,继 19 世纪的批判现实主义之后,现实主义小说在 20

世纪仍旧取得了重要的成就,其中尤以德国的亨利希·曼的《帝国》三部曲、托马斯·曼的《布登勃洛克一家》和《魔山》、亨利希·伯尔的《女士与众生相》,法国的罗曼·罗兰的《约翰·克利斯朵夫》、莫里亚克的《蝮蛇结》,英国的康拉德的《黑暗的中心》、高尔斯华绥的《福尔赛世家》、格雷厄姆·格林的《问题的核心》、毛姆的《人性的枷锁》、劳伦斯的《儿子与情人》和《虹》,美国的德莱塞的《美国的悲剧》、斯坦贝克的《愤怒的葡萄》、海明威的《永别了,武器》、索尔·贝娄的《赫索格》等为最重要的收获。

而俄罗斯以及苏联的现实主义小说也构成了 20 世纪世界现实主义小说领域中的重要组成部分。高尔基的《母亲》在世纪初叶开创了无产阶级文学的先河,并在十月革命以后发展出了以肖洛霍夫的长篇巨著《静静的顿河》为代表的"社会主义现实主义"的小说形式,是现实主义传统在社会主义阵营的一种新变体。1934 年 8 月,苏联召开了第一次作家代表大会,正是在这次会议上,"社会主义现实主义"被确定为苏联文学创作和批评的基本方法。社会主义现实主义"要求艺术家从现实的革命发展中真实地、历史具体地去描写现实;同时,艺术描写的真实性和历史具体性必须与用社会主义精神从思想上改造和教育劳动人民的任务结合起来。社会主义现实主义保证艺术创作有特殊的可能性去发挥创作的主动性,去选择各种各样的形式、风格和体裁"①。这是对十月革命后"已经有了革命的社会主义创造的事实"(高尔基语)的一个总结,同时也由于社会主义现实主义的惟我独尊地位而束缚了现实主义小说的空间。五六十年代之后这种状况有所改观,诞生了如帕斯捷尔纳克的《日瓦戈医生》、索尔仁尼琴的《癌症楼》和《古拉格群岛》、艾特玛托夫的《白轮船》和《断头台》等史诗般的作品。

详细谈论 20 世纪的现实主义会有许多话题。我们这里侧重谈一下 20 世纪现实主义小说的多元化创作趋向以及现实主义与现代主义相互渗透的影响关系。

写实的原则始终是现实主义小说的根本。譬如诺贝尔文学奖委员会

---

① 《中国大百科全书·外国文学》第Ⅱ卷,第 909 页,中国大百科全书出版社 1982 年 5 月版。

为1929年获得诺贝尔奖的托马斯·曼所致的颁奖词中即称:"写实小说忠实、精细、全面地刻画现实生活,描写人类的心灵面对当代社会时所体验到的最深刻和最微妙的感情,并强调全体与个体之间的相关性。在这方面,旧式文体是难以与它相提并论的。"①托马斯·曼的《布登勃洛克一家》(1901)被看成是德国"最早的、也是最突出的"的写实小说,它的确吻合诺贝尔奖的颁奖词对写实小说的评价。《布登勃洛克一家》一方面忠实、精细、全面地表现生活,另一方面又深入到深刻而微妙的人类情感领域,在刻画人物方面则把个体的典型人物与群体的共性相统一,这些都是传统的现实主义小说的长处,也完全在托马斯·曼的创作中得到完美的体现。

但是,我们真正想强调的是,托马斯·曼又赋予了现实主义小说以崭新的品质。他的《布登勃洛克一家》不仅具有19世纪批判现实主义小说所具有的优长,也同时具有德国作家独特的深思和玄奥的哲理性,因此,它也堪称一部哲学小说。而1924年托马斯·曼的《魔山》问世之后,20世纪的现实主义小说则获得了以往的小说从未达到的境界。

《魔山》的故事发生在第一次大战前夕,地点在作者所虚构的一个瑞士阿尔卑斯山中的疗养院,即作者所谓的"魔山",里面住着来自欧洲各地的病人,他们精神空虚,身体虚弱,有如行尸走肉,从而反映着世纪初叶欧洲精神的病态和危机。因此《魔山》也被称为"时代小说",透露的是"整个欧洲精神生活的精髓"(美国作家辛克莱·刘易斯语)。②"魔山"象征着病态和死亡,象征着病恹恹的现代欧洲的精神生活,甚至象征着笼罩在病态和梦魇中的人类生活处境本身。

《魔山》的问世标志着20世纪的现实主义的宏篇巨制越来越追求史诗式的包容性,从而也越来越具有百科全书般的属性,正像卡尔维诺在《未来千年文学备忘录》中所说:"许多人称之为是对本世纪文化最完备引论的一部书本身是一部长篇小说,即托马斯·曼(Thomas Mann)。如果这样说是不过分的;阿尔卑斯山中疗养院那狭小而封闭的世界是20世

---

① 引自《诺贝尔文学奖金库》第一卷,第202页,中国社会出版社1998年12月版。
② 参见李明滨主编《二十世纪欧美文学史》,第58页,北京大学出版社2000年8月版。

纪思想家必定遵循的全部线索的出发点：今天被讨论的全部主题都已经在那里预告过、评论过了。"①《魔山》的问世，也进一步标志着20世纪的现实主义小说已经无法维持19世纪以前的"纯洁性"，一方面是现实主义小说必须顺应时代的复杂性，另一方面则是风起云涌的现代主义思潮也为现实主义小说提供了新的思想空间和新的实验技巧。对现代主义的借鉴和融合，从此成为20世纪现实主义小说最重要的特征之一。从《魔山》即可看出，20世纪的现实主义小说之所以取得了不容忽略的成就，与其自我的更新与发展密不可分。现实主义小说的一部分生命力正来自于它对席卷整个20世纪的现代主义文学潮流的吸纳与借鉴。在某种程度上，在20世纪的伟大作品中，不受现代主义文学影响的现实主义小说几乎是不存在的。

象征性技巧在20世纪现实主义小说中也得到了进一步的发展。"魔山"的意象就是一种主题级的象征。它昭示了20世纪现实主义小说中的象征运用越来越趋于多义化和朦胧化，这与现代主义文学的影响、与作家把握世界和传达世界的方式的复杂化均有密切的关系。又如海明威荣获诺贝尔文学奖的《老人与海》（1952），也是一部以中文译本不足百页的篇幅浓缩了丰厚而深刻意蕴的中篇小说。其中，关于大海的经验和描述，是海明威留给后人的一份重要的遗产。"海"在《老人与海》中是个与老人同等重要的人格化形象，海不仅是人生存于其中的大自然的环境，也不仅是人的存在的背景，在《老人与海》中，大海就是老人桑提亚哥的生存方式。它在老人眼里是一种有生命的、值得敬畏的力量。"海"的意象最终已经升华为一个具有丰富的象征内涵的与"魔山"相类似的主题级意象。此外，《老人与海》中还有一个重要的意象就是"狮子"。老人少年时代是一个水手，去过非洲，在非洲的海滩上经常见到狮子。所以小说中常常写老人提到狮子，也常常写老人梦到狮子。

> 他梦见的，再也不是狂风巨浪，不是女人，不是大事，不是大鱼、搏斗、角力，也不是他的妻子。他现在只梦见异域他乡，梦见海滩上的那些狮子。

---

① 卡尔维诺《未来千年文学备忘录》，第81页，辽宁教育出版社1997年3月版。

又如小说结尾：

> 在路那头的窝棚里，老汉又睡着了。他仍然趴着睡，孩子坐在路边望着他。老汉正梦见那些狮子。

"狮子"在小说中一再复现，同样成为有象征色彩的意象，但狮子到底象征着什么却是非确定的，我们可以说它象征着老人漂洋过海的少年时代，也可以说它象征着老人的梦想和渴望，可以说它象征着老人征服困难的雄心壮志，也可以说它象征着一种高贵的不可战胜的人格。作为一个象征意象，它显然具有多重内涵。这就是20世纪现实主义小说中的象征方式，它是20世纪现实主义小说趋于复杂化的重要标志之一。

我们下面介绍的两个作家，同样展示了20世纪现实主义小说的丰富性和兼容性。

第二节 帕斯捷尔纳克

帕斯捷尔纳克（1890—1960）生于莫斯科一个犹太人家庭，父亲是著名画家，是俄罗斯大文豪列夫·托尔斯泰以及奥地利大诗人里尔克的朋友，母亲则是一位钢琴家，这一切都为帕斯捷尔纳克日后的艺术才华提供了先天的土壤。1909年他考入莫斯科大学法律系，后又转入历史哲学系，1912年赴德国马堡大学跟随著名的科恩教授研究新康德主义。1913年回到莫斯科，全力投入文学创作。

帕斯捷尔纳克的诗歌生涯是从1909年开始的。1914年即出版第一本诗集《雾霭中的双子星座》，并结识了著名的诗人叶赛宁以及未来派诗人马雅可夫斯基。此后，帕斯捷尔纳克相继创作了诗集《在街垒之上》（1916）、《生活啊，我的姐妹》（1922）、《主题与变调》（1923）以及长诗《一九零五年》（1927）等，获得了广泛的赞誉，被马雅可夫斯基称为"诗人的诗人"，高尔基也称《一九零五年》"是一部佳作，这是真正诗人的声音，而且是位有社会意义的诗人的声音，这里的社会意义是取其最好、最深的含义而言的"。①

除了诗歌,帕斯捷尔纳克还著有中篇小说《柳威尔斯的童年》(1922)以及一系列散文作品,包括帕斯捷尔纳克死后在1967年刊出的自传性散文《人与事》。关于《人与事》,帕斯捷尔纳克说:"我是从最小的生活圈子的中心着笔的,有意把自己限制在其中。""这里所写的东西,足以使人理解:生活——在我的个别事件中如何转为艺术现实,而这个现实又如何从命运与经历之中诞生出来。"②

帕斯捷尔纳克最重要的文学成就是他的长篇小说《日瓦戈医生》。该书从1948年开始写作,1956年完成,1957年最早以意大利文出版,次年底就被翻译成十几种文字,在欧美引起极大的反响。有评论家称《日瓦戈医生》概括了俄国最重要的一段历史时期,继列夫·托尔斯泰《战争与和平》之后还没有一部作品能够囊括一个如此广阔、如此具有历史意义的时期,是"一部不朽的史诗","是我们这个时代最重要的著作之一"。③

1958年,瑞典皇家学院把诺贝尔文学奖授予了帕斯捷尔纳克,认为他"不论在当代抒情诗还是在俄国的伟大叙事文学传统方面都获得了令人瞩目的成就"。然而,在苏联国内,帕斯捷尔纳克却因为把书稿送交国外出版而受到指责和批判,宣传部门称《日瓦戈医生》的获奖是西方"一次怀有敌意的政治行动",帕斯捷尔纳克本人也被开除出作家协会。迫于种种压力,帕斯捷尔纳克宣布拒绝领取诺贝尔奖,又写信给苏联当时的领导人赫鲁晓夫恳求不要把他驱逐出境,信中言辞恳切,表达了对祖国的赤子之情:"我生在俄罗斯,长在俄罗斯,工作在俄罗斯,我同它不可分割,离开它对我来说意味着死亡。"

《日瓦戈医生》写的是一个俄国知识分子日瓦戈在十月革命前后的复杂经历和坎坷命运,并通过日瓦戈的视点,见证了十月革命前后诸如1905年革命、第一次世界大战、二月革命、十月革命、国内革命战争、新经济政策等一系列历史事件,是一部具有恢弘的史诗追求的长篇小说。主

---

① 参见帕斯捷尔纳克《人与事》,乌兰汗译,第396页,三联书店1991年7月版。
② 同上书,第12页。
③ 参见晓歌《作家与作品》,《日瓦戈医生》,第9页,湖南人民出版社1987年6月版。

人公日瓦戈是个既认同革命又与革命有一种疏离感的边缘人物,他深受基督教的影响,有博爱思想,对革命潮流持一种警惕的态度;他被迫参加了游击队与白军作战,又因同情而放走了白军俘虏;他与温柔善良的冬妮娅结为夫妻,却又喜欢上了美丽动人的拉拉。这样一个复杂的人物反映了作者对革命和历史的复杂而独特的理解,也在苏联至少从高尔基的《母亲》就开始了的主流革命文学图景之外,提供了我们透视俄罗斯和苏维埃历史的另一种更复杂的历史视野和观念视野。

在《日瓦戈医生》的观念视野中,人道主义精神以及俄罗斯传统价值形态是其中最重要的部分。帕斯捷尔纳克在一次美国记者对他的访问中曾经说过这样的话:

> 我有责任通过小说来详述我们的时代——遥远而又恍若眼前的那些年月。时间不等人,我想将过去记录下来,通过《日瓦戈医生》这部小说,赞颂那时的俄国美好和敏感的一面。那些岁月一去不返。我们的先辈和祖先也已长眠不醒。但是在百花盛开的未来,我可以预见,他们的价值观念一定会复苏。我一直在努力将它描述出来。我不知道《日瓦戈医生》作为小说是否取得了彻底的成功,但即使小说有各种各样的缺陷,我仍然觉得比我早期诗歌具有更高的价值,内容更为丰富,更具备人道主义精神。①

但是这种人道主义和传统的内在价值是苏维埃的革命意识形态很难接受的。于是《日瓦戈医生》一直由于它边缘化的声音而饱受争议。譬如有研究者认为"《日瓦戈医生》不是从辩证唯物史观而是从唯心史观出发去反思那段具有伟大变革意义的历史"。"《日瓦戈医生》淡化阶级矛盾,向人们昭示:暴力革命带来自相残杀","破坏了整个生活,使历史倒退","在本质上否定了十月革命的历史意义"。② 可以说,《日瓦戈医生》的确从人道主义和个体生命的角度反思了俄国十月革命以及其后的社会主义的历史,它的价值之一也正是所表现出的看待历史和革命的一种复杂的甚至矛盾的态度。日瓦戈医生的矛盾体现在,他一方面憎恶俄罗斯沙皇

---

① 《日瓦戈医生》,第695页,湖南人民出版社1987年6月版。
② 《二十世纪欧美文学史》第3卷,第307—308页,北京大学出版社1999年6月版。

时代的政治制度,赞同十月革命的历史合理性,但是另一方面却又怀疑革命同时所带来的暴力和破坏,用日瓦戈医生自己的话来说:"我是非常赞成革命的,可是我现在觉得,用暴力是什么也得不到的,应该以善为善。"他的信仰仍是来源于俄罗斯宗教的爱的信条以及托尔斯泰式的人道主义,在历史观上则表现出一种怀疑主义的精神。但是在史无前例的以暴易暴的革命时代,这种爱与人道的信仰是软弱无力的。所谓"爱是孱弱的",它的价值只是在于它是一种精神力量的象征,代表着人彼此热爱、怜悯的精神需求,代表着人类对自我完善和升华的精神追求,也代表着对苦难的一种坚忍的承受。正是在这个意义上,帕斯捷尔纳克代表了俄罗斯知识分子所固有的一种内在的精神:对苦难的坚忍承受,对精神生活的关注,对灵魂净化的向往,对人的尊严的捍卫,对完美人性的追求。帕斯捷尔纳克是俄罗斯内在的民族精神在 20 世纪上半叶的代表。他的创作深刻表现了一个知识分子虽然饱经痛楚、放逐、罪孽、牺牲,却依然保持着美好的信念与精神的良知的心灵历程。这种担承与良知构成了衡量帕斯捷尔纳克一生创作的更重要的尺度。这一切塑造了《日瓦戈医生》特有的高贵而忧郁的品格。因此,《日瓦戈医生》也被认为是"关于人类灵魂的纯洁和尊贵的小说",它的问世,被称为"人类文学和道德史上最伟大的事件之一"。①

因此,我们就容易理解为什么帕斯捷尔纳克虽然历经沧桑,仍然对生活充满热望:"我渴望生活,而生活就意味着永远向前,去争取并达到更高,尽善尽美的境界。"我们同样理解了小说的结尾借助日瓦戈医生的一对朋友的感怀所表达的对心灵自由和美好未来的信念,并为这种俄罗斯式的内在精神品性深深触动:

> 日见苍老的一对好友,临窗眺望,感到心灵的这种自由已经来临;就在这天傍晚,未来似乎实实在在地出现在下面的大街上;他俩本人就迈入了这个未来,从此将处于这个未来之中。面对这个神圣的城市,面对整个大地,面对直到这个晚上参与了这一历史的人们及其子女,不由产生出一种幸福的动心的宁静感。这种宁静感渗透到

---

① 《二十世纪欧美文学史》第 3 卷,第 307—308 页,北京大学出版社 1999 年 6 月版。

一切之中,自己也产生一种无声的幸福的音乐,在周围广为散播。

在这个意义上说,《日瓦戈医生》不同于诸如绥拉菲莫维奇的《铁流》一类反映十月革命、代表苏维埃主流意识形态的革命小说,但是它仍然反映了俄罗斯的另一种现实,尤其维护了人类内心的一种美好的信念和固有的价值。尽管日瓦戈的历史观和独善其身的选择与当时的历史潮流是无法吻合的,但却在大一统的主流意识形态之外提供了反思历史的另一种视角,日瓦戈医生的声音依旧是有价值的,并终将穿透漫漫历史,显示出越来越值得人们关注的生命力。因此,有论者这样为《日瓦戈医生》定位:"它以深沉的、诚实的历史唯物主义态度,反思十月革命及后来发生的种种世态人心,特别是普通人和知识分子的命运、理想、爱情、追求、迷惘……现在人们愈来愈清楚地理解了帕斯捷尔纳克与自己的时代进行对话、争辩,不是政治方面的,他是十月革命的同路人,苏维埃社会主义制度的拥护者,他是位严肃认真的爱国主义者,俄罗斯文学人道主义传统当之无愧的继承者,是位一丝不苟的文坛巨匠。"①

《日瓦戈医生》在小说艺术史上的独特贡献是把俄罗斯现实主义小说写实性的叙事传统与帕斯捷尔纳克式的诗意品质完美地结合起来,成就了一部史诗性的现实主义巨著。它有一种抒情性,被称为"诗化小说"。作者致力于营造一个个充满诗情画意的细节,这些细节往往具有独立性,独立于小说的情节和逻辑线索之外,提示着一种诗的情调,譬如《瓦雷基诺》一章开头的九节篇幅就是由日瓦戈的札记组成,里面有叙述、议论、杂感、抒情、梦境甚至诗歌片段,总体上则体现出一种抒情的意绪。小说的最后一章全部由日瓦戈的诗作组成,共25首,是日瓦戈的心灵的咏叹,有一种命运感和宗教感,最终奠定了《日瓦戈医生》史诗般的艺术格局。

第三节 索尔·贝娄

索尔·贝娄(1915—)生于加拿大,父母是犹太人。9岁时随父母

---

① 晓歌《作家与作品》,《日瓦戈医生》,第14页,湖南人民出版社1987年6月版。

迁移到美国芝加哥，1933 年考入芝加哥大学，两年后转入西北大学，1937 年获人类学和社会学学士学位。同年，进入威斯康辛大学研究生学院深造，其间立志成为作家，开始了创作生涯。二战之后在大学任教，同时在创作中取得了令世界瞩目的成就，成为美国现实主义文学最主要的人物，世界文坛公认他是海明威与福克纳之后最有影响的当代美国作家。其主要小说创作有《挂起来的人》(1944)、《受害者》(1947)、《奥吉·玛琪历险记》(1953)、《捉住这一天》(1956)、《雨王汉德森》(1059)、《赫索格》(1964)、《赛姆勒先生的行星》(1970)、《洪堡的礼物》(1975)、《更多的人死于心碎》(1987)等。

索尔·贝娄的现实主义成就集中体现在他继承了 19 世纪现实主义小说的某些传统，激赏福楼拜、托尔斯泰、德莱塞、康拉德等现实主义小说家，并从他们身上汲取了相当多的现实主义文学信念。索尔·贝娄坚守的现实主义准则之一是关于小说中的人物的信念。他引申英国女作家伊丽莎白·鲍恩的话说："人物并不是作者创造的。它们早就存在，必须去寻找。假如我们不去寻找，假如我们不能重现他们，那是我们的过错。"① 这背后的观念是对人的状况的深切关注。而对人的处境的关怀，正是现实主义的重要传统。

另一方面，索尔·贝娄同时认为"人的状况也许从来没有像现在这样难于明确阐述"②。他所面对的是一个无论人的内在世界还是外部世界都日趋复杂的时代，这使他在自己的创作实践中努力寻找新的叙述形式。正如他自己所说，在文学创作中必须"要求能有一种更加广泛、更加灵活、更加丰富、更有条理、更为全面的叙述，阐明人类究竟是什么，我们是谁，活着为什么等等问题"③。他对现实主义小说新的形式的寻找就是为了更好地回答他自己提出的问题。而要回答这些问题，传统的现实主义小说叙述方式显然是不够了。索尔·贝娄的小说观念因此突出地反映了 20 世纪的一种普遍趋势，即现实主义与现代主义互相渗透和影响的

---

① 索尔·贝娄《受奖演说》，《赫索格》，第 483 页，漓江出版社 1985 年 7 月版。
② 同上。
③ 转引自宋兆林《贝娄和他的〈赫索格〉》，《赫索格》，第 7 页，漓江出版社 1985 年 7 月版。

图景。

索尔·贝娄的代表作、长篇小说《赫索格》集中反映了对复杂的现代人生存境遇的关注、对知识分子心态的勾勒,以及对人的终极存在问题的思考。

《赫索格》中的主人公赫索格学识渊博,崇尚理性和人道主义精神,是个出色的大学历史教授。但是在他个人的现实生活中,一切却背道而驰。他的两次婚姻都以失败而告终,第二个妻子还与自己最好的朋友有染,赫索格自己则被妻子赶出家门,最后不但失去了妻子、朋友,还失去了心爱的女儿。这巨大的变故彻底改变了赫索格的生活,也改变了他的精神状态,他只能借助写信来缓解内心的危机。书信因此构成了全书的重要组成部分,多达五十余封,分别写给不同的人。但是这些信件却从未寄出,它们只是赫索格心灵的一种自我倾诉,从中读者得以窥见赫索格的内心深处,也使这部小说在描绘美国 1960 年代动荡变幻的社会现实的同时,成为探索知识分子心理和精神危机的"心理现实主义"作品。

知识分子的思想与生活构成了索尔·贝娄始终关注的重要领域,《赫索格》传达的正是知识分子对自我本质的拷问和自我认同的危机。就像小说中赫索格对镜自问的那样:"我的天哪!这个生物是什么?这东西认为自己是个人。可究竟是什么?这并不是人,但它渴望做个人。像一场烦扰不休的梦,一团凝聚不散的烟雾。一种愿望。"

索尔·贝娄笔下的知识分子,正是像赫索格这样一些离群索居、内心充满苦闷和孤独,却努力在一个与他们相疏离的社会中探求自我、寻找认同和归宿的形象。即使索尔·贝娄在长篇小说《雨王汉德森》中刻画的百万富翁汉德森,也同样被"我是谁"的问题所困扰:

> 我是谁?一个家财万贯的流浪汉,一个被驱逐到世上的粗暴之徒,一个离开了自己祖先移居异国的逃亡者,一个心里老叫唤着"我要,我要"的家伙——他绝望地拉小提琴,为的是追寻死者的声音,他必须冲破心灵的沉寂。

虽然汉德森的物质生活极度富裕,但内心世界却极度贫瘠,最终跑到非洲大陆的蛮荒之地去寻求归依。但恰恰是在非洲的原始部落中,汉德森获得了一种精神的再生,并带着这种对生命意义和人的价值的重新领悟返回美国。作者称汉德森是一个"具有优秀品质的荒谬的探索者",这种评价中隐含着戏谑的成分,而从未到过非洲的作者对汉德森在非洲原始部族的冒险之旅的描绘也多少有一种戏拟英雄传奇的意味,汉德森由于奇迹般地为一个原始部落求得一场雨而被奉为雨王,本身就有点滑稽,正像塞万提斯的《堂·吉诃德》戏拟骑士小说一样。索尔·贝娄《雨王汉德森》的价值一方面体现在汉德森对生命意义的堂·吉诃德式的寻求,另一方面则体现在以原始社会形态和生存方式构成现代社会的参照,从间接的层面透露了现代人以及现代社会的危机。

《洪堡的礼物》是索尔·贝娄可以与《赫索格》媲美的另一部长篇小说。

《洪堡的礼物》的叙事者查理·西特林是个美国作家,在经历了穷奢极侈的生活之后却再也创作不出新的作品。与此同时,他的生活却陷入了危机:前妻向他索取巨额抚养费,流氓歹徒无休止地纠缠他,律师也在他的身上打算盘,法官更不会轻易放过他。最终他只好流落到了西班牙。但恰在此时,他获得了一个已故的诗人朋友洪堡留下来的一部电影剧本,这一从天而降的礼物使西特林重新富有起来。小说试图描绘一种"洪堡精神",这就是洪堡生前所信奉着的"善良与爱"的精神。这种精神才是洪堡所留下来的更珍贵的礼物,在一个金钱拜物教的物质社会中,尤其显得弥足珍贵。

无论是《赫索格》还是《洪堡的礼物》,都表现出对于现代主义文学风格和技巧的借鉴。索尔·贝娄的小说证明,20世纪的现实主义小说如果再坚守巴尔扎克和托尔斯泰时代的原则是不可能的。可以说,索尔·贝娄改变了小说的现实主义传统,使之顺应了一个现代主义的时代。1976年授予索尔·贝娄的诺贝尔文学奖颁奖词中开门见山地说:"在索尔·贝娄的第一部作品诞生之时,美国的叙事艺术发生了倾向性和换代性的变化。"这种变化的重要方面,是他在小说中借鉴了大量的现代派的艺术手法。这种对现代主义的技巧的借鉴尤其体现在意识流手法的运用上。《赫索格》中混杂了大量的内心独白、心理分析、主观意绪、议论说理,有鲜明的意识流创作技巧的影响痕迹。这与索尔·贝娄试图揭示现代知识分子在都市生活中的心理危机的初衷是分不开的。但与乔伊斯等意识流小说家集中探索非理性的潜意识相比，索尔·贝娄小说中表现的往往是人物的理性意识，意识流手法也往往是刻画人物的一种有效的手段，构成了所谓"心理现实主义"风格的有机组成部分。同时，索尔·贝娄也注重对社会环境的描绘，力图展示小说人物所处的现实境遇，像他所激赏的美国杰出现实主义小说家德莱塞那样，深刻地剖析主人公的悲剧之所以产生的社会因素和历史根源。正如他自己所说："不可避免的个人混乱，也就是社会悲剧的写照。"①传统现实主义小说固有的优势与现代主义的新的视野被索尔·贝娄完美地整合在一起。

索尔·贝娄在小说语言和艺术风格上也独树一帜，形成了所谓"贝娄式风格"，"即一种具有自我嘲讽的喜剧性风格。它的特点是既富于同情，又带着嘲讽，喜剧性的嘲笑和严肃的思考相结合，滑稽中流露悲怆，诚恳中蕴含玩世不恭。文体既口语化，又高雅精致，能随着人物的性格与环境的不同而变化"②，从而表现了一个现代小说大师级人物的丰富性和兼容性。

【思考题】

1. 如何评价《日瓦戈医生》所表现出的精神内涵？
2. 索尔·贝娄的文学成就表现在哪些方面？

---

① 转引自宋兆霖《贝娄和他的〈赫索格〉》，《赫索格》，第 11 页，漓江出版社 1985 年 7 月版。
② 宋兆霖《贝娄和他的〈赫索格〉》，《赫索格》，第 8 页，漓江出版社 1985 年 7 月版。

日瓦戈医生(节选)

〔苏〕帕斯捷尔纳克

第九章　瓦雷基诺

一

冬天空闲时多了,日瓦戈开始写各种札记。他记道:

美好的夏日何以褒扬,
不错确是神奇的时光;
我要问怎来的赐予,
无缘无由竟如此大方。

"披星戴月给自己和家庭劳动,修筑房屋,耕作土地,以求温饱;模仿创造宇宙的上帝,像鲁宾逊那样创造一个自己的世界,又像母亲那样一次再次赐给自己以新生——这是多么幸福呀!

"当你的手在活动、在劳作、在干杂活儿或是木工;当你给自己定出体力可行的合理任务,从而获得成功和喜悦;当你一连六个小时在露天里用斧头削个什么东西或者挖土,享受着清新的空气——每当此时,有多少念头纷呈在你脑海里,有多少新意反复涌来。这些思想、发现、反复,没有记到纸上而一闪即逝,但这并不是损失而是收益。城里的隐居者啊,你用浓黑的咖啡或是烈烟来支撑颓废的神经和想象,你哪里知道最强大的麻醉剂,在于真实的穷困和健全的体魄。

"我到此为止,不再发挥了,不想鼓吹托尔斯泰的平民化和归向土地;我不想对土地问题上的社会主义加添自己的修正;我只是确认事实,却无意把我们偶然的厄运概括成为体系。要从我们这个实例引出结论,是会有争议的,不相宜的。我们如今的家业,内容过于纷杂;只有其中一小部分,即储备起来的蔬菜和土豆,可以算作我们双手劳动的结果。其余的一切,是靠了别的来源。

"我们使用土地是不合法的,擅自隐蔽地耕作而没有纳入国家的统计之内。我们伐木,是一种不可饶恕的盗窃行为,因为偷的是国家(以前属于克吕格尔)的财富。我们所以得到庇护,是由于米库利齐恩的放纵;他的生活来源大体上也是如此。我们侥幸无事,是因为离城很远,幸亏城里还不知道我们的所作所为。

"我放弃了医学,避而不谈自己是医生,免得招来不自由。可是总有好心人远在天边也打听到了瓦雷基诺来了个医生,从三十里外跑到这儿求医,有的抱着母鸡,有的带着鸡蛋,有的送来黄油以及别的东西。不管我怎么谢绝酬报也休想推掉,因为人们不相信无酬白得的医病方子能有什么效力。就这样,行医也给我添点收入,但我们和米库利齐恩家主要的支柱还是萨莫杰维亚托夫。

"真难理解,这人怎能把如此对立的东西集于一身。他真诚地拥护革命,尤里亚京市苏维埃给予他的信任,他完全受之无愧。他有强大的授权,可以征调瓦雷基诺的木材,甚至不需要对我们和米库利齐恩打招呼,我们也丝毫不会介意。从另一方面说,他要想贪污公款,真是不费吹灰之力;不管拿什么拿多少,谁也不会说个不字。没有人同他平分秋色,他不需要打点任何人。那么他为啥要关心我们,帮助米库利齐恩一家,支持着这里所有的人,如泥炭车站的站长?他总在奔波,带这个东西那个东西,又同样眉飞色舞地分析讲解陀思妥耶夫斯基的《群魔》和《共产党宣言》。我有种印象,倘如他不这样显然无谓地给自己生活找这类麻烦,他就要寂寞地死去。"

二

过不久日瓦戈医生又记道:

"我们定居在老爷旧宅的后房里,是两间木板屋。安娜·伊万诺夫娜小的时候,这房间是克吕格尔给贴身家仆、家庭裁缝、女管家、上年纪保姆住的。

"房子已很破旧。我们相当迅速地修复了它。靠了懂行人的帮助,我们把烟道通过两间屋的火炉重新盘过,如今加了几个拐脖,保暖要好多了。

"在花园的这一角里,过去布局的痕迹已不复在,新种的植物掩盖了一切。可现在是冬天,周围一切又都长眠,活着的东西掩饰不了已死东西的陈迹,旧时留下的特征经雪一装点,反更显眼。

"我们算是幸运。今秋干燥暖和。土豆在雨季和寒流来临之前,就全挖了出来。除去归还米库利齐恩的部分,我们收了二十多麻袋,全存入地下的主囤里,露出地面的囤口用牧草和破衣盖严。地窖里又存起了两木桶黄瓜,是冬尼娅腌的,还有两桶她做的酸白菜。新鲜的白菜散开晾到木桩上,两棵扎在一起。胡萝卜埋到了干燥的沙土内。这里还有足够数量新收的萝卜、甜菜、芜菁。地面上屋子里放着不少豌豆和大豆。柴棚里拉回来的劈柴,能烧到开春。冬天我喜欢闻地窖里的暖气;当冬季天还未亮时,你一手举着微弱欲灭的烛火,稍稍掀起地窖入口的小盖,马上有一种菜根混着土和雪的浓味扑鼻而来。

"等你由板棚里出来,天光还未发亮。门吱呀一响,或你不小心打个喷嚏,或是脚踩得雪地出声,远处菜田里冒出雪地的白菜根后,便会跃出一些白兔四散而逃;四周雪地上横七竖八全是它们大步蹿跳的足迹。周围此起彼伏地响着长久不停的狗吠。鸡已叫了三遍,现在听不到它们的声音了。天色开始放亮。

"一望无际的雪原上,除了野兔的足迹外,还有猞猁的脚印,一窝连着一窝,整齐得像穿线的针脚。猞猁走路像只猫,后爪跟着前爪,据说就这样一夜能走出几十里路。

"这里下夹子捕猞猁。有时可怜的灰兔落网,从夹子上取下时已经被雪半掩,冻僵冻硬了。

"起初,春夏时节,我们感到很苦。常常是筋疲力尽。现在到了冬日傍晚,我们得以休息了。多亏萨姆杰维亚托夫供给我们煤油,我们围坐在煤油灯旁。女人们缝衣或者编织,我或是亚历山大·亚历山大罗维奇大声诵读。炉里生着火,我这个早被公认的司炉工,负责及时关好风门保住热气。如果有块没着完的木头妨碍燃烧,我就把它夹出来,还带着烟端出房外远远扔到雪地里。木头溅着火星,如点燃的火炬在空中飞过,照亮了黑暗中沉睡的花园以及许多四方形白色水坑,落到雪地上嘶嘶叫着熄灭了。

"我们没完没了地读《战争与和平》、《欧根·奥涅金》以及所有的长诗,读俄文版的司汤达的《红与黑》,狄更斯的《双城记》,克里斯特的短篇小说。"

三

春天将至时日瓦戈医生记道:

"我感到冬尼娅有了身孕,就对她说了。她不同意我的揣测,我却深信不疑。在肯定无疑的征兆出现之前,一些先期不大明显的迹象也是瞒不过我的。

"妻子的脸上起了变化。倒不能说是变丑了。可过去完全在她把握之中的外表仪容,如今却不肯听她的了。她被将要从她身上出世而不再属于她自己的未来物所控制。女人面容失去自身的控制,表现为生理上的惶惑;这时脸上要失去光泽,皮肤变粗,眼睛流露着不由她自主的异样的光彩。她仿佛无力顾及而把一切全荒废了。

"我和冬尼娅从来没有相互疏远过,这一年的劳动尤其使我们形影不离。我观察到冬尼娅十分机灵、有劲、不知疲倦,非常有计算地安排活茬,干完一件不失时机地接着干另一件。

"我一向认为,任何一次妊娠都无可非议;这一与圣母有关的教义,反映了普遍的母爱思想。

"每个正在生产的女人,都有着孤独、漠然、淡泊的神态。而男人在这至关重要的瞬间,却无所事事,仿佛他绝未参与其中,一切全是从天而降。

"女人自己生出后代,自己抱婴儿到安静的去处,把摇篮摆在安全地方。她默默地、温顺地自己哺育培养孩子。

"圣母说:'向你的儿子和你的上帝多作祈祷吧!'她的口中说出了赞美诗的一些段落:'我的灵魂为孩子、为我的救星高兴。看到自己奴隶的驯顺,上帝从此会保佑所有的妊娠'。她这是讲自己的婴儿。这婴儿会使她获得颂扬('他给我创造出伟大'),他是她的光荣。每个女人都能够说这句话。她的上帝就在孩子身上。伟大人物的母亲,应该熟悉这种感受。而所有的母亲,绝无例外地都是伟大人物的母亲。倘如后来的生活欺骗了她们,那不是她们的过错。"

四

"我们反复地诵读《欧根·奥涅金》和一些长诗。昨天萨姆杰维亚托夫来了,带来不少礼品。大家尝着美味,满面春风。论起艺术来,谈个没完。

"很早以来我就有这么一种看法:艺术并不是包容无数概念和纷纭现象的整个方面或整个领域;恰恰相反,艺术是一种狭小而集中的东西,是对文学作品中某一要素的称呼,是作品体现的某种力量或某一真理的名称。所以我从未认为艺术是形式的对象、形式的方面;它更多地属于内容的一部分,隐蔽而又神秘的一部分。这一切对我来说都是明明白白的,我有着深切的体会,可是如何表现和表述这一思想呢?

"作品是以其许多方面诉诸读者的,如主题、见解、情节、人物。但最主要的是存在于作品中的艺术。《罪与罚》里存在的艺术,较之其中拉斯科尔尼科夫的罪行,更为惊人。

"原始的艺术、埃及艺术、希腊艺术、我国的艺术——这些在千万年间大概都曾是同一种东西,后来也流传为一种统一的艺术。它是关于生活的某种思考、某种肯定;由于它表现无所不包的广阔含义,不能把它分解为一些孤立的词语。当这一力量的一小部分,进入某一作品较为复杂的混合体中时,艺术要素的意义就会超过其余一切要素的意义,从而成为所描绘内容的本质、灵魂、基础。"

五

"有些着凉,咳嗽,大概还有低烧。一整天嗓子眼像有东西堵着,喘不上气来。我的情况不妙。这是大动脉的毛病。是受到遗传的最初的兆头,可怜的妈妈一生患了心脏病。真是如此吗?竟是这么早吗?要真这样,我在人世是活不长的了。

"房间里积了点煤气。有股熨衣服的味道。一边熨一边从没烧旺的火炉里夹出冒火苗的煤块,填进熨斗里,熨斗盖儿像咬牙似地咯咯作响。这引起我一些回忆,但记不起是回忆什么了。身体不适,连记忆力也不行了。

"萨姆杰维亚托夫带回了上等肥皂,大家一高兴搞起了大扫除,所以,萨沙两天没人照看。我写这些的时候,他正钻到桌子底下,坐在桌腿之间的横板上,学着萨姆杰维亚托夫的样子好像用爬犁拉着我走;萨姆杰维亚托夫每趟回来,总要用雪橇拉他去玩。

"我病一好,应该去市里一次,去读点地方志和历史书。听人说这里有个极好的市图书馆,是几个富翁捐助办的。很想写点东西,要抓紧。一转眼便到春天啦。到那时就顾不上读书和写东西了。

"头痛加剧。睡得不好。做了一个杂乱无章的梦。这种梦一醒来马上就会忘记。梦全飞出了脑海,意识里只留下了惊醒的原因。是我心里的一个女人的声音,响彻了梦境的周围,终于把我吵醒。我记住了这个声音,当回忆它的时候,遍数我认得的女人。想找出这发自胸腔的低微柔润的声音属于何人,可谁也没有这种声音。我心想,可能我同冬妮娅习惯成自然,才听不出她的声音。我迫使自己忘记她是我的妻子,把她的音容笑貌推到能如实分辨的远处。结果,那个声音仍然不是她。就这样到了没有弄个清楚。

"顺便谈谈梦。一般认为梦是日里想,是白天清醒时给人留下深刻印象的东西。我的观察所得,恰恰相反。

"我不止一次发现,正是白日初露端倪的东西,未全清晰的思想,无心说出又未被注意的话,夜里获得了充实的血肉复又来临,变成了梦呓的主题,像对日间的冷淡进行报复似的。"

六

"明彻的寒夜。眼前的一切异常清晰,浑然融成一体。大地、空气、弯月、星斗,被寒意凝结起来。花园的林荫路旁,落下一排分明的树影,仿佛是旋出来的一般。又总觉得有些黑影在各处横穿小径。硕大的星斗如蓝色云母灯,在林中树杈的空隙里悬挂着。小星则似夏野的甘菊,遍布夜空。

"每到傍晚,都要继续普希金的话题。大家分析第一卷里皇村中学诗作的格律。的确有许多因素,取决于选用怎样的诗格。

"在长诗行的小诗里,最能体现少年壮志的是阿尔扎马斯①时期的诗作。他立志绝不落后于先辈,为哄骗叔父假编神话,故作华丽,装得堕落享乐而又思想早熟。

"但很快这位年轻人就从摹仿奥西昂或帕尔尼,从《皇村回忆》转到写短诗行的作品《小城》,或《致姊妹》,或后来作于基希涅夫的《致我的墨水瓶》,或者转为《致尤京》的节奏。这样,未来的普希金便在这个青年身上完全觉醒了。

"阳光和空气、生活的喧闹、物象和实质,如穿户入室一般涌进他的诗中。外部世界的景物、生活器物、各种名词,摩肩接踵地抢占诗行,于是便把意义较虚的词类挤了出去。物象、物象、还是物象,排列出了诗的韵脚。

"正是这种后来闻名于世的普希金四步诗,仿佛成了衡量俄国生活的某种单位,成了俄国生活的长短尺寸,好像是照着整个俄罗斯生活拓下来的尺寸,犹如作靴子划脚样,或是照手掌大小决定买手套的号码。

"后来也是这样,俄罗斯人民讲话的节奏,他的口语语调,通过涅克拉索夫三音节的变格和涅克拉索夫扬抑抑格,在节奏延续的长短中得到了体现。"

七

"多么想在承担公务、干农活或行医的同时,酝酿出一点其他有分量的东西,

---

① 阿尔扎马斯是存在于1815—1818年之间的彼得堡的文学团体。

写成一部学术著作或文学作品呀。

"每个人生来都是要做浮士德的,以便能拥抱一切,体验一切,表现一切。促使浮士德当科学家的,是前人和同代人的谬误。科学中的进步,是靠排斥律获得的,从批驳现有的谬见和错误理论开始。

"促使浮士德当艺术家的,是老师的诱人的范例。艺术中的进步,是靠吸引律获得的,从模仿、效法、崇拜心爱的东西开始。

"是什么东西妨碍我担任公职、治病、写作呢?我想不是困苦和漂泊,不是动荡和频繁的变化;而是在我们今天得到广泛流行并占据统治地位的空洞夸张的风气,诸如:未来的霞光,建设新世界,人类的灯塔。听到这些话,开初感到想象多么开阔,多么丰富。可事实上追求辞藻正因为平庸无才。

"只有普通的东西经过天才之手,才会变得神奇。这方面最好的例子便数普希金。他是何等热烈地讴歌诚实的劳动、义务、日常的习俗!如今我们这里称小市民已有谴责之意。这种贬义早在《家谱》一诗中便出现了:

　　我是小市民,我是小市民。

"《奥涅金的旅行》里又有:

　　而今我的理想——家庭主妇,
　　我的愿望——是平静,
　　再加肉汤,最好要大盆。

"在俄罗斯全部气质中,我现在最喜爱普希金和契诃夫的稚气,他们那种腼腆的天真;喜欢他们不为人类最终目的和自己的心灵得救这类高调而忧心忡忡。这一切他们本人是很明白的,可他们哪里会如此不谦虚地说出来呢?他们既顾不上这个,这也不是他们该干的事。果戈理、托尔斯泰、陀思妥耶夫斯基对死作过准备,心里有过不安,曾经探索过深义并总结过这种探索的结果。而前面谈到的两位作家,却终生把自己美好的才赋用于现实的细事上,在现实细事的交替中不知不觉度完了一生。他们的一生也是与任何人无关的个人的一生。而今,这人生变成为公众的大事,它好像从树上摘下的八成熟的苹果,逐渐充实美味和价值,在继承中独自达到成熟。"

八

"出现了春天的先兆,开始解冻。空气里飘着煎油饼味和伏特加酒气,像过谢肉节似的。这里恰是一语双关,谢肉节一词又有油腻腻的意思。森林里的太阳,半睡着眯起油腻腻的眼睛;林子也半睡着竖起针叶般的睫毛;水坑正午闪着油腻腻的光。大自然打哈欠,伸懒腰,翻了个身又睡着了。

"《欧根·奥涅金》的第七章里,写到春天、奥涅金走后空荡荡的老爷家宅、山下水边的连斯基坟墓。

> 还有夜莺这春色的情人,
> 通宵唱着。一片野玫瑰的芬芳。

"为什么用'情人'?一般说来,这比喻是自然贴切的。确实是情人。此外,正好和'芳芬'凑上韵脚。但这里的声音形象是否也套用了英雄传说里的'夜莺强人'呢?

"在英雄传说里,这个夜莺强盗叫奥基赫曼之子。对他的描绘非常精彩:

> 一听他呀夜莺的啼啭,
> 一听他呀野兽的凄厉,
> 茂密的青草纷纷逃走,
> 浅蓝的花朵簌簌落去,
> 黑树林也俯首弯腰,
> 有人都陈尸大地。

"我们抵达瓦雷基诺,时值早春。没过多久,稠李、赤杨、榛林等全变绿了,特别是在米库利齐恩窗下的谷地舒基玛里。又过了几夜,夜莺就放开了歌喉。

"我重又仿佛第一次听夜莺歌唱,惊讶它的叫声何以会同其他禽鸣分得那么清楚,大自然何以不经过渡一下子跳跃到这样丰富而特异的啼啭。它的不断变换的曲调是如此多样,它的清晰而四方远扬的声音是如此有力!屠格涅夫曾在某处描写过这种哨音、树精的笛声、百灵断断续续的叫声。特别突出的是两种啼叫,一是急促贪婪而且华丽的啾——啾——啾,有时一连三声,有时没有准数。披着露水的灌木丛,呼应般地摇晃一下,又向被人搔痒似地卖弄地颤抖一阵。另一种啼声分成两个音节,像诚挚的呼唤,像乞怜,像要求或告诫:'醒醒——醒醒——醒醒!'

九

"已是春天。我们在备耕。没有时间再记日记。写点这样的笔记是很快乐的。那只好等到冬天续写了。

"前几天,这回真是在谢肉节里,一个生病的农民坐着雪橇,穿过泥泞进了院子。自然我拒绝接待。'对不起,亲爱的,我不干这个了。既没有足够的药品,又没有必要的设备。'可哪里推脱得了。'帮帮忙吧。皮肤上长东西。求你行行好。身上有病呀。'

"有什么办法呢?人非草木,孰能无情?我决定收下他。'脱衣服吧。'我给他检查。'你得的是狼疮。'我一边检查,一边斜眼望望窗台上一大玻璃瓶石碳酸(上帝呀,可别问我是从哪里弄来的,还有些别的最需要的东西!这一切都靠了萨姆杰维亚托夫)。我一看,另一辆雪橇朝院子奔来,开初我觉得是个新病人。可突然而来的是弟弟叶夫格拉夫。有一阵工夫,他同家里人冬尼娅、萨沙、亚历山大·亚历山大罗维奇在一起。后来我空下来,也参加进去。大家开始问这问那:怎么来的,从哪儿来的?他同往常一样躲躲闪闪,不正面回答,只是微笑,令人感到神奇莫测。

"他在这客居了大约两星期,经常去尤里亚京,后来忽然销声匿迹,不知去向。这段时间里我已看出他比萨姆杰维亚托夫更有影响;而他干的事和交往的关系,则更令人不解。他本人的来历如何?哪来的这么大神通?他是干什么事的?他在走之前曾许诺减轻我们的家务,好让冬尼娅有工夫教育萨沙,让我有时间行医和弄文学,我们打听他为此打算做点什么。又是笑而不答。但他没有骗人。有些迹象说明,我们的生活条件的确会有变化。

"真叫人奇怪!他是我的异母兄弟,同我一个姓。而我对他的了解,其实不如对所有其他人的了解。

"这已是他第二次闯入我的生活,充当善心的天神,充当解决一切难题的庇护者。或许,每个人一生中除了出场的人物之外,还需要有一种看不见的秘密力量存在,一种不召自来的几乎是象征性人物的存在。在我的一生中,起着这一隐蔽施恩者作用的,就是我的弟弟叶夫格拉夫。"

日瓦戈的札记到此结束。往后他没有继续写下去。

十

日瓦戈坐在尤里亚京市阅览室大厅里,浏览借出来的书籍。可容百人的多窗大厅,摆着几条长桌,靠窗一端的桌角很窄。天色一黑,阅览室就关闭。春季傍晚,城里不供电。不过日瓦戈本来就没呆到晚上,中饭时便离开城里了。他总是把米库利齐恩交给他用的那匹马留在萨姆杰维亚托夫家的旅店中,整个上午去读书,中午就骑马回瓦雷基诺的家。

在常来市图书馆之前,日瓦戈很少到尤里亚京市里。他没什么特别的事要进城办。医生对这个城市不很熟悉。所以当他眼见阅览厅里渐渐坐满尤里亚京市民,有的离他远些,有的就在身边,产生一种感觉,好像他是站在城里一个熙熙攘攘的路口,同城里人一个个结识;又好像不是城里读者汇集到大厅中,而是他们居住的街道和楼房聚向这里。

其实,现实中真正而非假想的尤里亚京市,透过阅览厅的窗子,也可尽收眼底。在中间最大的一扇窗外,摆着一桶开白水。读者休息时去楼道抽烟,围着水桶喝水,把杯里残水泼到涮洗缸里,聚在窗口欣赏市景。

读者有两种。一种是本地老住户中的知识分子,他们占多数;一种是普通市民。

第一类读者里,多数人穿着不富裕,不修边幅,已然沦落。其中有些人身体病弱,脸庞削瘦,皮肉松弛,原因有多种:或是饥饿所致,或是染上黄疸,或是由于水肿。他们是这里的常客,熟识图书馆的人员,来这里像回到了家。

来自市民的读者,面庞美丽而健康,穿戴整洁如同过节,走进大厅时像进教堂似地羞怯,却弄出很大声响,倒不是因为不懂规矩,是因为不会控制自己有力的脚步和嗓音,越不想出声音却越是弄出声音来。

窗子对面的墙壁凹进一块,里面摆了一个高台,台后高处有三个阅览室工作人员,一个老管理员,两名助手。一个助手气冲冲的,戴着毛围巾,一付夹鼻镜一会儿取下,一会儿戴上,看得出不是根据视力的需要,是根据心绪的变化。另一个穿了件黑纱女衫,大概是胸部有病,因为手帕总不离开鼻和嘴,说话呼吸老捂着不放。

这几个图书馆职员,和那半数读者一样,脸面浮肿、削瘦、松弛;皮肤发蔫发松,土里掺绿,颜色活似腌黄瓜和灰苔。三个人轮番地干同样的事,低声给新读者解释借书办法,分检索书单,出借和收回图书,抽空还要编制什么年度报表。

说来奇怪,面对窗外真实的市容和坐在大厅里想象出的城市,他不禁思绪纷纷。加之这里人们似乎有着浮肿的共同特征,都像患了甲状腺病,日瓦戈不知怎的想起了他们抵达尤里亚京车站的那天清早看见的气鼓鼓的女扳道工,整个城市的景象,以及同他在车厢里席地而坐的萨姆杰维亚托夫,还有那人对这块地方的介绍。介绍的一些情况,还是在未到此处前很远的地方讲的。日瓦戈此刻却想把那天听到的情况,同现在身临其境的所闻所见联系起来。但他记不得萨姆杰维亚托夫提到的一些地名,所以也无从入手。

十一

日瓦戈坐在大厅的一角,周围堆着书刊。他面前放着地方行政的统计期刊,还有边区人种志方面的几篇著作。他打算再借两本有关普加乔夫生平的著作。但身穿纱衫的管理员,手帕紧捂着嘴低声说:一个人一次不能借出那么多,如果想借需要的研究著作,得先把手头的期刊资料还回一部分去。

因此日瓦戈更专心迅速地读起没接触过的书籍,以便选出最需要的东西,其他拿回去换他感到兴趣的历史著述。他飞快地翻阅文献,浏览目录,神情专注,目不旁顾。大厅人多,并不妨碍他,不分他的心。他已把邻座的人们研究透了,不抬眼也好像看得见左右的邻居,并且感到在他离开之前周围不会换人,正好似窗外城里的教堂和大厦不会移动地方一样。

太阳没有驻脚。它不断移位,这会儿工夫从图书馆东面转过来,射到南面的窗子上,照得靠近南窗的人无法读书。

患伤风的那个女管理员,从桌后高台上下来,朝窗口走去。窗上半垂着打褶的白布帷幔,放下来可以使光线变得柔和宜人。她把所有窗帷全放开,只没动靠边那扇背阴的窗子,拽拽绳,把它上面的小气窗拉开,便接连打起喷嚏来。

等她打到十下或十一下,日瓦戈才猜到这是米库利齐恩的妻妹,是萨姆杰维亚托夫讲的东采夫家的一个姑娘。他随着其他读者抬头朝那边望去。

此刻他发现了大厅里的变化。大厅另一端出现了一位新读者。日瓦戈立即认出了拉拉·安季波娃。她背朝日瓦戈医生坐着,正同伤风的女管理员低声讲话,管理员朝拉拉·安季波娃俯下身去窃窃耳语。看来这番谈话对她起了良好的作用,她一下子不仅治愈了自己的伤风,还摆脱了神经上的紧张。管理员向拉拉·安季波娃投过热情感激的一瞥,从嘴上取下一直捂着的手帕揣进衣兜,回到自己座位上,一脸喜气,露着自信的微笑。

这个感人的小场面,被某些在座的人看在眼里。各个角落的人们都同情地望着拉拉·安季波娃,也都露出了笑意。凭着这点微不足道的迹象,日瓦戈断定这个城里的人们认识她,喜欢她。

十二

日瓦戈的第一个念头,是起身走过去看望拉拉·费奥多罗夫娜。可是接着一种不符合他性格,但在同她的交往中早已形成了的拘谨和不自然,又占了上风。他决定不去打搅她,也别中断了自己的工作。为了逃避不时朝她张望的诱惑,他把椅子侧过来,几乎是背对着读者埋头看书。他手里拿了本书,膝上又摊开了另一本书。

然而他的思绪却离他钻研的对象,相去不啻十万八千里。与学问毫不相关,他突然明白过来:那次在瓦雷基诺冬夜睡梦里听到的声音,正是拉拉·安季波娃的声音。这一发现使他大为惊异;他为了从座位上望见她,猛地把椅子挪回原状,惹得周围人们很奇怪。接着他便一直看着她。

他是从背后望到她半个侧面。她穿着浅色细格工作服,扎了条窄腰带,聚精会神地读着,像孩子似的朝右边歪着脑袋。偶尔她沉思起来,抬眼看看天花板,或者眯眼向前方凝视,然后复又一只手支案托腮,一只手握着铅笔大字疾书,从书中抄录些什么。

日瓦戈边观察边印证了自己在梅柳泽耶夫的老印象。他心想:"她不想招人喜欢,不想显得美丽诱人。她鄙视女人这一天性,并且好像因为自己这么漂亮而自责。她自我敌视的倨傲神气,越发十倍地增添了妩媚。

"她的一举一动,都是那么可人。她读书的样子,完全不像人的高级活动,而像是一切动物无不能做的极简单的事。就仿佛她提一桶水,或是削土豆皮。"

医生这么寻思着,情绪就平静下来。心里展现出了一个难得见到的世界。脑子不再杂乱无章地东想西想。他不禁一笑。拉拉·安季波娃的出现,对他同对神经质的管理员,起到了同样的作用。

他不管椅子放得正不正,不顾周围干扰和分散注意力,又工作了一个到一个半小时,比拉拉·安季波娃来前更加全神贯注。他翻遍桌上小山般的一摞书,找出了最需要的东西,甚至顺便读完了新遇到的两篇主要文章。决定到此打住之后,他开始收拾去还书。此时他心里没有任何别的杂念。他坦然而绝无他意地想到,既然认真干完了工作,他有权利同善良的老相识见上一面,这个欢悦是理所应得的。可当他站起来环视一下阅览室时,却没有找到拉拉·安季波娃,她已经不在了。

医生把大大小小的一摞书送到出纳台上,这时拉拉·安季波娃送还的书还摆在那里没有收走。这全是有关马克思主义的参考书。看来她作为一个重新改换专业的旧教师,正在业余自修政治学科。

书里夹着拉拉写给图书目录室的索书单。纸片的一角露在外面。上写拉拉的住址,很容易看到。日瓦戈抄下来,可对奇怪的地名不胜惊讶:"商人街,雕像楼对面"。

日瓦戈一打听,马上了解到"雕像楼"在尤里亚京是个家喻户晓的名字,就好像莫斯科一些地方采用教区的名称,或者像在彼得堡人人都知道"五角地"一样。

这是一幢钢材般深灰色的楼房,雕有古希腊罗马的女神,手执鼓琴和面具,是个商人戏迷在上一世纪建造作为家庭戏院用的。商人后裔把房子卖给了商人参议会。商人街由参议会得名,房子就坐落在街角上。由此"雕像楼"成了这一片地方的名称。如今楼里驻有市党委会。在它倾斜下坠的墙壁上,过去贴着剧院和马戏团的节目广告,现在则是政府的法令和决定。

十三

五月初一个寒冷的风天。日瓦戈医生在城里办完事,到图书馆转了一下,突然改变原来的全部计划,跑去找拉拉。

风卷起一股股细沙和尘土,使他不得不一再停步。日瓦戈医生转过身子,眯起眼睛低了头,等灰土刮过去继续上路。

拉拉住在商人街和新斯瓦洛奇胡同的拐弯处,正对着背靠蓝天的黑乎乎的"雕像楼"。日瓦戈医生第一次看见这幢房子,它果然名不虚传,给人一种奇怪不安的印象。

楼房上端整整一排全是一人半高的神话女像。在两股遮天蔽日的大风之间,医生忽然感到清一色的女人从楼房里出来站在阳台上,俯身在栏杆上,望着他和这条商人街。

拉拉住处,有两个通路,一是从街上进入正门,一是从胡同走进后院。日瓦戈医生不知有前一条路,就顺着第二条路去找。

当他从胡同转进院门时,一阵风刮来,卷起整个院落里的尘灰和垃圾,遮住了院子。一群母鸡咕咕叫着从他脚下飞起,扑向黑色的风幛,它们身后有只公鸡在追逐不放。

等灰尘散去,日瓦戈看到拉拉正在井旁。风头来时,她已经打满两桶水,用扁担担到左肩上。她连忙蒙上头巾,怕弄脏了头发,在前额上扎了个结;双膝夹着被风鼓起的宽大的长衣襟,怕给风掀起来。她刚想挑水往家走,又停下了,一阵风过来吹掉了头巾,飘乱了头发;头巾飞到栅栏边母鸡咕咕叫的地方。

日瓦戈医生追上去拣起头巾,到井边递给慌乱的拉拉。她向来总保持从容自然,这时虽说又惊讶又惶惑,连叫也没叫一声。她只是脱口而出:

"日瓦戈！"

"拉拉·费奥多罗夫娜！"

"真想不到！真巧呀！"

"把桶放下，我来挑。"

"我从不半途而废，非做到底不可。您要是到我这儿来的，咱们走吧。"

"还能找谁呀？"

"那谁知道呢。"

"还是挪到我肩上吧。您干活时，我可闲不住。"

"这算什么活儿呀。不给您挑。你要溅到楼梯上。还是说说，哪股风把您给吹来啦？在这儿呆了一年多，就没工夫来看看？"

"您怎么知道的？"

"什么事传不开呀？再说我又在图书馆看见了您。"

"那为什么不喊我？"

"我不信您没看见我。"

拉拉挑着晃动的水桶，轻轻摆着走在前面，医生跟着走过了低矮的过道。这是底层阴暗的走廊。拉拉在这里迅速蹲下把桶放到地上，取下肩上的扁担，直起腰用不知哪里掏出来的小手帕擦手。

"走吧。我从楼里把您领到前门去，那儿亮些，您在那里等一会。我把水从后门提进去，收拾一下上面的屋子，换换衣服。您看看我们的楼梯，台阶是生铁的，还铸了花纹。从上往下，隔着楼梯什么都看得见。是幢老房子。轰击的时候给震了一下，是炮击。您看石头都裂开了，砖墙上有眼有缝。我和卡坚卡出去时，把房门钥匙藏在这个窟窿眼里，再塞上块砖头。您记好了。或许您什么时候来串门，遇上我不在，请您自己打开门进去，就像到家一样，别客气。过一会我就会回来。现在钥匙还在里面呢。不过我不需要，我从后面进屋，从里边把门打开。只有一点很糟糕，老鼠多。多极了，让你不得安生。房子太破，墙壁摇晃，到处是缝隙，能堵我就堵，同老鼠斗，可没什么效果。也许您什么时候来帮帮忙？咱们一起把地板和墙脚堵严实。好吗？您在楼梯口站一会，随便琢磨点什么。我不会让您久等，一会儿就喊您。"

在楼梯口等着的时候，日瓦戈医生打量起正门剥落的墙壁和楼梯上的生铁阶梯。他心想："在阅览室里，我把她读书那种聚精会神的劲头，比做干真正事业的激情和热情，比做体力劳动。相反也是如此，她挑水和读书一样，那么轻松，毫不费劲。她干什么都动作优美。仿佛她在童年就开始了生活的起跑；现在她的一举一动都借助这股冲劲,使她显得自然而轻巧。这可以从她弯腰时背部的曲线和她一颦一笑中看出来——笑时口唇张大,下巴变圆;也可从她的思想和谈吐中见出。"

"日瓦戈!"从二层房门口传来拉拉的喊声。于是日瓦戈就拾级而上。

十四

"把手伸给我,小心点跟着我走。这里两间屋太黑,堆满了东西直到天花板。小心别撞上碰痛了。"

"真的像个迷宫。我自己可找不到路。这是怎么搞的?是修房子吗?"

"不,根本不是。不是因为这个。这套住宅是别人的,我都不知道是谁家的。我们有过一套,是公家的房子,在中学校的大楼里。后来尤里亚京苏维埃的房管处占了中学校舍,把我和女儿迁到这套被人丢下的住宅里,占住了一部分。这儿原来摆着旧主人的家具,很不少。我不需要别人的东西,就全堆到这两间里,把窗子刷上了白粉。别放开我的手,不然会走错路。对,就这样。往右拐。现在转出来了。这就是我的屋门,这儿就亮些了。小心门坎,别绊了脚。"

日瓦戈同引路的拉拉进了屋,对着门的墙上恰好开着一扇窗户。日瓦戈向窗外一望,不禁大为惊异。窗子朝院开,看到的是邻近楼房的后院和河岸上城郊的荒地。那里放牧着山羊和绵羊,它们的长绒毛好像展开的皮袄大襟,把地上的尘土卷了起来。此外,在荒地的两根木杆上,正冲着窗口竖着医生熟悉的一块牌子:《莫罗和韦特钦。播种机。打谷机》。

受了这块广告牌的影响,日瓦戈开口就对拉拉讲起自己一家来乌拉尔的情况。他忘了听说过关于斯特列尔尼科夫很可能是她丈夫的谣传,不假思索地说了自己在车厢里同政委相遇的经过。他这一番话给拉拉留下了特别深刻的印象。

"您见到斯特列尔尼科夫了?!"她马上反问。"我目前什么也先不对您讲。不过这太巧了,简直像注定你们要见面似的。等以后我找时间告诉您,您会惊异得大叫。要是我没理解错您的意思,他给您的印象不错而不是不好?"

"对,恐怕是这样。他本该是可以不见我的。我们通过受到他镇压和破坏的地区,我准备着见到一个暴虐的粗野军人,或是狂暴的革命者,结果哪个都不是。一个人出乎你的意料,不同于你先期的想象,这是好事。人一归结为某种类型,这人就完了,就是遭到了非议。要是不能把他归到哪一类里去,要是他不代表什么,那么要求于他的东西,他至少已有了一半。他从自我中得到了解放,他的极小部分已得以不朽。"

"据说他是非党人士。"

"对,我觉得是这样。他靠什么唤起人家的好感呢?这是个难以幸免的人。我感到他不会有好下场。他得偿还自己造的孽。革命中无法无天的人之所以可怕,不在于他是恶人,而在于他是失去控制的机器,是脱了轨的火车。斯特列尔尼科夫就是这种发狂的人,不过他不是念书念疯的,而是被痛苦经历逼疯的。我不了解他的隐秘,可我相信他有自己的隐秘。他与布尔什维克的合作纯属偶然。暂时布尔什维克还需要他,就忍着他,能够同路。一旦没有这种需要,他们马上会毫不可惜地抛掉他,踩烂他,像对付在他之前的许多军事专家一样。"

"您这么以为吗?"

"必然如此。"

"那他有救吗?比如说不能逃跑吗?"

"往哪跑呀,拉拉·费奥多罗夫娜?从前沙皇时代可以逃跑。可现在你试试看。"

"遗憾。听您这么一讲,我对他倒产生了同情心。您变了。以前您说到革命,不这么激烈,不这么气愤。"

"问题就在于凡事总有个限度,拉拉·费奥多罗夫娜。经过这么一段时间,本该做出一定结果来了。可事实说明,对于革命的鼓吹者来说,变革的混乱是他们心里惟一喜爱的局面;他们可以不吃饭,但非得做出一点世界范围的动作。开辟天地,经历过渡时期——这就是他们的目的本身。任何其他的事,他们都不愿去学习,也什么都不会做。但您知道他们为什么无休无止地准备,忙得不可开交吗?是由于他们缺乏某些训练有素的人才,是由于他们平庸。人来到世上是要生活,而不是为生活做准备。而且生活本身,生活现象,生活的恩赐,都十分诱人却又非同小可。既然如此,干吗要用幼稚杜撰出来的蹩脚喜剧,用契诃夫笔下天真无邪的人们出逃美洲,去冒充生活呢?好了,说得够多了。现在该轮到我问问题了。我们坐火车靠近城区时,正是你们这儿发生事变的早晨。您当时是不是也受到很大惊动?"

"那还用说。自然喽!四周全是大火。我们自己差点儿没给烧死。我已经对您说过,住的楼房直摇晃。院门旁至今还有一颗没爆炸的炮弹。抢劫、扫射、一片混乱。和每次改朝换代一样。那个时候我们已经很有经验,习以为常啦,不是头一次嘛。白军在的时候更不得了。放冷枪报私仇,敲诈勒索,无法无天。最主要的我还没对您说。我们那位加利乌林,是捷克军里的了不得的人物,好像是个将军兼省长。"

"我知道。听说过。您见他了吗？"

"常常见他。我靠他帮助救了不少人的性命，也掩护了不少人。应该说句公道话。他的为人无懈可击，仗义，不同于任何小人物，什么哥萨克军的大尉呀，乡村警察呀等等。可当时逞威风的正是这些小官，而不是行为端正的人们。加利乌林给过我多方的帮助，这得谢谢他。要知道我们是老相识。我还是小姑娘时，常常到他住的院子里去。那里住着许多铁路工人。我小时候亲眼看到了贫困和劳累。因此我对革命的态度和你不同。革命对我更亲切些，其中许多事我感到很贴心。谁料他突然成了上校，就是这个小男孩，看门人的儿了。后来竟当上白军的将军。我是从文职人员的环境里出来的，搞不清楚军衔。论职业我是个历史教员。情况就是如此，日瓦戈。我帮过许多人。常去找他，还一起回忆起您来。要知道我在所有的政府里，都有关系和保护人，可在一切制度下都感到沮丧，遭到损失。只有在很不像样的书里，活着的人们才分裂为两个阵营，互不相干。而事实上一切全互相交错着。如果在生活里只扮演一个角色，在社会上只占据一个位置，也就是说总是一个模样，那可真是无能то不可救药的！想不到你到了这里。"

走进一个八岁左右的小姑娘，扎着两个小发辫。她细长的眼睛，透了几分顽皮和狡黠。她笑的时候，就把眼睛微微抬起。她在门外就发现母亲这里有客，但迈进门坎时觉得脸上应该表现出意外的惊讶。她向他行了个屈膝礼，目不转睛、毫无畏缩地盯着日瓦戈医生；这是一个过早思虑、孤独成长的孩子。

"这是我的女儿卡坚卡。你多关照呵。"

"在梅柳泽耶夫，您给我看过照片。长得这么大了，样子也变了！"

"你原来在家呀？我当你去玩了。怎么没听见你进大门呢。"

"我从窟窿里掏钥匙，那里面藏了好大的一只老鼠。我叫了一声就跑开了！我想非吓死不行。"

卡坚卡说着，绷紧了十分俊俏的小脸蛋，瞪大了顽皮的小眼睛，张圆了小嘴，活似从水里拽上来的一条小鱼。

"好了，回自己屋去吧。我求叔叔留下吃午饭，等把炉里的饭拿出来，我就喊你。"

"谢谢你的好意，我只好抱歉了。我们家里因为我总进城，把午饭改到六点。我一般不迟到，路上得骑三个多小时，有时整整四个小时。所以我才来得这么早。请您原谅，我过一会就走。"

"再坐半个小时嘛。"

"好。"

十五

"现在我也坦率说了吧。你讲的那个斯特列尔尼科夫,就是我的丈夫帕沙,帕维尔·帕夫洛维奇·安季波夫。我没相信他死的传闻,是做对了;就跑到前线去找他。"

"这一点我不感到惊奇,精神上是有准备的。我听到这个神话,就认为这是胡扯。所以我才毫不在乎,同您非常随便、不假思索地讲到了他,仿佛这些谣传并不存在。谣言本身是无稽之谈。我见到过这个人。怎么能把您同他联系到一起呢?你们之间有什么共同之处?"

"可实际上是这样,尤拉·安德列耶维奇。斯特列尔尼科夫就是安季波夫,我的丈夫。我赞同一般人的见解。卡坚卡也知道这事,并且为自己的父亲骄傲。斯特列尔尼科夫是他的化名、笔名,像所有革命家一样。出于某种考虑,他不得不冒他人之名生活和行动。"

"这次他攻打尤里亚京,朝我们投炸弹,明知我们在这里,却一次也没有打听我们是否活着,为的是不暴露自己的秘密。这在他看来自然是理所当然的。如果他来问他该怎么办,我们也会劝他这样做。你也许会说,我能平安无事,市苏维埃能给提供勉强过得去的居住条件,等等,这些都说明他在暗中关照我们。这一点反正你们是说服不了我的。离这里不过咫尺之遥,他居然能忍住不来看望我们一下!这我怎么也想不通,超出了我的理解能力。这是我所无法企及的,不是生活,而是某种罗马时代的公民忠勇,是当今一种大智大勇。不过我受到了您的影响,也开始学您的调子说话了。我自己并不愿如此。咱们不是志同道合的人。在一些难以把握、可有可无的事情上,咱们两人的理解是一样的。可在重要的事情上,在生活的哲理上,还是做个论敌吧。再回过来说斯特列尔尼科夫。

"而今他在西伯利亚;您说得对,我也听到消息说人们都在责备他,我听了心里冰冷。现在他在西伯利亚,在我们部队纵深突进的地段上,正在打败他小时同院的旧友,后来又是战友的那个可怜的加利乌林。他的真名和我们的夫妇关系,是瞒不过加利乌林的,但这人极体贴人,从来没让我有所感觉,虽然一听到斯特列尔尼科夫的名字就火冒三丈,不能自持。总而言之,他目前正在西伯利亚。

"他以前在这儿的时候(呆过很久,总是住在铁路上的车厢里,您就是在那儿看到他的),我很想能和他偶然相遇。偶尔他去司令部,就是原来立宪会议委员会和立宪会议军队的军事处的所在地。命运满足了巧合。司令部的入口,在一间厢房里,恰恰是我为别人的事来找加利乌林,他接见我的地方。比方有次在武备中学,出了件很轰动的事。学生们开始伺机枪击不称心的教员,藉口他们信仰布尔什维克主义。有时候发生迫害和殴打犹太人的事件。顺便说一句,我们这些城里人和从事脑力劳动的人,我们的一半熟人,都是犹太人。每逢有人残害异族,干那些可怖可鄙的行径时,我们除了感到气愤、羞愧、怜惜外,还觉到自己的犹豫而极难堪,因为我们的同情多半是理智上的,给人以缺乏真诚的不良印象。

"人们过去把人类从偶像崇拜的桎梏中解放出来,现在又群起献身于从社会弊端里解放人类的事业,然而他们却无力从自我中解放出来,无力摈弃已经过时、丧失了意义的犹太这一名称,不能超越自己而完全溶于他人之中;虽然正是他们亲自为他人打下了宗教基础,如果能很好了解他人,会感到他人是极为可亲的。

"大概是压制迫害逼得人采取这一无益和自毙的姿态,导致他宁愿作自我牺牲而羞惭地离群索居,结果只能带来灾难。不过这里面也含有内在的衰竭,许多世代以来的历史的疲倦。我不喜欢他们这样带有讽意的自我鼓励。不喜欢他们思想的平庸乏味,不喜欢他们蹩脚的想象力。这些东西令人生厌,就好像老年人议论老,病人议论病一样。您同意吗?"

"我没想过这个。我有位同事,叫戈尔东,他也是这种见解。"

"我曾经来过这里守候帕沙,希望他能来这里或从这里出去。从前厢房当过省长将军的办公室。现在门上挂了个小牌:'群众来访处。'您大概看到了吧?这是城里最漂亮的地方。门外的空场上铺着条石。过了广场是城市果园,有红莓、槭树、山楂树。我站在人行道上的求见者中间候着他。当然我不会硬要他接见我,没对人说我是他妻子。我们的姓不一样嘛。这也谈不上忍心不忍心。他们遵循的完全是不同的规矩。例如他的亲生父亲帕维尔·费拉蓬托维奇·安季波夫,曾是被流放的政治犯,工人出身,现在在离这很近的一处地方法院工作,正是他过去的流放地。还有他的朋友季维尔辛。两人都是革命军事法庭的成员。您猜怎么着?儿子对父亲也不公开身份,父亲还认为理所当然,并不生气。既然儿子处于隐蔽状态,那就不能相认。这种人顽强极了,只知道原则、纪律。

"说到底,就算我能证明我是他妻子,又算得什么!是那种太平时候吗?还能顾得上老婆吗!全世界无产者!改造天下!这个不一样,这个我懂,要说妻子,不过是有两条腿的动物罢了,去它的吧,那有什么了不起!

"副官对求见的人挨个问了一遍,放进了几个人。我没有说出姓名;他问有什么事,我回答是私事。可以预料非遭到回绝不成。副官耸耸肩,疑惑地打量了一番。就这样,我一次也没能见到他。

"您会以为他厌弃我们,不爱我们了,早已忘到脑后?不,恰恰相反!我非常了解他!他极重感情,为了这个真是什么都做得出来!他非得把所有这些战功花环扔到我们面前,绝不肯空手而回,要光荣凯旋,好使我们也永垂不朽,使我们惊讶万状!简直像个孩子!"

卡坚卡又回到屋里。拉拉搂起她,摇晃、胳肢、亲吻、紧抱着不放,弄得孩子莫名其妙。

十六

日瓦戈策马从城里返回瓦雷基诺。这个地方他已走过无数次了,习惯之后也就不太注意周围,如同没见一般。

他走近林中的岔路口。这里往前是直通瓦雷基诺的大道,旁边又分出一条小路通到萨克玛河边的渔村瓦西里耶夫。岔口上竖着第三根郊区的木杆子,上面也是块农具广告牌。医生每次到这里,都赶上日落。今天也正近黄昏。

两个多月之后,有次他进城到黄昏时没有回来,留在了拉拉家里,回到家推说因事耽搁,在萨姆杰维亚托夫的旅店里住了一夜。他早同拉拉·安季波娃你我相称,唤她拉拉,她唤他日瓦戈。日瓦戈一直瞒着冬尼娅,对她隐瞒着越来越严重、越来越出轨的行径。这简直是难以想象的。

过去他爱冬尼娅近乎崇拜。她的内心世界,她的安宁,对他来说重于世上的一切。他尽力维护她的声誉,甚于她父亲和她本人。为保护她的尊严,他会亲手把欺人者撕成碎块。可如今这个欺人者竟是他自己。

在家里同亲人相处,他感到自己是个未被戳穿的罪人。家人一无所知,还习惯地对他十分敬重,越发使他无地自容。有时一家正谈得起劲时,他突然想起自己的过错,一阵发呆,根本听不进也弄不懂周围在说什么。

倘若这是在进餐的时候,没咽下的一口饭犹如骨鲠在喉,他便放下勺子,推开盘子。泪水堵得说不出话。冬尼娅奇怪地问:"你怎么了?是不是在城里听到什么坏消息了?抓了什么人吗?还是枪毙了谁?告诉我吧,别怕我难过。你会轻松些的。"

是不是他认为别人胜过冬尼娅才背叛了她呢?不是,他没有选择,没有比较。"爱情自由"的思想,"感情的权利和需要"之类的字眼,同他是格格不入的。这么说,这么想,在他看来是很卑鄙的。在生活里他从不拈花惹草;不把自己看成是半人半神,或者是什么超人;不要求自己享有特权和优待。良心的谴责使他难以忍受。

"往后怎么办?"偶尔他问自己,得不到回答,便盼着出现奇迹,希望有某种意外的情况干预,把事情了结。

不过今天他不那样想了。他决心强行打开症结。他往家走时,心里已拿定主意。他决定向冬尼娅和盘托出,求得她的宽恕,再也不去见拉拉。

自然,并非一切都已妥帖。比方他觉得还有一点说得不够明确,那就是他同拉拉将永远断绝来往,一刀两断。今天上午他告诉她准备向冬尼娅公开一切,今后他俩不可能再相会了。可这会儿他感到他对她说得太委婉,不够坚决。

拉拉忍住自己沉重的心境,不表露出来,免得日瓦戈痛苦。她理解就这样他已经够痛苦了。她极力镇定地听完他的决定。他俩是在旧房主那间朝着商人街的空荡冷清的房间里,谈了这次话。顺着拉拉的面颊,流下了她下意识、不感觉的泪珠,恰似在对面人像楼的石雕脸上,此刻正流下一滴滴雨珠。她真心实意,绝非故作宽容地说:"你觉得怎么好就怎么办吧,不要管我。我一切都能忍受住。"她说着并不知道自己在哭,没有去擦泪水。

日瓦戈一想到拉拉可能理解错了他的话,想到自己又骗了她,给她留下虚假的希望,恨不得转身骑马回城去,把未尽之意说个清楚,而主要是该同她更热烈、更温柔地告别一次,这才更符合终生诀别的态度。他好不容易克制住自己,才继续向前奔去。

随着太阳渐渐西沉,林中弥漫了寒气和昏暗。仿佛进了澡房的门,闻到泡软的桦木条上阔叶的潮湿味。一群群蚊子悬在空中一动不动,好像浮在水面的渔漂,但嗡嗡地唱着一个细细的调门。日瓦戈在脑门上、脖颈上不知拍了多少下。手掌拍在汗湿的皮肉上,劈啪作响;与此十分和谐地相互呼应的,是骑马发出的一切其他声响,如鞍子的吱呀声,马蹄在泥泞中沉重的哒哒声,还有马腹里发出的一连串闷响。突然,在日落的远方响起夜莺的歌唱。

"快醒!快醒!"夜莺这样唤着劝着;这几乎像快到复活节时唤叫:"我的灵魂啊,我的灵魂,快醒来吧,为何还沉睡不起?"

他脑子里忽然出现一个极简单的念头。忙个什么呢?他既然对自己许下了诺言,是不会后退的。他一定要揭露自己。可谁规定了非得在今天呢?对冬尼娅还什么也没有透露。留到下一次再摊牌也还不迟。在这个空隙里他可再去城里一次。能够同拉拉把话谈开,说得深切诚挚,以此偿还所有的痛苦。啊,那样该多好哇!再合适不过了!奇怪,怎么方才没有想到呢。

一设想还能够见到拉拉一回,日瓦戈不禁欣喜若狂。心剧烈地跳起来,他重又在想象中品味着幽会的欢乐。

前面是城边的木房区,是木板铺成的人行道。他朝拉拉那里去。马上到新斯瓦洛奇胡同,城区的空地和木房就要结束了,再往前已是石子路。路旁的市郊小屋一闪而过,像是迅速翻过一本书的书页,是开大拇指压着哗啦啦翻过,而不是用食指一页页掀过的。他的心都要跳出来了!就在那里,在城市的那一头住着拉拉。那里是傍晚雨霁的一片白色。他是多么喜欢去她家路上的这些熟悉的小屋啊!恨不得把它们捧在手上亲吻一下。屋顶上还有只开一扇小窗的阁楼。在雨街的白雾里,灯火映在一片片水洼中。一到那里,他又会从造世主手里接过一件上帝创造的白玉般的珍品。门启处,站着裹了黑纱的人影。接着是同她的亲近;她宛如北方皎夜那么矜持、那么凉爽,独立不羁;又像头一排海浪拍岸而来,你摸着黑,踏着沙岸迎浪奔去。

日瓦戈扔下缰绳,从鞍上向前倾倒,搂住马颈把脸埋到鬃毛里。马儿把这温情的表示当成是求它出力,便噔噔跑了起来。

在平稳的疾驰中,仿佛马蹄轻轻点地,仿佛大地躲着马蹄,不断向后退去。马蹄声里,日瓦戈除去感到喜悦的心跳之外,还听到了喊叫声,当时以为是自己的错觉。

近处一声枪响吓了他一跳。医生抬起头,抓住缰绳勒紧。马儿跑了几步,撇开腿朝两侧猛跳几下,退了退,蹲下身,准备自立起来。

前面的路分成两岔。路边写着《莫罗和韦特钦。播种机。打谷机》的广告牌,在夕照中像在燃烧。三个武装人员骑马横在路上,挡住不让通过。一个是武备中学的学生,戴着制帽,穿着打褶的外衣,胸前交叉挂着机关枪子弹袋;一个是骑兵,身着军大衣,头戴平顶羊皮帽;还有一个很吓人,像从化装舞会来的,身材肥胖,穿了棉裤棉衣,头上是压得很低的宽沿牧师帽。

"不许动,医生同志。"三人里领头的戴着羊皮帽的骑兵,缓和而平静地说。"如果听从指挥,我们保证你的充分安全。不然请你别见怪,我们就枪毙你。我们部队里已经毙了一个医助。我们把你作为医务人员,强行征集入伍。你下来把缰绳交给年轻的同志。我再提醒一回。只要一有逃跑的念头,我们绝不客气。"

"你是米库利齐恩的儿子利韦里,绿林兄弟的同志吗?"

"不是,我是他的联络官卡缅诺德沃尔斯基。"

(顾亚铃　白春仁译)

(选自《日瓦戈医生》,湖南人民出版社1987年版)

【导读】

1.《日瓦戈医生》由两部共十七章构成,本书节选的是第九章,写日瓦戈在战争时期和妻子冬尼娅来到乌拉尔尤里亚京市附近的瓦雷基诺庄园,开始了一段虽贫寒却美好温馨的生活,并与拉拉产生爱情,直到这一章结尾日瓦戈被强行征集入伍。主人公日瓦戈是个既认同革命又与革命有一种疏离感的边缘人物,从莫斯科来到瓦雷基诺也反映了他对时代大潮的某种逃逸,渴望一种"归园田居"式的读书写作、追索内心的生活,但是最终仍然没有逃脱出革命的洪流。作者在这样一个复杂的人物身上寄托了自己对革命和历史的复杂而独特的理解,也在苏联主流革命文学图景之外,提供了我们透视俄罗斯和苏维埃历史的另一种更复杂的历史视野和观念视野。

2.帕斯捷尔纳克更以诗人著称。《日瓦戈医生》在小说艺术史上的独特贡献是把俄罗斯写实性的叙事传统与作家自己所创造的诗意品质完美地结合起来,成就了一部史诗性的巨著,因而也被称为"诗化小说"。从《瓦雷基诺》这一章就能体会到作者善于营造一个个充满诗情画意的细节,这些细节往往具有独立性,独立于小说的情节和逻辑线索之外,提示着一种诗的情调。譬如我们所选的这一章开头的九节篇幅就是由日瓦戈的札记组成,里面有叙述、议论、杂感、抒情、梦境甚至诗歌片段,总体上则体现出一种抒情的意绪。尝试体会这种抒情性。